KB156265

한국 근현대 문학의
민족 표상

한국 근현대 문학의 민족 표상

강정구 지음

한국문화사

한국 근현대 문학의 민족 표상

1판1쇄 발행 2015년 8월 25일

지 은 이 강 정 구
펴 낸 이 김 진 수
펴 낸 곳 **한국문화사**
등   록 1991년 11월 9일 제2-1276호
주   소 서울특별시 성동구 광나루로 130 서울숲 IT캐슬 1310호
전   화 02-464-7708
전   송 02-499-0846
이 메 일 hkm7708@hanmail.net
홈페이지 www.hankookmunhwasa.co.kr

책값은 뒤표지에 있습니다.

잘못된 책은 바꾸어 드립니다.
이 책의 내용은 저작권법에 따라 보호받고 있습니다.

ISBN 978-89-6817-281-6 93810

　무엇보다 이 책을 내면서 제목이 망설여졌다. '한국 근현대 문학의 민족 표상'이라는 제목은 너무 크기 때문에, 고백하건대 이 책에서 모두 감당할 수 없었다. 한국문학의 이곳저곳에 깔려 있고 숨겨져 있는 민족주의의 과잉을 문제시한 이 연구는, 책 한 권으로 끝낼 만한 것이 되지 못했다. 그럼에도 제목을 이렇게 붙인 이유는, 내 연구가 지향하는 바를 교통안내표시판처럼 달아놓기 위해서였다.

　이 책에서 살펴본 것은 한국 근현대 문학에 나타난 민족 표상의 재해석이었다. 한국 근현대 문학에서 식민주의·제국주의 대 민족주의의 이분법적 구도로 살펴진 기존의 문학연구사를 넘어서고자 필자가 주목한 것들은 1부 '식민 전후의 민족 표상'에 모았다. 일본이 우등하고 한인이 열등하다는 1910년 전후의 식민주의 논리가 실제로 모순과 혼란에 빠져 있었다는 것(「식민화 교육 담론의 자체 모순과 혼란―『학부의 보통학교 학도용 수신서』를 중심으로」, 「식민주의 교육담론의 내적 모순-학부와 조선총독부의 『보통학교 학도용 수신서』를 중심으로-」), 그리고 식민주의·제국주의의 근대적인 시간 인식을 거의 그대로 반복하면서 민족주의가 구성됐다는 것(「근대계몽기 시조에 나타난 시간성 연구-『대한매일신보』의 「사조(詞藻)」난을 중심으로」) 등이 그 구체적인 사례였다.

　기존의 문학연구사에서 검토됐던 민족 표상에 균열을 낸 필자의 시각은 식민지 시기의 민족 표상 다시 읽기로 이어졌다. 이 책에서는 식민지 시기의 민족이 식민주의·제국주의에 맞서서 저항과 해방의 노력을 담지했다는 기존의 단수적·일의적인 시각을 비판하면서 식민주의·

제국주의와 혼성되면서 나름대로 다양한 상상들·구상들의 결과물이었다는 점을 탐색하고자 고투했다.

이 책의 2부 '식민지 시기의 민족 표상'에서는 식민지 시기의 민족 표상이 주요 문인집단들이 상상해온 다양한 정치공동체들이었다는 점이 우선적으로 검토되었다(「식민지 시기의 시단(詩壇)의 '민족' 표상에 관한 시론(試論)」). 나아가서 식민지 시기의 민족 표상을 복수화·다양화하는 전략의 일환으로써 모더니즘으로 알려진 김기림과 카프로 알려진 유완희의 문학을 소환하여서 민족에 대한 김기림의 다의적·복수적 상상을(「식민지 시기의 김기림 비평에 나타난 민족 표상의 성격 재고(再考)」), 그리고 부르주아 민족주의 좌파로서의 유완희의 면모를 살펴봤다(「부르주아 민족주의 좌파 경향의 시인 유완희」). 아울러 민족 표상에 대한 담론자들의 상상과 구상이 근대 아동 기표에서도 유사하게 반복됐다는 점을 두 논문에서 자세하게 규명했다(「근대적 교육 주객의 분화와 아동의 발견-신문 『붉은 져고리』를 중심으로-」, 「1930년대의 주요 동요·동시에 나타난 아동 관념의 변화」).

민족 표상에 대한 필자의 관심은 해방을 전후로 한 시기에도 연속되었다. 이 책의 3부 '해방 전후의 민족 표상'에서는 해방을 전후로 민족에 대한 담론적인 위상이 미·소·일이라는 주변국의 인식과 함께 변화되었음을 검토했다. 이러한 인식의 변화는 민족 표상이 시대적·사회적 상황에 따라 얼마든지 급변될 수 있다는 변화 양상을 잘 보여줬다. 해방 전후와 대한민국 국가의 건립을 기점으로 볼 때 민족이나 미국·미군이라는 기표가 집단에 따라 다양하게, 때로는 모순되게 재구성되었다는 것(「민족을 기억하는 문학적인 방식-1940년대 중반 기념시집을 중심으로-」, 「아메리카니즘과 성매매 여성-주요 전후소설을 중심으로」, 「1940-50년대 문학에 나타난 미군의 재현 양상 연구」), 그리고 해방기에 한인과 일본인의 문화적인 위치가 재설정되었다는 것(「해방기 소설의 민족주의 과잉 양상 고찰-일본인 소재의 소설을 중심으로」) 등이 관심의 대상이 되었다.

이러한 필자의 연구는 민족에 대한 다양한 인식이 가능함을 열어놓으려는 구체적인 시도이었다. 이러한 시도는 민족 표상에 대한 단수성·일의성이 문제가 되는 이른바 탈(脫)국가주의 시대에 나름대로 의미를 생성해낼 것으로 믿어 의심치 않는다. 이제 필자의 작은 노력을 세상 앞에 내놓는다. 이 책이 만들어지는 동안, 많은 선후배들·학자들의 조언과 비판과 격려에 대해서 이 자리를 빌려 감사의 뜻을 전한다.

2015년 8월
천장산 아래에서

이 책의 논문들은 다음과 같은 출처를 지님을 밝힌다.

「식민화 교육 담론의 자체 모순과 혼란-『학부의 보통학교 학도용 수신서』를 중심으로」, 『현대문학의 연구』 45집, 한국문학연구학회, 2011.11, pp.181~209.
「식민주의 교육담론의 內的 矛盾-학부와 朝鮮總督府의 『보통학교 學徒用 修身書』를 중심으로-」, 『어문연구』 39권 4호, 한국어문교육연구회, 2011.12, pp.479~502.
「근대계몽기 시조에 나타난 시간성 연구-『대한매일신보』의 「詞藻」난을 중심으로」, 『세계문학비교연구』 29집, 세계문학비교학회, 2009.12, pp.5~26.
「식민지 시기의 시단(詩壇)의 민족 표상에 관한 시론(試論)」, 『한민족문화연구』 457집, 한민족문화학회, 2015.2, pp.535-563.
「식민지 시기의 김기림 비평에 나타난 민족 표상의 성격 재고(再考)」, 『한민족문화연구』 453집, 한민족문화학회, 2014.2, pp.429-457.
「부르주아 민족주의 좌파 경향의 시인 유완희」, 『우리문학연구』 46집, 우리문학회,

2015.4, pp.171-194.

「근대적 교육 주객의 분화와 아동의 발견-신문『붉은 저고리』를 중심으로-」, 『국제어문』 52집, 국제어문학회, 2011.8, pp.205~230.

「1930년대의 주요 동요·동시에 나타난 아동 관념의 변화」, 『한국사상과 문화』 77집, 한국사상문화학회, 2015.3, pp.403~425.

「민족을 기억하는 문학적인 방식-1940년대 중반 기념시집을 중심으로-」, 『한국현대문학연구』 30집, 한국현대문학회, 2010.4, pp.289~314.

「아메리카니즘과 성매매 여성-주요 전후소설을 중심으로」, 『우리어문연구』 49집, 우리어문학회, 2014.5, pp.429-457.

「해방기 소설의 민족주의 과잉 양상 고찰-일본인 소재의 소설을 중심으로」, 『어문학』 123집, 한국어문학회, 2014.3, pp.243-266.

「1940-50년대 문학에 나타난 미군의 재현 양상 연구」, 『어문학』 109집, 한국어문학회, 2010.9, pp.309~332.

차례

■ 서문__5

제1부 식민 전후의 민족 표상

제2부 식민지 시기의 민족 표상

제3부 해방 전후의 민족 표상

제1부
식민 전후의 민족 표상

식민화 교육 담론의 자체 모순과 혼란
-『보통학교 학도용 수신서』를 중심으로

Ⅰ. 서론

  1904년의 제1차 한일협약부터 1910년의 한일병합조약까지 약 6년간
은, 한반도 안에서 두 국가의 권력이 부딪치고 갈등하면서 위기에 치닫
던 혼란의 시기이다. 일본이 국내에 설치한 통감부가 대한제국의 거의
모든 권력을 압도함에도, 완전한 병합에 도달하지 못한 관계로 민심의
반발과 국제사회의 갈등 속에서 식민화를 진행하던 때인 것이다. 이러
한 상황에서 통감부의 정책은 한편으로 일본이 우등하고 대한제국이
열등하다는 식민화의 정책을 공공연하게 유포·확산시키면서도, 다른
한편으로는 그 과정에서 많은 혼란과 분열을 보이게 된다. 이 글에서
주로 다룰『보통학교 학도용 수신서』(1907-8년)는 통감부의 식민화 교
육 담론이 표층적인 차원에서 정합적·체계적인 것이지만, 심층적인 차
원에서는 자체 모순과 혼란에 빠져 있음이 잘 드러난다는 점에서 주목
을 요한다1).

---

1) 『보통학교 학도용 수신서』는 대한제국의 교육행정을 지배한 통감부의 제2대
  학정참여관인 미츠치 츄조(三土忠造)가 실질적으로 주도하여 만든 수신 과목
  교과서(때에 따라 수신 교과서나 수신서로 표현함.) 중의 하나로써, 당대 4년제
  보통학교에 다니던 8-16세 학생의 지적·도덕적인 수준에 맞춰져 있다. 이 수신
  서는 개인의 수양을 중심으로 가정 및 사회·국가 생활에서 학생이 습득·체득해
  야 할 덕성 함양에 초점이 맞춰진 윤리교과서의 일종인 것이다. 통감부의 실질

『보통학교 학도용 수신서』의 편찬 이유는, "조선인에게서 특히 결여된 덕성에 중심을 두어서 도덕교육을 하는 것이 가장 급무 중의 급무"2)라는 통감부 제2대 학정참여관 미츠치 츄조(三土忠造)의 발언에서 잘 확인된다. 통감부는 대한제국을 식민화하기 위해서 '조선인'이 '결여'된 열등자인 반면에 일본인은 그 '결여'를 채우는 우등자로 여기는 식민화의 논리를 개발하고, 그 논리의 유포와 확산을 위해 교과서 편찬에 힘을 쏟는다3).『보통학교 학도용 수신서』역시 그러한 논리에 근거를 둔 교과서 중의 하나이다. 이때 검토해야 할 사항이 바로 식민화의 논리와 그 실천 사이의 괴리이다.『보통학교 학도용 수신서』는 우등/열등의 이분법적인 식민화의 논리를 드러내고자 하는 편찬의도를 지니면서도, 그 실제에 있어서는 자체 모순을 드러내고 분열되어 있음을 여실히 보여주기 때문이다.

총 4권으로 구성된『보통학교 학도용 수신서』는 4년제 보통학교 학생을 대상으로 한 수신 과목의 교과서이다. 여기에서 수신이란 유교의 수신제가치국평천하(修身齊家治國平天下)에서 나온 말로써 효와 충의 근본이 수신에서 비롯된다는 것인데, 이러한 수신 과목의 성립과 학제화는 통감부의 입장에서 식민화를 위해 꼭 필요하면서도 현실적으로는 곤란한 작업이 아닐 수 없다. 일본이 우등하고 대한제국이 열등

적인 지도·지배를 받은 학부가 1907년에 권1,2,3권을, 그리고 1908년에 권4를 연이어 편찬했고, 한일병합 이후 새로운 수신서가 발간되기 이전인 1912년까지 병합 상황에 맞게 약간의 수정과 변화를 거치면서 교재로 사용되었다. 본 논문에서는 1907-1908년도 판을 주요 연구대상으로 확정하기로 한다.

2) 三土忠造,「朝鮮人の教育」,『教育界』9.12, 일본:금항당, 1910.10.3.

3) 본 논문에서는 논문진행의 편의상 용어의 혼란을 피하기 위해서 한반도 내의 거주민이 세운 국가를 그 시대별 호칭에 맞게 고려, 조선, 대한제국(1897.10.-1910.8.22.)으로, 그 거주민은 한인, 민중, 국민 등으로 상황에 따라 적절하게 명하고자 한다. 또한 일본 지역은 일본으로 칭하고자 한다.

하다는 발상은, 한일 각국의 오랜 역사와 찬란한 문화, 그리고 근대화와 제국주의·식민주의·민족주의에 대응하는 각 국가와 민중의 노력에 비추어볼 때에 상당히 편파적이고 폭력적인 사고가 될 수밖에 없기 때문이다. 일본은 이러한 상황에서 우등/열등의 식민화 논리에 근거한 수신 교과서를 개발하기 때문에, 그 교과서는 필연적으로 자체 모순과 분열의 산물이 되는 것이다.

지금까지 수신 교과서에 대한 연구사에서는 일본이 우등하고 한국이 열등하다는 이분법적인 인식론이 식민화의 논리임을 지적하거나 규명하는 데에 초점이 맞춰졌을 뿐, 그 인식론 자체를 문제 삼고 해체·재구성하려는 재고(再考)의 노력이 아쉬웠다. 먼저 『보통학교 학도용 수신서』에 대한 주요 언급은 우등/열등의 이분법적인 인식론이 내재되어 있음을 비판적으로 분석한 것이었다. 수신서의 한일 인물에 대해서 李淑子가 '朝鮮'은 '否定的'이나 일본은 '情深'4)하다고 한 내용을 비판하거나, 박제홍이 "철저히 조선인을 경시"5)한다는 지적이 그 대표적인 사례이었다. 이러한 분석은 반일감정에 대한 통감부의 대응 전략을 언급할 때에도 마찬가지였다. 몇몇 논자들은 통감부가 우월한 위치에서 열등한 대한제국과 그 국민의 불만을 해소하고자 전략적으로 타협과 유화책을 쓰고 있음을 논의했다.6) 그러나 이러한 논의는 우등/열등

---

4) 李淑子, 『敎科書に描 朝鮮と日本』, ほるぷ出版, 1985, 210-212쪽.
5) 박제홍, 『근대한일 교과서의 등장인물을 통해 본 일본의 식민지 교육: 보통학교 수신서와 심상소학수신서를 중심으로』, 전남대대학원 박사학위논문, 2008, 67쪽.
6) 이시마츠 케이코(石松慶子)는 "한국사회에 뿌리 깊게 내린 유교적 가치관을 근대적 가치관과 병존시켜, 한문교육, 그리고 한국 황실에 대한 충군애국의 내용"이 "한국인의 반발 등의 현실에 타협한 전략적인 측면"(石松慶子, 「통감부치하 대한제국의 수신교과서·국어독본 연구」, 연세대대학원 석사학위논문, 2003, 30쪽.)이 있음을, 그리고 정일권은 "일본풍의 내용"이 최소화된 것은 "일본인에

의 이분법을 의문시하게 만들거나 넘어서는 중요 내용도 모두 이분법의 구도 속에서 살펴봤다는 점에서 문제점이 있었다.

식민화의 논리에 대한 논자들의 이러한 태도는 통감부의 후신인 조선총독부가 발행한 수신서를 살펴볼 때에도 유사했다. 한쪽이 우등하여 열등한 다른 한쪽을 지배한다는 일본의 식민화 논리는, "통치 이데올로기성"7), "천황제 이데올로기"8), '지배이데올로기'9) 등의 용어로 변주되어 지적·언급되었다. 아울러 특정한 시기의 식민지 교육 정책이나 전체 식민기간 동안 교육 정책의 변화가 검토될 때에도, 주로 일본의 식민화 논리가 우등/열등의 이분법에 근거하고 있음이 비판되었다10). 이러한 비판은 나름대로 통찰적인 것이었지만, 이분법적인 인식

대해 최소한으로 이미지메이킹하는 것 이상의 작업은 조선을 강점하고 난 이후에 해도 늦지 않았"(정일권, 「일제하 초등학교의 수신교육에 관한 연구」, 성균관대대학원 석사학위논문, 2004, 125쪽.)음을 지적한 바 있었다.

7) 지호원, 『일제하 수신과 교육 연구』, 부산대대학원 박사학위논문, 1997, 163쪽.
8) 정태준, 「일제강점기하 수신교과의 정책연구」, 『일본어교육』 27, 한국일본어교육학회, 2004, 261쪽.
9) 이병담, 『근대일본과 조선총독부 초등학교 수신교과서 비교』, 전남대대학원 박사학위논문, 2006, 331쪽.
10) 특정한 시기의 식민교육정책에 대한 주목할 만한 논의는 정재철과 손종현의 논문이 있으며, 식민지 기간 내의 교육 정책 변화를 살펴본 주요 논의는 오세원과 김용갑·김순전의 논문이 있다(정재철, 「제3차 조선교육령 시행기의 일제식민지주의 교육정책」, 『한국교육문제연구소논문집』 2, 중앙대학교 한국교육문제연구소, 1985, 1-43쪽 참조;손종현, 『일제 제3차 조선교육령기하 학교교육의 식민지배관행』, 경북대대학원 박사학위논문, 1993, 참조;오세원, 「일제강점기 식민지 교육정책의 변화 연구」, 『일본어문학』 27, 한국일본어문학회, 2005, 273-292쪽 참조;김용갑·김순전, 「『보통학교수신서』에 나타난 사후영웅화의 양상」, 『일본문화학보』 35, 한국일본문화학회, 2007, 83-103쪽 참조).
이 외에도 당시의 독본류에 대한 주목할 만한 연구가 있어 부기한다. 구자황, 「'독본(讀本)'을 통해본 근대적 텍스트의 형성과 변화」, 『상허학보』 13, 상허학회, 2004, 213-244쪽 참조;허재영, 「근대계몽기 이후 국어교과의 성립 과정 연구

론이 문제가 됨을 지적했을 뿐이지 그 인식론을 해체·재구성하는 데에까지 나아가지 못한 점이 있었다. 이 점에서 본 논문에서는 기존 연구사의 주요 성과를 수용·활용하면서도, 일본이 주도한 식민화 교육 담론을 새로운 시각으로 살펴보고자 한다.

본 논문에서는 수신서에 나타난 일본의 식민화 논리가 우등/열등하다는 이분법적인 인식론이 아니라, 자체 모순과 혼란을 지닌다는 탈(脫)이분법적인 인식론에 근거하여 연구될 필요가 있음을 문제제기하고자 한다11). 이러한 문제제기를 위해서는 가라타니 고진(柄谷行人), 미셸 푸코(Michel Foucault), 그리고 자끄 데리다(Jacques Derrida)의 논의를 참조하여 탈이분법적인 인식론을 구성한 뒤12), 그러한 인식론으

」,『중등교육연구』53.1, 경북대학교 중등교육연구소, 2005, 127-164쪽;김혜련, 「제1차 조선교육령기『普通學校朝鮮語及漢文讀本』수록 제재 연구」,『돈암어문학』23, 돈암어문학회, 2010, 61-95쪽 참조;강진호, 「'국어 교과서'의 형성과 일제 식민주의」,『현대소설연구』46, 한국현대소설학회, 2011, 65-99쪽 참조.

11) 기존의 수신서 연구사에서는 통감부가 보여준 우등/열등으로 이분법화된 식민화 논리를 지적·비판하는 데에 주목했지만 아쉽게도 그 논리가 자체 모순과 혼란을 상당히 지니고 있음을 제대로 논구하지 않았다는 본 연구자의 판단은, 이 논문의 출발점이다. 따라서 본 논문에서는 우등/열등의 식민화 논리를 이분법적인 인식론으로 규정하고, 그것을 해체·재구성하기 위해서 탈이분법적인 인식론을 구성하여 논의를 전개하고자 하는 의도를 지닌다. 논자에 따라서는 이러한 논문의 의도에 대해서 식민화 논리가 역사적·사회적인 현실·사실을 은폐·왜곡해야 성립하는 것이고, 이런 의미에서 자체 모순과 혼란은 너무 당연하여 굳이 논의화할 필요가 있을까 하는 비판이 가능하리라고 본다. 그렇지만 수신서 연구사가 우등/열등의 식민화 논리를 주로 지적·비판하는 데에 치중해 있는 상황에서는 자체 모순과 혼란을 지적하는 본 논의가 반드시 필요하리라 본다. 이런 측면을 너그럽게 읽어주기 바란다. 익명의 심사위원의 일리 있는 지적에 대해서 이 자리를 통해 감사드린다.

12) 이 논문에서 연구방법론으로 활용하고자 하는 탈이분법적인 인식론이란, 주로 가라타니 고진의 풍경론과 미셸 푸코의 배제론과 자크 데리다의 파르마콘론에 근거를 둔 것으로써 구조를 형성하는 두 대립항의 위계질서를 고정된 것으

로 수신서를 재검토하고자 한다. 수신서에 나타난 반(半)식민지의 풍경이 대한제국과 일본의 역사성을 은폐한다는 점(II장), 대부분의 인물서사가 배제의 외부적·내부적인 과정을 거쳐 만들어진다는 점(III장), 그리고 '착한 사람'을 목표로 하는 수신이 '약'이면서도 '독'이 된다는 점(IV장)은, 일본이 우등하고 대한제국이 열등하다는 이분법의 식민화 논리가 자체 모순을 지님을 잘 드러낼 것으로 기대된다.

II. 반(半)식민지의 풍경이 은폐한 것

일본이 우등하거나 대한제국이 열등하다는 『보통학교 학도용 수신서』의 몇몇 내용은, 일종의 현실(real)보다는 풍경을 보여준 것에 가깝다. 여기에서 말하는 풍경이란 가라타니 고진의 말을 빌면, 외부 세계에 무관심한 내적 인간이 역사와 타자를 배제하고 자신의 인식틀

규정짓는 구조적 인식의 경직성을 극복하자는 탈구조주의적인 인식의 한 방법을 뜻한다. 가라타니 고진은 풍경의 발견이 주위의 외적인 것에 무관심한 내적 인간에 의해 이루어져 외적인 것의 역사성(기원)이 은폐되어 주체(우등자)/객체(열등자)라는 인식론적인 공간이 성립된다고 하고(柄谷行人, 박유하 역, 『일본 근대문학의 기원』, 민음사, 1997, 참조.), 미셸 푸코는 담론이 생산될 때 금지·분할·배척·진위대립의 외부적인, 그리고 주석·저자·과목들 등의 내부적인 배제(exclusion) 과정이 개입되어 주체(우등자)와 객체(열등자)의 분할(partage)이 생긴다고 통찰하며(M. P. Foulcault, 『담론의 질서』, 이정우 역, 서강대출판부, 2002, 10-26;56-73쪽 참조.), 데리다는 플라톤이 글을 약이자 독이라고 하면서 말을 중시여긴 음성중심주의적인 태도를 전복시켜 말 역시 그리 믿을 것이 되지 못한다면서 약/독을 모두 뜻하는 파르마콘(pharmakon)을 탈이분법적인 해체기호로 제시한 바 있다(김형효, 『데리다의 해체철학』, 민음사, 1993, 참조.). 이들의 논의를 참조하여 『보통학교 학도용 수신서』를 검토하면 우등/열등의 이분법적인 인식에서 벗어나는 것이 가능하리라 본다.

(episteme)대로 바라본 이미지를 의미한다[13]. 통감부가 대한제국과 그 국민이 열등하다고 바라보고 담론화한 것은 현실을 사실적으로 표현했다고 주장할지라도, 우등/열등의 이분법적인 식민화의 논리를 하나의 인식틀로 지니고서 반(半)식민지[14]의 풍경으로 서술한 것에 불과하다. 이때 문제가 되는 점은 이러한 반식민지 풍경의 발견이 대한제국과 일본의 역사성을 은폐하여 자체 모순이 발생한다는 것이다.

수신 교과서에서 대한제국이 열등하다는 반식민지의 풍경이 단적으로 나타난 것은 세 부분인데, 이 세 부분은 그 국가의 역사성이 은폐돼 자체 모순이 발생하는 지점이 된다. 먼저, 수신 교과서에서 의학과 시간을 서술하는 부분에서는 통감부의 교과서 편집자가 대한제국을 반식민지의 풍경으로 바라보고 있음이 잘 드러나 있다. 근대화가 선행된 일본을 대리한 통감부는, 근대화의 진행이 늦은 대한제국을 미개하고 게으른 열등자로 풍경화하고 있기 때문이다. 이러한 서술은 대한제국이 의학과 시간에 대한 나름의 역사성을 지니고 있음을 염두에 둘 때에 상당히 모순적이 아닐 수 없다.

痘疫은 種痘로써 預防홈을 엇는도다. 文明諸國에셔는 사롬마다 幼時에 반다시 種痘롤 식히는 故로 痘疫으로 因ᄒ야 天命을 夭折ᄒ거나 面上에 痘痕 잇는 者ㅣ 全無ᄒ니라. 我國에셔는 오히려 種痘의 功效롤 아지 못ᄒ는 者ㅣ 잇셔셔 兒童이 痘疫으로 死ᄂᄂᄒ는 者ㅣ 만흐니 慨歎홀

---

13) 柄谷行人, 박유하 역, 『일본근대문학의 기원』, 민음사, 1997, 11쪽 참조.
14) 반(半)식민지라는 용어는 형식적으로는 주권을 가진 독립국이면서도 실질적으로는 다른 나라의 세력에 제압되어 있는 나라라는 사전적인 의미를 지닌다. 1904-1910년의 대한제국이 황실이 존재하는 상태이면서도 정치적·경제적·군사적인 억압의 상태에 놓여있음을 지시하는 것으로 논문진행의 편의상 규정하고자 한다. 추후 대한제국의 반식민지적인 특성에 대한 논의가 필요하리라 본다.

바이로다.15)

英國사룸은 온갖 일에 時間을 嚴ᄒ게 定ᄒ야 일ᄒᄂ 時間에ᄂ 緊要ᄒ
일이 아니면 말 ᄒ마디 酬答ᄒ지 안코 吸煙도 ᄒ지 아니ᄒ며 무슴 滋味
잇ᄂ 일이 잇슬지라도 귀ᄅ 기우려 듯거나 눈을 드려 보지 안코 다만 熱
心으로 視務ᄒᄂᄂ도다. (중략) 我國에서ᄂ 視務ᄒᄂᄃᄋ 勤勉ᄒᆷ도 업고 遊
戱ᄒᄂᄃᄋ 快樂ᄒᆷ도 업시 時間을 空費ᄒᄂ 사룸이 ᄀ장 만ᄒ셔 일을 ᄒ던
지 길을 가던지 긴 烟竹을 입에 물고 懶怠ᄒᆷ이 極度에 達ᄒ야 國民의
元氣가 떨치지 못ᄒ니 이ᄂ 一日이라도 밧비 고칠 習慣이니라.16)

위의 두 서술에서 문제시되는 점은 종두법과 근면에 대한 대한제국
의 역사성이 은폐된 채로 그려지고 있다는 것이다. 첫 번째 인용에서
'文明諸國'과 달리 "我國에서ᄂ 오히려 種痘의 功效ᄅ 아지 못ᄒᄂ
者ㅣ 잇셔셔 兒童이 痘疫으로 死ᄉᄒᄂ 者ㅣ 만"다고 하지만, 실제의
역사는 이와 다르다. '我國'에서는 이미 18C 말에 인두법이, 그리고
1882년에 지석영 등에 의해서 우두법이 전파·시행되고 있었고17), '文
明諸國' 중 하나로 여겨지는 일본에서는 1858-1876년에 우두법을 시행
하고자 예방규칙을 마련한 뒤 전국적으로 강제접종을 실시했음에도

---

15) 학부, 「제5과 衛生」, 『보통학교 학도용 수신서』 권4, 1908, 16-17쪽.
16) 학부, 「제4과 適當히 勤務ᄒ고 適當히 遊戱ᄒᆷ」, 『보통학교 학도용 수신서』
    권3, 1907, 12-14쪽.
17) 종두법은 면역물질을 사람에게 얻는 인두법(人痘法)과 소에게서 얻는 우두법
    (牛痘法)으로 나뉜다. 인두법보다 우두법이 효과가 크다. 우두법은 1796년 에드
    워드 제너가 발견한 뒤, 세계적으로 확산되었다. 지석영의 우두법은 일본인이
    세운 제생병원에서 배운 것이다(서용태, 「1877년 부산 제생병원의 설립과 그
    의의」, 『지역과 역사』 28, 부경역사연구소, 2011.4, 239-276 참조;『한겨레21』
    497, 2004. 2. 26. 참조.).

계속 유행한 바 있다[18]. 이런 종두법의 역사를 염두에 둘 때에 통감부의 교과서 편집자는 조선과 대한제국의 종두법 역사와 지석영의 전파 노력을 배제한 채로 자신의 인식틀 대로 미개/문명의 이분법을 위계화한 것에 불과하다.

두 번째 인용 역시 대한제국의 역사성을 은폐한 서술이다. 인용문에서는 '英國사룸'과 달리 "視務ᄒᆞᄂᆞᆫ디 勤勉홈도 업고 遊戲ᄒᆞᄂᆞᆫ디 快樂홈도 업시 時間을 空費ᄒᆞᄂᆞᆫ 사룸이 ᄀᆞ장 만ᄒᆞ셔" "國民의 元氣가 펼치지 못"한다고 한다. 그렇지만 이 교과서가 집필될 당시인 1900년대는 직선적·진보적·계몽적인 시간관의 수용과 확산으로 인해 시간에 대한 인식이 근본적으로 변하던 시기이다[19]. 구체적으로 말해서 당대의 계몽주의자들은 미몽에서 깨어나 "黃金又흔 이 歲月에, 壹刻인들 虛送ᄒᆞ"[20]하지 말고 "ᄒᆞ루밧비 束縛 면코, 列强國과 同等되"[21]자는 근면을 독려하여 "國民의 元氣"를 북돋던 때이다. 교재 편찬자는 이러한 대한제국의 역사성을 은폐한 채로 근대화의 차이로 게으름/근면의 이분법을 공론화하는 것이다[22].

이러한 교과서 서술의 행태가 더욱 문제시되는 것은 일본이 자신의

18) 湯本豪一, 연구공간 수유+동아시아 근대 세미나팀 역, 『일본 근대의 풍경』, 그린비, 2004, 458쪽 참조.
19) 강정구, 「근대계몽기 시조에 나타난 시간성 연구」, 『세계문학비교연구』 29, 세계문학비교연구학회, 2009, 5-26쪽.
20) 「勸少年」, 『대한매일신보』 1908. 12. 22.
21) 「宜부부」, 『대한매일신보』 1909. 8 .22.
22) 1870년대 초의 일본인 역시 서양인의 눈에 게으름뱅이로 보인 것은 이러한 논의를 증거한다. "산업혁명 이후 일찍이 근대 사회에 진입하여 열심히 일하기 시작했던" "영국인 화가 C. 와그먼이 '일본인이여! 깨어나서 일하라!'고 주장하는 그림"을 그린 바 있다. 淸水勳, 김희정·윤소영 역, 『메이지 일본의 알몸을 훔쳐보다』, 어문학사, 1992, 90쪽.

역사성마저 은폐한다는 점이다. 일본은 대한제국을 열등한 국가로 바라보기 위해서 스스로를 우등한 국가로 여기는 인식이 전제되어야 한다. 그렇게 하기 위해서 일본은 자국의 역사성마저 은폐해야 찬란한 문화유산을 지닌 대한제국보다 우등하다는 인식틀이 완성되는 것이다. 일본은 대한제국을 열등한 국가로 풍경화하기 위해서 열등한 모습을 지닌 자국 역시 우등한 국가로 풍경화해야 하는 것이다. 이 지점에서 반식민지의 풍경이라는 인식틀을 지니기 위해서는 풍경화하는 자가 스스로를 풍경화해야 하는 모순적인 양상이 은폐되어 있는 것이다. 수신 교과서에서 청결을 서술하는 부분을 주목하기로 한다.

> 우리나라 사롬들은 衣服을 자조 洗濯ᄒ나 그러ᄒ나 沐浴을 稀少히 ᄒ 는도다. 身體衣服뿐 아니라 家內庭園道路等도 淸潔케 홈이 可ᄒ도다. 道路에 大小便을 누며 집밧그로 大小便을 流出케ᄒ야 惡臭가 觸鼻홈은 文明國에셔는 決코 업는 일이니라.23)

1872년 2월에 발생한 대화재로 쓰키지(築地)와 긴자 일대가 전소된 후, 도코에서는 구미 수준의 도로 건설이 추진되어 '신바시-교바시' 간에 폭 15간의 도로가 생겨났다. (중략) 처음에는 인도 외에는 포장을 하지 않아 바람이 불면 흙먼지 때문에 눈도 뜰 수 없을 지경이었다고 한다. 그림2는 그러한 일본의 도로사정에 우는 소리를 하는 외국인들의 모습이다. 그로서는 비포장 도로를 견디기가 어려웠을 것이나 일본인도 고통스럽기는 마찬가지였다. 그림3은 1897년의 도교의 도로이다. 도로변에 전신주도 나란히 서 있고 서민들도 문명개화의 혜택을 누리고 있는 듯하지만, 도로 사정은 여전히 엉망이어서 진흙탕 물을 온통

---

23) 학부, 「제12과 淸潔」, 『보통학교 학도용 수신서』 권2, 1907, 49-50쪽.

뒤집어쓴 통행자, 미끄러져 막 넘어지려는 마차 따위의 광경을 보면 근대국가다운 면모라고는 조금도 찾아볼 수 없다.

본격적으로 도로가 포장되기 시작한 것은 자동차가 등장한 후부터 인데, 도쿄시는 1911년에 이르러서야 처음으로 시험 포장을 했다.[24]

위의 인용에서 수신 교과서의 편집자는 "家內庭園道路等도 淸潔케 홈이 可"함에도 "우리나라 사람들"은 그렇지 못하고 "文明國에셔는 決코 업"다고 서술한다. 그렇지만 아래의 인용을 보면 '문명국'인 일본 역시 그렇지 못한 듯싶다. 일본의 수도인 도쿄는 1911년에야 도로의 시험 포장을 했는데, 그 이전에는 "바람이 불면 흙먼지 때문에 눈도 뜰 수 없을 지경"이거나 "진흙탕 물을 온통 뒤집어쓴 통행자, 미끄러져 막 넘어지려는 마차 따위의 광경"을 너무 자주 외국인들에게 보인 것 이다. 정리해서 말하면, '문명국'으로 여겨지는 일본 역시 교과서 서술 당시에는 청결과는 거리가 먼 도로 상태를 지녀 외국인들에게 불만의 표적이 된 것이다. 일본은 이러한 자국의 역사성을 은폐하고 마치 우등 한 주체처럼 인식틀 위에 설정해 놓고, 자국과 대동소이한 대한제국을 열등한 국가로 풍경화한 것이다. 이처럼 반식민지의 풍경은 대한제국 과 일본의 역사성을 은폐함을 전제로 발견된다는 점에서 자체 모순을 지닌 것이다.

---

24) 湯本豪一, 연구공간 수유+너머 동아시아 근대 세미나팀 역, 『일본 근대의 풍 경』, 그린비, 2004, 344-345쪽.

Ⅲ. 인물 서사의 외부적·내부적인 배제 과정

『보통학교 학도용 수신서』에서는 대한제국을 비롯한 동서양의 주요 인물이 단형 서사의 형식25)으로 삽입되어 있는 경우가 많다. 교과서 편집자는 이러한 인물 서사를 통해서 통감부가 의도하는 수신의 모델을 만들고자 하는 전략을 분명히 보여주는데, 이때 이 전략이 지닌 모순은 주요 인물이 서사화되는 담론의 외부적·내부적인 배제 과정을 검토할 때에 잘 드러난다. 교과서 편집자가 서술해 놓은 인물 서사는, 담론의 배제 과정을 거치면서 일관성이 없게 되거나 실제와 불일치되기 때문이다.

인물 서사는 누가 선택되는가 하는 외부적인 배제와 어떻게 서사화되는가 하는 내부적인 배제의 과정을 통해 담론화된다. 먼저, 누가 선택되는가 하는 담론의 외부적인 배제 과정을 살펴보기로 한다. 수신서에는 고려 인물을 포함한 한인 3명(서필, 이응선, 장구용), 중국인 8명(사마온공, 순거백, 장공예, 난상여, 염파, 여몽정, 장진국, 고범), 서양인 4명(화성돈, 흐란그린, 나이딩겔, 주난), 일본인 2명(존덕, 영목) 등 실명 표기된 총 17명의 인물 서사가 들어 있다. 교과서 편집자는 대한

---

25) 단형 서사란, 김영민에 따르면 근대 계몽기의 신문·잡지에 출현했던 짧은 분량의 서사를 총칭하는 표현이다. 크게 논설류와 소설류로 나뉜다. 논설류란 논설들 가운데 서사성을 띤 서사적논설을, 그리고 소설류란 원전에 '小說/소설/쇼설'이라는 양식 표기가 되어 있거나 한 인물의 일대기 혹은 관련 일화를 기록한 인물기사를 합한 작품들을 지칭한다(김영민, 「근대계몽기 단형 서사문학 개관」, 연세대 근대한국학연구소, 『근대계몽기 단형 서사문학 연구』, 소명출판, 2005, 13-34쪽 참조). 『보통학교 학도용 수신서』에서 수신의 모델은 주로 인물의 관련 일화를 기록한 인물기사의 형태로 나타나는데, 이 글에서는 인물기사 형태의 단형 서사를 인물 서사라는 용어로 표현하여 논의를 전개하고자 한다.

제국의 윤리교과서를 제작함에도 대한제국보다 타국의 인물에 비중을
많이 두거나, 타국 인물은 위인을 선택한 반면에 한인의 경우에는 그
역사를 빛낸 뛰어난 위인을 금지시켜서 우등/열등의 위계질서를 만들
어낸다.

A) 李舜臣은, 우리나라의 第一名將이라. 全羅, 慶尙兩道 바다에셔 敵
兵을 大破ᄒ기 數十次가, 되니 日本의 水軍이, 다, 여긔셔 盡ᄒ지라. 만
일 舜臣이, 아니면 壬辰亂 이, 더욱 限이, 없셧슬 것시오.[26]

B) 一日은 光宗이 羣臣을 불너 各各 黃金 슐잔을 주신더 다 머리롤
조아 天恩을 謝禮ᄒ더, 徐弼은 홀노 밧지 아니ᄒ고 굴ᄋ더 衣服과 氣皿
은 等級을 分明히 홀지며 奢侈ᄂ 사롬의 ᄆ음을 猥濫케 ᄒᄂ 根本이라.
臣 等이 金으로 ᄆ든 그릇을 쓰오면 王은 쟝ᄎ 무엇을 쓰시려 ᄒ시ᄂ잇
가[27]

C) 한 소년이 타인의 명예를 훼손시키다가 동네사람들의 미움으로 고
향을 등진다. 그 소년은 이응선이라는 상업가가 정직하여 시비를 거는
사람이 없음에도 그의 조부가 벌 받았던 일을 드러내어 응선을 조소하고,
장구용이라는 농부가 남의 집 보증으로 일시 파산했다가 후에 상업에서
능력을 발휘해 빚을 갚고 가산이 풍요하게 되었으나 구용을 욕한 바 있
다.[28]

1900년대 후반의 대한제국이 일본의 반(半)식민지가 되어가는 상황

26) 玄采, 「제21과 李舜臣」, 『유년필독』 권3, 1907, 33-34쪽.
27) 학부, 「제3과 신분과 의복」, 『보통학교 학도용 수신서』 권3, 1907, 9-10쪽.
28) 학부, 「제6과 타인의 명예」, 『보통학교 학도용 수신서』 권3, 1907, 18-20쪽 요
약.

에서 자국의 우수성과 반일감정을 드러내고자 할 때에 대표적인 인물 중의 하나는 이순신이 될 것이다. 현채가 집필한 민간교과서인 『유년 필독』에는, 인용문 A)에서 확인되듯이 이순신에 대한 별도의 과가 들 어있다. "敵兵을 大破ㅎ기 數十次가, 되니 日本의 水軍이, 다, 여긔져 盡"했다는 이순신의 일화는 당대의 수신·제가·치국·평천하의 유기성을 고려하면 반드시 언급될 법하지만, 『보통학교 학도용 수신서』에서는 이러한 일화의 삽입이 금지되어 있다29). 이 외에도 강감찬, 을지문덕, 세종대왕처럼 대한제국의 영토를 타국으로부터 지켜내고 문화를 융성 하게 발전시킨 인물 서사가 아예 금지된 것이다.

그 대신에 수신 교과서에는 한인 인물이 총 3명이 나오는데, 이 때에 도 우등/열등으로 분할되고 위계질서화 된다. 인용문 B)에서 서필은 수신 교과서에서 거의 유일하게 미담으로 소개되지만, 그 내용은 "臣 等이 金으로 믄든 그릇을 쓰오면 王은 쟝춧 무엇을 쓰시려 ㅎ"는가 하며 왕에게 신분 차이의 도리를 깨우쳐 주려는 것이다. 그리고 인용문 C)에서는 상업가 이응선과 장구용이 자기 도리를 다 함에도 마을의 한 소년에게 필요 이상의 비방을 받는다는 것을 그 내용으로 한다. 대 한제국의 역사에서 수많은 위인과 영웅이 있지만 그 급으로 따지면 최 고의 범주가 아니거나 약간 우월한 자들이 인물 서사로 삽입되고 타국 의 위인보다 열등한 급으로 위계질서화되는 것이다. 이러한 교과서 편

---

29) 「교과용도서 검정규정」에는 정치적 측면에서 6개항의 검정기준이 있는데, 이 기준에 따라 위인의 일화 삽입이 금지되었음이 확인된다. 6개 항 중 ①한국과 일본의 관계와 양국의 친교를 저해하거나 비판하는 것이 없는가? ④奇矯하고 편협한 애국심을 고취하는 내용이 없는가? ⑤배일사상을 고취하거나 특히 한국 인으로 하여금 일본인이나 그밖의 외국인에 대하여 나쁜 감정을 가지도록 하는 내용과 말투가 없는가? 등의 내용은, 이순신의 서사가 금지된 이유를 설명해준 다. 「교과용도서 검정규정」, 1908.

집자의 행위는 대한제국과 외국 인물의 선택 문제에서 일관성이 없는 것이다.

그리고 외국 인물이 어떻게 서사화되는가 하는 담론의 내부적인 배제 과정을 살펴보기로 한다. 수신서의 외국 인물은 총 14명이다. 이들의 덕목은 인내(장공예, 존덕, 흐란그린), 지혜(사마온공), 관대(여몽정), 정직(화성돈), 우애(순거백), 용기(난상여, 염파), 예의(안거이), 자선·박애(영목, 나이딩겔, 주난), 공사구분(장진국, 고범)으로 각각 나뉜다. 이때 이들의 덕목은 개인생활·가정생활·학교생활·사회생활·국가생활의 항목 중에서 지나치게 개인생활의 항목에 몰려있고, 더욱이 각 인물은 그가 처한 사회적·역사적인 상황이 지워진 거의 추상적인 존재로 서술되어 있다. 이것은 인물이 서사화되는 과정에서 잘 구현된다. 일례로 인내의 덕목이 서사화되는 과정을 살펴보기로 한다.

　　D) (장공예가 말하기를-편자 주) 일족이 和睦ᄒ는 道는 다만 認 一字 쑨이오이다.[30]

　　E) (존덕이 백부의 좁은 소견과 질책을 참으면서 노력하여 성공한 것을 두고서-편자 주) 格言 艱難이 너로 ᄒ야곰 玉을 일오ᄂ니라.[31]

　　F) 흐란그린은 怒ᄒ기 쉬운 性稟이 잇ᄂ지라 이 惡性을 스스로 곳치고져 ᄒ야 사롬을 對홈에 奮激혼 일이 잇스면 곳 말을 니지 안코 一부터 十ᄭ지 혜인 後에 徐徐히 입을 여러 말ᄒ기로 心盟ᄒ엿더니 後에ᄂ 習慣이 되어 怒홈이 적어졋다 ᄒ더라[32]

30) 학부, 「제9과 인위지덕」, 『보통학교 학도용 수신서』 권2, 1907, 36쪽.
31) 학부, 「제13과 二宮尊德2」, 『보통학교 학도용 수신서』 권2, 1907, 58쪽.
32) 학부, 「제5과 흐란그린」, 『보통학교 학도용 수신서』 권3, 1907, 16쪽.

위의 인용문 D)-F)는 각각 장공예, 존덕, 흐란그린(프랭클린)의 일화이다. 동서고금의 위인인 이들의 공통점은 인내라는 덕목이 유별나게 강조되고 있다는 것이다. 인용문 D)의 장공예는 "일족이 和睦ᄒ"기 위해서, 인용문 E)의 존덕은 '艱難'을 극복하기 위해서, 그리고 인용문 F)의 '흐란그린'은 "怒ᄒ기 쉬운 性稟이 잇는지라 이 惡性을 스스로 곳치"기 위해서 인내한다.

이러한 인내 덕목의 강조와 반복은, 그것을 읽는 학생에게 자신이 처한 반식민지의 현실에서도 인내가 가장 중요한 삶의 태도이자 방향인 것으로 오인되게 만든다. 동서고금의 인물이 처한 사회적·역사적인 상황의 차이를 간과·무시한 채로 인내라는 덕목으로 "동일성의 놀이"를 하고 그 내용을 '통제'하여, 주요 위인은 인내를 통해서 위인이 되었다는 오해를 불러일으키기 때문이다. 푸코 식으로 말하면 "동일성의 놀이"를 하는 일종의 '과목'으로 가공되는 것이다[33]. 이처럼 인물 서사는 금지와 분할이라는 외부적인 배제 과정을 통해서 일관성이 없게, 그리고 과목이라는 내부적인 배제의 과정을 통해 차이를 지워 실제와 불일치되게 가공된다.

Ⅳ. '착ᄒ 사롬'이라는 약/독

1906년 8월 제정된 「보통학교 시행규칙」제9조에 나타난 수신 교과목의 교수 요지는, "학도의 덕성을 함양하고 도덕의 실천을 지도"[34]하

---

33) M. P. Foulcault, 『담론의 질서』, 이정우 역, 서강대출판부, 2002, 18-26쪽.
34) 古川昭, 舊韓末近代學校の形成 ,ふるかわ海事事務所, 2002, 72쪽.

는 것이다. 이러한 교수 요지는 다소 막연하여서 구체적인 기표가 필요한데, 『보통학교 학도용 수신서』에서는 그 기표가 일본 수신서의 영향을 받아[35] '착훈 사롬'으로 표현된다. 수신 교과서의 방향을 가장 잘 알 수 있는 제1권 제1과에는 "우리들이 學校에 入學훈 것은 (중략) 착훈 사롬이 되고져 홈"[36]이라면서 '착훈 사롬'이 처음 등장하고, 제1권 제2과에서는 '착훈 학도'가 제목으로 되어 있다. 이때 이 '착훈 사롬'은 수신제가치국평천하라는 수양의 확대 과정에서 통감부의 식민화 논리를 잘 드러내는 약이 되기도 하고, 반대로 그 논리를 비판·거부·부정하는 반대논리를 형성하는 독이 되기도 한다는 점에서 탈구조주의적인 인식론으로 접근할 필요가 있다.

수신 교과서에서 '착훈 사롬'이라는 기표는, 무엇보다 통감부의 식민화 논리를 잘 드러내는 약이 된다. 수신 교과서는 대한제국의 국민이 일본의 보호국 국민으로서 선량하고 평화로운 덕성을 지니게 하고자 할 때에[37] 핵심적인 교과목이 된다. 이때 이 선량하고 평화로운 덕성이

---

35) 일본 수신서 『심상소학수신서』에서는 '착한 어린인'·'좋은 일본인'이 구체적인 기호로 제시되어 있는데(이병담, 「근대일본 아동의 탄생과 신민만들기-『심상소학수신서』를 중심으로」, 『일본어문학』 25집, 한국일본어문학회, 2005, 242쪽 참조.), 『보통학교 학도용 수신서』의 '착훈 사롬'은 '착한 어린인'·'좋은 일본인'의 대한제국적인 표상이 된다.
36) 학부, 「제1과 學校」, 『보통학교 학도용 수신서』 권1, 1907, 1쪽.
37) 제1대 학정참여관인 시데하라 타히라(蔽原坦)가 1905년 4월에 제안한 보고서 「한국교육개정안」의 주요 내용은, 제2대 학정참여관인 미츠치 츄조(三土忠造)를 비롯하여 통감부의 교육정책에 초석이 된다(石松慶子, 「통감부치하 대한제국의 수신교과서·국어독본 연구」, 연세대학원 석사학위논문, 2003, 12-37쪽.). 그 주요 내용은 다음과 같다. ①일본정부의 대한정책에 따라서 장차 한국이 제국의 보호국으로 만반의 시설개량을 하는데 적당한 교육을 실시한다. ②한국민에게 선량하고 평화로운 미성(美性)을 함양하게 한다. ③일본어를 보급한다. ④종래 한국의 형식적인 국교였던 유교를 파괴하고 새로운 신지식을 일반에 개발

란, 엄밀하게 말하면 일본의 식민화 교육과 그 정책에 잘 따르고 협조하는 순응적·순종적이고 기능적인 식민지형 인간이 되는 것에 다름 아니다. 수신서에서는 이러한 '착흔 사롬'이 수신제가(修身齊家)의 차원에서 잘 드러나 있다.

G) "(그디가 물을 흘러 나의 책과 옷을 더럽힌 상황에서-필자 주)나도 쏘흔 그디의 物品을 傷홀 일이 업겟다고 말흐기 能치 못흐니 基時에 容怒흐라고 그디와 ∑치 懇乞흐면 도로혀 未安홀 터이니 조곰도 念慮흐지 말지어다."[38]

H) 運動會에셔도 自己와 競爭흐는 者에게 對흐야 疾走흐는 秘方⌐지라도 ⌐ᄅ쳐 주고 競走홈이 可흐도다. 如此히 흔 後에 타는 一等賞은 진정흔 一等이라. 만일 이 일로 因흐야 二等三等이 되엿스면 自己의 能力이 오히려 他人의게 밋지 못홈이니 더옥 勉強홀 짜롬이라.[39]

I) 祖先의 遺業으로 衣食이 裕足흐야 아모 일도 營爲치 안코 悠悠히 歲月을 空費흐는 者롤 無賴裵라 稱흐느니, 人世에 ⌐장 卑賤흔 者이라. (중략) 職業의 種類는 許多흔지라. 사롬은 所好와 所長을 짜라셔 職業을 擇홀지니. 職業에는 貴賤과 尊卑의 差別이 업느니라.[40]

통감부의 식민화 교육에서 가장 강조되는 점은 대한제국의 국민이 '착흔 사롬'이 되어야 한다는 것이다. 이러한 목적에 부합하는 '착흔

한다. ⑤학제는 번거로움을 피하고, 과정은 비근하게 한다. 佐藤由美, 『식민지교육정책연구の조선·1905-1911-』, 35쪽.
38) 학부, 「제6과 他人의 過失」, 『보통학교 학도용 수신서』 권2, 1907, 24쪽.
39) 학부, 「제8과 君子의 競爭」, 『보통학교 학도용 수신서』 권3, 1907, 28쪽.
40) 학부, 「제2과 직업」, 『보통학교 학도용 수신서』 권4, 1908, 5-7쪽.

사롬'의 요건 중 가장 중요한 것은 식민화 정책을 믿고 따르는 순응적·순종적이고 기능적인 태도이다. 위의 인용문 G)-H)에서는 그러한 인간의 예화를 구체적으로 보여준다. 인용문 G)의 '나'가 책과 옷을 더럽힌 '그더'에 대해서 "나도 쏘흔 그더의 物品을 傷홀 일"이 있을 수 있으니 "조곰도 念慮ᄒ지 말"라는 내용과, 인용문 H)의 '自己' 역시 "競爭ᄒᄂᆫ 者에게 對ᄒ야 疾走ᄒᄂᆫ 秘方ᄭ지라도 ᄀ᷀ᄅ쳐 주고 競走"해 "二等三等이 되엿스면 自己의 能力이 오히려 他人의게 밋"치지 못함을 인정해야 한다는 내용은, 통감부가 대한제국을 식민화하는 현실의 상황을 나름대로 합리화하기 위해서 순응적·순종적인 덕성을 강조함이 암시된다.

아울러 인용문 I)에서도 식민지형 인간의 덕성을 만들고자 하는 교과서 편집자의 의도가 반복된다. 교과서 편집자가 구상한 식민지형 인간은 1900년대 후반의 현실 상황에 대해 고민하여 대안을 모색하는 치국평천하의 모색자가 아니라, 자신과 가계를 위해 노동하는 수신제가의 추구자로 이해된다. "아모 일도 營爲치 안"는 계층이 문제시되는 것은 아마도 반일·항일지식층과 사회지도층을 암시하는 것일 터인데, 그런 자들이 "悠悠히 歲月을 空費ᄒᄂᆫ" '無賴裴'로 표현되는 것은 통감부의 입장에서 볼 때에 일견 당연하다. 식민지형 인간은 "所好와 所長을 ᄯᅡ라서 職業을 擇"하는 기능인이 되어야 하는 것이다.

이처럼 통감부의 식민화 논리를 잘 드러내는 '착흔 사롬'이라는 기표는, 치국평천하의 지평에서 살펴볼 때에는 그 논리를 반박·비판하는 반대논리를 형성하는 기표가 되기도 한다는 점은 주목에 값한다. 보통학교의 윤리교과서는 국민 차원의 덕성을 계몽할 필요 때문에 필연적으로 치국평천하라는 수양의 확대 과정을 서술하기 마련이다. 『보통학교 학도용 수신서』 역시 국가의 황실, 신하, 관리 등에 대해서 국민 덕성의 함양과 실천이라는 측면에서 논리화된다. 이때 통감부의 의도와는 달리 반(反)식민화의 논리가 드러나거나 암시되는 부분이 제시된다.

J) 흔갓 口舌로는 志士仁人이라 稱ㅎ고 不正ㅎ 行爲가 잇거나 四方에 奔走ㅎ야 一事도 實踐치 안코 人民의 膏血을 吸收ㅎ야 衣食을 奢侈ㅎ는 者는 亂臣이며 賊子이니라.[41]

K) 奸臣이 君側에 羅列ㅎ야 聰明을 掩蔽ㅎ면 四境의 民情을 洞察치 못ㅎ는지라. (중략) 權勢롤 誇張ㅎ기 爲ㅎ야 驕奢롤 放縱히 ㅎ거나 官職을 濫用ㅎ야 私利롤 貪ㅎ는 者는 人民의 仇敵이로다.[42]

L) (중략) 況乎 官吏가 되어 政府와 人民의 사이에셔 私橐을 充肥ㅎ면 不忠의 最甚ㅎ이니라.[43]

M) 무슴 일이던지 順序와 方法이 必有ㅎ리니 일에 臨ㅎ거던 深思遠廬ㅎ야 最善ㅎ 方法을 擇ㅎ야 成功ㅎ기롤 期必ㅎ고 成功치 못ㅎ면 마지 안는 사롬이 眞正ㅎ 勇者ㅣ라 ㅎㄴ니라.[44]

위 인용문 J)-M)의 공통점은 '착ㅎ 사롬'이라는 기표가 치국평천하의 지평에서는 통감부의 식민화 논리를 비판·거부하는 반대논리가 된다는 것이다. 인용문 J)의 "亂臣이며 賊子", 인용문 K)의 "人民의 仇敵", 그리고 인용문 L)의 '不忠'한 '官吏'는 모두 대한제국에 해악을 끼치는 관리를 지칭한다. "관리는 이익을 농단(壟斷)하고 모든 사람은

41) 학부, 「제6과 皇室」, 『보통학교 학도용 수신서』 권4, 1908, 20-21쪽.
42) 학부, 「제7과 良吏」, 『보통학교 학도용 수신서』 권4, 1908, 23쪽.
43) 학부, 「제7과 良吏」, 『보통학교 학도용 수신서』 권4, 1908, 26쪽.
44) 학부, 「제7과 眞正ㅎ 勇者」, 『보통학교 학도용 수신서』 권3, 1907, 24쪽.

다 관리가 되어서 안락한 생활을 얻는 것을 이상으로 삼고 거의 다른 것을 돌아보지도 않았다"[45]라는 제1대 학정참여관 시대하라 타히라(蔽原坦)의 발언에서 확인되듯이, 일본은 대한제국의 부패한 관리에 대해서 상당히 부정적인 반(半)식민자의 시선(eyes)으로 바라본다. 그렇지만 이러한 식민화의 시선은 몰락하는 대한제국 내의 관리가 보여준 가장 중요하고 핵심적인 부패가 주로 비애국적·친일적이라는 사실을 염두에 둘 때 애국적·반일적(反日的)인 응시(gaze)에 부딪치게 된다[46]. 다시 말해서 '착흔 사룸'이라는 기표를 중심에 놓고 볼 때 부패 관리가 되지 말라는 격언은 애국적·반일적인 인간이 되라는 역설로 읽히게 된다.

또한 이러한 맥락에서 인용문 M)의 "眞正훈 勇者"는 의미심장하게 해석된다. "일에 臨ᄒ거던 深思遠廬ᄒ야 最善훈 方法을 擇ᄒ야 成功ᄒ기룰 期必ᄒ고 成功치 못ᄒ면 마지 안는 사룸"이 되라는 교훈은, 치국평천하의 지평에서 볼 때에는 독립의 뜻을 심중에 깊이 간직했다가 "일에 臨ᄒ거던 深思遠廬ᄒ야 最善훈 方法을 擇ᄒ야 成功ᄒ"라는 저항·항거·투쟁의 논리로 변형되는 것이다. 이 지점에서 통감부가 의도하는 순응적·순종적인 '착흔 사룸'이 '深思遠廬'하는 저항적·투쟁적인 '착흔 사룸'으로 고양되는 의외의 효과가 발생한다. 통감부의 약이었던

---

45) 蔽原坦, 『朝鮮教育論』, 六盟館, 1919, 29-30쪽.
46) H. Bhabha, 『문화의 위치』, 나병철 옮김, 소명출판사, 2002, 95-143쪽 참조. 응시는 식민자의 시선에 맞서는 타자의 시선을 의미한다. 식민자는 자신의 시선(eyes, 상징계) 속에서 절대적인 타자성을 지닌 타자를 자신이 잘 안다고 여기는 타아(他我)로 만드는데, 그 과정에서 타자는 응시를 되돌려줌으로써 식민자의 상징계에서는 설명할 수 없는 절대적인 타자성이 드러나서 상징계는 균열되고 해체된다. 이 점에서 응시는 식민자의 시선과 섞이면서 저항하는 혼성적인 저항이 된다.

것이 독이 되는 것, 그것은 '착호 사롬'의 기의가 담론자의 위치와 상황에 따라 달라지기 때문이다. 통감부의 수신 논리는 근본적으로 이러한 딜레마에 빠져 있는 것이다.[47]

V. 결론

『보통학교 학도용 수신서』가 발행된 1907-1908년은 한반도 내의 두 국가 권력이 서로 길항하고 있던 시기였다. 일본은 통감부를 내세워 대한제국을 지배하고자 우등/열등의 식민화 정책을 유포시켰지만, 그 과정에서 많은 혼란과 분열을 보였다. 이러한 양상을 당시에 잘 드러낸 것 중의 하나가 바로 본 논문에서 검토한『보통학교 학도용 수신서』였다. 이 수신서는 우등/열등의 식민화 논리를 정합적·체계적으로 드러낸 것으로 알려져 왔고, 그간의 연구사는 그러한 논리를 지적·비판한 것이었지만, 본 논문의 검토 결과 자체 모순과 혼란을 상당히 지니고 있었음이 새로 밝혀졌다. 이 글에서는 식민화 교육 담론의 자체 모순을 선명하게 드러내기 위해서 탈이분법적인 인식론을 구성하여 우등/열등

---

47) Ⅳ장의 이러한 소결론에 대해서 논자에 따라서는 다소 자의적임을 충분히 지적할 수 있다. '착호 사롬'이 통감부의 식민화 논리를 잘 드러내는 약이 되기도 하고, 반대로 그 논리를 비판·거부·부정하는 독이 되기도 한다는 Ⅳ장의 논의가 해석의 문제로 이해될 때에는 일견 타당한 지적이 된다. 물론 이러한 지적이 일리가 있음은 사실이다. 그러나 '착호 사롬'이라는 기표가 독이 되는 증거인 인용문 J)-M)은, 본문에서 논구했듯이 해석보다도 문구의 표현과 당대의 현실 사이의 자체 모순에 의해서 독이 되는 것이고, 더욱이 조선총독부 편의『보통학교 학도용 수신서』(1911-1912년)에서는 삭제되었다는 사실로 미루어 볼 때에, 통감부에서도 충분히 독이 되는 것으로 인지했음을 짐작할 수 있다. 이 논문에서는 이런 취지에서 독이 됨을 강조했음을 이해해주기 바란다.

의 이분법적인 인식론을 해체·재구성했다.

첫째, 일본이 우등하고 대한제국이 열등하다는 수신 교과서의 몇몇 내용은 우등/열등의 인식틀 위에서 이미지화된 하나의 풍경이었는데, 두 국가의 역사성이 은폐됐다는 점에서 자체 모순이 발생했다. 수신서에서는 대한제국이 "種痘의 功效를 아지 못"할 정도로 미개하고 "懶怠홈이 極度에 達"하는 게으른 열등자로, 그리고 일본이 문명화되고 부지런한 우등자로 풍경화되었으나, 그것은 대한제국의 종두법 역사와 지석영의 전파 노력, 그리고 직선적·진보적·계몽적인 시간관의 수용과 계몽주의자의 노력을 은폐한 것에 불과했다. 또한 우등/열등의 풍경이 문제시되는 것은 일본이 자신의 역사성마저 은폐했다는 점이었다. 대한제국에는 "惡臭가 觸鼻"하다는 반식민지의 풍경은, 일본이 외국인의 눈으로 볼 때에 불결했다는 자국의 역사성을 은폐한 채로 우등/열등의 이분법적인 인식틀을 설정해 놓은 것에 불과했다.

둘째, 수신서의 인물 서사는 외부적인 혹은 내부적인 배제 과정을 거치는데, 이 과정에서 일관성을 잃거나 인물의 차이가 간과된 채 실제와 불일치되게 서술되었다. 교과서 편집자는 대한제국의 윤리교과서를 제작함에도 "日本의 水軍이, 다, 여기셔 盡호" '李舜臣'의 서사를 금지시키고, 나아가서 '徐弼'·'이응선'··'장구용'의 경우처럼 최고의 위인이 아닌 자들을 선택하여 타국의 위인과 비교되게 만들어 일관성을 상실했다. 또한 인내의 덕목을 서사화할 때에 '장공예'는 "일족이 和睦호"기 위해, '존덕'은 '艱難'을 극복하기 위해, 그리고 '흐란그린'은 "怒호기 쉬운 (중략) 惡性을 스스로 곳치"기 위해 인내했다고 서술되었다. 이러한 인물의 서술화는 그들이 처한 사회적·역사적인 상황의 차이를 지우고 인내라는 "동일성의 놀이"를 하는 일종의 '과목'으로 가공된 것이었다.

셋째, 수신 교과목의 교수 요지를 구체화한 기표가 '착훈 사름'이었는데, 이 기표는 담론자의 위치와 상황에 따라서 약이면서 독이 되었다. '착훈 사름'이라는 기표는 수신제가의 차원에서 볼 때 통감부의 식민화 논리를 잘 드러낸 약이었다. "조곰도 念慮ᄒ지 말"라는 '나'와 "自己의 能力이 오히려 他人의게 밋"치지 못함을 인정한 '自己', 그리고 "所好와 所長을 짜라셔 職業을 擇"하는 자와 같은 '착훈 사름'은, 통감부가 대한제국의 국민에게 순응적·순종적이고 기능적인 덕성을 요구함을 드러내는 데에 있어서 효과적인 기표였다. 그렇지만 '착훈 사름'이라는 기표는 치국평천하의 차원에서 볼 때에 반(反)식민화의 논리를 드러내는 독이었다. "亂臣이며 賊子", "人民의 仇敵", 그리고 '不忠'한 '官吏'는 부패한 관리라는 반(半)식민자의 시선은, 그 부패가 주로 비애국적·친일적이라는 사실로 미루어 볼 때 애국적·반일적인 반(反)식민자의 응시(gaze)에 부딪쳤다.

이처럼 『보통학교 학도용 수신서』는 표면적으로 우등/열등의 이분법을 정합적·체계적으로 일관되게 드러낸 것처럼 보였지만, 심층적으로는 자체 모순과 혼란으로 가득 차 있던 것이었다. 본 논문에서는 이러한 지점을 풍경과 배제와 파르마콘의 탈이분법적인 인식론으로 선명하게 짚어보았다. 1904년의 제1차 한일협약부터 1910년의 한일병합조약까지 약 6년간 두 국가에서 벌어진 갈등의 양상이 『보통학교 학도용 수신서』에 잘 압축되어 있었던 것이다. 본 연구는 이제 1907-1908년 판과 19011-1912년 판 사이의 비교연구, 나아가 조선총독부가 발간한 수신서 및 국어·역사·지리 등의 타교과목 연구로 확대될 필요가 있다.

식민주의 교육담론의 내적 모순
-학부와 조선총독부의『보통학교 학도용 수신서』를 중심으로

I. 서론

1910년 8월 29일의 한일병합은, 일본에게 있어서 또 하나의 식민지 경영을 알리는 역사적인 사건이 아닐 수 없다. 메이지유신 이래로 국력을 축적한 일본은 20C 전후 식민주의를 사실상 용인하는 세계 정세 속에서 아시아 연대를 주장하며 아시아 대륙 진출의 교두보로써 대한제국을 식민화한 것이다. 이러한 식민화는 일본과 대한제국과 그 외 아시아 각국의 화려한 문화와 유구한 역사를 송두리째 무시한 채로, 전 지구적인 자본주의의 수용 수준과 서세동점의 위기 상황을 강조하면서 일본이 우등하고 한인이 열등하다는 식민주의의 논리를 공공연하게 계몽·유포해야 가능한 것이라는 점에서 필연적으로 내적 모순에 직면하게 된다.

이러한 내적 모순을 잘 보여주는 것 중의 하나는 당대의 초등학교 격인 보통학교의 교과서 중에서 수신을 통한 신민 만들기라는 식민주의 교육담론의 목표를 지니는『보통학교 학도용 수신서』이다.[1] 이 수

---

[1] 이 논문에서 식민주의 논리, 식민주의 교육담론, 내적 모순이란 개념은 논문진 행의 편의상 일정한 정의가 요구된다. 식민주의 논리란 한일 양국의 문화와 역 사를 무시한 채 서세동점의 시대적인 상황을 강조하면서 일본이 우등하고 한인이 열등하다는 이분법적인 사고방식을 의미하는 것이고, 식민주의 교육담론이

신서는 사실상 일본의 지배를 받았던 과거 통감부가 일본 문부성의 수신서를 참조·활용하여 1907-1908년에 주도·제작한 학부 편『보통학교 학도용 수신서』를 대상으로 해서, 조선총독부로 대표되는 식민주의 교육권력이 달라진 현실 상황에 맞게 수정·정정해 1911-1912년 사이에 배포·사용한 것이다.2) 이때 이 수신서를 검토하면, 우등한 일본이 열등한 한인을 계몽한다는 식민주의의 논리가 상당히 자의적이고 불완전한 것임이, 나아가 조선총독부가 식민주의의 의도와 의지를 모순적·분열증적으로 표출한 것임이 드러날 것으로 예상된다. 수신서에는 표면적으로 우등/열등의 식민주의 논리가 내적 일관성을 지닌 것처럼 보이나, 심층적으로는 그 일관성이 결여되어 상당한 모순이 지적된다는 것이다.

조선총독부 판은「제1차 조선교육령」(1911년)에 기초한 수신서『보통학교 수신서 생도용』이 1913년에 배포되기 전까지 보통학교에서 사

란 그러한 식민주의 논리가 교육계에서 구체화되어 구현되는 담론을 뜻하는 것이다. 식민주의 교육담론에서는 한인을 신민으로 만드는 과정에서 일본이 우등하고 한인이 열등하다는 식민주의 논리를 활용했다. 내적 모순이란 수신서의 주요 내용이 서로 상충되거나 문맥의 표층적 의미와 심층적 의미가 서로 다른 것을 함께 지시하는 개념으로 용어화하고자 한다. 아울러 식민자와 피식민자라는 용어는 어색해 보이는 여지가 있음에도 학계에서 관행적으로 쓰고 있고 그 의미를 정확하게 지시한다는 점에서 대안적인 용어가 나올 때까지 한정적으로 사용하고자 한다.

2) 이하 1907-1908년에 제작된 학부 편『보통학교 학도용 수신서』는 학부 판으로, 그리고 1911-12년에 수정·정정된 조선총독부 편『보통학교 학도용 수신서』는 조선총독부 판으로 때에 따라 줄여 부르기로 한다. 또한 두 수신서를 구별할 필요가 없을 때에는『보통학교 학도용 수신서』나 수신서 등의 명칭을 혼용하기로 한다. 또한 일본이라는 표현은 한일병합 전후 대일본제국의 내지나 그 정부나 국민, 혹은 한반도를 지배한 조선총독부를 비롯한 식민자를, 그리고 한인은 대한제국에 속하다가 식민지배를 받은 피식민자를 뜻하는 것으로 논문진행의 편의상 규정하기로 한다.

용된 일종의 임시적·과도기적인 성격을 지니는데, 이러한 성격은 조선총독부가 지닌 초기 식민주의의 논리와 사정을 검토하는 데에 적합하다. 좀 더 구체적으로 말해서 학부 판과 조선총독부 판의 사이에는 조선총독부가 식민 전후의 복잡한 상황에서 반드시 지속되어야 하는 것들, 그리고 변화되어야 하는 것들이 혼재되어 있으며, 이러한 지속과 변화의 혼재에는 식민주의 교육권력이 스스로를 우등화시키기 위한 욕망과 그 결핍의 분열증이 내재되어 있는 것이다.

지금까지 수신서 연구는 식민주의의 논리가 내적 일관성을 지닌다는 점을 전제로 한 경향의 실증주의적인 비판이었지, 그 교육담론이 지닌 모순과 분열을 제대로 검토하지 못한 문제점이 있었다. 먼저, 학부 판과 조선총독부 판을 비교·검토한 글들은 주로 일본의 교육담론에 동화시키려는 조선총독부의 의도가 수신서에 반영되었음을 일방향적으로 검토한 것이었다. 학부 판과 달리 조선총독부 판에서는 식민주의 교육권력이 일본식의 문화를 강조하는 반면 민족의 단결을 저해하는 내용을 보였다는 지호원, "황국신민화의 윤리"를 첨가했다는 정일권, 혹은 「구학부 편찬 보통학교용 교과서 및 구학부 검정 및 인가의 교과용 도서에 관한 교수상의 주의 및 자구 정정표」(1910년)의 규정대로 편집·교수되었다는 박제홍의 검토가 그 대표적인 경우였다.[3]

이런 검토는 식민주의 교육담론이 우등/열등의 식민주의 논리를 일관되게 지님을 실증적으로 살펴본 것이었다. 이러한 연구의 분위기는

---

3) 지호원, 「일제하 수신과 교육 연구」, 부산대대학원 박사학위논문, 1997, 62-68쪽.; 정일권, 「일제하 초등학교의 수신교육에 관한 연구」, 성균관대대학원 석사학위논문, 2004, 29-30쪽.; 박제홍, 『근대한일 교과서의 등장인물을 통해 본 일본의 식민지 교육: 보통학교수신서와 심상소학수신서를 중심으로』, 전남대대학원 박사학위논문, 2008. 참조.

식민 지배 기간 동안 조선총독부가 발행한 보통학교용 수신서 일체를
검토할 때에도 고스란히 유지되었다. 수신서에 반영된 식민주의 교육
권력의 정책을 논의할 때에4), 수신서의 주요 내용을 분석할 때에5), 또

---

4) 식민주의 교육권력의 정책을 논의한 주요 언급은 다음과 같다. 오세원과 정태준
은 식민지 기간 동안 정책의 변화에 대해서, 정재철과 손종현은 제3차 조선교육
령 시기의 교육권력의 정책에 대해서, 그리고 허재영은 1908년 '교과용 도서
검정 규정' 발포와 '교과서 조사 사업'을 통한 교과서 통제 정책을 검토했다(오
세원, 「일제강점기 식민지 교육정책의 변화 연구」, <일본어문학> 27집, 한국일
본어문학회, 2005, 273-292쪽. 참조; 정태준, 「일제강점기하 수신교과의 정책연
구」, <일본어교육> 27집, 한국일본어교육학회, 2004, 261쪽.; 정재철, 「제3차 조
선교육령 시행기의 일제식민지주의 교육정책」, <한국교육문제연구소논문집> 2
집, 중앙대학교 한국교육문제연구소, 1985, 1-43쪽. 참조; 손종현, 『일제 제3차
조선교육령기하 학교교육의 식민지배관행』, 경북대대학원 박사학위논문, 1993,
참조;허재영, 『통감시대 어문교육과 교과서 침탈의 역사』, 경진, 2010, 참조). 이
외에도 전반적인 수신서의 사정에 대해서는 이화여자대학교 한국문화연구원의
『근대 수신 교과서1-3』을 참고했다(유근 외, 박병기 외 역, 『근대 수신 교과서1-3』,
소명출판, 2011, 참조).
5) 수신서에 대한 세부적인 분석은 주로 김순전과 그의 연구팀에 의해서 이루어졌
다. 주요 연구는 다음과 같다. 김용갑·김순전은 '조선'에 관한 서술 변화를, 김순
전·조성진은 교육담론의 동화와 차별을, 김순전·정주미는 신체적 규율을, 서기
재·김순전은 노동인력 樣相을 위한 실업교육과 수양을, 김순전·박경수는 축제
일 서사의 양상을, 그리고 김순전·명혜영은 천황이라는 용어를 분석했다.(김용
갑·김순전, 「『보통학교수신서』의 '조선'에 관한 서술변화」, <일본어문학보> 29
권, 한국일본어문학회, 2006, 201-223쪽. 참조;김순전·조성진, 「일제하 조선교육
의 현상과 잔재-동화와 차별을 중심으로」, <일본문학보> 29권, 한국일본문화
학회, 2006, 165-184쪽. 참조;김순전·정주미, 「『보통학교수신서』에 나타난 '신체
적 규율'」, <일본어문학> 33집, 한국일본어문학회, 2007, 349-367쪽. 참조;서기
재·김순전, 「노동인력 양상을 위한 실업교육과 '수양'이라는 <장치>」, <일본어
문학보> 28권, 한국일본어문학회, 2006, 265-285쪽. 참조;김순전·박경수, 「동화
장치로서 『보통학교수신서』의 '축제일' 서사」, <일본연구> 33호, 한국외국어대
일본연구소, 2007, 29-50쪽. 참조;김순전·명혜영, 「「천황」에 관한 용어 고찰」,
<일본어문학> 36집, 일본어문학회, 2007, 137-158쪽. 참조.)

는 한일 교과서를 비교할 때에도6) 우등과 열등의 두 항이 이분법적으로 규정된 식민주의의 논리가 일관되게 지적·언급되었다. 이러한 언급은 자칫 수신서에 내재된 식민주의의 논리가 내적 일관성을 지니는 완결적·불변적인 것으로 오인될 우려가 있다는 점에서 주의를 요한다. 이 점에서 수신서 속의 식민주의 논리가 내적 모순을 지님을 규명함으로써 근본적으로 식민주의 교육담론을 재성찰하고자 하는 본 연구의 필요성이 제기된다.

본 연구에서는 식민주의 교육담론에 내재된 모순을 잘 파악하기 위해서 탈식민주의적인 인식론을 구성하여 적용하고자 한다. 식민주의 교육담론의 내적 모순은 일본이 자신의 우등함을 내세우고자 한인의 열등함을 강조·과장·왜곡하는 이분법적·상극적인 식민주의의 논리에서 비롯되는데, 탈식민주의적인 인식론에서는 그러한 논리가 식민자의 담론적·분열증적인 산물임을 잘 드러낼 것으로 예상된다. 이러한 내적 모순의 확인은, 일본이 우등하고 한인이 열등하다는 식민주의의 논리가 해체되는 중요한 계기가 된다는 점에서 논의의 가치가 있다.

이 논문에서 말하는 탈식민주의 인식론이란 우등/열등의 식민주의가 지닌 이분법적·상극적인 논리를 해체·재구성하는 에드워드 사이드(Edward W. Said)와 호미 바바(Homi Bhabha) 등의 인식과 그 경향을 뜻한다. 에드워드 사이드는 우등한 '서양'과 열등한 '동양'의 이미지가 담론적인 차원에서 규정된 일종의 심상지리임을 밝힌 바 있다.7) 이러

---

6) 한일 수신서를 비교한 주요 연구자는 李淑子, 石松慶子, 이병담 등이다. 李淑子, 『教科書に描 朝鮮と日本』, ほるぷ出版, 1985, 210-212쪽. 참조;石松慶子, 「통감부치하 대한제국의 수신교과서·국어독본 연구」, 연세대대학원 석사학위논문, 2003, 30쪽. 참조;이병담, 『근대일본과 조선총독부 초등학교 수신교과서 비교』, 전남대대학원 박사학위논문, 2006, 331쪽. 참조.
7) Edward W. Said, 박홍규 역, 『오리엔탈리즘』, 교보문고, 1991, 91-218쪽. 참조.

한 서구의 심상지리 담론은 '서양'의 식민지배 욕망과 우등감, 그리고 '동양'에 대한 동경·열등감이 복합적이고 상호모순적으로 심리화 즉 콤플렉스(complex)화되어 있는 것으로 이해된다.

이러한 논의를 참조하면 식민주의 교육권력이 일본을 '內地'이자 '文明諸國'으로 설정하고 대한제국을 '朝鮮'으로 심상지리화시키는 과정을 분석할 수 있을 것으로 기대된다. 또한 호미 바바는 식민적인 지배 관계에서 식민자가 자신의 이상적인 이미지를 피식민자에게 보여주고 싶어 하는 자기도취적인 면모를 지니는 동시에 식민 지배에 대한 피식민자의 거부·저항을 두려워하는 양가적인(ambivalent) 특성을 지님을, 그리고 왜곡된 재현(representation)을 통해, 또는 "나를 닮아라, 그러나 같아서는 안 된다"는 모방(mimicry)에 대한 허용과 금지를 통해 심리적인 분열이 있음을 논의한 바 있다.[8] 바바의 논의를 통해 조선총독부 판을 검토하면, 식민주의 교육담론에서 식민자의 자기도취와 두려움을, 그리고 천황에 대한 재현과 '忠良한 臣民'에 대한 모방 과정을 검토할 수 있을 것으로 예측된다.

Ⅱ. '內地'/'朝鮮'의 심상지리 콤플렉스

일본은 메이지유신 이래 자국을 "아세아 동쪽에 새로운 일대 신(新) 영국"[9]인 문명국으로 편입시키려는 의도를 가지고서, 대한제국을 포함한 아시아의 각 국을 비문명국으로 비하하는 상상 속의 지리, 즉 心

---

8) Homi Bhabha, 나병철 역,『문화의 위치』, 소명출판, 2002, 참조.
9) 福澤諭吉, '동양', 1882.12.11.「時事新報論集」,『福澤諭吉選集』7권, 岩波書店, 1981.

象地理(심상지리)를 만들고자 한다. 한일병합 직후 그들의 심상지리적인 표상은 식민주의 교육담론에서 구체화되는데, 그것이 바로 일본과 대한제국을 각각 표상하는 기표인 '內地'와 '朝鮮'이다. 일본은 자국을 내부(중심)로 하여 아시아와 서구 각 국의 이미지를 재배치·재구상하는 일종의 인식론적인 전략을 펴는데, 그 전략 속에 숨겨진 심상지리 콤플렉스는 이 장의 관심대상이 된다.

한일병합 직후의 식민주의 교육담론에서는 대한제국과 일본의 위치가 역전되면서 새로운 심상지리가 만들어진다. 학부 판과 달리 조선총독부 판에서 대한제국은 '朝鮮'으로, 그리고 일본은 '我國'[10] 또는 '內地'로 표상되기 때문이다. 대한제국이 식민지가 되었다는 냉엄한 현실을 인정할 때에 일본이 '我國'으로 표현되는 것은 일견 수긍되지만, '內地'와 '朝鮮'이라는 기표는 사정이 다르다. 이 기표 속에는 식민자의 우등감뿐만 아니라 동경과 열등감이 내포되어 있기 때문이다. 두 수신서에서 변화된 부분을 비교하면, 식민자의 심상지리 콤플렉스가 잘 확인된다.

A) 距今 百年 前에 內地(←학부 판에는 '日本', 편자 주)에 二宮尊德이라 ᄒᆞᄂᆞᆫ 高名ᄒᆞᆫ 사ᄅᆞᆷ이 잇스니 農夫의 子이라.[11]

B) 一日은 光宗이 羣臣을 불너 各各 黃金 술잔을 주신ᄃᆡ 다 머리를 조아 天恩을 謝禮ᄒᆞᄃᆡ, 徐弼은 홀노 밧지 아니ᄒᆞ고 ᄀᆞᆯ으ᄃᆡ 衣服과 器皿

---

10) "我國은 萬世一系의 天皇을 奉戴ᄒᆞᄂᆞᆫ 國이니 天祖天照大神으로부터 계승ᄒᆞ사 今上 天皇陛下에 이르시기ᄭᆞ지 年代가 極히 悠遠ᄒᆞ니라."라는 포현 속에서 '我國'은 일본을 지시한다. 조선총독부, 「제6과 황실」, 『보통학교 학도용 수신서』 권4, 1911, 18-19쪽.
11) 조선총독부, 「제12과 이궁존덕(1)」, 『보통학교 학도용 수신서』 권2, 1910, 46쪽.

은 等級을 分明히 홀지며 奢侈는 사룸의 ㅁ옴을 猥濫케 ㅎ는 根本이라. 臣 等이 金으로 모든 그릇을 쓰오면 王은 쟝춧 무엇을 쓰시려 ㅎ시느잇가. (중략) 後人 이 말을 傳ㅎ야 美談을 삼으니라.12)

C) 朝鮮(←학부 판에는 '우리나라', 편자 주) 사룸들은 衣服을 자조 洗濯ㅎ나 그러ㅎ나 沐浴을 稀少히 ㅎ는도다.13)

D) 朝鮮(←학부 판에는 '我國', 편자 주)에셔는 視務ㅎ는디 勤勉홈도 업고 遊戲ㅎ는디 快樂홈도 업시 時間을 空費ㅎ는 사룸이 ㄱ장 만ㅎ셔 일을 ㅎ던지 길을 가던지 긴 烟竹을 입에 물고 懶怠홈이 極度에 達ㅎ야 勞動을 賤ㅎ게 녁이고 安逸을 貪樂홈과 如홈은 一日이라도 밧비 곳칠 習慣이니라.14)

인용문 A-D)에서는 한인에 대한 일본의 우등감과 열등감이 콤플렉스화되어 있음이 살펴진다. 인용문 A)에서는 학부 판에 표기된 '日本'이 '內地'라는 표현으로 바뀌어 있다. 이러한 변화는 "국호에 관한 사항 '我國'·'我韓'은 '朝鮮' 또는 '半島'라 칭한다. '일본'은 '我國'으로 한다"는 조선총독부의 정정 원칙에 따른 것이다.15) 이러한 정정 원칙 속에는 한일병합 이전의 '日本'이 대한제국의 타자였다면, 그 이후 '內地'는 일본이 한반도 안에서 스스로를 주체화하고 있음을, 나아가 심상

---

12) 학부, 「제3과 신분과 의복」, 『보통학교 학도용 수신서』 권3, 1907, 9-10쪽.
13) 조선총독부, 「제11과 淸潔」, 『보통학교 학도용 수신서』 권2, 1910, 45쪽.
14) 조선총독부, 「제4과 適當히 勤務ㅎ고 適當히 遊戲홈」, 『보통학교 학도용 수신서』 권3, 1910, 12쪽.
15) 朝鮮總督府 內務部 學務局, 「구학부 편찬 보통학교용 교과서 및 구학부 검정 및 인가의 교과용 도서에 관한 교수상의 주의 및 자구 정정표」, 朝鮮總督府, 1910, 10-36쪽. 참조.

지리 속에서 대한제국을 바깥[外地]으로 재배치하고 있음을 명백하게 드러내고 있다. 여기에서 일본은 대한제국을 '朝鮮'으로 비하하고 자신을 중심[內部]으로 놓는 우월하고 우등한 주체가 되어 있는 것이다.

우등한 일본의 이미지는 인용문 B)-D)에서 접할 수 있는 비하된 '朝鮮'의 지리 이미지와 쌍을 이루는데, 이러한 '朝鮮'의 지리 이미지는 대한제국이 그 동안의 역사에서 지녔던 수많은 위대한 영웅과 충신, 그리고 내발적인 계몽주의·자본주의의 노력을 은폐하거나 무시·왜곡해야 가능하다는 점에서 문제적인 것이다. 인용문 B)는 대한제국의 역사에서 서필이라는 신하가 고려 광종에게 신하의 도리를 고하는 미담인데, 이러한 미담은 위대한 영웅·충신담에 못 미치는 수준임에도 조선총독부 판에서는 삭제된다. 더욱이 인용문 C)와 D)는 대한제국의 지식인은 한일병합 이전까지 청결·위생 또는 근로·근면 담론을 공론화하거나 제생병원을 설립하는 실천을 보여 왔음에도,16) 이러한 담론과 실천

---

16) 대한제국 시절 계몽적인 지식인은 청결·위생 또는 근면·노력 담론을 중요하게 여긴 바 있다. 최남선이 발행한 <소년>와 <붉은 져고리>지를 비롯하여 1900년 대 잡지·신문 담론의 중요한 주제인 것이다. 한편 제생병원의 설립에 대한 논의는 다음과 봐라. 서용태, 「1877년 부산 제생병원의 설립과 그 의의」, <지역과 역사> 28, 부경역사연구소, 2011, 239-276쪽. 참조;<한겨레21> 497, 2004. 2. 26. 참조.
　　아울러 일본 역시 20C 전후에는 서구의 눈에는 더럽고 게으르고 무지한 존재로 보여진다는 사실은 아이러니하다. "일본의 도로사정"이 더럽고 지져분해 "우는 소리를 하는 외국인들"이 많았으며,(湯本豪一, 연구공간 수유+너머 동아시아 근대 세미나팀 역, 『일본 근대의 풍경』, 그린비, 2004, 344-345쪽.) "영국인 화가 C. 와그먼이 '일본인이여! 깨어나서 일하라!'고 주장하는 그림"을 그린 바 있는 것처럼 일본인 역시 서양인의 눈에 게으름뱅이로 보였고,(清水勳, 김희정·윤소영 역, 『메이지 일본의 알몸을 훔쳐보다』, 어문학사, 1992, 90쪽.) 종두법 강제접종 이후에도 종두에 걸린 자가 많았다.(湯本豪一, 연구공간 수유+동아시아 근대 세미나팀 역, 『일본 근대의 풍경』, 그린비, 2004, 458쪽. 참조.)

을 무시·은폐한 일본의 논평에 불과하다. 이처럼 일본이 자국의 우등감을 드러내고자 비하된 '朝鮮'의 이미지를 강조하는 데에는, 무의식적인 차원에서 우수하고 월등한 한인에 대한 두려움과 열등감을 숨기고 있는 것에 다름 아니다.

또한, 식민주의 교육담론에서는 일본이 '文明諸國'임을 암시하는데, 이 '文明諸國'이라는 심상지리에는 서구 열강에 대한 일본의 모순적인 태도가 숨어 있다. 일본은 메이지유신 이래 서구 열강의 아시아 침략에 맞서서 자국 중심으로 아시아가 연대해야 하고, 그렇게 하기 위해서는 아시아와 단절하여 "아세아 동쪽에 새로운 일대 신(新)영국" 즉 서구가 되어야 한다는 아시아연대와 탈아입구(脫亞入歐)를 주장한 바 있다. 이러한 주장은 일본이 곧 아시아, 나아가 세계의 '內地'(중심)이고 '文明諸國'의 하나임을 강조하는 것이지만, 그 속에는 복잡한 심상지리 콤플렉스가 작동하고 있다.

> E) 文明諸國에셔는 사롬마다 幼時에 본다시 種痘를 식히는 故로 痘疫으로 因ᄒ야 天命을 夭折ᄒ거나 面上에 痘痕 잇는 者ㅣ 全無ᄒ니라. 朝鮮(←학부 판에는 '我國', 편자 주)에셔는 오히려 種痘의 功效를 아지 못ᄒ는 者ㅣ 잇셔셔 兒童이 痘疫으로 死亡ᄒ는 者ㅣ 만ᄒ니 慨歎홀 바이로다.[17)

> F) 文明ᄒᆫ 사롬(←학부 판에는 '英國사롬', 편자 주)은 온갓 일에 時間을 嚴ᄒ게 定ᄒ야 일ᄒᆫᄂ 時間에는 緊要ᄒᆫ 일이 아니면 말 ᄒᆫ마디 酬答ᄒ지 안코 吸煙도 ᄒ지 아니ᄒ며 무슴 滋味잇는 일이 잇슬지라도 귀를 기우려 듯거나 눈을 드러 보지 안코 다만 熱心으로 視務ᄒ는도다.[18)

---

17) 조선총독부, 「제5과 衛生」, 『보통학교 학도용 수신서』 권4, 1911, 17쪽.
18) 조선총독부, 「제4과 適當히 勤務ᄒ고 適當히 遊戲홈」, 『보통학교 학도용 수신

'文明諸國' 혹은 '文明'(국)이라는 심상지리는, 아시아 앞에서는 우등함을 보여주는 것이지만, 서구 앞에서는 동경과 열등함을 드러내는 것이 된다. 인용문 E)를 보면, '朝鮮'과 달리 "種痘의 功效롤 아"는 국가인 '文明諸國'은 곧 일본으로 암시된다. 일본은 대한제국보다 약 30년 앞선 1858-1876년에 우두법을 시행한 바 있었는데, 그러한 사실에 근거하여 우등함을 주장하는 것이다. 그러나 인용문 F)에서는 일본이 '文明'(국)인 서구 앞에서 동경과 열등감이 내재되어 있음이 암시된다. 학부 판에서는 부지런한 '英國사롬'으로 표기되었던 것이 조선총독부 판에서는 "文明혼 사롬"으로 변화되었는데, 이러한 변화는 "文明혼 사롬"이 곧 일본임을 뜻한다. 이 변화 속에는 영국이 근면한 '文明'국이듯이 일본도 마찬가지로 '文明'국이 된다는 (혹은 되어야 한다는) 욕망이 숨어있는 것이고, 이 욕망이란 기실 영국의 문명화에 대한 모방 욕구와 동경, 그리고 일본이 아직 부족하다는 상대적인 열등감이 복합된 것에 다름 아니다. '朝鮮'과 구분되고 싶고, 영국을 닮아 문명국이라는 '內地'(중심)가 되고 싶은 심상지리적인 욕망, 그것은 우등감과 동경·열등감이 콤플렉스화되어 있음을 여실히 보여준다.19)

Ⅲ. 수신담론에 나타난 지배욕망의 양가성

『보통학교 학도용 수신서』라는 교과명에 들어간 修身이란 유학의

서』 권3, 1910, 10쪽.
19) 일본의 심상지리적인 욕망을 '朝鮮'과 '內地'라는 기표로 살펴본 본 논의는 일본 전체의 심상지리적인 욕망과 혼돈감을 전반적으로 살펴보기 위한 하나의 단초 역할을 하는 것이며, 앞으로 논의를 확대할 필요가 있다.

수신제가치국평천하에서 유래된 표현으로써, 유년기의 수신제가 노력이 성인기에 치국평천하하는 것으로 확대·발전된다는 의미를 지닌다. 식민주의 교육담론이 실질적으로 시작된 통감부 시절부터 한일병합을 거치면서, 식민자 일본은 피식민자 한인에게 보여주고 싶은 자신의 이상적인 이미지를 수신서에 담고자 하는 노력을 지속·강화하는데, 이 과정에서 수신담론에 나타난 지배욕망은 일관적·정합적이지 않고 상당히 양가적(ambivalent)·모순적으로 나타난다.

이러한 지배욕망의 양가성은 식민자와 피식민자의 관계가 상당히 불안정한 구조를 지니고 있음이 암시된다는 점에서 검토의 필요성이 제기된다. 이 장에서는 학부 판과 조선총독부 판 사이에서 지속되거나 변화되는 중요 부분을 대상으로 하여 수신제가와 치국평천하의 서술이 충돌되는 지점을 살펴보면서 논의를 전개하고자 한다.20) 먼저, 학부 판과 조선총독부 판에서 지속되는 정직·자기성찰과 직업 덕목에 관계된 수신담론을 검토하면서 두 덕목 사이에서 일본의 지배욕망이 충돌되고 균열되는 부분을 주목하고자 한다. 일본은 조선총독부 판에서 정직과 자기성찰의 덕목에 관계된 학부 판의 단원을 거의 그대로 재수록하고 있다.

G) (워싱턴이 그의 부친이 사랑하는 앵화나무를 무단으로 벤 것을 고백하자 대노했던 그의 부친이 말하기를-편자 주) 네가 恒常 이러케 正直

---

20) 학부 판과 조선총독부 판 사이에서 지속되거나 변화되는 중요 부분을 대상으로 지배욕망의 양가성을 살펴보고자 하는 본 장의 논의는 한일병합 전후인 1907-1908년과 1910-1911년 사이의 변화를 세밀하게 살펴보는 목적을 지닌다. 이러한 연구는 앞으로 조선총독부에서 일어로 발행된 수신서를 비롯하여 그 외의 교과서와 비교하면서 지배욕망의 양가성이 드러나는 양상을 검토할 필요가 있음을 부기한다.

혼 男子의 行實을 가지면 반다시 世界에 聲名이 놉흔 사룸이 될 지니 나는 이 우에 더 즐거운 일이 어디 잇스리오.21)

H) 흐란그린은 米國의 有名혼 사룸이니 幼時로부터 自己의 學問과 道德을 硏究홈에 注意ᄒ야 節制, 勤儉, 正直 等 十二條의 警箴을 써셔 壁에 붓치고 自己의 每日 行ᄒᄂ 일(을 성찰했다.-편자 주)22)

I) 祖先의 遺業으로 衣食이 裕足ᄒ야 아모 일도 營爲치 안코 悠悠히 歲月을 空費ᄒᄂ 者를 無賴裴라 稱ᄒᄂ니, 人世에 ᄀ장 卑賤혼 者이라. 사룸은 各各 一定혼 職業에 從事홈이 可ᄒ니라.23)

J) 然則 一家가 合心ᄒ야 家業을 勉勵ᄒ고 一村이 協同ᄒ야 農事의 改良 等을 務圖ᄒ면 其 功效가 甚大홀지라.24)

K) 成長혼 後 適當혼 職業을 得ᄒ야 完全혼 成人이 되고쟈 ᄒ면 幼時 로부터 學校에 入學ᄒ야 25)

위의 인용문 G)-H)와 I)-K)에서는 식민적 지배 관계에서 일본의 수신 담론이 일관적·체계적이지 않고, 오히려 양가적·자기모순적임을 확인 된다. 인용문 G)-H)에서는 정직하거나 자기성찰하는 등의 수신제가를

---

21) 조선총독부, 「제8과 화성돈(2)」, 『보통학교 학도용 수신서』 권1, 1910, 25-26쪽.
22) 조선총독부, 「제5과 흐란그린」, 『보통학교 학도용 수신서』 권3, 1910, 23쪽.
23) 조선총독부, 「제2과 직업」, 『보통학교 학도용 수신서』 권4, 1911, 5-6쪽.
24) 조선총독부, 「제3과 공동」, 『보통학교 학도용 수신서』 권4, 1911, 11쪽. 학부 판에는 이 부분이 "然則 一家 一村 一鄕의 同居ᄒᄂ 者ᄂ 每事를 서로 合心協力홀 必要가 잇도다.(학부, 「제1과 자활」, 『보통학교 학도용 수신서』 권4, 1908, 10쪽.)"로 되어 있다.
25) 조선총독부, 「제1과 자활」, 『보통학교 학도용 수신서』 권4, 1911, 4쪽.

실천하여 치국평천하에 이르는, 동시에 피식민자 한인에게 모델이 되는 일본의 이상적인 이미지가 서술되어 있다. '부친'의 말대로 "正直ᄒᆞᆫ 男子의 行實을 가지면 반다시 世界에 聲名이 놉흔 사름"이 된다는 인용문 G)의 '화성돈'(워싱톤), 그리고 "十二條의 警箴을 써서 壁에 붓치고 自己의 每日 行ᄒᆞᆫ 일"을 성찰해 "有名ᄒᆞᆫ 사름"이 되었다는 인용문 H)의 '흐란그린'(프랭클린)의 공통점은, 일본이 지향하는 것이자 한인에게도 닮을 것을 요구하는 자기도취적인 이상상(理想像)이라는 것이다.

이러한 자기도취적인 이상상은 인용문 I)-K)에서 알 수 있듯이 치국평천하를 해야 할 성인기 한인의 이미지를 드러낼 때에는 적용되지 않는다. 이러한 현상은 일본의 수신 요구가 양가적·자기모순적임을 명백하게 보여준다. 일본은 한인에게 자기도취적인 이상상을 제시함에도, 한인이 성인이 되어서는 치국평천하는 인물보다 기능인·직업인이 되어야 한다는 현실상(現實像)을 모순적으로 제시한다. 이러한 모순 속에는 한인이 원하는 대로 성장하지 않고 식민 지배에 대해 거부·위협·저항할 것이라는 일본의 자기분열증적인 두려움이 숨겨져 있는 것으로 판단된다. 인용문 I)에서 " 사름은 各各 一定ᄒᆞᆫ 職業에 從事"해야 한다는 것, J)에서 "一家가 合心ᄒᆞ야 家業을 勉勵"해야 한다는 것, 그리고 K)에서 "成長ᄒᆞᆫ 後 適當ᄒᆞᆫ 職業을 得ᄒᆞ야" 한다는 것은, 식민지배구조의 안에서 순종적·순응적인 직업인이 되어야 한다는 의미를 내포하기 때문이다. 이러한 구절 속에는 식민지배구조의 바깥에서 그 구조를 공격하는 한인 이미지에 대한 두려움이 공통적으로 암시되어 있는 것이다.

그리고 지배욕망의 양가성은 학부 판과 조선총독부 판 사이에서 변화된 부분을 보면 더욱 심각하게 드러난다. 조선총독부 판에서는 학부

판을 기초로 하되 식민지의 현실에 부합되지 않는 부분을 삭제 또는
수정했는데, 이 부분에서 수신제가와 치국평천하의 논리를 세밀히 검
토하면 식민주의 교육권력이 한인에 대하여 자기도취적이면서 동시에
두려움을 지니는 양가적인 태도가 확인된다. 약속과 고난극복의 덕목
을 주목하기로 한다.

L) (큰비가 오는데도 화첩을 약속한 시간에 갖다주는 복동에게 그의
모친이 말하기를-편자 주)男子가 흔번 約束흔 일은 決斷코 어긔지 아니
홀지니 너ᄀᆺ흔 사름은 남에게 信用을 엇어 반다시 立身ᄒ리라.[26]

M) 尊德은 이와 ᄀᆺ치(가난과 역경을 극복하여-편자 주) 佰父의 家事를
助力홀시 各種書冊을 닑으며 文字와 算術을 肄習ᄒ야 學德이 高明흔
碩儒가 되어 (후략)[27]

N) 무슴 일이던지 順序와 方法이 必有ᄒ리니 일에 臨ᄒ거던 深思遠廬
ᄒ야 最善흔 方法을 擇ᄒ야 成功ᄒ기를 期必ᄒ고 成功치 못ᄒ면 마지
안는 사름이 眞正흔 勇者ㅣ라 ᄒᄂ니라.[28]

O) 年紀가 長成흔 後에 獨立自營ᄒᄂ 사름이 되고져 홀진더 幼時로부
터 勤勞ᄒᄂ 習慣을 養成홈이 必要ᄒ도다.[29]

위의 인용문 L)-O)에서는 일본이 한인에게 이상적인 식민자의 이미
지를 보여줌과 동시에, 지나친 두려움을 지니고 있음이 엿보인다. 인용

26) 조선총독부, 「제15과 약속」, 『보통학교 학도용 수신서』 권1, 1910, 46쪽.
27) 조선총독부, 「제12과 이궁존덕(2)」, 『보통학교 학도용 수신서』 권2, 1910, 54쪽.
28) 학부, 「제7과 眞正흔 勇者」, 『보통학교 학도용 수신서』 권3, 1907, 24쪽.
29) 학부, 「제1과 독립자영」, 『보통학교 학도용 수신서』 권4, 1908, 3쪽.

문 L)-M)은 약속을 지키거나 고난을 극복하는 유년기 삶의 태도가 성년기에 입신양면을 가능하게 해준다는 내용이다. 인용문 L)에서 약속을 지키는 '男子'가 "남에게 信用을 엇어 반다시 立身"할 것이라는 것과 M)에서 '尊德'이 자신의 가난과 역경을 견뎌 훗날 "高明혼 碩儒"가 된다는 것은, 모두 일본이 지향하는 자기 이상상이고 한인에게도 일종의 모델이 되게끔 하는 것이다.

이러한 서술과 달리, 인용문 N)-O)에서는 약속을 지키거나 고난을 극복하는 노력을 담론화한 부분으로 보임에도 조선총독부 판에서는 삭제·수정된다. 인용문 N)에서 "深思遠廬ᄒ야 最善훈 方法을 擇ᄒ야 成功ᄒ기를 期必ᄒ고 成功치 못ᄒ면 마지 안는 사름이 眞正훈 勇者"가 된다는 구절이 식민지의 독립에 대한 한인 공동체 내부의 약속을 지키는 것으로, 그리고 O)에서 "獨立自營ᄒ는 사름" 역시 '獨立'을 위해 고난을 극복하여 치국평천하는 것으로 이해·인식될 수 있다는 일본의 두려움은, 조선총독부 판에서 삭제·수정되는 중요한 한 이유가 된 것으로 추측된다.30) 이처럼 일본은 수신제가 차원의 약속·고난극복 덕목이 치국평천하의 차원으로 전개될 때에 모순적인 서술 양태를 보여준다. 수신 담론에서 식민자는 자신의 지배 욕망을 온전히 명령하달하는 一방향적으로 나타내는 것이 아니라, 한인을 매개로 하여 자기 이상을 투사하기도 하고 공격받을 수 있다는 자기 내면의 두려움을 바라보기도 하는 양가적인·쌍방향적인 것으로 드러낸 것이다. 식민적 지배 관계는 피식민자뿐만 아니라 식민자에게도 불안과 두려움의 산물인 것이다.

---

30) 인용문 O)가 조선총독부판에서 삭제된 직접적인 이유는 물론 '獨立'이라는 용어를 아예 금지시킨 식민자의 정책에 있다. 그렇지만 본 논문에서는 그러한 禁止 속에는 이 글에서 주장하는 일본의 두려움이 있다는 점을 주목한다.

Ⅳ. 재현과 모방의 요구에 나타난 심리적인 분열

조선총독부 판이 이전의 학부 판과 크게 달라지는 부분은 천황과 신민에 대한 기술에 대한 것이다. 한일병합 이후의 수신서가 일본 천황을 위한 '충량한 신민' 만들기라는 핵심 목표를 지닌다고 할 때,[31] 日本의 입장에서는 학부 판에서 황실과 신민을 언급한 단원을 식민지의 상황에 맞게 대폭 수정할 필요가 있는 것이다. 식민주의 교육권력이 새로운 내용을 기술하는 일은, 식민지라는 이질적인 공간에서 자국의 천황을 재현하고(represent) 자신처럼 '忠良한 臣民'이 되라는 모방(mimicry)을 요구하는 것이 된다. 이때 수신서에 나타난 재현과 모방의 요구에는 식민자 일본의 심리적 분열과 혼란이 숨겨져 있다는 점에서 주의를 요한다.

이 심리적 분열과 혼란이 잘 드러나는 것 중의 하나는, 일본의 천황을 『보통학교 학도용 수신서』에서 재현하는 것이다. 천황은 일본이 근대화를 진행하는 메이지유신 기간 동안 만세일계의 황통, 제정일치라는 신정적인 이념, 세계지배의 사명, 그리고 문명개화를 선두에서 추진하는 카리스마적인 정치지도자라는 관념으로 형성되었는데,[32] 식민지

---

31) 조선총독부는 식민지 교육담론의 중요 내용을 법으로 규정한 제1차 조선교육령을 1911.8.23.에 공포하고, 그 법령을 근거로 하여 새로운 교과서 편찬 사업을 본격적으로 실시한다. 조선총독부 판은 그 이전까지 사용되던 수신서였지만, 조선총독부가 지향한 식민지 교육담론의 중요 내용을 담고 있는 것으로 판단된다. 조선총독부가 교과서 편찬을 할 때 가장 중요하게 여긴 시정방침은 두 가지였는데, 구체적으로는 ①교육칙어의 취지에 따라 '忠良한 국민'을 육성한다. ②일본어를 보급한다 이다. (高橋濱吉, 『朝鮮敎育史考』, 京城: 帝國地方行政學會朝鮮本部, 『集成』 18, 1937, 6-7쪽.) 이러한 시정방침 중 ①은 학부 판을 시정한 조선총독부 판에도 해당되는 것으로 이해된다.
32) 安丸良夫, 박진우 역, 『근대 천황상의 형성』, 논형, 2008, 22쪽.

의 수신서에서는 이러한 관념에 근거하여 식민 본국의 문부성에서 편집한 수신서와 똑같이 재현되지 못한다. 무엇보다 식민주의 교육권력은 천황이 세계지배를 시도하는 위대한 사명자이지만, 한인의 입장에서 그 세계지배가 피식민의 고통이 될 수 있다는 모순을 모두 바라보는 위치에 서 있기 때문이다.

P) 진무 천황(神武天皇)이 황위에 오르시고 나서 오늘날까지 2500여년이 됩니다. 그 동안 대대로 천황은 신민을 자식처럼 사랑해 주시고, 신민도 또한 황실이 번영하도록 기원했습니다.[33]

Q) 메이지 27-8(1894-5)년의 청일전쟁 때, 천황폐하는 8개월 동안 히로시마(廣島)에 계시며 전쟁을 지휘하셨다.[34]

R) 또 군사에 마음을 크게 쓰셔서 메이지 6(1873)년에 징병령을 공포하게 하시고, 메이지 15(1882)년에는 육해군인에게 칙유를 내려주셨다.[35]

S) 我國은 萬世一系의 天皇을 奉戴ᄒᆞᄂᆞᆫ 國이니 天祖天照大神으로부터 繼承ᄒᆞ사 今上 天皇陛下에 이르시기ᄭᅡ지 年代가 極히 悠遠ᄒᆞ니라. 人皇 第一代 神武天皇ᄭᅴᄋᆞ셔 國都를 本州에 奠定ᄒᆞᄋᆞ신 後 二千五百餘

---

33) 文部省, 김순전 외 역, 「제27과 좋은 일본인」, 『일본『초등학교 수신서』 I 기 (1904)』, 제이앤씨, 2005, 194쪽. 『일본『초등학교 수신서』 I기(1904)』는 일본의 국정교과서 제1기에 발간된 1904년도 판 『심상소학수신서』(제1-4학년)와 『고등소학수신서』(제1-2학년)을 복간한 『復刻 國定修身教科書』 제I기(대공사, 1990)를 번역한 책이다.
34) 文部省, 김순전 외 역, 「제1과 천황폐하」, 『일본『초등학교 수신서』 I기(1904)』, 제이앤씨, 2005, 198쪽.
35) 文部省, 김순전 외 역, 「제18 천황폐하(2)」, 『일본『초등학교 수신서』 I 기 (1904)』, 제이앤씨, 2005, 245쪽.

年을 經ᄒ얏스니 (중략) 人民을 赤子와 如히 愛撫ᄒ옵시고 人民은 皇室
을 慈父와 如히 仰奉ᄒ니.[36]

식민 본국과 식민지의 수신서에서 천황의 서술이 차이 나는 까닭은, 식민주의 교육권력의 심리적인 분열이 있기 때문이다. 식민 본국의 수신서에서 인용된 P)-R)에서는, 天皇이 신적이면서도 인간적인, 다시 말해서 신화성와 현실성이 중첩된 인물로 재현된다. 천황은 인용문 P)에서 "황위에 오르시고 나서 오늘날까지 2500여년"이 되는 만세일계의 황통을 지니고 "신민을 자식처럼 사랑해 주"는 신정적인 통치자이며, Q)과 R)에서 각각 "전쟁을 지휘"하고 "징병령을 공포"하는 등의 제국주의를 전개해 나아가는 세계지배 야망을 지닌 지도자인 것이다. 이러한 서술에서는 서술자(수신서 집필자)와 서술 대상(천황) 사이의 心理的인 믿음과 合一이 전제되어 있다.

인용문 S)는 조선총독부 판에서 서술된 천황이다. 식민 본국 수신서의 천황 서술과 비교해 볼 때, 조선총독부 판에는 식민주의 교육권력의 심리적인 분열이 엿보인다. 천황은 "萬世一系"의 황통이자 "人民을 赤子와 如히 愛撫"하는 신정적인 통치자로 재현될 뿐, "전쟁을 지휘"하거나 "징병령을 공포"하는 제국주의를 지도하는 현실적인 모습이 은폐되어 있는 것이다. 이 현실적인 모습이란 식민자 일본이 식민지를 조성·개발하는 일이지만, 피식민자 한인에게는 침략을 받아 고통스러워하거나 혹은 그 침략에 대응하는 저항 전쟁을 하는 것이 된다는 점에서 재현되기 곤란한 것이 아닐 수 없다. 이러한 사정 때문에 조선총독부 판의 천황은 신화성이 강조된 자로 편향되어 재현되는 것이다. 이때 이러한 일본의 어긋난 재현 속에는 천황이 신화적인 인물이라는 믿음

---

36) 조선총독부, 「제6과 황실」, 『보통학교 학도용 수신서』 권4, 1911, 18-20쪽.

과 현실 속의 침략주의자라는 의혹 사이의 심리적인 분열과 혼란이 숨겨져 있음이 짐작된다.

이러한 심리적인 분열과 혼란은 한인에게 '忠良한 臣民'이 되라는 모방의 요구에서도 잘 나타나 있다. 일본은 메이지유신을 통해 봉건적인 천황제를 유지하면서도 근대 국가의 면모를 갖춰 나아가는 특이한 현상을 보인다.37) 이러한 과정에서 '忠良한 臣民'은 천황이 다스리는 나라의 신하이고 백성인 신민뿐만 아니라, 국가를 구성하고 헌법을 준수하는 국민이자 지방자치제의 선거권이 있는 공민의 의미를 모두 지니게 된다.38) 식민주의 교육권력은 수신서에서 자국의 수신서에서 언급된 '忠良한 臣民'을 한인에게 모방하라고 요구하지만, 그 요구는 완전하지 못하다.

　　T) 너희 신민은 부모에게 효도하고, 형제간에 우애하며, 부부가 서로 화목하고, 친구간에 서로 믿으며, 스스로 공손하고 검소하게 행동하여 널리 사랑을 베풀고, 학문에 힘쓰고 일을 배움으로써 지능을 개발하고, 인격향상에 노력하여 공익을 넓히고, 사회의 의무를 다하며 항상 나라의

---

37) 강동진, 『일본근대사』, 한길사, 1985, 116쪽. 참조.
38) 일본의 수신서에서 서술된 국민과 공민의 개념은 일반적인 용법과 상이하다는 점에서 식민 본국의 수신서를 참고할 필요가 있다. 이 상이점에 대한 고찰은 후속논의를 기약하고자 한다.
　　"국민된 자는 법령을 중히 여겨야 한다. (중략) 국가를 수호하고 외적을 막는 것은 국민된 자의 의무이다. (중략) 국민은 조세를 납부하여 국가의 비용을 분담해야 한다."(文部省, 김순전 외 역, 「제27과 국민의 의무」, 『일본『초등학교 수신서』 I기(1904)』, 제이앤씨, 2005, 254쪽.)
　　"시정촌(市町村)의 공민인 사람은 시정촌회의 의원을 선거하고, 또한 이것에 선출될 수 있을 것이다. (중략) 이들을 선거할 때에는 모두 잘 주의를 해서 적당한 사람을 선출해야 한다."(文部省, 김순전 외 역, 「제27과 국민의 의무」, 『일본『초등학교 수신서』 I기(1904)』, 제이앤씨, 2005, 247쪽.)

헌법을 중시하고 준수하며, 만일 유사시에는 충의와 용기를 가지고 봉사하여 천양무궁한 황운(皇運)을 도와야 할지니라. 이와 같이 하면 오로지 짐의 충량(忠良)한 신민이 될 뿐만 아니라 또한 충분히 너희 선조의 유풍(遺風)을 현창(顯彰)하리라.[39]

U) 吾等은 世界에 無比흔 皇室을 奉戴ᄒ야 大日本帝國의 臣民으로 世上에 立홀 者인즉 皇室의 鴻恩大德을 奉答ᄒ야 忠良흔 臣民될 決心을 有홀지니라.[40]

모방의 原對象과 要求 사이에는 식민주의 교육권력의 심리적인 분열이 드러나 있음을 잘 보여주는 것이 위의 인용문 T)-U)이다. 인용문 T)는 식민주의 교육권력이 한인에게 요구하는 모방의 원대상이다. 일본에서 교육의 기본원리와 실천도덕을 규정한 교육칙어의 일부분으로써, '忠良한 臣民'이 국민과 공민과 신민의 개념을 모두 지니고 있음을 보여준다. '忠良한 臣民'은 '신민'으로서 "공익을 넓히"고 "나라의 헌법을 중시하고 준수하"는 국민이자 "충의와 용기를 가지고 봉사하"는 공민인 것이다.

인용문 U)는 식민주의 교육권력이 한인에게 일본의 '忠良한 臣民'을 모방할 것을 요구하는 『보통학교 학도용 수신서』의 한 부분인데, 모방의 원대상과 요구 사이의 심리적인 분열이 엿보인다. '忠良한 臣民'은 국가를 지키고 헌법에 보호받는 국민이나 지방자치에 참여·봉사하는 공민의 개념으로 기술되지 않으며, 다만 "皇室의 鴻恩大德을 奉答ᄒ야 忠良흔 臣民될 決心"을 해야 하는 미완형(未完形) 인간상(人間

---

39) 文部省, 김순전 외 역, 「제27과 국민의 의무」, 『일본 『초등학교 수신서』Ⅰ기 (1904)』, 제이앤씨, 2005, 195쪽.
40) 조선총독부, 「제6과 황실」, 『보통학교 학도용 수신서』 권4, 1911, 22쪽.

像)으로 서술되기 때문이다. 다시 말해서 식민주의 교육권력은 한편으로 식민 본국의 '忠良한 臣民'을 모방하라고 요구하면서도, 다른 한편으로는 완전히 모방하지 말라는 모순된 요구를 하고 있는 셈이다. '忠良한 臣民'이 되되 불완전하게 되라는 이중요구 속에 숨어있는 심리적 분열상태, 그것은 앞으로 전개될 식민주의 교육의 모순과 혼란이 식민자 일본의 내부로부터 출발했음을 명백하게 의미한다.

V. 결론

식민주의 교육담론의 내적 모순을 살펴보는 일은, 일본의 수신담론이 한인에게 일방적으로 강요되고 수용된다는 단수적·일면적인 사고의 위험을 벗어나게 만드는 출발점이 되었다. 일본이 우등하고 한인이 열등하다는 식민주의의 논리는 학부와 조선총독부의 『보통학교 학도용 수신서』에서 표층적으로 일관적·정합적인 것처럼 보였지만, 심층적으로는 모순적·분열증적인 것으로 드러났기 때문이었다. 최근까지 수신서 연구는 주로 식민주의의 논리가 내적 일관성을 지닌다는 점을 전제로 한 경향의 실증주의적인 비판이었는데, 본 연구에서는 사이드와 바바의 논의를 참고하여 탈식민주의적인 인식론을 구성·적용해서 두 수신서에 나타난 우등/열등의 식민주의 논리가 근본적으로 내적 모순을 지님을 밝혀내고자 했다.

첫째, 일본은 자국을 문명국으로 편입시키려는 의도를 가지고서 대한제국을 비문명국으로 비하하는 심상지리를 만드는데, 그 속에는 대한제국과 서구에 대한 우등감과 동경·열등감이 콤플렉스화되어 있었다. 조선총독부 판에서 일본이 자국을 '我國'이자 '內地'로 심상지리화한 것은 자기 우등함을 표출한 것이었다. 그렇지만 광종 때 서필의 미담을 삭제하는 것을 비롯하여 대한제국의 역사에서 수많은 영웅과 충신, 그리고 내발적인 계몽주의·자본주의의 노력을 은폐·무시·왜곡했다는 점을 미루어보면, 일본은 우수한 한인에 대한 劣等感·두려움을 지녔음이 추측되었다. 또한, 일본이 학부 판의 '英國사름'을 조선총독부 판에서 "文明한 사름"으로 수정하고 자국을 스스로 '文明諸國'으로 위치시킨 심상지리에는, 영국을 대표로 한 서구 앞에서 영국처럼 되고 싶다는 동경과 모방 욕구와 상대적인 열등감이 콤플렉스화되어 있던 것이었다.

둘째, 일본은 자신의 이상적인 이미지를 수신담론에 담고자 했는데, 이 수신담론에 나타난 지배욕망은 일관적·정합적이지 않고 양가적·모순적이었다. 정직과 자기성찰의 덕목 부분을 살펴보면, '화성돈'·'흐란그린'의 사례를 통해 수신제가하여 치국평천하하는 동시에 피식민자 한인에게 모델이 되는 일본의 이상적인 이미지를 보여줬으나, 정작 치국평천하해야 할 성인기 한인에게는 기능인·직업인이 되어야 한다는 현실상을 모순적으로 제시했다. 그리고 약속과 고난극복의 덕목 부분을 검토하면 일본은 '복동'과 '尊德'의 일화를 통해 이상적인 식민자의 이미지를 담론화하면서도, "眞正혼 勇者"나 '獨立自營'처럼 한인 사회 내부의 독립 약속이나 식민 극복으로 해석될 여지가 있는 내용은 삭제했다. 식민자 일본은 한인을 매개로 하여 자기 이상을 투사하기도 하기도 하고, 반면에 공격받을 수 있다는 자기 내면의 두려움을 바라보기도 했던 양가적인 태도를 지녔던 것이었다.

셋째, 조선총독부 판에서 천황에 대한 재현과 신민에 대한 모방의 요구에는 식민자 일본의 심리적인 분열과 혼란이 숨겨져 있었다. 일본의 천황은 식민 본국의 수신서에서 만세일계의 황통을 지니고 신민을

"사랑해 주"는 신화적 인물이면서도 "전쟁을 지휘"하거나 "징병령을 공포"하는 현실적인 인물로 기술된 데에 반해, 조선총독부 판에서는 신화적인 인물로 왜곡·재현되었다. 이렇게 왜곡·재현되는 까닭은, 천황이 신화적인 인물이라는 믿음과 현실 속의 침략주의자라는 의혹 사이에서 식민주의 교육권력의 심리적인 분열과 혼란이 일어났기 때문인 것으로 판단되었다. 아울러, '忠良한 臣民'은 식민 본국의 수신서에서 '신민'이자 '국민'이자 '공민'의 개념을 모두 지닌 것과 달리, 조선총독부 판에서는 "忠良호 臣民될 決心"을 해야 할 미완의 '신민' 개념으로 通用되었다. 식민주의 교육권력은 식민 본국의 '忠良한 臣民'을 모방하라고 요구하면서도, 완전히 모방하지 말라는 자기 분열적인 이중요구를 한 것이었다.

이렇게 볼 때, 식민주의 교육담론은 내적 일관성을 지닌 정합적·체계적인 것이 아니라 그 담론 내부의 심리적인 분열과 내적 모순을 지닌 것으로 이해되었다. 이러한 이해는 그 동안 식민주의 교육담론을 바라보았던 우리의 시선이 식민주의의 논리에서 크게 벗어나지 못하지 않았나 하는 성찰적인 의문을 다시금 던져준다. 탈식민의 실천은 식민주의가 우리에게 준 폭력과 고통을 비판하고 정신사를 바로 세우는 과정에서도 필요하겠지만, 조금 더 근본적으로 나아가서 식민주의 교육담론이 자기 모순적이고 분열증적인 상태임을 밝혀내는 과정에서 더욱 중요하게 요구되는 것이다. 식민주의는 피식민자뿐만 아니라 식민자에게도 불안과 분열과 모순의 역사를 만들어놓았기 때문이다. 이 논문은 (탈)식민의 전제를 다시 보는 출발점이 되고자 한다. 이러한 식민주의 교육담론 내부의 내적 모순을 검토한 본 연구는 앞으로 1930년 전후 식민지 갈등 상황이 심화된 때를 비롯하여 식민지 기간 내내 드러난 내적 모순을, 그리고 식민자뿐만 아니라 피식민자의 심리적인 분열과 내적 모순을 비교·고찰하는 것을 후속과제로 남긴다.

근대계몽기 시조에 나타난 시간성 연구
-『대한매일신보』의 「사조(詞藻)」난을 중심으로

I. 서론

이 논문은 근대인이 그 이전의 시대와 다르게 경험하는 시간의 특성,
즉 시간성(time)을 검토하고자 근대계몽기의 시조를 분석하고자 한다.
시조는 고려 중엽 이후 발생해 조선시대 내내 지속되었던 전형적인 중
세의 장르이면서도 근대계몽기에도 창작된 근대적인 장르라는 점에서,
전(前)시대와는 구별되는 근대 특유의 시간성을 비교·대조하고자 할
때에 적합하고 유용한 연구대상이 된다. 이 논문은 일간지『대한매일
신보』 국한문판의 「詞藻」난에 게재되었던 약 400여 수의 시조를 대상
으로 해서1) 근대적인 시간의 특성을 규명하고자 한다.

---

1) 이 글에서 말하는 '근대계몽기의 시조'에서 '(근대)계몽기'란 19C 말에서 1910
   년 한일합방 사이의 15, 6년 사이를 이르는 말로써 한국 근대 100년의 문화적·인
   식론적인 기원이자 근대적 코드가 형성되는 역동적인 시간을 뜻하며(고미숙,
   「계몽의 담론, 계몽의 수사학」,『문화과학』 23호, 2000. 가을호, 204쪽 참조.),
   그 시기의 '시조'란 중세 시조 장르의 형식적인 특성을 기본적으로 지니면서
   어느 정도의 변형이 일어난 범주를 뜻하는 것으로 규정한다(자세한 것은 연구사
   를 참고할 것.). 구체적으로 말하면 1906년 7월 21일자에 시조 「혈죽가」가 실린
   『대한매일신보』를 비롯한『대한민보』와『제국신문』등의 신문과『대한유학생
   학보』,『태극학보』,『대한학회월보』,『대한흥학보』등의 학회지에 실린 시조
   600여 수를 아우르는 개념이다. 이 논문에서는『대한매일신보』의 「詞藻」난에
   실린 약 400여 수의 시조가 근대계몽기의 시조 가운데에 ⅔정도의 많은 분량을

근대 특유의 시간성은 중세의 시간성과 다르다는 점에서 근대성 (modernity)을 좀 더 잘 이해하고 탐색하는 의미 있는 한 방법이 된다. 중세인이 기본적으로 자연의 순환질서에 상응하는 삶을 살았다면, 근대인은 산업·과학의 발달과 정치·경제·문화의 급변으로 인해서 상당히 다른 삶의 양상을 보여준다. 이때 근대로 부르는 새로운 상황들, 좀 더 구체적으로 말해서 자연의 순환질서에 순응하는 의식의 해체, 전(全)지구적인 자본주의화와 제국주의의 출현, 그리고 국가주의 (nationalism)의 전개 등으로 인하여 급변하는 근대인의 독특한 사유를 이해하고자 할 때, 시간을 매개로 한 설명이 상당히 유의미하다. 중세를 가로지른 근대의 시간은 자연의 순환질서에서 단절되면서 발생되는 다양한 변화를 잘 설명해준다.[2]

그 간의 연구사에서 근대계몽기의 시조와 시간성의 관계를 논의한 것은 찾아보기 힘들다. 주로 시조의 짧은 형식을 주목하면서 중세의

차지하고, 당대를 살아가는 근대인의 경험을 잘 보여주며, 사설·논설·기사에 비해서 근대인의 의지·감성·내면이 잘 드러난 문학 장르라는 점에서 연구의 대상으로써 적절성을 지닌다고 보았다.

2) 이 논문에서는 근대인의 자연에 대한 비순환적·비순응적인 의식, 중세의 순환적인 시간보다 물리적인 시간의 강조, 목적론적인 역사를 전제하는 국가주의의 확산 등의 변화를 검토하고자 할 때에 근대적인 시간의 특성을 고찰하는 것이 상당히 유용하리라고 판단하고 있다. 중세에서는 경험되지 않은 이러한 변화는, 근대에 들어와서 시계와 달력의 발명으로 인하여 동질적이고 분할 가능한 시계적·물리적인 시간 개념이 발생하고, 시간의 누적이 곧 발전이라는 진보적인 시간 관념이 생기는 것과 긴밀한 관련을 지니기 때문이다.(이진경, 『근대적 시·공간의 탄생』, 푸른숲, 1997, 참조.;B. Anderson, 윤형숙 역, 『상상의 공동체』, 나남, 2002, 참조;G.W.F. Hegel, 임석진 역, 『정신현상학1,2』, 한길사, 2005, 참조.). 이 논문에서는 시간에 대한 기존의 사회과학적인 논의를 참조하여 근대계몽기의 시조에 나타난 시간성을 살펴보면서, 근대성의 변화와 근대인의 의식·내면을 세밀하게 분석하고자 한다.

시조 장르를 계승·발전한다는 시각에서 그 둘 사이의 공통점과 차이점을 검토했을 뿐, 그 속에 담긴 근대 특유의 경험과 그 경험에 대한 시간적 조직화의 관계에 대한 연구는 간과되어 왔다. 근대계몽기의 시조에 대한 주요 연구사는 근대 민족주의와 관련해서 육당 최남선의 시조를 중심으로 논의되었다가, 차츰 중세와 다른 계몽기 시조 형태의 의미 논쟁으로 발전했다가, 이후 계몽기 담론과 연관 짓는 방향으로 전개되었다. 중세의 시조가 가창 중심인 것과 달리, 근대 계몽기의 시조는 신문·잡지 등에 실려 저널리즘화한 현상을 보이면서 그 문학장르적인 기능과 역할에서 일정한 차이점을 보였고, 그 차이점을 해명하는 것을 중심으로 하여 연구가 진행되었다.

우선 근대계몽기 시조 연구는 제국주의에 대한 저항이라는 민족주의적인 관점 아래 언급되기 시작하였다. 1960년대까지는 연구의 관심 바깥이었지만3), 1970년대에 들어서면서 시조의 형태와 애국·계몽·민족이라는 주제가 상호 연관돼 논의되었다. 근대계몽기의 시조에 대해서 정한모가 종결어미체의 변화가 저항적 주제와 관련이 있다고 하거나, 김윤식이 우리 민족의 생명 리듬이 출렁거리는 것으로 이해하거나, 권영민이 최남선 시조에 집중해서 "본격적인 시의식"이 아니라 "민족주의에서 출발"했다는 평가는 모두 그러한 예가 된다.4) 계몽기 시조를 민족주의적인 관점에서 본 이러한 평가는, 20C 전후에 진행된

---

3) 1960년대의 연구자인 박성의는 한국시가문학사를 서술하면서 계몽기 시조를 거의 무시했고, 장순하는 계몽기 시조를 비정서적인 것으로 취급하여 간과했다.(박성의, 『한국문화사대계 V』, 고려대학교 민족문화연구소, 1967, 참조.; 장순하, 「현대시조 60년 개요」, 『현대문학』1968. 3, 참조.)

4) 정한모, 『한국현대시문학사』, 일지사, 1974, 148-150쪽 참조.; 김윤식·김현, 『한국문학사』, 민음사, 1973, 107쪽.; 권영민, 「개화기 시조에 대한 검토」, 『학술원 논문집』 1976, 193-194쪽.

근대의 변화를 저항과 애국이라는 한 측면에서 봤다는 점에서 아쉬움이 남는다.

1980년을 전후로 해서부터는 주로 근대계몽기 시조의 형태 변화가 지니는 문학사적인 의미를 언급하는 논의들 중에서 눈에 뜨이는 것이 많았다. 근대계몽기 시조의 창작자들은 3장6구라는 율격의 짜임새를 명확하게 인식했으며, 종장 마지막 음보를 생략하거나 주제어를 드러내어 종결구조를 변화시켰고, 민요조 여음 '흥'을 삽입하면서 형태적인 변화를 주었다. 이러한 변화들에 대해서 시조 특유의 형식적인 가변성으로 설명되기도 하고5), 자유시 형성 과정의 한 부분으로 이해되기도 하며6), 중세 시조의 계승과 발전이라는 측면에서 분석되기도 했다7). 이러한 연구들 역시 시조의 형태에 대한 천착이 있었음에도 근대성의 관련 양상을 심도 있게 살펴보지 못했다는 약점이 있었다.

1990년대 들어서는 계몽기에 대한 신진학자들의 관심에 힘입어서 근대계몽기 담론의 하나로써 시조를 주목했다. 계몽기 시조는 근대를

5) 박철희는 시조 자체가 고형화된 형식이 아니라 변화하는 주변 여건에 따라서 형식적 변화를 지닌다고 했고(박철희, 「시조의 방법과 인식의 방법」, 『한국학보』15집, 1979.여름호, 참조.), 김영철은 시조가 시대와 개인에 따라서 확장, 변이, 신생할 수 있는 형식적 가변성을 보인다고 했다(김영철, 『한국개화기시조의 장르 연구』, 학문사, 1987, 43쪽 참조.).
6) 오세영은 자유시형 형성의 네 단계-①전통 장르 내에서 자생적으로 일어난 형태 해체 과정, ②전통 장르 상호간의 침투에 의한 해체 과정, ③외래적 요소의 영향과 새로운 율격 실험, ④새로운 정형시형의 모색과 자유시형의 완성-를 논의한 바 있다. 이 중에서 계몽기 시조는 ①과 ②에 해당된다.(오세영, 『20세기 한국시 연구』, 새문사, 1989, 53-57쪽 참조.)
7) 권오만은 "전통적 형태의 계승과 변화"라는 측면에서, 그리고 김학동은 "개화기 시가의 유형과 형태적 전개"라는 측면에서 계몽기 시조를 논의한 바 있다.(권오만, 『개화기시가연구』, 새문사, 1989, 171-200쪽 참조.;김학동, 『한국개화기시가 연구』, 시문학사, 1990, 181-208쪽 참조.)

형성하는 다양한 층위들이 기원하는 공간 속에 나타난 근대담론의 하나라는 측면이 강조되었다. 당대 신문이 지닌 각각의 성격이 주목되어서, 일간지『대한매일신보』나『대한민보』에 실린 시가의 특성이 검토되고 비교·대조되었다. 그 중에서 각각의 신문에 나타난 비유형식이나 비유체계, 혹은 탈식민성을 검토한 것이나 두 신문을 비교한 연구가 주목되었지만8), 근대성의 변화를 설명하는 시간 논의가 빠진 점은 불만스러운 부분이었다.9)

이러한 연구사를 검토해 볼 때,『대한매일신보』의 시조를 대상으로 중세와 구별되는 근대계몽기의 시간성을 살펴보고자 하는 이 논문의

---

8)『대한매일신보』소재의 시가에 대해서는 장석원이 언어형식을, 여태천이 비유체계와 그 한계를, 그리고 권유성이 탈식민성을 검토했고, 그리고『대한민보』소재의 시가에 대해서는 박을수가 전반적인 특징을, 김승우가 두 신문의 시조를 비교·연구했다. (장석원,「계몽기 시가의 세계 인식 방법과 언어형식의 상관성 연구」,『한국문학이론과 비평』17집, 2002. 12. 참조.;여태천,「계몽시가의 담론과 비유체계 연구」,『한국근대문학연구』, 2005. 10, 참조.;권유성,「『대한매일신보』소재 시가의 탈식민성 연구」,『한국시학연구』10호, 2004. 5. 참조.;박을수,「개화시조연구」,『우리문학연구』9집, 1992. 12. 참조.;김승우,「근대계몽기『대한민보』소재 시조의 위상」,『한국문학이론과 비평』33집, 2006. 12. 참조.)

그 외에도 근대계몽기 시조에 대한 주요 연구사는 다음과 같다. 김윤식,『韓國近代文學J樣式論考』, 아세아문화사, 1980;김재홍,「개화기 시조의 일고찰」,『육사논문집』13집, 1975;김준오,「開化期詩歌의장르批評研究」,『국어국문학』제 22집, 부산대학교, 1984;홍성란,「시조의 개화기시대 형식 전변 양상」,『어문연구』35권 4호, 2007. 가을;채재석,『개화기 시조 연구』, 조선대 대학원 박사학위논문, 1993.

9) 그 동안 근대적인 시간의 양상을 살펴본 정덕준, 남진우, 이문재 등의 몇몇 연구가 있었지만, 정작 중세와 구별되기 시작하는 시기인 근대계몽기의 시간성 문제를 다룬 것은 찾기 힘들었다. (정덕준,『한국근대소설의 시간구조에 관한 연구』, 고려대대학원박사학위논문, 1984, 참조.;남진우,『미적 근대성과 순간의 시학』, 소명출판, 2001, 참조.;이문재,『김소월·백석 시의 시간과 공간의식 연구』, 경희대대학원박사학위논문, 2008, 참조.)

연구필요성이 제기된다. 이 논문에서는 근대에 들어서 자연의 순환질서에 순응하는 중세인의 의식이 해체되는 것을 '비순환적인 시간' 개념으로(2장), 중세에 비해서 인식의 변화가 일어나는 것, 특히 공간적인 인식의 지평이 확장되고 계몽의 기획이 진행되는 것을 '동질적이고 공허한 시간'에 기초한 '동시대'라는 시간 개념으로(3장), 그리고 민족의 역사가 재구성되는 것을 '목적론적인 시간' 개념으로(4장) 분석하고자 한다.

II. 비(非)순환적인 시간성

근대계몽기의 시조가 중세의 시조와 비교해 볼 때 가장 눈에 띄는 차이점 중의 하나는 세계[10]에 대한 자아의 인식인데, 이러한 인식의 차이는 시간성의 분석을 통해서 잘 드러난다. 중세의 시조에서 자연은 사계절에 따른 우주적인 순환성을 지니고 인간은 그러한 순환성에 순응하는 의식을 보여주면서, 세계와 자아의 조화와 합일이 일어난다. 그렇지만 근대와 와서 세계에 대한 자아의 의식은 급변하기 시작하는데, 이러한 변화는 근대계몽기 시조에 나타난 시간의 분석을 통해서 잘 드러난다. 자연과 인간 사이의 조화와 균형이 깨어지면서 중세의 순환적·순응적인 시간성도 함께 해체되기 때문이다.

중세 특유의 순환적인 시간성이 위배되는 양상은 크게 두 가지로 나뉘는데, 먼저 중세 시조와 계몽기 시조에서 자연에 대한 자아의 태도

---

10) 이때 세계라는 표현은 자아와 대립되는 것이며, 자연과 인물을 모두 포함하는 개념으로 잠정적으로 규정하기로 한다.

를 비교할 때에 잘 드러난다. 작품 속의 자아는 대부분의 중세 시조에서 자연의 순환질서에 순응하는 모습을 보여주지만, 근대계몽기 시조에서는 자연의 순환질서보다는 인위적인 것 혹은 인간의 의지를 강조하는 경우가 많다. 자연의 순환성에 자아의 인생을 일치시키는 중세의 문화는 근대에 오면 해체되고, 오히려 자아는 자연의 순환성을 가로지르고 파괴하며 붕괴시켜서 자신의 욕망과 의지를 드러내고자 한다. 이러한 근대인의 태도는 작품 속의 시간성을 분석해보면 명확하게 파악된다.

> 江湖에 봄이 드니 미친 흥이 절로 난다
> 탁료계변에 금린어 안주로다
> 이 몸이 한가하옴도 亦君恩이샷다.

> 강호에 여름이 드니 草堂에 일이 없다
> 有信한 江波는 보내나니 바람이로다
> 이 몸이 서늘해옴도 역군은 이샷다.[11]

> 늡을 밋을 것가. 못밋을손 늡이로다
> 밋을 만혼 四時節도, 전혀 밋든 못ᄒ거니
> ᄒ믈며, 狡詐人心 이 世上에, 엇지 늡을[12]

위의 두 작품은 각각 세종 때 맹사성이 지은 「江湖四時歌」와 근대계몽기에 발표된 작자미상의 「勿恃人」이라는 시조인데, 자연에 대한 자아의 태도가 분명하게 대조된다. 맹사성의 시조에서 시적 자아는 사계

---

11) 맹사성, 「강호사시사」, 『청구영언』
12) 「勿恃人」, 『대한매일신보』 1909. 2. 3.

절이라는 자연의 순환리듬에 대응하여 임금의 은혜를 표현하고 있다. "江湖에 봄이 드니"라는 구절에서 봄의 시간은 생동·발랄·신생을 표상하는데, 시적 자아는 그러한 시간에 순응하여 자신의 삶을 즐기고 임금의 은혜를 말하고 있다. "미친 흥이 절로" 나고 "탁료계변에 금린어 안주"를 즐기는 시인의 '한가하옴'과 '亦君恩'이 바로 그것이다. "강호에 여름이 드니"라는 2수에서도, 시적 자아는 '여름'이라는 시간에 조응하여서 더위 속의 '서늘해옴'과 "일이 없"는 여유로움과 '역군은'을 잘 드러내고 있다.13)

중세의 시조가 이처럼 자연적 순환질서에 순응하면서 특유의 순환적 시간을 드러낸다면, 근대계몽기 시조는 그것과는 다른 양상을 보여준다. 그 중 가장 눈에 뜨이는 변화는 "밋을 만ᄒ 四時節도, 전혀 밋든 못ᄒ거니/ᄒ믈며, 狡詐人心 이 世上에, 엇지 늡을"이라는 구절을 보여주는 아래의 시조이다. 근대인에게 근대계몽기란 무엇보다 서구의 기계론적인 세계관에 기초한 과학이 "자연을 고문하여 그 비밀을 빼앗아내"14)고, 그 과학을 근거로 해서 자연을 인간욕망의 대상으로 만들며,

---

13) 이 글에서는 중세와 근대계몽기를 경험하는 시대인들의 인식 차이를 시조에 나타난 시간성을 통해서 살펴보고자 하는 목적을 지니기 때문에, 두 시대의 시조에 나타난 시간성을 대별하는 방법을 사용하고 있다. 이러한 방법은 각 시대의 시조에 나타난 전체적인 특징을 살펴보는 작업이기 때문에 필연적으로 예외적인 경우가 나타나게 된다. 중세의 시조에서도 자연과 무관하게 시적 자아의 욕망을 앞세워 말하는 경우가 있고, 근대계몽기 시조나 서정시에서도 자연의 순환질서에 기대는 경우도 있다. 이러한 대별의 방법에 대해서 근대계몽기 시조의 장르성과 서정성과 관련하여서 발생되는 비판적인 논의-근대계몽기 시조가 주로 신문에 실렸다는 점에서 가창을 중심으로 중세의 시조와는 전혀 성격이 다른 장르로 봐야 하지 않는가, 따라서 근대계몽기 시조에 나타난 비순환적인 시간성이란 문학의 서정장르적인 특성이 아니라 신문과 같은 계몽기 담론의 특성이 아닌가 등등-가 있겠지만, 거기에 대해서는 장르에 대한 별도의 논의가 필요하리라고 본다.

제국주의적인 침략의 물질적인 자원을 생산했던 시기이다. 따라서 과학의 시대에서 세계를 설명하는 방법은 자연의 신비나 신성을 압도하는 인간의 욕망을 들춰내는 것이 된다. "밋을 만ᄒ 四時節도, 전혀 밋든 못ᄒ거니/ᄒ믈며, 狡詐人心 이 世上에,"라는 표현 속에서는 '狡詐人心'이라는 인간의 욕망이 드러나 있는데, 거기에는 인간의 욕망이 자연의 순환성을 압도하는 비순환적인 시간 개념이 숨어 있는 것이다.[15]

비순환적인 시간성의 또 다른 양상은 중세 시조와 계몽기 시조에서 인물에 대한 시적 자아의 태도를 비교할 때에 나타난다. 중세 시조에 표현된 인물은 주로 자연의 순환질서에 순응하는 삶의 모습을 지닌 경우가 많다. 자연이 곧 우주이고, 인간이란 그 우주적 삶을 살고자 하는 중세보편의 이상을 지니기 때문이다. 그렇지만 근대계몽기 시조에서 인물은 자연의 순환질서로 설명되지 않는다. 제국주의가 현실적인 힘을 발휘하는 근대계몽기에는 애국계몽이라는 현실적인 과제가 있었기

---

14) Capra, Fritjof, 홍동선 역, 『탁월한 지혜:비범한 인물들과의 대화』, 범양사, 1989, 265쪽.

15) 자연의 순환 질서보다 인간의 의지와 욕망을 강조하는 근대계몽기 시조는 중세의 시조를 패러디하는 부분에서도 엿보인다. 가령 "靑山은 엇지ᄒ여, 萬古에 푸르럿고./流水ᄂᆞᆫ 어이ᄒ여, 晝夜로 쉬지 안노./우리도, 萬古壹心으로, 뎌와 ᄌᆞ치"(「學山水」,『대한매일신보』1909. 1. 19.)에서는 "우리도 그치지 말고 萬古常靑 하리라."라는 원문 구절에서 보이는 자연과의 조화 대신, '壹心'으로 "萬古에 푸르"르고, '쉬지' 말자라는 시적 자아의 의지가 강조되면서 순환적인 시간성이 위배되는 양상이 드러난다.
    이때 근대계몽기 시조가 세계와 대립되는 점 때문에 장르적인 성격이 문제시되는데, 이 논문에서는 김영철이 논의한 '서정적 거시(Lyrisches Nennen)'-자아와 세계 사이의 관계가 완전히 대립을 이룬 경우-라는 개념을 수용하고자 한다. 계몽기 시조를 비롯한 시가가 지닌 장르설정 문제의 복잡성은 김영철의 논문 「개화기시가의 장르적 성격」(김영철, 『한국현대문학연구』1집, 1991. 4, 302쪽.)을 참조할 것.

때문에 이러한 시대적인 상황 속에서 인물이 이해된다.

산은 옛 산이로대 물은 옛 물이 안이로다
晝夜에 흐르거든 옛 물이 이실쏘냐
人傑도 물과 갓아야 가고 안이 오노매라16)

간 밤에 비 오더니, 봄消息이 宛然ᄒ다.
無靈혼 花柳들도, 째를 짜러 퓌엿는디.
엇지타, 二千萬의 뎌 人衆은, 잠 씰 줄을.17)

위의 시조는 조선 시대 황진이의 작품으로써 인물의 무정함과 인생 무상을 주제로 한다. 이때 주목해야 할 것은 '人傑'이다. "人傑도 물과 갓아야 가고 안이 오노매라"라는 구절은 중세인이 인물을 바라보는 태도가 잘 드러나 있다. 시적 화자는 자신에게 돌아오기를 원하는 인물인 '인걸'이 돌아오지 않는 불만의 상황을 '물과 갓'다는 자연의 질서를 통해서 이해한다. "晝夜에 흐르거든 옛 물이 이실쏘냐"라는 구절에서는, 인물이 돌아오지 않는 답답한 시간이 일종의 자연적인 순환질서로 설명된다.

그에 반해서 아래의 시조는 근대계몽기의 작품으로써 근대에 적절하게 대응하지 못하는 '人衆'을 다루고 있다. 시적 자아는 위의 시조에서 자연의 순환질서에 기대어서 인물을 바라봤다면, 아래의 시조에서는 자연의 순환질서에 위반하는 인물을 말하고 있다. 이러한 대조의 지점을 극명하게 보여주는 것이 바로 시간성이다. "봄消息이 宛然"한

---

16) 황진이, 『해동가요』
17) 「花柳節」, 『대한매일신보』 1909. 4. 4.

시절과는 다르게 "二千萬의 뎌 人衆은, 잠 씰 줄을" 모른다는 구절에서, '봄'이라는 자연의 순환적인 시간과 '인중'이라는 인물의 "잠 씰 줄을" 모르는 (자연의 순환질서에) 비(非)순응하는 시간이 서로 대조되어 있기 때문이다. 이러한 시간성의 차이는 근대계몽기에 와서는 더 이상 자연의 순환적인 시간으로는 당대를 설명할 수 없다는 인식을 암시하는 것이다. 근대계몽기의 시간은 이미 자연의 순환질서를 위반해서 인간의 욕망을 표상하는 것이다.

III. 동시대와 인식의 변화

계몽기에 들어선 근대인이 경험한 낯선 것들 중의 하나는 인식의 지평이 확장되는 것인데, 이러한 변화는 근대계몽기의 시조에 나타난 시간을 살펴볼 때 뚜렷하게 확인된다. 중세인이 도(道)라는 전일적인 세계관을 이상으로 하여서 중화를 보편으로 이해할 때와는 달리, 근대인은 신문·잡지의 출현과 교통의 발달로 인해서 자신이 속한 생활 공간을 넘어서는 그 이전에는 해보지 못한 새로운 경험을 하게 된다. 이러한 근대인의 경험을 잘 이해하기 위해서는 "동질적이고 공허한 시간 (homogeneous empty time)"[18)]으로 구성된 동시대(contemporary)라는

---

18) '동질적이고 공허한 시간'은 물리적·시계적인 시간이다. '동질적'이란 의미는 시계의 발명으로 인해서 시간이 거리나 위치와 같은 동질적인 양으로 변환되고 시간 사이의 이질성이 사라졌다는 것을, 그리고 '공허한'이라는 뜻은 시간이 어떤 신비적인 힘이나 계시에 의해서 이해되지 않고 텅 비었다는 것을 의미한다. 동시대란 이러한 '동질적이고 공허한 시간'의 최근 혹은 현재를 지시한다.(B. Anderson, 윤형숙 역, 『상상의 공동체』, 나남, 2002, 48쪽.;이진경, 『근대적 시·공간의 탄생』, 푸른숲, 1997, 57쪽 참조.)

시간을 주목해 볼 필요가 있다[19]. 이 동시대라는 시간은 중세인이 생각해 보지 못했던 것을 생각하게 만드는 계기가 된다.

근대인이 자신의 생활 공간을 넘어서서 전혀 경험해보지 못한 세계까지 공간적인 인식을 확장시키는 이 새로운 충격은, 자신이 사는 지역 바깥의 소식과 사건을 신문을 통해서 인지하게 되는 것과 직접 관련된다. 신문은 서로 전혀 모르는 낯선 공간에서 벌어지는 익명의 이야기를 전달함으로써 근대인의 공간적인 인식을 미지의 곳까지 확장하게 만들 수 있었는데, 이때 중요한 것은 신문이 보여주는 '동질적이고 공허한 시간'이다. 지역성을 넘어선 익명의 사건이 마치 자기 지역의 얘기처럼 소통될 수 있는 까닭은, 그것이 '동질적이고 공허한 시간' 속에서 동시에 일어나는 것이라는 점 때문이다. 쉽게 말해서 누구인지 모르는 다른 지역의 사건 당사자가 같은 시간 속에서 살고 있다는 이 묘한 우연성과 일치감은, 모두 동시대라는 시간의 전제 위에서 가능한 것이다. 『대한매일신보』의 「詞藻」난에 실린 시사적인 내용의 시조를 보기로 한다.

> 비 씨 창즈 씻는 奇異호 법, 華陀뿐인 줄만 알엇더니.
> 二十世紀 此時代엔, 의士마다 華陀로다.
> 國中에, 遍滿호 人面獸行의 뎌 心腸을, 쩌고 씻고.[20]

---

19) 동시대라는 시간은 역사의 어느 시기에도 그 당대를 지시할 수 있는 표현이지만, 이 논문에서 시조를 통해서 살펴볼 수 있는 동시대에는 그 이전 시기와는 몇몇 다른 측면-근대인의 자기 시대에 대한 분명한 자각, 공간적인 인식 지평의 확장, 서구에서 진행된 계몽과정 압축의 소망 등-이 강하게 드러나 있다. 이 논문에서는 이 측면을 주목하고자 한다.
20) 「換腸術」, 『대한매일신보』 1909. 9 .5.

至誠이면 感天이오, 合力ᄒ면 拔山이라.

南美 全大洲가 西班牙의 領地되야 悲慘酷禍 밧을 적에, 國民들이 合
力ᄒ야 쎄앗겻든 三千里 長山을 몽창 쏩아 엽헤 끼고 大西洋을 건너쮜여
제 자리에 도로 노왓스니.

快ᄒ다, 우리도 熱心合力ᄒ야, 뎌와 굿치[21]

위의 시조는 "二十世紀 此時代엔" '華陀'처럼 "人面獸行의 뎌 心腸
을, 찌고 썻고" 하자면서 매국노에 대한 비판을 소재로 한다. 이때 주목
되는 것이 "二十世紀 此時代"이다. 시적 화자는 자신이 살고 있는 시
대를, 중세의 경우처럼 자연 질서에 순응하는 순환적인 시간이 아니라
"二十世紀 此時代"라는 시계로써 측정가능한 물리적인 시간 혹은 '동
질적이고 공허한 시간'으로 자각하고 있는 것이다. 이러한 시간 개념의
전환은 근대인의 인식틀(episteme)이 변화함을 뜻한다. 이러한 시간에
지배를 받는 근대인은 자신이 잘 알지 못하는 미지의 공간에서 벌어진
이야기라도, 그것을 자신과 관계가 있을 수 있는 "二十世紀 此時代"라
는 동시대의 이야기로 해석·이해할 가능성이 생기는 것이다.

이러한 이해를 분명하게 보여주는 것이 아래의 시조이다. 이 시조는
다른 공간의 이야기라는 측면보다 동시대의 이야기라는 측면이 좀 더
강하게 부각된다는 점을 보여준다. "南美 全大洲가 西班牙의 領地되
야 悲慘酷禍 밧을 적에, 國民들이 合力ᄒ야 쎄앗겻든 三千里 長山을
몽창 쏩아 엽혜 끼고 大西洋을 건너쮜여 제 자리에 도로 노왓"다는
다른 공간의 이야기는, "우리도 熱心合力ᄒ야, 뎌와 굿치" 하자면서
'우리'와 관계된 동시대의 이야기로 읽힌다. 「詞藻」난에 실린 다른 글
을 참조해 보면, 이런 방식으로 공간적인 인식이 확장되고 있음이 확인

---

21) 新島玉, 「力拔山」, 『대한매일신보』 1909. 8 .5.

된다. "마니지는 졔 누구며, 비스믹은 졔 누구랴."22)에서처럼 이탈리아의 마찌니와 독일의 비스마르크라는, 그리고 비록 시조 형식은 아니지만 "丈夫雖死心如鐵 義士臨危氣似雲"23)라는 글에서 볼 수 있듯이 중국 뤼쉰 감옥에 갇힌 안중근이라는 다른 지역의 이야기가 '우리'와 관계된 동시대의 이야기로 전달된다. 이처럼 근대인의 공간적인 인식 지평은 동시대라는 시간성 위에서 넓어지는 것이다.

공간적인 인식의 지평을 확장한 근대인은 필연적으로 문명의 차이를 경험하면서 계몽의 기획을 소망하게 되는데, 이 소망 역시 동시대라는 시간성을 통해서 살펴볼 때 잘 이해된다. 근대인은 문명의 발전이 공간마다 서로 차이가 나기 때문에 그 차이를 좁히기 위해서 계몽을 기획하고, 그 기획을 통해서 발전의 속도를 높여 선진문명과 동등하게 혹은 더 나아지기를 희망한다. 이 과정에서 발전의 속도는 상당히 중요시되는데, 이 때의 속도란 선진문명이 발전을 위해 지속시켰던 물리적인 시간의 양을 압축하는 것, 다시 말해서 그러한 시간의 양을 동시대라는 현재에 말아 넣는 것을 의미한다. 동시대는 서구에서 진행된 계몽이 기획·전개되고 압축되기를 희망하는 시간이 되는 것이다.

> 二八靑春 少年들아, 誤遊場에 投足 마소.
> 黃金갓혼 이 歲月에, 壹刻인들 虛送ᄒ리.
> 아마도, 國民의 힘쓸 거슨, 士農工商.24)

> 人間七十 古來稀는, 녜로브터 닐은 비라.

---

22) 「웨 못 일워」, 『대한매일신보』 1910. 4. 9.
23) 「안중근씨 유시」, 『대한매일신보』 1910. 5. 8. 원문은 장부가 비록 죽으나 마음은 쇠와 같고, 의사가 위태함에 그 기운이 구름과 같도다라는 뜻이다.
24) 「勸少年」, 『대한매일신보』 1908. 12. 22.

호루밧비 束縛 면코, 列强國과 同等되셰.

만일에, 고식지계 참스다가는, 永永奴隷.[25]

위의 시조에서는 "二八靑春 少年들"이 "黃金ス혼 이 歲月"에 "壹刻
인들 虛送"하지 말 것을 주장하고 있다. 여기에서 "黃金ス혼 이 歲月"
이란 앞의 시조에서 말한 "二十世紀 此時代"의 다른 표현이면서도, 상
당히 중요한 시대라는 생각이 숨어 있다. 그 이유는 "誤遊場에 投足
마소." 혹은 '虛送ㅎ리.'라는 구절에서 알 수 있듯이, 대한제국이 당대
의 서구 열강에 비해서 뒤져 있고, 그 격차를 좁히거나 없애기 위해서
'士農工商'인 '國民'이 힘을 써야 하기 때문이다. 그렇다면 "이 歲月"
인 '此時代'[동시대]란 한편으로 계몽의 격차가 있는 시대이지만, 다른
한편으로는 그 격차를 줄일 수 있는 '黃金ス혼' 시간이 됨을 의미한
다.[26] 쉽게 말해서 시적 화자에게 있어서 동시대란 그 동안 서구에서

---

25) 「宜早早」, 『대한매일신보』 1909. 8 .22.

26) "黃金ス혼 이 歲月에 壹刻인들 虛送ㅎ리./아마도, 國民의 힘쓸 거슨, 士農工
商."이라는 구절은 읽기에 따라서 '士農工商'이라는 중세 시대의 사회계급을
명확히 구별한 채로 중세의 봉건 이념-'士農工商' 계급이 천리(天理) 또는 도
(道)에 합당하게 이(利)를 취해 살아가는 것-을 완성하자는 내용으로 볼 수도
있다. 그렇지만 이 논문에서는 이 시조가 계몽을 강조하는 『대한매일신보』의
「詞藻」난에 실렸음을 중시하고자 한다. 『대한매일신보』 1908. 7. 11자 논설 「論
學校唱歌」에서는 "歌란 者는 人의 감정을 자극하며, 意氣를 鼓하야 興起奮發
케 하는 者이다"라면서 시가의 가창성을 활용해서 사회개혁적인 성격을 강조했
고, 조동일은 계몽기 시가가 "신소설이나 신파극보다 개화기의 시대적인 문제,
특히 외세에 항거하는 의지를" 강하게 보여줬다고 하며(조동일, 「개화기의 우국
가사」, 『개화기의 우국문학』, 신구문화사, 1979, 71쪽.), 고미숙은 "계몽의 담론
은 이전의 역사와의 연계보다는 단절을 원했고, 강력한 단절 속에서 지나온 역
사를 전면적으로 재구성하였다"(고미숙, 「근대계몽기, 그 이중적 역설의 공간」,
『사회와 철학』 2호, 2001. 10, 39쪽.)라고 한 바 있다. 계몽기 시가에 대한 이러한
평가를 염두에 둘 때, 시조 「勸少年」에서 '士農工商'이 "黃金ス혼 이 歲月에

진행된 계몽의 물리적인 시간들을 압축하는 시간인 것이다.

아래의 시조에서도 동시대를 바라보는 시적 화자의 독특한 태도가 엿보인다. "ᄒ루밧비 束縛 면코, 列强國과 同等되세."라는 구절에서 보듯이, 동시대는 계몽을 기획·진행하여 "列强國과 同等"하게 되는 시간인 것이다. 근대인의 인식 속에서 동시대란 이처럼 서구가 계몽이 진행된 물리적인 시간들을 압축하는 시간이며, 서구를 좇아야 된다는 혹은 따라잡아야 된다는 속도감 혹은 조급성을 암시하는 시간인 것이다27). 이처럼 동시대는 공간적인 인식의 지평을 확장하고 서구에서 진행된 계몽의 과정을 압축하는 독특한 시간인 것이다.

IV. 계몽담론 속의 시간성

근대계몽기 시조에는 국민(nation)이라는 낯선 언표의 등장과 함께 국가주의가 강력한 정신적인 이념으로 출현하는데, 이러한 이념의 출현은 시간성의 변화라는 측면에서 잘 고찰된다. 여기에서 말하는 국가주의(nationalism)란 중세와는 다르게 한 개인이 자랑스러운 역사를 가진 국가의 일원인 국민이며 국가를 위해서 희생할 수 있다는 전체주의적인 사고를 의미하는데, 이러한 근대 특유의 사고를 이해하기 위해서

壹刻인들 虛送ᄒ리."라는 구절은, 중세와 단절하고 근대계몽을 수행하자는 내용으로 읽는 것이 더 의미가 있다.

27) 속도감에 대한 담론은 근대계몽기 시조에서 상당히 많이 나타난다. "째 느껴 감늬다"(韓瞳生, 「莫坐在」, 『대한매일신보』 1909. 4. 6), "늙기 전에"(「少年時」, 『대한매일신보』 1909. 7. 2), "째 늣는다"(「時哉時哉」, 『대한매일신보』 1909. 8. 27), "이 판국에, 쌈짝ᄒ단 大逢敗라"(「쌈짝ᄒ단」, 『대한매일신보』 1910. 2. 8.)라는 구절 등이 그 예이다.

는 그 내적 논리의 핵심을 이루는 시간의 구조를 살펴볼 필요가 있다.

우선, 엘리트의 계몽담론을 통해서 역사의 한 축인 과거가 어떻게 구성되는지를 살펴보고자 한다[28]. 근대계몽기 시조에서 표현된 역사는 찬란한 과거, 쇠락한 현재, 이상적 미래이라는 국가주의(nationalism) 담론의 삼단구조를 그대로 보여주는데[29], 여기에서 과거는 공동체의 화려했던 지난 순간이 재현되는 시간이며, 나아가서 쇠락한 현재의 고통을 견디고 극복할 수 있는 한 계기가 된다. 이때 이러한 계몽담론의 논리는 역사가 목적인(telos)을 지닌다는 사유를 참조할 때에 잘 설명된다. 과거라는 시간은 현재의 목표를 위해서 존재하는 목적을 지닌 시간이기 때문이다.

> 韓半島 錦繡江山. 禮義之邦 分明ᄒ다
> 神聖ᄒ신 檀君끠셔, 세웟셔라 이 나라를.
> 뉘라셔, 감히 侵犯ᄒ리, 堂堂帝國.[30]
>
> 高句麗 全盛時代, 뎌 歷史를 考閱ᄒ니.
> 北滿洲 數千里와, 療東七白里가.
> 分明히, 우리의 領土러니, 언제나 다시.[31]

---

28) 이 논문에서 말하는 엘리트란 『대한매일신보』의 「詞藻」 난을 책임지고 일정 부분 「詞藻」 난의 시조를 주로 창작했을 것으로 추정되는 신채호, 양기탁, 박은식과 같은 편집자를 지칭한다. 이들은 시조를 통해서 계몽담론을 생산·유포시켰다는 점에서 담론생산을 주도한 엘리트로 인식된다.(김영철, 「개화기 시가의 창작계층연구」, 『대구어문논총』 8집, 1990.5., 참조)

29) M. Levinger, & P. Lytle, "Myth and Mobilization: the Traidic Structure of Nationalist Rhetonic", *Nation and Nationalism*, Vol. 7, No. 2, 참조.

30) 「韓半島」, 『대한매일신보』 1908. 12. 2.

31) 讀史生, 「언제나」, 『대한매일신보』 1910. 4. 21.

위의 시조에서는 시적 화자가 속한 공동체를 "이 나라"로 부르면서 건국시조와 특징을 서술함으로써 공동체의 화려했던 과거를 보여주고 있다.32) 건국의 시조는 "神聖ᄒ신 檀君"이고, 공동체의 영토는 "韓半島 錦繡江山"이며, 그 특징은 '禮義之邦'이자 '堂堂帝國'이다. 이러한 서술을 통해서 알 수 있는 것은 공동체가 나름대로 역사의 시원과 분명한 특징을 지니고 있다는 것, 다시 말해서 공동체의 자부심이 있다는 것이다. 이러한 자부심을 표나게 드러내는 이유는, 종장에서 나왔듯이 "뉘라서, 감히 侵犯ᄒ리"라는 것, 즉 현재의 위기 때문이다. 위의 시조는 공동체의 운명이 외세에 의해서 좌우되는 현재의 위기를 극복하기 위해서 스스로 자부심이 있어야 함을 강조하는 것이다.

아래의 시조 역시 공동체의 과거가 현재와 관계가 있는 시간임을 암시한다. 시적 화자가 "高句麗 全盛時代"를 생각하면서 "北滿洲 數千里와, 療東七白里"라는 광활했던 영토를 떠올리는 까닭은, 과거의 화려했던 시점을 서술함으로써 쇠락한 현재의 고통을 견디고 이기려는 이유 때문이다. 종장에서 보이는 "分明히, 우리의 領土러니, 언제나 다시"라는 서술은, 과거의 영광을 되살려야 한다는 작자의 생각을 분명히 보여준다. 이러한 서술은 역사의 한 축인 과거를 목적론적인 시간으로 파악하고 있음을, 나아가서 과거·현재·미래를 하나의 목적인을 지닌 역사로 인식하고 있음을 잘 확인시켜준다.33)

---

32) 『대한매일신보』에 실린 시조에서 "이 나라"나 '국민'이라는 표현은, 엄밀하게 말해서 근대국가에서 실질적인 의미를 지니는 것이다. 시조가 주로 실린 1908-1910년이 대한제국이라는 왕조국가 시기라는 점에서 실질적·실효적인 의미를 지니는가 하는 문제는 별도의 논쟁이 있어야 한다. 이 논문에서는 역사라는 시간을 문제 삼기 때문에 그 논쟁을 비켜가기로 하고, "이 나라"에 해당되는 집단을 '공동체'로 표현하고자 한다.

33) 위의 시조 「韓半島」와 「언제나」는 공간성의 측면에서도 분석이 가능하리라고

이러한 역사 만들기의 과정에서 민중은 공동체의 영광스러운 부활을 위해서 현재를 살아가는 국민으로 전유되며, 나아가서 공동체를 위해서 헌신해야 한다는 전체주의적인 존재로 담론화된다. 이러한 담론 속에서는 민중이 공동체의 영광을 위해서 현재의 자신을 희생시켜도 된다는 논리가 가능해지는 것이다. 이 담론을 잘 이해하기 위해서는 민중이 역사의 목적인이라는 논리를 살펴볼 필요가 있다. 계몽담론 속의 민중은 공동체의 사명을 수행해야 하는 목적론적인 시간의 존재인 것이다.

> 쓸가에 뎌 松竹은, 四時에 푸르럿고.
> 春風에 桃李花ᄂ, 고흔 빗츨 자랑ᄒ다.
> 우리ᄂ, 國民義務 굿게 직혀, 義理자랑.[34]

> 제 몸은 ᄉ랑컨만. 나라ᄉ랑 왜 못ᄒ노
> 국가 강토 업셔지면, 몸 둘 곳이 어디민뇨
> 찰아리, 이 몸은 죽더러도 이 나라ᄂ[35]

본다. '韓半島'라는 공간의 신성성 혹은 '療東七白里'라는 우리 영토에 대한 자기확인은, 공동체의 유지를 위한 필요불가결한 사유이기 때문이다. 다만 이 장에서는 시간성을 연구방법론으로 설정한 관계로, 공간성 논의는 추후 별도의 장으로 대신하고자 한다.

위의 시조처럼 국가주의 역사의 한 축인 과거를 언급한 구절로는 "白頭山 도라드니, 檀君遺業 이 아닌가"(「檀檀團」, 『대한매일신보』 1909. 7. 27.), "보는 듯, 乙支文德 놉은 자취, 至今까지."(「秋江月」, 『대한매일신보』 1909. 9. 22.), 그리고 "蓋蘇文의 뎌 壯畧과 乙支公의 뎌 武功은"(「누가 다시」, 『대한매일신보』 1910. 4. 22.) 등이 있다.

34) 「崇義理」, 『대한매일신보』 1909. 4. 1.
35) 「愛國調」, 『대한매일신보』 1908. 12. 5.

쟝부로 싱겨나셔, 초목동부 되단 말가.

빅만갑병을 흉중에 품어두고, 디쇼영웅을 휘하에 지휘ᄒ야.

결단코, 건국ᄉ업을, ᄌ담코져.36)

첫 번째의 시조에서 "國民義務 굿게 직혀, 義理자랑"이라는 구절은
의미심장하다. '國民義務'라는 용어는 국민이 어떤 의무가 있다는 생
각을 전제하기 때문이다. 민중이 국민으로 호명된 순간, 그들은 공동체
의 이상적인 미래를 책임져야 하는 의무가 따르는 것이다. 이러한 의무
가 구체적으로 드러난 것이 두 번째의 시조이다. 이 시조에서는 '國民
義務'를 지키기 위해서는 전체주의적인 사유가 필요함을 암시한다.
"국가 강토 업셔지면, 몸 둘 곳이 어디민뇨"라는 구절은, 개인보다 공
동체를 더 중시여기는 전체주의적인 시각에서 나온 것이다. 국민은
"국가 강토 업셔지면, 몸 둘 곳"이 없다는 것은 개인의 생사보다 공동
체를 우선시한다는 발상이고, 이 발상은 "찰아리, 이 몸은 죽더리도 이
나라"가 유지되면 된다는 표현으로 이어진다.

세 번째의 시조는 국민이 공동체를 위해서 살아야 한다는 생각 아래
그 구체적인 실천방안을 보여주고 있다. "장부로 싱겨나셔" "백만갑병
을 흉중에 품어두고, 디쇼영웅을 휘하에 지휘ᄒ"는 것, 간단히 말해서
'건국ᄉ업'을 펼치는 것이 바로 국민의 의무이요 개인과 공동체가 동
일시되는 길이다. 그것은 국민으로서의 민중이 쇠락한 현재의 고통을
감내하면서 공동체의 이상적인 미래를 준비하는 목적론적인 시간 속
의 존재가 되는 것이다.37) 계몽담론에서 논의되는 국민은, 이처럼 공동

---

36) 白頭靑年, 「丈夫歌」, 『대한매일신보』 1909. 9. 16.

37) 위의 시조처럼 공동체의 영광스러운 부활을 위해서 민중이 전체주의적인 존재
로 담론화되는 구절로는 "녜부터, 살신成仁이, 英雄인뎌"(不咸靑年, 「靑年歌」,

체의 역사라는 거대서사와 그 속에 내재된 목적론적인 시간 속에서 구성된 것이다.

V. 결론

이 논문은 근대인이 경험하는 시간의 특성, 즉 시간성을 분석하고자 근대계몽기의 시조를 살펴보았다. 일간지 『대한매일신보』 국한문판의 「詞藻」난에 게재된 약 400여 수의 시조가 근대계몽기 시조의 대표성을 띤다는 판단 아래, 그 시조를 대상으로 해서 중세와 구별되는 시간성을 주목하고자 했다. 근대인은 중세인과 달리 산업·과학의 세례와 자본주의·제국주의·국가주의의 경험 등을 통해서 급변하는 시대를 살았는데, 이 논문에서는 이러한 변화에 나타난 시간성을 검토하기 위해서, 이진경, B. 앤더슨, G.W.F. 헤겔의 시간과 역사 논의를 참조해서 연구방법론을 구성했다.

첫째, 근대에는 자연의 순환질서에 순응하는 중세인의 의식이 해체되었는데 그러한 의식의 변화를 잘 이해하기 위해서 계몽기 시조에 나타난 비순환적인 시간성을 파악하였다. 중세의 순환적인 시간성이 위배되는 양상은 세계(자연, 인물)에 대한 시적 자아의 태도를 비교할 때

『대한매일신보』 1909. 9. 30.), "닉 몸을 못지 마쇼 前生이 愛國士니."(重生子, 「愛國身」, 『대한매일신보』 1909. 11. 18.), "아마도, 堂堂흔 急先務ᄂᆞᆫ, 爲國獻身"(「急先務」, 『대한매일신보』 1910. 1. 6.), "이러툿, 同胞를 위ᄒᆞ야 내 몸을 犧牲코져, 一段精神."(「一段精神」, 『대한매일신보』 1910. 3. 1.), "파리흔 이 내 몸을, 國家에 밧쳣스니."(「任重」, 『대한매일신보』 1910. 4. 3.), 그리고 "하리라, 이 몸이 사싱간에, 국가ᄉᆞ만."(瀛隱生, 「하리라」, 『대한매일신보』 1910. 4. 23.) 등이 있다.

에 잘 확인되었다. 맹사성의 시조「江湖四時歌」가 자연적 순환질서에 순응하는 시간성을 드러냈다면, 작자미상의 시조「勿恃人」은 그 순환질서를 간과·배제한 채 세계를 이해하는 근대인의 비순환적인 시간 개념을 분명히 보여줬다. 또한, 인물에 대해서 황진이의 시조가 자연적인 순환질서 속에서 표현했다면, 작자미상의 시조「花柳節」은 자연의 순환질서를 위반한 모습을 서술하였다. 근대의 시간은 자연의 순환적인 시간이 분열·해체된 것이었다.

둘째, 계몽기에 들어선 근대인이 경험한 것들 중의 하나는 인식의 지평이 확장된다는 것이었는데 그러한 인식의 변화를 살펴보기 위해서 계몽기 시조에 나타난 동시대라는 독특한 시간을 이해하고자 했다. 근대에 발행된 신문은 '동질적이고 공허한 시간' 위에 기록된 매체였는데, 그 시간의 동시성을 통해서 미지의 지역에서 벌어진 익명의 사건이 마치 자기 지역의 애기처럼 소통될 수 있었다. 시조「換腸術」에서 표현된 '此時代'[동시대]는 근대인이 자신이 살고 있는 시대를 이미 '동질적이고 공허한 시간'으로 의식하고 있음을, 그리고 시조「力拔山」에서는 낯선 지역성을 넘어선 사건이 동시대라는 시간 속에서 소통됨을 보여줬다. 이어서, 공간적인 지평의 확장은 문명의 차이를 깨닫고 계몽의 기획을 욕망하는 계기가 되었다. 시조「勸少年」과「宜早早」에서 살펴볼 수 있듯이, 동시대는 서구에서 진행된 계몽이 기획·전개되고 압축되는 시간인 것이었다.

셋째, 근대계몽기의 엘리트는 역사를 만들고 민중을 국민으로 전유하면서 전체주의적인 사유를 담론화했는데 그러한 담론화의 논리를 잘 파악하기 위해서 계몽기 시조에 나타난 목적론적인 시간성을 검토해볼 필요가 있었다. 시조「韓半島」와「讀史生」에서는 시적 화자가 속한 공동체의 역사가 분명한 시원과 특징을 지녔다면서 공동체의 자부심을 보여줬다. 이것은 공동체의 화려했던 과거를 서술함으로써 쇠락한 현재의 고통을 견디고 이기려는 역사화의 시도였다. 그리고 시조 「崇義理」, 「愛國調」, 「丈夫歌」에서 확인되듯이, 역사화의 과정에서 민중은 공동체의 이상적인 미래를 위해서 자신을 희생시켜도 되는 목적인, 혹은 목적론적인 시간 위의 존재로 설명되었다.

이렇게 볼 때 근대계몽기 시조는 근대의 엄청난 정치적·사회적·문화적인 변화를 그대로 보여주고 있으며, 그러한 변화에는 중세와 분명히 구별되는 특유의 시간적인 특성이 내재되어 있음이 확인된다. 비순환적이고 동시대적이며 목적론적인 이 근대의 시간성은, 근대 초기에 생성되어서 근대를 관통하여 오늘날까지 지속되고 있는 특징인 것이다. 그것은 이미 근대인이라는 존재를 설명할 때에 본질적인 것과 같은 것이다. 앞으로 근대계몽기의 시조 이외의 문학 담론에 나타난 시간성 연구를 통해서 본고의 논의를 좀 더 보완하고, 나아가서 근대의 시간성이 100년 동안에 굴절되는 양상을 살펴볼 필요가 있다.

제2부
식민지 시기의 민족 표상

식민지 시기의 시단(詩壇)의
민족 표상에 관한 시론(試論)

I. 서론

민족이란 누구이냐 라는 정체성의 물음 앞에 놓여야 하는 더 근본적인 질문은, 어떻게 말하느냐 하는 기술자의 기술 방식에 관한 것이다. 그 동안 한국문학사·시사에서 언급된 민족은 거의 대부분이 민족사를 발전시켜온 순수하고 유일한 공동체로 논의되었기 때문이다. 이렇게 되면 근대시는 민족의 발전을 이끌고 주도한 민족문예 장르의 하나로 설명된다. 특히 이 글에서 검토하고자 하는 식민지 시기 시단의 민족 표상은, 기존의 한국문학사·시사에서 일본과 맞서 저항·대항하는 역경 속에서 스스로를 발견하고 발전시켜온 단수적인 의미의 공동체로 서술되어 왔다.

이처럼 단수적인 의미의 공동체로 민족을 논의한다면, 식민지 시기 일본 정책의 몇몇 국면에 따라서 주요 문인집단들이 대응하면서 상상한 다층적인 표상들은 사라지거나 은폐되고 만다. 이제 문학담론 속의 민족 논의를 할 때에 그 방향은 조정될 필요가 있다. 민족이란 일본과 이분법적인 극한 대립 속에서 상대적인 한 극을 차지하고 그 대립을 극복했거나 극복하고자 했던 유일하고 절대적인 기표가 아니라, 일본의 식민지 정책에 따라 다층적으로 유동하는 표상임을 분석하는 것이다. 다시 말해서 한국문학사·시사의 기술자가 암암리에 재론의 여지가 없을 정도로 유일한 의미의 기표로 전유해 왔던 민족을 주요 문인집단들이 상상해온 다양한 정치공동체들로 다시 읽는 작업을 하는 것이다.

이런 작업을 위해서 가장 우선적으로 해야 하는 일은, 민족을 문학담론 속의 표상(언어)으로 이해하는 것이다.1) 민족이란 일본의 식민지 정책의 몇몇 국면에 따라서 대응한 한인(韓人) 속의 주요 문인집단들이 한반도 내의 영토와 정부를 지니지 않는 한계에도 불구하고 일본과 심리적인 경계를 지니고 주권을 가진 정치공동체를 다양하게 상상한 표상들의 집합인 것이다.2) 따라서 문학담론 속의 민족 표상은 일본의

---

1) 이 논문에서는 민족을 문학담론 속에 나타난 하나의 표상(언어)으로 규정하고 자 한다. 민족은 기존의 문학사·시사 속에서 기술자(발화자)와 기술대상자(문학 사 속에서 언급된 민족)와 독자(수신자)를 포함한 공동(운명)체로 설명되었던 경향이 있다. 이렇게 되면 민족을 말하는 자는 이미 듣는 자를 자신의 발화내용 속에 포함시킨 자기대화(모놀로그)를 유포하는 것이 될 뿐이다.(柄谷行人, 송태 욱 역,『탐구Ⅰ』, 새물결, 1998, 9-28쪽.) 이러한 자기대화의 규칙 속에서는 민족 이라는 용어에 대한 비평적인 거리를 두기 힘들다. 이 때문에 이 글에서는 민족 을 식민지 시기 시단에 나타난 문학담론 속의 표상(언어)으로 규정하는 방식으 로 거리를 두고서 비평자의 담론적인 위치를 확보하고자 한다. 이때 담론이란 미셸 푸코의 담론이론을 참조한 개념이다. 담론은 주체의 입장에서 볼 때에 자 신의 주관·의지를 언어화한 것이지만, 담론 자체적으로 볼 때에는 언어가 주체 의 입을 통해서 발화된 것이다.(Paul Michel Foucault, 홍성민 역,『임상의학의 탄생』, 이매진, 2006, 17-19쪽.) 이러한 담론에 대한 인식은 민족(표상)이 식민지 시기 시단의 주요 문인집단들에 의해서 다양하게 발화될 때에 당대의 언어적·사 회적 조건에 의해서 특정한 담론의 질서가 형성됨을 암시한다. 이 논문은 이러 한 담론의 질서에 의해서 민족 표상이 어떻게 談論化되는가 하는 점을 살펴보 는 작업이 된다.
2) 민족(nation)이라는 용어는 상당히 문제적인 것이다. 민족은 영토와 (행)정부와 민중(혹은 국민 people)으로 구성된 국가(state) 개념으로 사용될 때에 그 실체를 지닌다. 그렇지만 베네딕트 앤더슨이 말한 것처럼 다른 민족과 경계를 지니고 (혹은 제한되고) 주권을 가진 것으로 상상된 정치공동체로 이해될 때에는 실재

식민지 정책과 유동하는, 혹은 그 정책을 수용·하면서도 비판·대응하는 양가적인(ambivalent) 태도의 소산인 것이다.

이러한 민족 표상은 종족문화공동체인 한인(일본의 표현으로는 조선인)과 혼용되면서 실체(한인)와 상상(민족)이 동일시되는 현상을 불러일으켰다. 민족 표상은 한인을 실체적으로 지시하면서도 문학사·시사를 기술하는 자의 상상-독립되는 민족, 발전·진보되는 민족, 자기 발견되는 민족 등등-에 결합되어왔다. 따라서 한인은 곧 反외세를 지향한 독립, 반(半)봉건을 극복하는 근대적인(사회주의적인·자본주의적인) 발전·진보, 단일민족성에 대한 자기 발견 등을 실현시키는 민족으로 문학사·시사에서 서술되었다. 이러한 동일시 현상은 엄밀히 말해서 기술자가 심리적·문화적으로 속한 집단의 이념을 나름대로 드러내는 과정의 부산물이지만, 다양한 민족 표상을 자기 이념으로 전유했다는 점에서 문제점이 많은 것이다.

한국문학사·시사의 주요 기술자들이 민족을 바라보는 방식 역시 이러했다. 한국문학사·시사에서 가장 주목되는 임화와 김윤식의 문학사

가능성의 집단으로 규정될 뿐이다.(Benedict Anderson, 윤형숙 역, 『상상의 공동체』, 나남, 19-27쪽.) 이러한 집단은 갤너가 "민족주의는 민족이 없는 곳에서 민족을 발명하는 것이다."(Ernest Gellner, *Thought and Change*, London; Weidenfeld and Nicholson, 1964, p.169.)라고 한 것처럼 발명(상상)된 것이다. 이러한 베네딕트 앤더슨의 민족 개념은 이 논문에서 분석하고자 하는 식민지 시기 시단의 민족 표상을 이해할 때에 중요한 도움을 준다. 식민지 시기 시단의 민족은 주요 문인집단들에 의해서 상상된 정치공동체의 표상들인 것이다. 이러한 표상 개념은 한반도를 터전으로 오랫동안 살아온 종족문화공동체의 실체인 한인과도 엄밀히 말해서 구분되는 것이다. 이 글에서는 그 동안 한반도 내에서 터전을 잡고 살아온 종족문화공동체를 실체적으로 지시할 때에는 한인으로, 그리고 한인 속의 주요 문인집단이 특정한 민족주의에 동조·반응하여 상상한 정치공동체를 의미할 때에는 민족으로 구별하여 표현하기로 한다.

도 이러한 실체와 상상의 동일시 현상 속에서 서술되었다. 임화는 그의 문학사에서 자신이 속한 1920-30년대 카프문학이 계급주의적인 관점의 민족지향성을 지녔음을 잘 보여준다. 그는 한인의 사회적 계급이 未分되었던 1920년대에 계급주의적인 인식을 명확히 했고, "외래 문화의 영향하에 생장한 근대 시민"[3] 중심의 문학을 발전시킨 것이 혹은 "그 모든 것의 전면적 종합적 계승표"[4]인 것이 카프였음을 강조한다. 여기에서 근대 시민이란 소수의 부르주아 계층을 배제한 대부분의 민족, 즉 한인(실체)의 대표성을 띠고서 계급·민족 해방과 진보의 주체(상상)로 동일시됨은 물론이다.

김윤식의 문학사는 임화의 근대 시민 역할이 역사의 각 단계에서 있었고 근대에서는 조선 후기 영·정조 때의 실학파·서민층·상민들이었음을 논의했다.[5] 김윤식이 바라본 실학파·서민층·상민(실체)은 "자체 내의 구조적 모순과 갈등을 이해하고 그것을 극복하려는 정신"[6]을 가진 자들이었다. 그들은 역사의 각 단계에서 그 단계의 민족을 대표하고 '모순→극복'이라는 발전·진보의 공동체(상상)로 이해되었된 계층이다. 이러한 김윤식의 구상은 반(反)전통단절과 역사발전주체로서의 평민을 강조했던 1960년대 비판적 지식인의 진보적 민족주의적인 입장과 유사한 것이다.[7]

이들의 문학사는 모두 실체와 상상을 동일시하는 방식으로 계급·평

---

3) 임화, 「개설조선신문학사」 2회, 『조선일보』, 1939. 12.7.
4) 임화, 「조선신문학사론서설」, 18회, 『조선중앙일보』, 1935. 11.2.
5) 김현·김윤식, 『한국문학사』, 민음사, 1973, 48-66쪽.
6) 김현·김윤식, 『한국문학사』, 민음사, 1973, 33쪽.
7) 평민과 평민문학의 再認識에 대해서는 다음의 논문을 참조할 것. 강정구·김종회, 「평민 문학의 전통화와 민족문학적인 글쓰기의 재창조」, 『비평문학』 36집, 한국비평문학회, 2010, 33-56쪽.

민·민중·민족을 극복·발전·진보의 공동체로 기술했다는 공통점을 지닌다. 이들뿐만 아니라 국가 건립 이후에 제출된 문학사·시사들 중의 많은 경우에는 민족주의의 입장에서 시단 속의 민족 표상을 발전·진보의 공동체로 보면서 실체로 혼동한 경우가 많다. 조지훈이 "계몽주의-인도주의-이상주의-민주주의-사회주의의 순"으로 "변천한 바닥에 깔려있는 주류는 역시 민족주의"[8]임을 강조했거나, 정한모가 계몽기 의병의 (나라를 지키려는) 대의명분이 "근대적 의식을 초월"하여 "조국을 지켜온 선열의 정신으로 숭앙"[9]된다고 했거나, 혹은 1960-80년대 진보적 민족주의자들과 그 동조자들이 지속적으로 민중을 민족의 대표성을 띤 역사발전의 주체로 살펴봤던 것이 그 사례가 된다.[10]

실체와 상상의 동일시 현상은, 다양한 민족 표상을 자기 이념에 맞게 전유하여 유일한 발전·진보의 공동체로 바라보게 만든다는 점에서 문제점이 있다. 이러한 상황에서 식민지 시기 시단의 민족 표상을 일본 정책의 몇몇 국면에 대응하는 주요 문인집단의 다양한 양상으로 바라보려는 본 논문의 필요성이 제기된다. 이 글에서는 민족을 문학담론 속의 표상으로 인식한 뒤에 일본 정책의 몇몇 국면-한일병탄, 3.1운동, 중일전쟁-에 따른 주요 문인집단의 대응 과정에서[11] 민중에 대한 특정

---

8) 조지훈, 「한국 현대 시문학사」, 『조지훈 전집2』, 나남출판, 1996, 319쪽.

9) 정한모, 『한국 현대시문학사』, 일지사, 1974, 75쪽.

10) 1960년대 이후 조동일, 백낙청, 김지하, 최원식, 민족문학연구소 등은 평민·민중·시민 등이 민족의 대표성을 띠고서 역사발전의 주체가 됨을 표나게 강조했다. 강정구·김종회, 「평민 문학의 전통화와 민족문학적인 글쓰기의 재창조」, 『비평문학』 36집, 한국비평문학회, 2010, 33-56쪽.;강정구, 「1970-90년대 민족문학론의 근대성 비판」, 『국제어문』 38집, 국제어문학회, 2006, 287-310쪽.

11) 이 글에서는 식민지 시기의 몇몇 국면에 따라 정책의 변화를 보인 일본에 다각도로 대응한 한인의 주요 문인집단의 문학담론을 연구범위로 설정하고자 한다. 따라서 일본의 정책에 따른 직접적인 영향 관계를 형성하지 않는 외국-미국,

한 담론의 질서가 형성되는 모습을 배제(exclusion)의 과정에 따라 검토해보고자 한다. 식민지 시기 시단의 민족 표상은, 한일병탄 이후의 시기에 일본의 조선 개칭 또는 대한제국 명칭 금지로 인해서 환유되는 양상으로, 3.1운동 이후의 시기에 일본의 한인 차별(분할과 배척)로 말미암아서 유기체적인 개념으로 재확산되거나 비판되는 양상으로, 그리고 中日戰爭 이후의 시기에 대동아공영권이라는 당대의 진리로 여겨졌던 일본의 정책에 대해서 흉내내기(mimicry)하는 양상으로 나타남을 각각 살펴보고자 한다.12)

상해 등등-에 있는 한인 집단의 텍스트에 대해서는 논외로 치고, 훗날 연구의 범위를 확대하기로 한다. 일본 정책의 몇몇 국면에 따른 주요 문인집단의 대응은 대략적으로 한일병탄과 그 영향이 중심이 되는 식민지의 초기, 삼일운동과 그 영향이 주된 민족주의운동의 시기, 중일전쟁과 태평양전쟁으로 인해 한인의 생존위기가 제기되는 시기 정도로 나뉜다. 이 글에서 각각 한일병탄 이후의 시기(1910-1919), 삼일운동 이후의 시기(1919-1937), 중일전쟁 이후의 시기(1937-1945)로 부르기로 한다.

12) 이 글에서는 식민지 시기 시단의 민족 표상을 검토하기 위해서 미셸 푸코의 담론이론을 방법론으로 활용할 계획이다. 그의 담론이론에서는 특정한 표상이 담론화될 때에 배제의 과정을 거쳐서 질서화됨을 잘 밝힌다. "어떤 사회에서든 담론의 생산을 통제하고, 선별하고, 조직화하는 나아가 재분배하는 일련의 과정들-담론의 힘들과 위험들을 추방하고, 담론의 우연한 사건을 지배하고, 담론의 무거운, 위험한 물질성을 피해 가는 역할을 하는 과정들-이 존재한다."(Paul Michel Foucault, 이정우 역, 『담론의 질서』, 서강대학교출판부, 1998, 10쪽.) 그는 배제의 외부적인 과정들을, 누구나 모든 것을 말할 수 있는 권리가 없다는 '금지', 기호들이 특정하게 위계화되고 나눠진다는 '분할과 배척', 그리고 참과 거짓을 구분하는 보이지 않는 강제적인 힘이 지속적으로 작용한다는 '진리에의 의지'로 구별하는데, 이러한 과정들은 식민지 시기 시단의 민족 표상이 담론화되는 양상을 잘 보여준다. 식민지의 각 시기는 이러한 과정들을 참조하면 그 특성이 잘 드러난다. 한일병탄 이후의 시기에는 일본이 대한제국을 조선으로 개칭했기 때문에 민족에 대한 직접적인 발화와 상상이 금지되면서 민족 표상은 준비론·교육론으로 환유되어 표출된다. 3.1운동 이후의 시기에는 일본이 일본인과 한인을 차별(분할·배척)했기 때문에 한인의 유기체적인 민족 개념이 확산되

II. '조선' 개칭으로 환유된 표상
   -한일병탄 이후의 시기(1910-1919년)

한일병탄 이후, 일본은 대한제국이라는 국호를 금지시켰고 조선으로 개칭했다. 원래의 국호가 금지되었다는 사실은 한인 문인집단에게 커다란 슬픔과 분노를 유발시켰으나,[13] 그들은 차츰 식민지라는 현실을 냉정하게 인정하고 대응하게 되었다. 이러한 대응이란 공론장에서 직접 말하고 토론하는 것이 불가능한 (상상의 정치공동체인) 민족이라는 표상을 주로 환유시킨 것을 의미했다. 민족 대신에 환유된 이 기호들은 마치 민족 표상인 것처럼 발화되고 당대인들에게 공감되며 구체화된다. 민족을 대신한 이 기호들은 민족주의 논의를 금지하는 일본의 정책을 지속적으로 순응하면서 무화시킨 한인 문인집단의 양가적인 태도를 잘 보여준다.

조선 개칭으로 환유된 표상을 가장 잘 보여준 것은 최남선·이광수 중심의 잡지·신문편집자들이 신문 『붉은 져고리』와 잡지 『아이들보이』, 『새별』, 『청춘』 등에서 구상한 '아희', '아이들', '벗', '청년' 등의 기호들이다. 이러한 기호들은 실력 양상을 요지로 주창한 도산 안창호의 민족주의를 理念的인 배경으로 하고[14] 한일병탄의 위협 속에서 독

고 그 개념에 대한 여러 비판논리들이 나타난다. 중일전쟁 이후의 시기에는 일본이 대동아공영권 정책을 유일한 진리로 전개시키기 때문에 한인은 대동아공영권 정책에 충실히 따르면서 어긋나는 흉내내기(mimicry, 호미 바바의 용어)의 의미로 민족을 담론화한다.

13) 한일병탄의 슬픔을 가장 잘 나타낸 것은 "槿花世界己沈淪(무궁화 세계는 이미 사라지고 말았는가)"라는 황현의 한시 「절명시」이고, 그 분노를 가장 잘 표출한 것은 "우습고 분통하다 無國之民 되단 말가"라는 의병 김대락의 가사 「분통가」이다.

립의 활로를 모색했던 민족의 이상상인 『소년』지의 '소년'이 의미 分化된 것으로써,[15] 일본의 식민지 지배 하에서 주창·상상되는 것이 금지된 민족의 환유물들이다. 이 환유물들은 상상의 정치공동체를 직접 의미하는 것이 아니라, 식민지 이후의 상상적인 정치공동체를 만들기 위해서 그 정치공동체에 걸맞은 교양을 지녀야 하고 준비해야 하는 예비국민 정도의 위상을 지닌다.

가) 얼만큼 숨돌리면 비걸네 들고

---

14) 한일병탄 직전까지 최남선이 발행한 잡지 『소년』이 신민회의 기관지 역할을 했고, 그가 신민회에서 주요 역할을 담당했다는 점에서 『소년』의 편집자들이 안창호의 민족주의 이념에 동조했음은 분명한 사실이다. (권희영, 「20시기 초 잡지 <소년>지에 나타난 소년의 정체성」, 『정신문화연구』 112권, 한국학중앙연구원, 2008, 363-387쪽.) 한일병탄 직후에 안창호가 도미하여 실력 양성을 주요 골자로 하는 민족주의 이념을 심화·발전시켰고, 최남선 등의 잡지·신문편집자들이 신문 『붉은 져고리』 출간 이후에도 잡지 『소년』에서 보여줬던 계몽·교육 등을 강조했음을 염두에 둘 때에 안창호의 민족주의 이념에 지속적으로 동조했던 것으로 이해해도 큰 무리가 없다고 본다. 1910년대 민족주의 이념은 박은식의 민족평등론, 신규식의 민족정신론, 안창호의 실력양상론 등으로 세분화되는데, (박찬승, 『민족·민족주의』, 소화, 2010.) 최남선 등의 잡지·신문편집자들이 안창호의 민족주의 이념을 주로 수용한다는 점은 추후 연구과제가 된다.
15) 잡지 『소년』에서는 '소년=국민'으로 이해될 정도였다.(최현식, 「1910년대 번역·번안 서사물과 국민국가의 상상력」, 연세대 근대한국학연구소 기초학문연구팀, 『한국 근대 서사양식의 발생 및 전개와 매체의 역할』, 소명출판, 2005, 195쪽.) 소년이 곧 대한제국의 국민이요 대한제국이 지향하던 상상적·이상적인 정치공동체인 것이다. 이러한 민족 표상은 한일병탄 직후부터 공론장에서 금지되었고, 그 대신에 상상적·이상적인 정치공동체를 대신하는 혹은 준비하는 새로운 기호들이 신문 『붉은 져고리』에서부터 등장한다. 그것이 바로 "붉은 져고리 입 는 이들"·"아희들"·"산아희"·"어린이"·"아동"·"아기" 등이다. 이러한 소년 기표의 의미 분화를 교육 주객의 분화로 살펴본 다음 논문을 참조할 것. 강정구·김종회, 「근대적 교육 주객의 분화와 아동의 발견-신문 『붉은 져고리』를 중심으로-」, 『국제어문』 52집, 국제어문학회, 2011, 205-230쪽.

번갈아 방마루를 쓸고칩니다.

그려고 겨눔으로 다름박질히

문밧게 마당으로 놀라나가서

수수대말을 타고 쒸기도 흐고

풀각시 숨박곡질 깃비놀다가

저물면 저녁먹고 등알에 모혀

낫동안 배혼공부 문답을 흐되16)

나) 宇宙의임자인 우리사람은

地位도놉거냐 소임크다

아아쎌치지 아닐까보냐

하늘도우리들의 손을비샤

거룩한배포를 이루시나니

사람이란自覺과 自任으로

宇宙에큰체함 막으리업네17)

　위의 인용시 가)와 나)에서 공통된 점은 아이와 사람이 해야 할 일이
나 道理를 말한다는 것이다. 한일병탄 직후에 민족을 발설하는 것이
금지된 식민지의 공론장에서 이처럼 해야 할 일이나 도리를 서술하는
일이란 식민지 이후의 예비국민이 받아야 할 교육과 지녀야 할 敎養을
말하는 것이 된다. 시 가)에서는 아이가 하교 후에 집안일과 놀이와
공부를 하는 모습을 그리고 시 나)에서는 사람이 우주의 임자이기 때문
에 지위도 높고 소임도 크다는 점을 강조한다. 이렇게 교육받고 교양을
쌓자고 하는 의도는 충량한 신민화라는 일본의 식민지 정책을 어기지

---

16)「우리 오누」,『붉은 져고리』, 제1년 제4호, 1913.
17)「사람의 자랑」,『청춘』8호, 1917.6.

않으면서도 식민지 이후의 한인적·국민적인 자질을 육성하는 양가적인 전략이 된다.

문제는 이러한 양가적인 전략이 역으로 일본의 식민지 정책에 이용당할 수 있다는 점이다. 예비국민을 위한 교양·계몽·교육이라는 과정은 그 목적이 식민지 이후를 겨냥한다고 해도, 식민지 현실 속에서는 일본 식민지의 충량한 신민이 되는 결과를 초래할 위험이 있기 때문이다. 일본 식민지에서 정치적·문화적인 지도자가 되기 위해서도 혹은 일본 식민지의 국민이 되기 위해서도 교양·계몽·교육의 과정이 요구되었기 때문이다. 이러한 딜레마에서 최남선·이광수 등의 잡지·신문편집자들은 자유롭지 못하고, 이로 인해서 그들이 구상한 민족의 환유물들은 오늘날 다분히 추상적이고 이상적인 이미지로밖에 설명되지 못한다.

이러한 딜레마를 넘어서기 위한 한인 문인집단의 또 다른 방법은, 예비국민을 위한 교양·계몽·교육의 과정을 좀 더 심화시키는 것이다. 일본의 식민지 정부가 의도한 교양·계몽·교육 과정 중의 하나인 근대문학(근대시)을 성실하게 학습하면서도 모국어(한글)를 기반으로 한 한인 고유의 근대문학(근대시)으로 수용하는 기획들이다. 그 기획들 중 대표적인 사례는 김억, 현상윤, 최승구, 김여제 등의 일본유학생출신들이 일본의 교양·계몽·교육 과정 중에서 서구의 상징주의 시를 번역·번안하고 한인의 근대시로 수용하는 것이다. 그러한 수용 양상은 일본유학생출신들 중심으로 만들어진 잡지 『학지광』과 신문 『태서문예신보』의 주요 시편들에서 잘 나타나 있다.

다) 밤이 왔다. 언제든지 같은 어두운 밤이, 원방(遠方)으로 왔다. 멀리 끝없는 은가루인 듯 흰눈은 넓은 빈들에 널리었다. 아침볕의 밝은 빛을 맞으려고 기다리는 듯한 나무며, 수풀은 공포와 암흑에 싸이었다. 사람들은 희미하고 약한 불과 함께 밤의 적막과 싸우지 마지 아니한다. 그러나

차차 오는 애수, 고독은 가까워 온다. 죽은듯한 몽롱한 달은 박암(薄暗)의 빛을 희(稀)하게도 남기었으며 무겁고도 가벼운 바람은 한없는 키스를 땅위며 모든 것에게 한다. 공중으로 날아가는 낡은 오랜님의 소리 <현실이냐? 현몽(現夢)이냐? 의미있는 생이냐? 없는 생이냐?

사방은 다만 침묵하다. 그밖에 아무것도 없다. 이것이 영구의 침묵! 밤의 비애와 및 밤의 운명! 죽음의 공포와 생의 공포! 아이들은 어두운 밤이란 곳으로 여행온다. <살아지는 대로 살까? 또는 더 살까?> 하는 오랜님의 소리. 빠르게 지나간다.

고요의 소리. 무덤에서. 내 가슴에. 침묵.18)

일본의 교양·계몽·교육 과정으로서 시를 학습·수용하는 일은 한글을 기반으로 한 한인 고유의 근대시를 발명하는 것이지만, 엄밀히 말해서 최남선·이광수 등의 편집자들이 민족의 환유물들을 드러내고 확산시킨 것과는 그 맥락이 다른 것이다. 위의 인용시 다)를 쓴 김억은 서양 근대시의 번역·번안하여 수용하면서 "한아한아의 呼吸을 잘 言語 또는 文字로 調和식힌"19) 노력을 하면서 리듬과 어휘의 측면에서 한인 고유의 근대시 형태를 갖추려고 했고, 다)에서처럼 어느 정도 오늘날의 근대시에 준하는 시형과 리듬과 정서를 표출해낸 공로가 있다. 그럼에도 김억을 비롯한 일본유학생출신들의 근대시는 민족이라는 상상의 정치공동체를 그 내용으로 하거나 그 배경으로 하는 시를 제작하려는 노력과는 일정한 거리가 있다.20) 이 점에서 한인 고유의 근대시는 민족

---

18) 김억, 「밤과 나」, 『학지광』 제5호, 1915.
19) 김억, 「시형의 음률과 호흡」, 『태서문예신보』 제14호, 1919, 5쪽.
20) 이러한 경향은 일본유학생출신들의 민족주의 동향과 다르게 미학주의를 강조하는 것이었다. 이 점에 대해서는 다음의 논문을 참조할 것. 노춘기, 「근대시 형성기의 창작주체와 장르의식」, 『어문논집』 54집, 민족어문학회, 2006, 225-248 쪽.

이라는 상상의 정치공동체를 형성하려는 일련의 움직임에서 비켜난 지점에서 탄생한 것이다. 당대 한인의 민족주의 이념을 수용하려는 새로운 움직임은 3.1운동이라는 민족주의 운동을 거치면서 가능해진다.

III. 한인 차별로 인해 재(再)확산된 유기체적인 개념과 그 비판들 -3.1운동 이후의 시기(1919-1937년)

일본은 한일병탄 이후 공식적으로 일시동인(一視同仁)을 표방했지만, 실제적으로는 한인을 정치적·경제적·문화적으로 차별(분할·배척)했다. 이러한 차별로 인한 한인의 불만은 3.1운동의 주요 원인이 되었다. 한번 분출된 민족주의 운동의 경험으로 인해서 문인집단을 비롯한 한인은 상상적인 정치공동체를 만들어 나아가는 과정에서 개인의 희생을 불사할 수 있고 스스로 민족의 구성원임을 인식한다. 개인의 생사를 초월해서 영속하는 하나의 정신 혹은 혼이라는 유기체적인 민족 개념이 한인 사회 전반에 광범위하게 재확산되었고,21) 반대로 그 개념에 대한 직·간접적인 비판들도 함께 있었다.

이러한 유기체적인 민족 개념을 문학에 직접 끌고 들어온 한인 문인 집단은 국민문학파였다. 국민문학파는 최남선, 이광수, 염상섭, 김동인

---

21) 이러한 유기체적인 민족 개념을 잘 보여준 당대의 글은 「세계개조의 벽두를 당하여 조선의 민족운동을 논하노라」(『동아일보』 1920.4.6.)이다. 이러한 유기체적인 민족 개념은 본래 근대계몽기에 국가유기체론의 형태로 등장했다. 신채호는 국가를 민족정신으로 구성된 유기체로 여겼다. (신채호, 「독사신론」, 『단재 신채호 전집』 상, 단재신채호선생기념사업회, 1977, 467-513쪽.) 이런 유기체적인 민족 개념이 3.1운동으로 인해서 한인 사회에 광범위하게 재확산된 것이었다.

등이 참여했고, 1926년 최남선의 논문 「조선 국민문학으로서의 시조」에서 그 집단의 논리를 구체화했다. 이러한 과정 중에 1920년대 초반부터 민요시 운동을 전개한 김억, 홍사용 등의 민요시파가 가세함으로써 더 크게 세력화됐다. 국민문학파 중의 하나인 최남선의 논리는 "민족적 리듬"[22]을 강조한 홍사용과 "現代의 朝鮮心을 背景"[23]으로 하는 민요시를 쓰자는 김억의 주장을 시조의 부흥으로 확장한 것이었다.

민요시파·국민문학파의 유기체적인 민족 개념은 김성수·박영효·장덕준 등이 주도·간행한 『동아일보』의 우파 문화적 민족주의 이념에 동조하면서 수용된 것으로 추측된다. 민요시파·국민문학파가 주장한 조선심이란 "조선인의 정신은 조선혼에서 나오는 것이며, 조선인의 생활은 조선식으로 영위하는 것"[24]이라는 『동아일보』의 사설에서 제기된 핵심적인 주장이었고, 주요 멤버들이 주로 『동아일보』를 무대로 하여 글을 발표했기 때문이다.[25]

　　라) 이 나라 나라는 부서졌는데
　　　　이 山川 여태 山川은 남아 있드냐
　　　　봄은 왔다 하건만
　　　　풀과 나무에 뿐이어[26]

　　마) 아득한 어느 때에

---

22) 홍사용, 「六號雜記」, 『백조』 2호, 1922.
23) 김억, 「조선심을 배경 삼아」, 『동아일보』, 1924.1.1.
24) 「自精神을 煥하고 舊思想을 논함(사설)」, 『동아일보』 1920.6.22
25) 『동아일보』의 문화적 민족주의 이념과 민요시파·국민문학파의 논조에 대한 상호 영향관계는 추후 연구과제가 됨을 밝힌다.
26) 김소월, 「봄」, 『조선문단』, 3, 1926.

님이 여기 나리신고,

뻗어난 한 가지에
나도 열림 생각하면,

이 자리 안 찾으리까
멀다 높다 하리까.27)

　민요시파·국민문학파의 주요 시 작품들은 유기체적인 민족 개념이
전제된 우파 문화적 민족주의 이념에 동조한 것이다. 이 때문에 시의
화자는 1910년대 최남선·이광수 등의 잡지·신문편집자들이 '아희', '아
이들', '벗', '청년' 등으로 표현했던 민족의 환유물에서 벗어나서 근대
적인 욕망과 感性을 지닌 근대시의 개인(내면)을 의미하면서도, 동시
에 (상상의 정치공동체인) 민족의 한 구성원으로 이해되었다. 인용시
라)의 화자는 "이 나라 나라는 부서졌"음을 걱정하는 민족의 한 구성원
이면서도, 그러한 걱정을 감성적으로 드러내는 근대적인 개인이 되는
것이다. 또한 인용시 마)에서 '님'은 시적 화자에게 있어서 개인적으로
연인·인간이면서도, 집단적으로는 영속적으로 존재하는 민족 그 자체
(민족성, nationality)가 된다.
　이러한 중층적인 시적 화자의 창조는 필연적으로 민족주의를 가로
막는 식민지의 현실과 민족 건설·독립의 이상 사이의 커다란 불일치를
암시하고, 그 불일치로 인해서 시의 정서가 주로 희망과 절망 사이를
극단적으로 오갈 수밖에 없게 된다. 우파 문화적 민족주의 이념으로
민족을 만들어야 하는 사명의 이상이 강조될 때에는 님은 갔지만 나는

---

27) 최남선, 「단군굴에서(묘향산)」, 『백팔번뇌』, 한성도서주식회사, 1926.

님을 보내지 아니하였다는 한용운의 각오와 희망으로, 반대로 그 사명이 현실에서 불가능하다는 것이 인식될 때에는 탄식, 공허, 허무, 좌절, 퇴폐감, 절망, 슬픔 등으로 나타난다.

3.1운동 이후의 시기에는 이러한 유기체적인 민족 개념이 한인 특유·특수의 것이라는 점에서 특수보다는 그 특수를 매개로 한 보편을 중시하는 문학적인 경향이 함께 발생한다.28) 그 경향이란 김창술, 김기진, 유완희, 임화, 권환, 박세영, 박팔양, 권환 등의 신경향파·카프, 김영랑, 박용철 등의 순수시파, 그리고 김기림, 이상, 김광균 등의 주지주의·이미지즘을 의미한다. 신경향파·카프와 순수시파와 주지주의자들은 한인의 특수성보다는 그 한인을 매개로 한 인간의 보편성을 주목한다. 신경향파·카프는 인간의 계급 억압과 해방이라는 틀에서, 그리고 순수시파는 인간의 순수성 훼손과 회복이라는 틀에서, 또한 주지주의자·이미지스트들은 인간의 근대적인 부조리와 극복이라는 틀에서 사유했기 때문에 유기체적인 민족 개념이 독자적인 논리를 지니기 어렵다. 오히려 유기체적인 민족 개념이 특수로 비판되면서 역사적·사회적·존재론

---

28) 대부분의 기존 문학사에서는 국민문학파와 카프의 관계에 대해서 카프의 성립과 그 반발로서 국민문학파가 대타적으로 성립되었다는 정도로 설명되어 왔다. (김윤식,『한국근대문예비평사연구』, 한얼문고, 1973.) 이러한 설명은 카프와 국민문학파 시작 시점인 1925년과 1926년을 놓고 볼 때에 선후가 맞는 얘기로 보인다. 그렇지만 3.1운동 직후인 1920년『동아일보』 창간과 더불어 유기체적인 민족 개념을 핵심으로 하는 우파 문화적 민족주의 이념이 확산되었고 그 이념의 영향으로 인해서 1920년대 초반에 민요시파가 발생했으며 1926년에 국민문학파로 이합집산되었음을, 그리고 그 사이에 1921년에 간행된 일본 잡지『씨뿌리는 사람들』에 영향 받아서 1922년과 1923년에 각각 염군사와 파스큘라가 조직되었고 이어 1925년에 카프로 발전적으로 해체·재구성되었음을 고려한다면, 민요시파·국민문학파의 우파 문화적 민족주의 이념이 선행하고 그 비판으로 카프의 계급주의가 후행한 것으로 재(再)서술될 필요가 있다. 이 점에 대해서 추후 논의와 좀 더 많은 논거가 필요하다.

적인 인간의 보편성을 지향하는 그들의 논리로 흡수되거나 전유된다.

　　바) 빗켜라! ××들!
　　　그들의 行列을 더럽히지 말라! 굿세게 前進하는 그들의 압길을

　　　行列! 푸로레타리아의 行列!
　　　家庭에서 田園에서 工場에서 또 學校에서
　　　街頭로 街頭로 흩터저 나온다29)

　　사) 내 마음의 어딘 듯 한편에 끝없는
　　　강물이 흐르네
　　　도처오르는 아침날 빛이 빤질한
　　　은결을 도도네
　　　가슴엔 듯 눈엔 듯 또 핏줄엔 듯
　　　마음이 도른도른 숨어 있는 곳
　　　내 마음의 어딘 듯 한편에 끝없는
　　　강물이 흐르네.30)

　　아) ‘넥타이’를 한 흰 食人種은
　　　‘니그로’의 料理가 七面鳥보다도 좋답니다.
　　　살같을 회게 하는 검은 고기의 威力
　　　醫師 ‘콜베-르’ 氏의 處方입니다.
　　　‘힐메트’를 쓴 避暑客들은
　　　亂雜한 戰爭競技에 熱中했습니다.31)

---

29) 유완희, 「民衆의 行列」, 『조선일보』, 1927.12.8.
30) 김영랑, 「동백잎에 빛나는 마음」, 『시문학』 창간호, 3, 1930.
31) 김기림, 『기상도』, 창문사, 1936.

인용시 바)-아)는 모두 유기체적인 민족 개념보다는 인간의 보편성을 중요시한 공통점이 있다. 인용시 바)에서는 1920년대 대다수의 한인이 당면한 일본의 식민지 억압이 프롤레타리아의 계급적인 피억압으로 서술된다. "푸로레타리아의 行列!"을 강조하는 서술 내용은 "우리는 단결로써 여명기에 있는 무산 계급 문화 수립에 기"[32]한다는 1926년의 카프와 조선공산당의 이념에 동조한 것이다. 유기체적인 민족 개념은 곧 식민지의 대다수 민중=피식민자=프롤레타리아라는 도식으로 전유된 것이다. 이러한 논리 속에서는 민족이냐 계급이냐 라는 것이 하나의 선택지로 시인들에게 이해되고, 인용시 바)를 창작한 유완희의 경우에는 1920년대 후반 이후 카프의 이념과 멀어졌던 중요한 이유가된다.[33]

인용시 사)와 아)에서는 유기체적인 민족 개념뿐만 아니라 카프의 계급 개념까지도 비판적인 태도를 지녔다는 유사점이 있다. 사)에서는 유기체적이고 원초적인 민족 개념을 구현한 정신과 리듬이 아니라, (그러한 민족 개념을 매개로 한) 보편적인 인간의 순수하고 원초적인 정신과 리듬을 추구했다. "내 마음의 어딘 듯 한편에 끝없는/강물이 흐르네"라는 구절에서는 보편적인 인간의 순수한 정신을 순수한 리듬으로 표현한 것이다. 또한 아)에서는 식민지 내에서 유기체적인 민족 개념의 실현 여부에 따라 희비가 엇갈리는 것이 아니라, 세계 내에서 (그러한 민족 개념을 매개로 한) 보편적이고 근대적인 인간의 부조리한 상황과

---

32) 카프 강령, 1926.12.24
33) 민족을 중시하는 유완희의 이러한 선택은, 식민지 시기에 민족주의의 이념이 현실화·구체화되지 못하고 실천의 단계에 이르지 못한 관계로 인해서 시 속의 민족은 상당히 관념적·추상적인 수준에 머무를 수밖에 없게 된다. 아울러 계급을 선택한 카프 시인들 역시 민족을 매개로 한 계급의 개념에 대한 회의와 갈등이 지속될 수밖에 없었다. 이 부분에 대해서는 추후 연구가 필요하다.

그 극복이라는 과제에 따라 희망과 절망을 오갔다. "'넥타이'를 한 흰 食人種은/'니그로'의 料理가 七面鳥보다도 좋답니다."라는 구절에서는 백인를 비롯한 제국주의자의 세계사적인 식민지 침탈 상황에 대해서 냉소적인 비판을 가한 것이다. 이처럼 유기체적인 민족 개념이 재확산되거나 비판되는 상황은 중일전쟁 이후 급변하면서 민족 표상에 새로운 변화가 일어나게 된다.

IV. 대동아공영권이라는 진리 흉내내기
-중일전쟁 이후의 시기(1937-1945년)

중일전쟁과 태평양전쟁은 일본뿐만 아니라 식민지 상태인 한인에게도 자신들의 정치공동체를 상상하는 과정에서 사활이 걸린 문제이다. 일본은 자국을 중심으로 한 동아시아의 협력을 전제한 뒤에 서로 갈등하는 서양과의 대결·승리를 통해 세계의 패권을 장악하고자 하는 대동아공영권 정책을 폈다. 한인이 이런 상황에서 상상할 수 있는 정치공동체란 상당히 제한적이다. 서양의 침략을 막자면 일본에 협력해야 했지만 협력하면서 정치적인 독자적 위치를 찾기란 현실적으로 어렵기 때문이다. 이런 상황에서 주요 문인집단들이 상상했던 정치공동체란 일본의 대동아공영권 정책에 충실히 따르면서도 어긋나는 바바(Homi Bhabha)적인 의미의 흉내내기34)를 하는 것이다.

---

34) 호미바바적인 의미의 흉내내기(mimicry)란 지배자의 모범을 충실히 따르는 미메시스(mimesis)인 듯하지만 동시에 이를 우습게 만드는 엉터리 흉내(mockery)가 되는 전복의 전술을 의미한다. Homi Bhabha, *The Location of Culture*, London: Routledge, 1994, p.86.

이러한 흉내내기의 논리 중에서 기존의 문학사·시사에서 가장 냉소적으로 평가되어왔던 것은 이른바 친일문학으로 알려진 국민문학이다. 이광수, 최남선, 서정주 등의 상당수 문인이 참여한 국민문학 집단은, 국가를 위해서 개인의 희생을 공공연하게 요구하는 일본의 전체주의 이념과 그 이념이 구체화된 황민화정책·내선일체론에 동조했다. 이러한 전체주의 이념은 전쟁 동원을 위한 극단적인 논리임은 물론이고, 유기체적인 민족 개념을 지니지만 아래로부터의 혁명인 3.1운동의 이념과는 질적으로 다른 위로부터의 강요인 것이다. 국민문학 집단은 이러한 일본의 전체주의 이념과 정책에 충실히 따르면서도 어긋나는 흉내내기를 통해서 식민자가 구축한 피식민자 사이의 인종적·이념적인 경계를 분열시키는 혼동을 일으킨다.

> 자) 마쓰이 히데오!
> 　그대는 우리의 가미가제 특별 공격 대원.
> (중략)
>
> 우리의 동포들이 밤과 낮으로
> 정성껏 만들어 보낸 비행기 한 채에
> 그대, 몸을 실어 날았다간 내리는 곳.
> 소리 있어 벌이는 고운 꽃처럼
> 오히려 기쁜 몸짓하며 내리는 곳.
> 쪼각쪼각 부서지는 산더미 같은 미국 군함![35]

　국민문학 집단은 일본의 전체주의 이념과 정책에 충실히 따름으로

---

35) 서정주, 「松井伍長 頌歌」, 『국민문학』, 12.9., 1944.

써 일본보다 더 "완전히 일본민족"36)이 되는 혼동의 상황을 잘 보여준다. 일본의 조선총독부 고위관리인 야마나 슈키오는 "항상 조선사람이 기대어 서야 할 내지인이 조선인보다도 두 발·세 발 앞서서 가야 하고 조선사람을 이끌어 나가야 하며, 또 조선인도 내지인에게 감사하는 마음으로 배워야 한다"37)는 식민자의 동화주의를 말한 바 있었다. 인용 시 자)에서는 이러한 동화주의를 극단으로 밀고가서 일본인보다 더 일본인다운 모습을 보여준다. 한인들이 비행기를 만들고 창씨개명한 마쓰이 히데오가 가미가제 공격 대원으로서 미국 군함과 싸운다는 내용은, 일본이 태평양전쟁 때에 폈던 정책들-징병제, 내선일체론, 황민화정책-을 충직하게 따라하는 차원을 넘어서서 대표하고 주도하는 수준에 이르기 때문이다. 일본인도 하기 힘든 자살공격을 한인이 한다는 것이다. 이러한 내용은 내선일체를 넘어서서 내선평등의 차원에 이르는 수준으로써 일본(인)의 우월성을 전제하는 식민자 정체성이 분열되고 고유한 권위가 붕괴되어서 식민자/피식민자 간의 우/열이 무화되는 혼동을 일으키는 것이다.38)

---

36) 玄永燮, 『朝鮮人の進むべき道』, 綠旗聯盟, 1938, 29쪽.
37) 企劃部計劃課長 山名酒喜南, 「朝鮮人を中心として」, 『內閣總力戰研究所におる講演要旨』, 8.20., 1942, 14쪽.
38) 일본의 미나미 총독이 나서서 "내선일체의 궁극적인 모습은 내선의 무차별평등이다"라고 말했고, 천황이 일시동인을 식민지의 핵심정책으로 내세웠다. 한인은 이러한 핵심정책을 출세욕망이나 생존욕구 등으로 인해서 잘 따른 경우가 많았다. 이러한 식민지 동화주의 정책은 한일 간에 인종적·언어적인 차이가 거의 구별되지 않는 상황에서 정치적인 이념마저 똑같아져서 정말 식민자/피식민자가 혼동되는 상황에까지 도달하게 된다. 국민문학 집단의 문학은 이러한 혼동의 상황을 잘 보여준다. 또한 이러한 혼동으로 인해서 일본이 오히려 내선결혼을 금지시키거나 자신과 유사해진 한인을 멸시한 경우도 많이 생겼다.(企劃部計劃課長 山名酒喜南, 「朝鮮人を中心として」, 『內閣總力戰研究所におる講演要旨』, 1942.8.20., 51-52쪽.)

아울러 일본의 동아시아론에서 촉발된『문장』지의 조선학·고전부흥 논의는 한인의 흉내내기가 전개되는 또 다른 방식을 잘 보여준다. 1940년 전후의 일본 지식계는 당국의 대동아공영권 정책에 부응해서 일본이 주도하는 협력·합동을 통한 새로운 동아시아를 만들어야 한다는 것을 취지로 동양의 문화적 전통과 특성을 주목한 동아시아론을 전개했고,39) 동아시아 각국에 대해서 식민지 구축·유지를 위한 지역학 연구를 병행했다. 이러한 지역학 중의 하나가 조선학이다. 조선학은 일본인 학자들 중심으로 전개되었다. 이러한 전개에 대해서 한인 문인집단은 일본인 학자들 중심의 조선학을 흉내내기하면서 차이를 드러내는 논리를 구축했는데, 이때 주요 매체로 활용했던 것 중의 하나가『문장』지였다.40)

『문장』지는 이태준, 정지용, 이병기 등이 중심이 되었고, 이 문학집단은 "經書聖典類를 심독하여 시의 원천에 침윤하는 시인은 불명하리

국민시를 혼동의 논리로 바라본 본 논문의 입장에 대해서 많은 논란이 발생할 것으로 추측된다. 기존의 문학사에서는 국민시가 민족을 배반한 친일시로 규정되었기 때문이다. 물론 국민시는 해방 이후에 보면 반(反)민족적인 요소가 다분한 것이 엄연한 사실이고 비판·성찰의 대상이 된다. 그렇지만 이 글에서는 중일전쟁 이후의 시기에 일본의 정책에 대응한 주요 문학집단들의 민족 표상을 다루기 때문에 각 집단들이 민족 표상을 다루고 활용하는 논리를 주목한다는 점에서 기존의 문학사와는 시각을 달리하게 된다. 이 점에 대해서 추후 심도 있는 후속 논의가 필요하다고 본다.

39) 대표적인 글은 다음을 참조할 것. 三木淸, 유용태 역,「신일본의 사상 원리」, 최원식·백영서 외 역,『동아시아인의 '동양' 인식: 19-20세기』, 문학과지성사, 1997, 57-58쪽.

40) 일본인 학자들 중심으로 조선학이 전개되었고, 이러한 전개에 대응하여서 한인이 자신의 조선학을 전개한 내용은 박용규(2007)의 논문「경성제국대학과 지방학으로서의 조선학」(구재진,『'조선적인 것'의 형성과 근대문화담론』, 소명출판, 2007, 124-147쪽.)에 잘 정리되어 있다. 본 논문에서는 이러한 내용을 흉내내기와 차이라는 시각에서 살펴보고 있다.

라"[41]하는 정지용의 서술에서 확인되듯이 '조선적인 것'을 고전에서 살펴봤다. "조선의 문화는 그 원류가 지나에서 비롯된 것이 극히 많은 까닭에 내지와 조선과 지나, 삼자의 상관적 연구는 우리 제국의 문화를 판명하기 위해 극히 중요한 지위를 점"[42]한다는 일본인 학자의 말에서 잘 드러나듯이, 조선학 연구의 목적은 일본 중심의 동아시아학을 구축하는 위한 것이다. 『문장』지에 참여한 문학집단은 이러한 동아시아론에 대응해서 일본의 조선학 동향에 따르면서도 어긋나는 흉내내기를 통해서 '조선적인 것'의 차이를 모색한다.

> 카) 벌목정정 이랬거니 아람도리 큰 솔이 베혀짐즉도 하이 골이 울어 멩아리 소리 쩌르렁 돌아옴즉도 하이 다람쥐도 좇지 않고 묏새도 울지 않어 깊은 산 고요가 차라리 뼈를 저리우는데 눈과 밤이 조히보담 희고녀! 달도 보름을 기달려 한밤 이 골을 걸음이란다? 웃절 중이 여섯 판에 여섯 번 지고 웃고 올라간 뒤 조찰히 늙은 사나이의 남긴 내음새를 줏는다? 시름은 바람도 일지 않는 고요에 심히 흔들리우노니 오오 견디란다 차고 올연히 슬픔도 꿈도 없이 장수산 속 겨울 한밤내-[43]

> 타) 어디다 무릎을 꿇어야 하나
> 한 발 재겨 디딜 곳조차 없다
>
> 이러매 눈감아 생각해 볼밖에
> 겨울은 강철로 된 무지갠가 보다[44]

---

41) 정지용, 「시의 옹호」, 『문장』, 1939, 6, 125쪽.
42) 平井三南, 「京城帝國大學における規模組織とろの特色」, 『朝鮮』, 1925, 4, 43쪽.
43) 정지용, 「장수산1」, 『문장』, 1939.3.
44) 이육사, 「절정」, 『문장』, 1940.1.

『문장』지에 참여한 문학집단이 추구한 '조선적인 것'은, 일본이 주도한 동아시아론 속의 조선학 동향에 따르면서도 어긋나는 흉내내기의 양상을 지닌다. 인용시 카)와 타)의 시적 화자는 모두 전시상황으로 혼란스러운 현실을 인고하면서 절개를 지키는 전통적인 한인 선비의 자세를 견지한다. 카)에서 "시름은 바람도 일지 않는 고요에 심히 흔들리우노니 오오 견디란다"라는 인고와 타)에서 "이러매 눈감아 생각해 볼밖에/겨울은 강철로 된 무지갠가 보다"라는 절개는, 조선 시대의 선비가 지녔던 전통적이고 고전적인 자세인 것이다. 이러한 자세는 "동양 문화에 대해서는 아직 충분히 열리지 않은 전통의 보고를 열어 그 세계적 가치를 발견"[45]해야 한다는 일본 주도의 동아시아론에 따르면서도, 한인 특유의 선비적인 인고와 절개를 중심적으로 드러냄으로써 일본의 전통과 다른 문화적인 차이를 만들어내는 것이다.[46]

이러한 한인 문학집단들의 시도는 일본의 동아시아론·대동아공영권의 논리 앞에서 크게 자유로운 것은 아니다. 흉내내기와 문화적인 차이 만들기라는 시도는 전시상황 속에서 일본의 정책과 그 문화논리에 휩쓸려 해석·인식될 위험이 상당히 컸기 때문이다. 1945년 8월을 向해 전쟁이 점점 확산될수록 한인 문인집단이 일본과 구별되는 독자적인

---

45) 三木清, 유용태 역,「신일본의 사상 원리」, 최원식·백영서 외 역,『동아시아인의 '동양' 인식: 19-20세기』, 문학과지성사, 1997, 57-58쪽.
46) 이러한 논의에서 이육사가『문장』지의 주요 편집자가 아니라는 지적이 가능하다. 일리가 있는 지적이다. 그렇지만 이 글에서 '『문장』지에 참여한 문학집단'이란『문장』지를 중심으로 전개된 한인들의 문학적인 동향을 살펴보기 위한 목적으로 범주화하는 까닭에『문장』지를 주도하거나 글을 게재한 주요 문인들을 통괄하기로 한다. 특히 이육사는 선비적인 인고와 절개를 드러낸 시「절정」을『문장』지에 발표했는데, 그러한 경향이『문장』지가 추구한 '조선적인 것'의 사유와 유사하거나 관련이 있는 것으로 판단했다. 이 부분에 대해서는 추후 후속연구가 필요하다.

정치공동체를 상상·표상하기란 어려운 일이 아닐 수 없다. 이런 의미에서 해방은 도적같이 찾아온 것이고, 민족 표상 역시 탈식민이라는 예측하지 못한 현실 앞에 새로운 전기를 맞이하게 된다.

V. 결론

이 논문에서는 민족이 누구이냐 라는 정체성의 물음 앞에서 기존 한국문학사·시사에서 질문하던 방식을 바꾼다. 기존의 질문 방식에 따르면 식민지 시기의 민족이란 일본과 맞서 저항·대항하는 역경 속에서 스스로를 발견하고 발전시켜온 단수적인 의미의 공동체였다. 이러한 방식은 일본의 식민지 정책에 따라서 다층적으로 유동하는 민족 표상들을 간과·무시·전유한 것이다. 이 논문의 출발점은 이 지점에 있다. 이 논문에서는 민족을 문학담론 속의 표상(언어)으로 이해한 뒤에, 식민지 시기의 민족 표상이 주요 문인집단들이 상상해온 다양한 정치공동체들임을 밝히고자 했다.

그 결과 식민지 시기의 민족 표상이란 일본의 식민지 정책과 유동하는 혹은 그 정책을 수용하면서도 비판·대응하는 양가적인 용어였다. 좀 더 구체적으로 말하면 한일병탄 이후 시기의 시단에 나타난 민족 표상은 일본의 조선 개칭 또는 대한제국 명칭 금지로 인해서 '아희', '아이들', '벗', '청년' 등의 기호들로 환유되었고, 모국어를 기반으로 한 근대시는 이 환유물들과 일정한 거리가 있는 지점에서 발생했다. 삼일운동 이후 시기의 시단에 나타난 민족 표상은 일본의 한인 차별로 말미암아서 민요시파·국민문학파의 '조선심'으로 대표된 유기체적인 개념으로 재확산되었다가, 인간 보편성을 강조하는 여러 경향들-신경향파·카프, 순수시파, 주지시파·이미지스트들-에 의해서 직·간접적으로 비판되었다. 그리고 중일전쟁 이후의 시기에 엿보이는 민족 표상은 대동아공영권이라는 당대의 진리로 여겨졌던 일본의 정책을 흉내내기 하는 양상으로-식민자/피식민자의 우/열을 혼동시키거나 혹은 일본 조선학의 '조선적인 것'과 유사하면서도 구별되는 문화적 차이를 드러내는 양상으로- 나타났다.

이처럼 민족을 담론적으로 규명해낸 일은 분명히 기존의 한국문학사·시사와는 다른 방식이다. 또한 많은 자료와 사유를 보충해야 하는 것이다. 다시 말해서 기존의 한국문학사·시사에서 발전·진보의 주체로서 당연시되던 민족의 정체성에 균열을 내고 다층적이고 다양한 민족들에 대한 논의를 새롭게 始作하는 것이 된다. 이 점에서 이 논문의 가능성은 열려져 있다고 생각된다. 각주에 달았던 후속논의가 앞으로 과제임은, 그리고 현재의 한계임은 물론이다.

식민지 시기의 김기림 비평에 나타난
민족 표상의 성격 재고(再考)

I. 서론

이 글은 식민지 시기의 김기림 비평에 나타난 민족(nation) 표상의
성격을 재고하려는 문제의식을 지닌다.[1] 그의 비평에 나타난 민족이라

---

[1] 이 글은 필자(2012)가 제1저자로 참여한 논문 「해방기의 김기림 비평에 나타난
민족 기표의 양상」(『한국문예창작』 11권 3호, 한국문예창작학회, 233-257쪽.)의
후속작업이 된다. 해방기의 김기림 비평에서는 민족이라는 기표가 당대의 좌우
파가 나름의 배경·논리·체계를 지니고서 절대화·단수화한 것과 달리 상대적·복
수적인 양상을 지녔다는 점을 잘 보여줬음을 사전의 논문에서 검토한 바 있었
다. 이러한 문제의식은 김기림 비평에 나타난 민족 기표의 상대적·복수적인 양
상을 식민지 시기로 확장하는 중요한 계기가 된다.
　이 글의 연구대상인 식민지 시기의 김기림 비평은 한반도 내의 한인을 집단
적으로 지칭하는 '朝鮮'·'朝鮮民族'·'民族'에 대한 논의가 중심이 되는 글로 한
정하기로 한다. 구체적으로 말하면, 평론 「장래 할 조선문학은?」(『조선일보』
1934.11.14-18), 「詩人으로서 現實에 積極關心」(『조선일보』 1936.1.1-5), 「모더
니즘의 歷史的 位置」(『인문평론』 1권 1호, 1939), 「朝鮮文學에의 反省-現代 朝
鮮文學의 한 課題-」(『인문평론』 2권 9호 1940.10), 「東洋의 美德」(『문장』 1권
8호, 1939)「「東洋」에 관한 斷章」(『문장』 3권 4호, 1941) 등이다.
　네이션(nation)이라는 표현은 국민, 국가, 민족 등으로 번역되는데 김기림의
비평에서는 주로 '朝鮮'·'朝鮮民族'·'民族'이라는 용어로 등장하기 때문에 민족
이라는 어휘를 사용하기로 한다. 이때 민족은 식민지 시기라는 특수성으로 인해
서 식민지 본국인 일본이라는 국가(nation-state)에 속해 있는 식민지 영토 내의

는 용어는 그가 동시대를 살아간 한인에 대한 나름의 정치적·문화적인 기획을 상상할 때에 사용되지만, 기존의 주요 연구사에서는 국민국가 적인 시각에서 해방·반제·근대화를 주도·실현하는 집단적인 역사주체 의 모습을 지니지 못한 것으로 비판되는 경향이 의식적·무의식적으로 있기 때문이다.[2] 이러한 국민국가적인 시각에서 보면, 식민지 시기의

국민(people)과 구분되고, 식민지 본국에 의해서 '조선인'으로 통칭된 한반도 내 의 한인이라는 종족문화공동체를 실체적으로 지시하고, 나아가서 한인에 대한 정치적·문화적 기획이 상상되고 전망되는 공동체를 이념적으로 지칭하는 개념 이 된다.(송규진·김명구·박상수·표세만), 『동아시아 근대 '네이션' 개념의 수용 과 변용』, 고구려연구재단, 2005, 1-220쪽; B. Anderson, 윤형숙 역, 『상상의 공동 체』, 나남, 2002, 26-27쪽.) 이 논문에서는 식민지 시기의 김기림 비평에서 이러 한 민족 개념이 어떻게 표상되는가 하는 점을 논점으로 잡고자 한다.

2) 이 논문에서 국민국가적인 시각이란 베네딕트 앤더슨(Benedict Anderson)과 프 라센지트 두아라(Prasenjit Duara)의 탈국가주의론을 참조한 것이다. 앤더슨은 민족주의의 기원과 전파를 살펴보면서 "사람들이 대문자 N을 가진 민족주의 (Nationalism)의 존재를 실체화하고, 그런 후에 '그것'을 하나의 이념으로 보는 무의식적 경향이 있다"(B. Anderson, 윤형숙 역, 『상상의 공동체』, 나남, 2002, 26쪽.)고 주장한다. 대문자 N을 가진 민족주의가 절대화·일의화되어서 민족에 대한 다양한 상상들을 지워버리고 권력화하는 현상을 비판한 것이다. 아울러 두아라는 중국 민족주의의 역사를 검토하면서 중국 국가가 민족을 "근대라는 미래에 그 운명을 실현시키는 집단적인 역사주체"(Prasenjit Duara, 문명기·손승 희 역, 『민족으로부터 역사를 구출하기』, 삼인, 2004, 23쪽.)로 일의화·단수화하 면서 민족에 대한 다양한 논의를 배제·무시했음을 비판적으로 지적한 바 있다.
이 글에서는 이처럼 하나의 국가권력과 그 공모자들이 민족에 대한 다양한 구성원의 상상들을 배제·무시하고서 자신의 비전(해방·반제·근대화)을 절대화· 단수화·일의화하는 시각을 국민국가적인 시각으로 명명하고자 한다. 한국에서 이러한 국민국가적인 시각은 1948년의 국가 수립 이후에 발생한다. 대한민국에 최고의 가치를 부여하는 국가주의와 반공주의를 결합시킨 이승만 권력의 일민 주의, 반공주의와 경제발전을 연계시킨 박정희 권력의 국가-민족주의, 혹은 해 방 이후 반일·반제를 주장하며 실질적인 국권 회복이라는 완전한 해방과 근대화 를 지향하는 일부 지식집단의 민족주의 등은 정도의 차이는 있을지언정 근대성 을 추구하는 집단적 역사 주체로 민족을 개념화한다(전재호, 「한국 민족주의

김기림 비평에 나타난 민족 표상에는 집단적인 역사주체를 지향하는 일의적(一義的)·단수적(單數的)인 성격과 구별되는 다의적(多義的)·복수적(複數的)인 성격이 잘 드러나 있음이 간과되기 쉽다.

김기림의 비평에서 민족이라는 어휘는 국민국가적인 시각이 형성되기 이전인 1930년대 중반부터 식민지 본국인 일본과 구별되는 한반도 내의 한인을 지칭하고, 나름의 정치적·문화적인 기획을 상상하고 모색할 때에 사용된다. 1948년 8월 국민국가 수립 이후에 민족이라는 어휘에는 국민국가의 권력을 쥔 정부의 시각과 그 시각에 의식적·무의식적으로 공모하는 일부 지식집단에 의해서 해방·반제·근대화를 주도하는 집단적인 역사주체로 급속도로 일의화·단수화되는 경향이 존재하게 된다. 이때 이러한 국민국가적인 시각의 민족담론은 일의적·단수적인 경향에 부합하지 않는 다의적·복수적인 경향을 간과·배제하거나 전유하는 폭력적인 논리로 나타나기 쉽다.

이 논문에서는 이러한 국민국가적인 시각으로 비판되어온 김기림 비평 속의 민족 표상이 다양성과 차이를 지님을 세밀하게 살피고자 한

의 반공 국가주의적 성격에 관한 연구」, 『사회과학연구』 35권2호, 전북대학교 사회과학연구소, 2011, 117쪽; 강정인, 「박정희 대통령의 민족주의 담론」, 『사회과학연구』 20권2호, 서강대학교 사회과학연구소, 2012, 34쪽; 박찬승, 『민족주의의 시대』, 경인문화사, 2007, 405-409쪽.). 국민국가적인 시각 속의 민족 인식은 한 국가의 결속을 다진다는 긍정적인 측면이 있지만, 민족에 대한 다양한 상상들을 배제·간과함으로써 민족 표상을 권력공고화에 활용한다는 점에서 부정적인 측면이 있다. 이 글에서는 이러한 부정적인 측면을 재고하고자 김기림의 비평을 연구대상으로 설정하고자 한다. 김기림의 비평은 민족에 대한 다양한 상상들을 하는 텍스트임에도 기존의 주요 연구사에서는 국민국가적인 시각에서 비판 일변도로 평가했기 때문이다. 이 점에서 이 글에서는 김기림의 비평을 대상으로 해서 한국문학사에서 민족에 대한 다양한 상상들이 배제·간과된 사례를 들고, 나아가서 김기림 비평에서 민족에 대한 다양한 상상들의 양상을 짚어보고자 한다.

다. 그의 비평에서 민족 표상은 식민지 시기인 1930년대 중반부터 한반도의 한인을 지칭하는 표현으로 '朝鮮'·'朝鮮民族'·'民族'이라는 어휘를 사용하면서 나타나기 시작하여서, 개방적·복선적(復線的)이고 모방적(mimic)인 양상으로 전개된다. 김기림은 민족 표상을 가지고서 동시대의 한인이 지향해야 할 공동체의 모습을 나름대로 상상한 것이다.

이러한 김기림의 비평을 살펴보고자 할 때에 민족을 국민국가적인 시각에서 벗어나 바라보고자 하는 베네딕트 앤더슨(Benedict Anderson)과 프라센지트 두아라(Prasenjit Duara)의 탈국가주의론은 시사하는 바가 크다. 베네딕트 앤더슨과 프라센지트 두아라의 탈국가주의론을 참조하면, 김기림의 비평에 나타난 민족 표상은 다시 읽혀진다. 이 논문에서는 식민지 시기의 김기림 비평을 대상으로 하여 국민국가적인 시각을 불지부식간에 보인 기존의 주요 연구사를 비판한 뒤에, 민족에 대한 다의적·복수적인 상상을 드러낸 양상을 1936년 4월에 있었던 김기림의 2차 유학 전후로 구분하여 검토하고자 한다. 우선 김기림의 문학에 대한 주요 연구사에 나타난 국민국가적인 시각을 비판하고자 한다. 주요 연구자들이 의식적·무의식적으로 국민국가적인 시각에 근거하여 김기림의 문학을 바라보고 있음을 분석하고자 한다. 이러한 시각이 민족에 대한 또 다른 상상을 하는 김기림의 비평을 제대로 짚어내지 못하는 주요 원인이 되고 있음을 논의하고자 한다(2장).

그리고 나서 김기림의 비평에 나타난 민족 표상의 다의적·복수적인 양상을 2차 留學 전후로 나누어 분석하고자 한다. 2차 유학 이전의 김기림 비평에서는 민족 표상이 어떠한 논리로 출현하는가 하는 점을 검토하고자 한다. 1930년대 초반부터 비평 활동을 시작한 김기림은 당대에 대표적인 주지주의자로 활동한 바 있다. 이때 그가 자신의 주지주의 논리에 따라서 현실을 인식하고, 그러한 현실 인식에 따라서 세계화

논의 속의 민족 표상을 개방적·상호인정적이고 복선적인 성격으로 구상하는 양상을 살펴보고자 한다.(3장)

또한 2차 유학 이후의 김기림 비평에서는 민족 표상이 식민지 본국인 일본에서 논의되던 민족 논의를 모방하면서도 역사적·문화적 차이를 드러내는 양상으로 사용됨을 분석하고자 한다. 김기림은 그의 2차 유학에서 식민지 지식인이라는 자신의 위치에서 식민지 본국에서 유행하던 민족·동양 논의를 수용하기 때문에, 식민지 본국의 담론에서는 의도하지 않는 의외의 민족·동양 논의를 전개하면서도 그 한계를 지니게 된다. 이러한 차이와 한계의 양상을 주목하고자 한다.(4장)

II. 김기림의 문학에 대한 기존의 시각

김기림의 문학에 대한 주요 연구사에서는 해방·반제·근대화를 주도·실현하는 집단적인 역사주체라는 국민국가적인 시각에서 민족 논의를 진행해 왔다. 여기에서 말하는 주요 연구사란 국민국가의 수립 이후인 1961년의 송욱부터 시작되는 평론과 논문들을 의미한다. 주요 연구사에서는 김기림의 문학이 민족의 현실을 제대로 인식하지 못한 피상적·관념적인 것임을 암묵적으로 합의하는 의식적·무의식적인 경향이 존재한다. 이러한 경향은 민족에 대한 나름의 정치적·문화적인 기획을 상상하는 김기림의 문학적인 실천을 국민국가적인 시각으로 무리하게 비판한 데에서 비롯된다.

주요 연구사에서는 김기림의 문학에 대해서 무엇보다 식민지 시기에 반일과 해방에 대한 투철한 신념과 노력이 부족함을, 그리고 해방기에 반제(反帝)와 근대화를 지향하는 목소리가 결여되었음을 주로 비판한다. 이러한 비판은 김기림이 나름대로 민족에 대한 정치적·문화적인 기획을 상상한 점을 경시·무시한 채로, 정치·문화의 선도적인 위치에 있는 그와 같은 문학인이라면 역사적인 전환기에 떠맡아야 할 민족적인 과제와 사명이 있음을 전제한 것이다. 쉽게 말해서 한국 근현대사에서 어느 시대를 막론하건 간에 문제적인 개인은 해방·반제·근대화라는 근대성의 기획을 완수해야 하는 역사적인 집단주체의 한 일원이 되어야 한다는 것이다. 이러한 시각은 불지부식간에 민족 논의에 대한 거의 유일한 평가 잣대가 된다.

A) 起林의 詩와 詩論을 읽고 느끼는 것은 그가 時間意識, 그리고 이와 관계가 있는 傳統意識과 歷史意識을『자기 작품 속에 具現할 만큼』가지고 있지 않았으며 (하략)[3]

B) 이 깊이 있게 본다는 것은 사물의 커다란 정신적 구조-이런 말이 있을 수 있다면-가 보는 작용 속에 다양하게 投射될 수 있게끔 보는 것이다. 즉 그것은 정신적 의미 속에서 또 복잡하고 커다란 가치 질서를 전제로 하고 보는 것이다. 金起林은 그의 시각적인 斷片들을 커다란 것으로 生의 현실에 보다 더 직접적인 의미를 갖는 것으로 모아줄 構造的인 想像力을 갖지 못하였던 것이다.
金起林의 이러한 결점은 부분적으로는 한국의 현실에 정면으로 대결할 도덕적 성실성을 갖지 못한 데서 온다.[4]

C) '근대의 극복'이라는 추상적인 목표는 아무런 의미가 없으며 (중략)

---

3) 송욱, 「한국 모더니즘 비판」, 『시학평전』, 일조각, 1963, 186쪽.
4) 김우창, 「한국시와 형이상」, 『세대』 60집, 1968, 『궁핍한 시대의 시인』, 민음사, 1977, 48쪽에서 재인용.

당시에 구체적인 목표는 광복 하나만이었는데, 김기림은 그 목표를 믿지 않았다.[5]

D) 이를테면, "우리 民族文學은 모-든 特權的인 性質에서 벗어나 民族의 一部 特權層의 專有物이 아니고, 民族構成의 가장 넓은 基礎가 되는 人民層의 所有며 反映인 意味에서 眞正한 民族文學의 實을 거둘 수 있어야 할 것이다"라는 말이 보이는데, 이 대목에서는 민족 문학을 정치 쪽으로 몰고 가서 계급적으로 규정하려는 의도가 엿보인다.[6]

인용문 A)-D)에서는 김기림이 그의 문학(비평과 창작)에서 민족의 현실을 제대로 인식하지 못했음을 언급하고 있다. 이때 이러한 언급 속에는 김기림 문학 속의 민족 표상이 반일과 해방과 근대화를 실현하는 집단적인 역사주체로 보이지 않는다는 국민국가적인 시각이 암묵적으로 전제되어 있다. 그의 문학에 대해서 인용문 A)에서는 "時間意識, 그리고 이와 관계가 있는 傳統意識과 歷史意識"을 지니지 않고 있음을, 인용문 B)에서는 식민지 극복의 "현실에 정면으로 대결"하지 못함을, 그리고 인용문 C)에서는 "당시에 구체적인 목표는 광복 하나만이었는데," "그 목표를 믿지 않았"음을 지적하고 있다. 이러한 논의들은 모두 민족이 지향해야 할 현실이란 식민지 시기에 해방을 최우선으로 하고, 그 이후에 반제와 근대화를 추구해야 한다는 국민국가적인 시각을 고스란히 보여주는 것이다.

이러한 국민국가적인 시각은 인용문 D)에서 보이듯이 반공주의를 주창한 국가 권력의 민족주의와 공모하기도 한다. 이승만의 일민주의

---

5) 김인환, 「김기림의 비평」, 『문학과 문학사상』, 열화당, 1970, 정순진 편, 『김기림』, 새미, 1999, 210쪽에서 재인용.
6) 문덕수, 『한국 모더니즘시 연구』, 시문학사, 1981, 155쪽.

와 박정희의 국가-민족주의는 강력한 반공주의를 지향하면서 민족문화의 위상을 정립해 나아간 바 있다. D)에서는 이러한 반공주의 지향의 민족문화론과 공모하여서 김기림의 민족문학 논의를 "정치 쪽으로 몰고 가서 계급적으로 규정하려는 의도"와 연계시킬 뿐,7) 좌파 민족주의 이념과 구별되는 담론의 차이는 외면하고 만다.8)

　이러한 국민국가적인 시각은 2000년대에 들어와서 다소 약화되기는 했지만 여전히 작동된다. 2000년대 전후로 하여 민족주의의 독소에 대한 비판이 한국 사회의 내부에서 제기된 바 있었고,9) 그로 인해서 민족이라는 용어의 다양성과 차이에 대한 검토가 있어 왔다. 그럼에도 김기림을 바라보는 주요 연구사에서는 국민국가적인 시각이 다소 완화되

---

7) 이 외에도 해방기의 김기림과 그의 문학에 대해서 서준섭은 "조선 문학자 대회의 강령과 그 내용면에서 유사"한 것으로, 김학동은 잠시 좌파가 유행할 때에 시류에 편승한 것으로, 또는 박민규는 조선문학가동맹의 시부를 주도했음을 지적했다.(서준섭, 「모더니즘의 반성과 재출발」, 정순진 편, 『김기림』, 새미, 1999, 101쪽; 김학동, 『김기림 평전』, 새미, 2001, 57쪽; 박민규, 「조선문학가동맹의 '시부'의 시 대중화 운동과 시론」, 『한국시학연구』 33집, 2012, 183-217쪽. 참조.)

8) 김기림의 비평에서 민족이라는 용어는 자기 집단의 이념에 근거하여 실질적으로 폐쇄적인 범주를 설정해 놓은 조선문학가동맹과 달리, 개방적인 공동체의 아이덴티티를 지닌다. 이러한 사실은 김기림의 비평과 조선문학가동맹에서 개최한 조선전국문학자대회의 보고강연을 비교해보면 잘 드러난다. 김기림의 글에서 민족적 아이덴티티는 무산계급을 중심으로 한 폐쇄적인 범주를 보인 조선문학가동맹의 주도자인 임화·김남천의 글과 달리, 대중과 지식인을 포함한 '萬人'이 함께하는 개방적인 범주로 이해된다. 이처럼 개방적인 이유는, 무엇보다 해방기를 이해하는 현실인식의 차이 때문이다. 김기림은 조선문학가동맹과 다르게 민족이라는 상상의 공동체가 좌우파 집단의 이념을 뛰어넘는 '萬人'의 공통된 해방기 경험에서 성립된다는 점을 강조한다. 이 점에 대해서는 강정구·김종회의 논문 「해방기의 김기림 비평에 나타난 민족 기표의 양상」(『한국문예창작』 11권 3호, 한국문예창작학회, 2012, 233-257쪽.)을 참조하기 바란다.

9) 2000년을 전후로 한 민족주의의 독소를 비판한 주요 논자에는 권혁범, 탁석산, 임지현, 윤해동, 이성시, 공임순, 송두율, 김철 등이 있다.

었음에도 지속되는 것이 확인된다. 국민국가적인 시각은 그것을 자각·비판하는 자에게도 작동될 수 있는 무의식적인 것이기 때문이다.

E) 분명한 것은 그가 일본의 식민주의에 대한 강한 저항으로서 이러한 침묵(김기림이 1942년 이후에 문필활동을 그만 둔 것-편자 주)을 선택했다는 점이다. 그리고 이러한 침묵으로서의 저항은 결코 우연한 것이 아니고 그의 문학활동 초기부터 견지해온 근대의 위기에 대한 명확한 자기인식과 식민지로서의 조선에 대한 자의식에서 나온 것이라는 점이다.[10]

F) 무엇보다 그의 근대주의를 형성하고 있는 구체적 현실에 그가 직면하고 있지 않았기 때문이다. 그는 의도적으로 일본이라는 필터의 존재를 그의 담론에서 빠트린다. 이러한 점에서 유럽주의는 하나의 변장에 불과하다. 유럽주의가 역사적으로 와해됨으로써 오히려 그의 언어는 정직해진다. 그는 처음부터 식민성 근대주의자였고 마침내 일본적 근대 혹은 아시아주의를 드러낸다.[11]

인용문 E)-F)에서는 해방·반제·근대화 등의 근대성을 추구하는 것이 민족의 유일한 사명인 것처럼 논의하는 경직된 수준은 아니지만, 여전히 다소 완화된 국민국가적인 시각을 지니고 있다. E)에서 저항의 세 가지 차원을 구분한 민족주의를 상정하여 1942년 이후의 문학적인 절필('침묵')을 "일본의 식민주의에 대한 강한 저항"으로 바라보는 반면에,[12] F)에서는 김기림이 동아시아적인 논리를 모색한다면서 친일적

---

10) 김재용, 『협력과 저항』, 소명출판, 2004, 221쪽.
11) 구모룡, 「김기림 재론—동아시아적 시각으로 읽은 1930년대 후반의 김기림 문학」, 『현대문학이론연구』 33집, 현대문학이론학회, 2008, 243쪽.
12) 김재용은 그의 글에서 저항의 세 가지 방식을 언급한다. 첫째는 침묵, 둘째는 우회적 글쓰기, 그리고 셋째는 망명이다. 이 중에서 식민주의에 대한 강한 저항

인 '아시아주의'로 경사되어서 민족적 주체성을 상실했다고 주장한다.

이러한 주장들은 모두 1940년대 초반 혹은 소위 일제 말기라는 시기에 김기림이라는 비평가의 비평을 바라보는 기본적인 시각이 반일·해방에 있음을 암시한다. 다시 말해서 E)와 F)의 논자들 역시 1940년대 초반의 김기림 비평에 대해서 반일과 해방이라는 민족적인 과제를 전제해 놓은 뒤에, 김기림을 바라보는 엇갈린 방향에 따라서 그 과제를 제대로 수행했거나(저항했거나) 수행하지 않았다고(친일했다고) 논의하는 것이다. 그 과제에 대해서 E)의 경우에는 제대로 수행했다는(저항했다는) 것이지만, 그러한 저항의 근거는 "그가 우회적 글쓰기를 하지 않고 이렇게 침묵을 지킨 데에는 어떤 이유가 있는지 그것을 밝힐 자료를 우리는 현재 가지고 있지 않다."13)는 구절에서 엿보이듯이 일종의 비평적인 추정이다. 그리고 F)의 경우에는 제대로 수행하지 않았다는(친일했다는) 것인데, 그러한 친일의 근거는 "김기림에게 유럽의 파탄은 동아 나아가서 대동아의 발견으로 발전하고 있다."와 "무엇보다 그의 근대주의를 형성하고 있는 구체적 현실에 그가 직면하고 있지 않았기 때문이다."14)라는 것이다. 이때 이러한 비판 논의도 지지 논의의 대상인 1940년대 초반의 김기림 비평을 대상으로 하고 있는 것도 아이러니한 일이다.

으로서의 침묵을 선택한 경우와 그렇지 않은 경우를 식별하기 어려운데, 김기림의 경우는 명백한 경우로 규정된다. 명백한 경우가 되는 중요한 근거는 1940년대 초에 그가 최재서와 달리 파시즘에 대한 깊은 경각심을 가지고 있고, 근대초극론을 비판하면서 근대의 차분한 결산을 주장하며, 정황상 식민주의적 동양론과 구별되는 자신만의 동양론을 발표할 경우 곤란에 처했을 것이라는 추정이다. 김재용, 『협력과 저항』, 소명출판, 2004, 204-221쪽.

13) 김재용, 『협력과 저항』, 소명출판, 2004, 220-221쪽.

14) 구모룡, 「김기림 재론—동아시아적 시각으로 읽은 1930년대 후반의 김기림 문학」, 『현대문학이론연구』 33집, 현대문학이론학회, 2008, 237;243쪽.

정작 중요한 것은 김기림이 그의 비평에서 민족이라는 표상을 어떻게 보여줬는가 하는 점인데, 기존의 주요 연구사에서는 국민국가적인 시각을 전제로 하여서 그의 비평을 평가하고 있는 것이다. 이러한 주요 연구사에서는 김기림의 비평에서 논의된 민족 표상의 다의적·복수적인 양상을 간과·배제한 채로 국민국가적인 시각이 교묘하게 유지되면서, 세밀한 읽기를 방해하고 있다.

III. 개방적·복선적인 성격

1930년대 초반부터 시작된 김기림의 비평에서 민족 표상은 어떠한 논리로 나타나는가? 이러한 의문을 해명하기 위해서는 그의 비평적인 출발점이 1930년대의 주지주의에서 비롯됨을 주목할 필요가 있다. 1920년대의 카프(KAPF)가 프롤레타리아계급 중심의 투쟁을 강조하거나 국민문학파가 시대의 현실을 도외시한 채로 복고적·전통적인 조선인다움을 주창하면서 민족 표상을 자기폐쇄적·단선적으로 전유한다면,[15] 1930년대의 김기림은 자신의 주지주의 논리에 따라서 현실을 인식하고 그러한 현실 인식에 따라서 세계화 논의 속의 민족 표상을 개방적·복선적인 성격으로 구상하기 때문이다.

이제 김기림의 비평적인 출발점이 되었던 1930년대의 주지주의 논리를 검토하면서 그가 민족 표상을 구상하는 방식을 살펴보기로 한다. 1930년대의 주지주의 논자들은 사물의 본질 자체에 주목하고 그것을

---

15) 김기진, 「금일의 문학 명일의 문학」, 『개벽』 2월호, 1924; 최남선, 「조선 국민문학으로서의 시조」, 『조선문단』 5월호, 1926. 참조.

객관적으로 파악하려는 지적인 인식 태도를 공통적으로 지닌다.16) 김기림은 그의 비평에서 주지주의의 이러한 특성을 잘 보여준다. 그는 현실의 내용보다 그 현실을 인식하는 지적·객관적인 방식에 커다란 관심을 보인다. 이러한 관심이 민족 표상을 구상할 때에 그대로 적용됨은 물론이다.

G) 그(프롤레타리아 시인임을 선언한 인텔리겐차 시인-편자 주)가 쓰는 시는 결국은 일단 「인텔리겐차」의 시각을 여과하지 않으면 아니된다. 즉 그 시 속에 있는 것은 「프롤레타리아」의 생활의 전투성과 정의성을 바라보는 순간의 「인텔리겐차」의 내적 흥분 말고 무엇이랴.
(중략) 그리고 각 계급은 그 계급에 충실한 시를 가지리라. 그리해서 각 계급에 속한 개인도 결국은 그가 속한 계급의 시를 가지리라.17)

H) 그런데 朝鮮에 잇서서의 文字上의 「내슈날리즘」은 朝鮮主義의 일홈으로 불러진다. 이것이 朝鮮的 特性을 가지고 世界文學에 參與하려는 强烈한 意圖를 가젓슬 때에만 우리는 그것을 許容한다. (중략) 한편에는 漠然한 朝鮮情調를 基調로 한 朝鮮主義가 잇스나 우리는 그것의 可能性을 認定하지 않는다. (중략) 또한 排他的 「내슈날리즘」은 오늘에 와서는 그것을 滔滔한 潮水의 아페 작은 木柵을 세우는 無謀한 宣言의 되푸리박게는 아니 된다.18)

16) 문혜원, 「1930년대 주지주의 시론 연구」, 『우리말글』 30호, 우리말글학회, 2004, 114쪽. 참조.
17) 김기림, 「시인과 시의 개념-근본적 의혹에 대하여」, 『조선일보』 7.24-7.30, 1930.
18) 김기림, 「將來 할 朝鮮文學은?」, 『조선일보』 11.14-11.15, 1934, 윤여탁 편, 『김기림문학비평』, 푸른사상사, 2002; 127-128쪽에서 재인용.

인용문 G)-H)에서는 김기림이 자신의 주지주의 논리에 따라서 현실과 민족을 인식하고 있음이 확인된다. 인용문 G)에서 그는 현실을 인식할 때에 지적·객관적인 태도의 엄밀성을 중시 여긴다. 현실에 대한 인식이란 그 현실을 바라보는 계급에 따라 달라지는 것이어서 한 계급의 주체는 다른 계급의 주체가 지닌 인식을 알 수 없다는 것이다.[19] 이때 지적·객관적인 태도의 엄밀성을 수긍한다면, 현실이란 계급에 따라 다층적으로 구성되는 것이 된다. 지식인(계급)은 자기(계급)의 시선으로 바라보는 하나의 현실이, 그리고 프롤레타리아계급도 자기(계급)의 시선으로 바라보는 또 하나의 현실이 서로 겹쳐지기 때문이다.

인용문 H)에서는 김기림이 민족의 세계화 논의를 전개하는 과정에서 '朝鮮'·'朝鮮民族'·'民族'이라는 어휘를 사용하고 있음이 확인된다. 여기에서 민족 표상은 계급에 따라 현실이 다층적으로 인식된다는 주지주의의 논리 속에서 잘 이해된다. 김기림은 자기 민족의 정치적·문화적인 현실을 최우선시하여 다른 민족의 정치적·문화적인 현실을 무시·배타하는 것이 아니라, 개별 민족의 정치적·문화적인 현실이 서로 다르게 존재함을 전제하는 논리를 편다. 자기 민족만을 특별하다고 여기는 "漠然한 朝鮮情調를 基調로 한" "消極的인 朝鮮主義"나 다른 민족을 무시하는 "排他的 「내슈날리즘」"은 비판하고, "朝鮮的 特性을 가지고 世界文學에 參與하려는" '朝鮮主義'를 (또는 다른 민족적 특성을 가지고 세계문학에 참여하려는 다른 민족주의를 서로) 인정하는 것으로 추론된다. 이 점에서 세계화 논의 속의 민족 표상은 자기폐쇄적·배타적인 성격이 아닌 개방적·상호인정적인 성격을 지니는 것으로 보인다.

개방적·상호인정적인 성격의 민족 표상은 김기림의 비평에서 민족

---

19) 이러한 김기림의 논의는 지식인이 프롤레타리아계급의 의식을 지녀야 한다는 카프의 논의와는 상반되는 것이다.

의 세계화를 논의하면서 심화된다. 개별 민족의 문화와 언어는 자기폐쇄적·배타적이지 않으려면 필연적으로 개별 민족적인 특성을 고수하면서 넘어서서 세계의 문화와 언어가 되어야 하는 과제를 지니게 된다. 이러한 세계(전체)에 대한 지향은 김기림이 주장한 이른바 전체시론에서 핵심적인 관심사항이 된다. 이때 그의 전체시론에서 전체에 대한 지향의 방법은 단선적인 것이 아니라, "나는 勿論 右로부터 기우러지는 全體主義의 線을 그려 보앗다. 「푸로」詩가 萬若에 今後 全體主義의 線을 쪼차서 發掘을 꾀한다고 하면 그것은 勿論 左로부터의 線일 것이다."[20]라는 구절에서 보이듯이 복선적인 것이다. 이러한 전체주의의 지향 방법은 민족의 세계화를 논의할 때에도 유사하게 활용된다.

I) (상략) 벌서 世界文化史上에서 文化朝鮮을 위하야 한 座席을 要求하는 것은 當然한 權利고 그것을 抹殺하고 그 어떠한 暴擧도 잇슬 수 업다고 생각햇다.

또한 朝鮮말은 朝鮮人의 表現의 意慾에 가장 알마즌 것이다.

(중략) 한 말은 다른 한 말의 侵入 混流를 바들 때마다 더욱 그 含蓄과 外貌를 豊富하게 해가면서 스스로 成長의 方向을 그러나 各 言語는 人類 共同의 實質的인 意味의 世界文化 建設의 基礎로서 世界語의 形成이 要求되는 瞬間에 닥치면 自發的으로 그 自體를 버려도 조흘 것이다.

그러나 이러한 理念으로서의 世界語의 到來까지는 그 中間에 各 民族의 文化에 잇서서 말 以外의 世界化의 過程을 豫想해야 하니까 그것은 아직도 遼遠한 일이다.[21]

20) 김기림, 「詩人으로서 現實에 積極關心」, 『조선일보』 1.1-1.5, 1936, 윤여탁 편, 『김기림문학비평』, 푸른사상사, 2002, 258쪽에서 재인용.
21) 김기림, 「詩人으로서 現實에 積極關心」, 『조선일보』 1.1-1.5, 1936, 윤여탁 편, 『김기림문학비평』, 푸른사상사, 2002, 259-260쪽에서 재인용.

조선문화·조선어가 세계문화·세계어를 지향해야 한다는 인용문 I)에서 주의를 기울이어야 하는 것은 민족 세계화의 지향 방법이다. 김기림이 세계문화·세계어에 도달하는 방법은 특정한 민족문화·민족어가 주축이 되어서 다른 민족문화·민족어를 배타시하거나 전유하는 단선적인 방식이 아니라, 각각의 민족문화·민족어가 각기 나름대로 세계문화·세계어에 도달하는 복선적인 방식이다. "한 말은 다른 한 말의 侵入混流를 바들 때마다 더욱 그 含蓄과 外貌를 豊富"하게 하면서 "人類共同의 實質的인 意味의 世界文化 建設"로 나아가는 것이다. (그런 뒤에는 각각의 민족문화·민족어는 "그 自體를 버려도 조흘 것이다".) 이처럼 민족 표상은 세계화를 지향할 때에 복선적인 성격을 지닌 것으로 구상된다.

이러한 민족의 세계화 지향 방법은 개별 민족이 자신의 정치적·문화적인 기획을 고유하게 지니면서도 다른 민족의 정치적·문화적인 기획과 공존할 수 있음을 전제하는 이상적인 것이라는 약점이 있다. 조선문화·조선어에 대한 김기림의 사유는 논리적인 차원에서 세계라는 전체에 도달하는 복선적인 방법이 있음을 강조하는 것이지만, 현실적인 차원에서 일본문화·일본어의 제국주의적인 침투와 그 위세에서 자유롭지 못한 것이다. 이러한 논리와 현실 사이의 괴리는 김기림의 사유가 막다른 지점에서 활로를 찾지 못함을 암시한다. 그의 2차 유학은 이러한 괴리가 하나의 배경이 된다.

4. 식민지 본국의 민족 논의 모방하기[22]

---

22) 이 4장의 논의는 필자가 제1저자로 참여한 논문 「식민지 본국의 지식 수용 양상에 나타난 탈식민주의」(『한국사상과 문화』 65집, 한국사상문화학회,

1936년 4월에 감행된 김기림의 2차 유학은 식민지 본국인 일본을 중심으로 동아시아가 협력하여 서구 근대를 초극하자는 일본의 민족 논의를 본격적으로 접하는 중요한 계기가 된다.[23] 이러한 식민지 본국의 민족 논의가 동아시아를 지배하려는 대동아공영권의 논리를 공고히 하는 배경이 됨은 물론이다. 이때 김기림은 일본이라는 국가에 속해 있으면서도 한인의 일원이라는 점에서 정치적·문화적으로 경계선적인 위치에 있기 때문에, 식민지 본국의 민족 논의를 부분적으로 모방하면서도 완전히 동일시할 수 없게 된다.[24] 김기림의 논의에서 민족 표상은

2012.12, 2002, 91-117쪽.)의 논의를 확대·발전시킨 것임을 밝혀둔다. 논문「식민지 본국의 지식 수용 양상에 나타난 탈식민주의」에서는 2차 유학 이후부터 1941년까지 발표된 김기림의 비평과 수필을 대상으로 하여 피식민자가 식민지 본국인 일본의 지식을 수용하는 양상을 피식민자의 '사이에 낀 위치', 리처즈의 시학 흉내내기, 동아시아론 다시 쓰기로 나누어 살펴본 바 있다. 이 연구에서는 김기림이 리처즈와 미키 기요시의 논의를 흉내내거나 다시 쓰는 양상을 검토한 것이었다. 이후 김기림의 비평을 검토하면서 김기림이 리처즈와 미키 기요시뿐만 아니라 일본 지식계의 여러 민족·동양론을 모방하고 있고, 그 양상도 좀 더 다채로운 것으로 확인되었기에 본 4장의 논의에서는 그간 진행한 추가 연구를 민족이라는 표상을 중심으로 언급하고자 한다.

23) 일본 지식계의 근대초극 논의는『문학계』1942년 10월호에 게재된 '문화종합회의 심포지엄-근대의 초극'에서 제기된 것으로 알려져 있지만, 실상은 1930년대 초반부터 일본이 중심이 되어서 동양을 하나로 묶어내어 서구와 맞서자는 일본 지식계의 근대적인 기획인 것이다. 이 심포지엄에서는 당대 일본 지식계의 대표자들이 참여하여 일본 중심으로 서구 근대를 초극·극복하자는 논의를 구체화한다. 스즈키 시게타카(鈴木成高)가 주장한 "정치에서는 민주주의의 초극, 경제에서는 자본주의의 초극, 사상에서는 자유주의의 초극"이라는 명제는 근대초극 논의의 핵심을 잘 설명한다. 이러한 근대초극 논의는 1930년대 초반 이후 일본 지식계의 핵심적인 논의인 것이다. 자세한 것은 다음의 저서를 참조할 것. 廣松渉, 김항 역,『근대초극론』, 민음사, 2003.

24) 2차 유학 이후의 김기림 비평이 지닌 중요한 특성 중의 하나는 일본 민족을 중심으로 아시아가 대동하여 서구 근대를 초극하자는 식민지 본국의 근대초극론에 나름대로 참여하고 있다는 점이다. 이때 나름대로 참여하기란 식민지 본국

이러한 모방하기(mimicry)의 일종으로써 역사적·문화적 차이와 그 한계를 고스란히 드러낸다.

식민지 본국의 민족 논의 모방하기는 김기림의 비평에서 근대와 민족을 기술한 부분에서 잘 드러난다. 일본의 지식계에서는 서구 근대를 초극하려는 자국의 역할과 그 의미에 대해서 1930년대 초반부터 태평양 전쟁 때까지 지속적으로 논의해 왔다. 서구의 근대인 영·미의 자본주의를 넘어서려는 근대초극 논의가 등장하게 된 것이다. 이 시기의 김기림 비평에서는 이러한 일본 지식계의 근대초극 논의를 따라하면서도 분명한 차이를 지닌다는 점을 눈 여겨 봐야 한다.

> J) 하나, 우리는 망국(亡國) 의회 정치를 복멸(覆滅)시켜 천황 친정의 실현을 목표로 한다.
> 하나, 우리는 산업 대권의 확립을 통해 자본주의 타도를 목표로 한다.
> 하나, 우리는 국내 계급 대립을 극복하여 국위(國威)의 세계적 발양(發

의 지식계에 의견을 개진하는 명시적인 비평 행위와 다르다. 오히려 식민지 본국의 근대초극론에 대한 김기림 자신의 견해를 식민지 내의 매체에 비평 형식으로 게재하는 형태가 된다. 이 점에서 김기림의 비평은 식민지 본국의 근대초극론을 핵심적인 키워드로 취하여 따라하되(모방하되) 경계선적인 위치에서 나름대로 역사적·문화적인 차이를 드러낼 수밖에 없게 된다.

이러한 김기림 비평의 문화적인 위치는 호미 바바의 모방하기(mimicry)로 잘 설명된다. 호미 바바에 따르면, 식민적 지배 관계에서 식민자는 '나를 닮아라. 그러나 같아서는 안 된다'라는 양가적 요구를 한다고 한다. 이런 허용과 금지의 양가적 요구에 대해서 피식민자는 식민자를 부분적으로 닮을 수밖에 없다. 피식민자는 '부분적 모방'인 '모방하기'를 통해 식민자의 권위에 따르면서도 동시에 어김으로써 그 권위를 분열시키는 문화적인 저항을 보여주게 된다.(Homi Bhabha, 나병철 역, 『문화의 위치』, 소명출판, 2002, 179-185쪽; 박상기, 「탈식민주의의 양가성과 혼종성」, 고부응 편, 『탈식민주의의 이론과 쟁점』, 문학과지성사, 2003, 233쪽. 참조.)

揚)을 목표로 한다.25)

K) 또한 현재의 국제 정세 하에서 미국과 싸울 경우, 제국주의 전쟁에서 일본의 국민 해방 전쟁으로 급속하게 바뀔 수 있다. 나아가 태평양에서의 세계 전쟁은 후진 아시아 노동 인민을 구미 자본의 압제로부터 해방하는 세계사적인 진보 전쟁으로 바뀔 수 있다.26)

L) 이에 詩를 技巧主義的 末梢化에서 다시 걸어 내고 또 文明에 대한 詩的感受에서 批判에로 態度를 바로잡아야 했다. 그래서 社會性과 歷史性으로 이미 發見된 말의 價値를 通해서 形象化하는 일이다. (중략) 가장 優秀한 最後의 「모더니스트」 李箱은 「모더니즘」의 超克이라는 이 深刻한 運命으로 한 몸에 具現한 悲劇의 擔當者였다.27)

인용문 J)-K)에서는 일본 지식계의 좌우파가 일본이 중심이 되어서 서구의 근대를 초극하자는 논의를 하고 있음을 보여준다. J)는 일본 내의 우파 단체들이 결성한 전일본애국자 공동투쟁협의회의 강령이다. 일본의 산업이 대권을 확립하여서 영·미로 대표되는 서구의 자본주의를 극복하자는 주장이다. K)에서는 일본 내의 대표적인 좌파인 사노 마나부(佐野學)와 나베야마 사다치카(鍋山貞親)가 전향 성명을 발표한 글의 일부분이다. 여기에서 그들은 미국과 대립하는 것을 단순한 제국주의 간의 전쟁이 아니라 일본 주도로 "후진 아시아 노동 인민(동

---

25) 「전일본애국자 공동투쟁협의회 강령」, 『현대사자료』 제4권, 1931.
26) 佐野學·鍋山貞親, 「공동 피고 동지에게 고하는 글」, 『근대일본사상대계』 35, 『쇼와사상집 I』, 1933, 371-380쪽, 廣松涉, 김항 역, 『근대초극론』, 민음사, 2003, 128쪽에서 재인용.
27) 김기림, 「모더니즘의 歷史的 位置」, 『인문평론』 1권 1호, 1939, 윤여탁 편, 『김기림문학비평』, 푸른사상사, 2002, 294쪽에서 재인용.

양-편자 주)을 구미 자본(서구 근대-편자 주)의 압제로부터 해방하는 세계사적인 진보 전쟁"으로 이해한다. 서구 근대를 초극하고 아시아를 발전시키기 위한 목적으로 일본이 주도하는 태평양전쟁을 합리화하는 것이다.

인용문 L)에서 김기림은 식민지 본국의 근대초극 논의에 따라 "文明에 대한 詩的感受에서 批判에로 態度를 바로잡아야"함을 논의하고 있는데, 이 때에 그러한 논의가 일본이 아니라 한인의 "社會性과 歷史性"을 중심으로 전개해야 하는 것임을 역설한다. 식민지 본국의 주요 과제인 "「모더니즘」의 超克"은 한인의 문학에서 이루어지는 것이다. 김기림의 논의를 따라가면, 한인의 문학은 1930년대 초반부터 일본의 정치·사회·문화 분야에서 핵심적인 논쟁거리로 여겨진 근대초극론에 대해서 일본의 문화·문학 논의만큼 혹은 보다 권위가 있는 것으로 이해되고, 일본의 문화·문학 분야의 위계적인 권위는 분열되고 만다. 이러한 김기림의 논의는, 신(新)지식의 거의 모든 것이 일본을 통해서 오고 일본의 신지식이 절대성을 지니는 1930년대 후반의 상황을 염두에 둘 때에 상당히 효과적으로 일본 신지식의 권위를 따르면서도 어기는 문화저항적인 비평 전략이 되는 것이다.

이러한 모방하기는 일본의 동양 논의를 수용하는 김기림의 비평에서도 검토된다. 일본의 동양 논의는 민족 논의의 일환으로써 서구 근대의 이점을 부분적으로 받아들이면서 서구 근대의 한계를 일본 중심의 동양 문화로 극복해야 함을 요체로 한다. 이러한 동양 논의는 고오사카 마사아키(高坂正顯)의 논의에서 잘 나타나 있다. 김기림의 동양 논의 역시 이러한 맥락에서 시작하지만 분명한 차이를 드러낸다.

M) 동양의 원리는 참으로 '無'이어야 한다. 서양적 실재는 자연이든

신이든 인간이든, 결국 '有'의 원리이다. 무를 원리로 하는 동양의 특수한 의의가 바로 여기에 있다. (중략) 따라서 동양은 지금까지 높은 방파제를 넘어왔듯이 세계사의 주된 조류가 되고 있는 중이다. 그리고 일본은 이러한 세계사적 질서의 주요 계기가 되어야 하는 과제를 짊어지고 있다고 할 수 있을 것이다. (중략) 인간 중심적인 근대 유럽은 초월을 상실하여 자기 부정에 빠지려 하고 있다. 그러나 인간은 말살되어서는 안 된다. 인간은 살아야 한다. 게다가 인간이 살기 위해서는 초월되어야만 한다. 이 모순은 오직 무의 원리에 의해서만 가능하다[28]

N) 동양에 태어난 문화인에게 있어서 이 순간은 바로 새로운 결의와 發奮과 희망에 찰 때라 생각한다. (중략) 나는 일찍이 朝鮮新文學史를 서양의 「르네상스」의 모방·추구의 과정이라 단정하였다. 그래서 바로 이 순간은 「西洋의 破綻」 앞에 저들 서양인이나 그 뒤를 따라가던 우리나 마찬가지 列에 늘어서게 되었다고 하였다. (중략) 그러면 서양문화는 완전히 포기되어야 할 것인가. 그리하여 순수한 「無」 속에서 새로운 것이 아침 안개와 같이 피어오를 것인가. 두테 없는 것, 모양 없는 것은 혹은 안개와 같이 피어날 수 있을지 모르나 문화는 비유해서 말한다면 體量을 가지고 식물처럼 성정하는 것이라야 할 것이다.[29]

고오사카 마사아키는 인용문 M)에서 동양의 원리가 '無'임을 단적으로 드러낸다. 이 '無'는 서양의 원리인 '有'와 대립되는 것이다. 그에 따르면, 서양은 그 동안 '有'의 원리로 자연·인간·신을 이해한 결과, 인

---

28) 高坂正顯(1937),『歷史的世界』, 巖波書店; 高坂正顯(1939),「現代の精神史的 意味」,『歷史哲學と政治哲學』, 弘文堂廣松涉, 김항 역(2003),『근대초극론』, 민음사, 44쪽에서 재인용.
29) 김기림(1941),「「東洋」에 관한 斷章」,『문장』 3권 4호, 김기림(1988),『김기림 전집6』, 심설당, 51쪽에서 재인용.

간 말살의 상황에 처해 있게 된다. 이러한 상황에서 '無'의 원리는 동양, 그 중에서 일본이 중심이 되어 서양의 인식론을 비판·극복하는 방법이 되는 것이다.

인용문 N)에서 김기림은 고오사카 마사아키가 말한 동양 논의의 맥락을 거의 그대로 수용하면서도 정치적·문화적으로 중요한 차이를 엿보인다. 김기림이 주장하는 동양 논의도 "「西洋의 破綻」"이라는 당대의 상황의 극복을 "동양에 태어난 문화인"의 "새로운 결의와 發奮과 희망"에서 찾는다. 그렇지만 김기림은 그의 동양 논의에서 "새로운 결의와 發奮과 희망"이 동양의 "무의 원리"에 있지 않고 한인 문화의 '體量'에 있음을 주장한다. 김기림은 일본의 동양 논의를 모방하지만, 그 권위를 해체하여 전복시키는 전략을 보여주는 것이다. 김기림의 동양 논의는 일본이 동양적인 "무의 원리"를 추구하는 것이 중심이 되어 추종하는 것이 아니라, 한인이 나름대로 자기 문화의 '體量'을 지니고 발전시켜야 하는 것이기 때문이다. 이러한 김기림의 민족·동양 논의는 식민지 본국의 민족·동양 논의를 모방하면서 역사적·문화적인 차이를 드러내는 것이지만, 1940년대 초·중반에 일본의 파시즘·제국주의가 극한으로 치닫는 과정에서 현실적인 효용성을 지니기 어려운 것이기도 하다. 1942년 김기림의 절필은 이러한 민족·동양 논의의 효용성과 관계된 것으로 추측된다.

V. 결론

이 논문의 문제의식은 식민지 시기의 김기림 비평에 나타난 민족 표상의 성격을 재고하고자 하는 것이었다. 그의 비평에서 민족 표상은

1930년대 중반부터 나름의 정치적·문화적인 기획을 상상·모색한 과정에서 사용된 다의적·복수적인 성격을 지녔는데, 기존의 연구사에서는 해방·반제·근대화를 주도·실현하는 집단적인 역사주체의 모습을 지니지 않음을 일의적·단수적인 성격의 국민국가적인 시각으로 비판해 왔다. 이 글에서는 베네딕트 앤더슨과 프라센지트 두아라의 탈국가주의론을 참조해서 국민국가적인 시각을 보인 기존의 연구사를 검토한 뒤에, 민족에 대한 다의적·복수적인 상상을 보여준 김기림 비평의 양상을 살펴봤다.

첫째, 주요 연구사에서는 해방·반제·근대화를 주도·실현하는 집단적인 역사주체라는 국민국가적인 시각에서 김기림 문학에 대한 논의를 진행해 왔음을 자세하게 검토했다. 주요 연구사에서는 식민지 시기에 반일과 해방에 대한 투철한 신념과 노력이 부족함을, 그리고 해방기에 반제와 근대화를 지향하는 목소리가 결여되었음을 비판했다. 송욱, 김우창, 김인환, 문덕수 등의 비판은 김기림의 문학에 반일과 해방과 근대화를 실현하는 집단적인 역사주체가 결여되었다는 것이 요지였다. 이러한 국민국가적인 시각의 비판은 2000년대에 들어와서도 지속되었다. 김재용과 구모룡은 반일과 해방이라는 민족적인 과제를 전제해 놓은 다소 완화된 국민국가적인 시각에서 김기림의 문학을 긍정하거나 비판했다.

둘째, 2차 유학 이전의 김기림 비평에서 민족 표상은 개방적·상호인정적이고 복선적인 성격으로 담론화되었다. 김기림의 비평적인 출발점인 1930년대의 주지주의 논리에 따라 현실과 민족 표상이 구상되는 양상을 추적했다. 김기림은 현실이 계급에 따라 다층적으로 구성되는 것으로 인식했는데, 이러한 현실 인식은 민족을 논의할 때에도 유사하게 적용되었다. 인용문 H)에서 보듯이, 민족주의('朝鮮主義')는 다른 민족주의를 배타하지 않은 채로 자기 민족적('朝鮮的') "特性을 가지고 世界文學에 參與하"는 것이 되었다. 세계화 논의 속의 민족 표상은 자기폐쇄적·배타적인 성격이 아닌 개방적·상호인정적인 성격을 지녔다. 아울러 민족 세계화의 지향 방법은 인용문 I)에서처럼 각각의 민족문화·민족어가 각기 나름대로 세계문화·세계어에 도달하는 복선적인 방식이었다. 이 부분에서 민족 표상은 복선적인 성격으로 논의되었다.

셋째, 2차 유학 이후의 김기림 비평에서 민족 표상은 식민지 본국인 일본의 민족·동양 논의를 모방하는 성격으로 이해되었다. 식민지 본국에서는 근대초극 논의가 유행했는데, 인용문 J)-L)에서는 김기림이 식민지 본국의 민족 논의를 모방하고 있음을 보여줬다. 인용문 L)에서는 근대비판과 초극을 수용하되 한인의 "社會性과 歷史性"을 중심으로 전개되어야 한다는 식민지의 정치적·문화적인 차이를 강조했다. 또한 김기림은 인용문 N)에서 일본의 동양 논의를 모방하면서도 "새로운 결의와 發奮과 희망"이 동양의 "무의 원리"에 있지 않고 문화의 '體量'에 있다는 차이를 드러내면서 일본의 권위를 해체했다.

식민지 시기의 김기림 비평에서 민족 표상은 국민국가적인 시각에서 비판하듯이 피상적·관념적인 것이라기보다는 나름대로 한인에 대한 정치적·문화적인 기획을 상상·모색한 것이다. 그러한 상상·모색은 김기림 비평 속의 민족 표상이 개방적·복선적이고 모방적인 성격을 지님을 보여준다. 이러한 고찰은 일의적·단수적인 성격의 국민국가적인 시각으로 행해지는 독법이 의식적·무의식적으로 작동하고 있는 한국의 비평적인 흐름을 자성하고 대안을 제시하는 노력의 일환이다. 앞으로 김기림 이외에 다른 비평가의 비평 읽기에서도 국민국가적인 시각이 어떻게 드러나는지에 대한 검토로 논의를 확산시킬 필요가 있다.

부르주아 민족주의 좌파 경향의 시인 유완희

I. 서론

유완희[1]는 그 동안 한국문학사에서 알려진 것처럼 카프(KAPF) 계열의 시인인가? 지금까지 한국문학사에서는 유완희를 카프시인·프롤레타리아시인으로, 그리고 그의 시를 카프시·프로시·경향시로 규정하여 의미와 가치를 나름대로 규정한 바 있었는데,[2] 이러한 규정은 유완

---

[1] 유완희(柳完熙)는 1902년 1월 4일(음력 1901년 11월 25일) 출생해 1964년 2월 17일에 영면했다. 호는 적구(赤駒), 송은(松隱), 유주(柳州)였다. 1923년 3월 경성 법학전문학교 본과를 1회 졸업해 경성일보사·시대일보사·중외일보사·동아일보사·조선일보사·조선중앙일보사 등에서 기자로 활동했고, 1925-1932년 사이에 경성여자미술학원과 조선문학원 등에서 철학·예술론·문장론 등을 강의했다. 1925년 11월에 시대일보에 시 「거지」로 작품 활동을 시작했고, 1938년부터 해방 직전까지 평북의 한 출판사인 기문사의 총지배인으로 있었다. 해방 이후 1948년에 교통부 상임 촉탁을 했고, 1949년부터 용인중고등학교 교감·교장과 송전중학교 교장을 했으며, 1955-1960년에는 서울신문사 편집국장과 세계일보사 논설위원을 하기도 했다. 그는 자체 편집하여서 시집을 한 권 묶었으나, 그 시집은 한국전쟁 당시 소실되었다. 현재 총 33편의 시와 3편의 소설과 21편의 비평·수필을 남긴 것으로 확인된다. 시 32편은 2014년에 강정구의 편으로 지식을만드는지식에서 『유완희 시선』으로 출간되었다. 소설과 비평·수필의 서지사항은 다음 논문의 작품목록을 참조할 것. 정우택, 「적구 유완희의 생애와 시세계」, 『반교어문연구』 3호, 반교어문학회, 1991, 280-282쪽.

[2] 이 논문에서 카프 계열의 시 혹은 카프시란 맑시즘적인 의미에서 프롤레타리아의 해방을 위한 계급혁명운동을 목적으로 한 조선 프롤레타리아 예술가 동맹

회의 생애와 시를 세부적으로 들여다보면 상당한 모순에 직면하게 된다. 유완희가 생전에 스스로 자신의 정치적인 경향을 명확히 밝힌 바 없었지만, 그의 생애와 시에서 정치적인 경향을 합리적으로 추론하는 것은 가능하다. 이러한 추론은 유완희와 카프의 관계를, 나아가서 식민지 사회에서 민족운동의 다층성을 재고하게 만든다.

3.1운동 이후 식민지 사회의 민족운동은 부르주아 민족주의 좌우파와 진보적 민족주의와 사회주의 세력으로 구분되었는데,3) 유완희의 생

(Korea Artista Proleta Federatio, KAPF)에 가입·참여하여 카프의 이념을 드러낸 시이거나, 그 이념에 동조한 자들이 쓴 시를 의미하고자 한다. 학계에서 유사한 의미로 사용하는 프로시·프롤레타리아시나 계급시는 카프 이외의 집단·개인도 프롤레타리아 계급을 시적 대상으로 쓸 수 있다는 점에서, 그리고 카프의 이념적 경향에 부합한다는 의미의 경향시는 경향이라는 의미가 다소 모호하다는 점에서 피하고자 한다. 또한 카프시의 전단계로 자주 언급된 신경향파시란 김기진·박영희 등이 논의하기 시작한 것으로써 3.1운동 이후에 사회주의 이념을 근본적으로 매개하여서 계급의식을 자각하고 빈궁한 현실에 문학이 복무할 것을 주장한 현실주의 경향을 의미한다. 카프시와 신경향파시 모두 사회주의 이념을 근본적으로 지닌 시를 의미하는 것이다. 박영희, 「자연주의에서 신이상주의에-기우려지려는 조선문단의 최근 경향」, 『개벽』 44호, 1924.2; 박영희, 「신경향파 문학과 그 문단적 위치」, 『개벽』 64호, 1925.12; 박영희, 「신경향과 문학과 무산파의 문학」, 『조선지광』 64호, 1927.2; 김기진, 「문단 최근의 일경향」, 『개벽』 61호, 1925.7; 유성호, 「신경향파 시의 재인식」, 『한민족문화연구』 45호, 한민족문화학회, 2014, 35-59쪽.

3) 식민지 시기의 민족운동은 3.1운동 이후 그 세력에 따라서 실력양성과 그를 통한 독립을 주장한 부르주아 민족주의, 무산계급혁명과 그를 통한 일본 자본주의의 전복과 독립을 기획한 사회주의, 계급운동의 필요성을 인정하지만 시기상조이므로 독립운동을 후원·지지해야 한다는 여운형 중심의 진보적 민족주의로 삼분됐다. 이 중에서 부르주아 민족주의 세력은 1920년대 중반에 현단계에서 독립이 불가능하기에 우선 자치권을 획득해야 한다는 동아일보사 중심의 우파와 자치권 획득론이 일본에 타협하는 것이기에 사회주의와 협동전선을 펼쳐서 독립투쟁을 전개해야 한다는 조선일보 중심의 좌파로 분화되었다. (박찬승, 「일제지배하 한국 민족주의의 형성과 분화」, 『한국독립운동사연구』 15호, 독립기념

애와 시를 자세히 검토해 보면 그는 부르주아 민족주의 좌파의 경향을 지닌 시인으로 분류된다. 본 논문은 이러한 분류의 근거들을 세밀하게 논증하여서 유완희의 시가 부르주아 민족주의 좌파에 가까움을 증명하고자 하는 목적을 지닌다. 이러한 논의는 당대의 민중을 옹호하고 독립 투쟁을 주창했던 지식층이 비단 카프 계열뿐만 아니라 다층적으로 존재했음을, 그리고 카프 계열로 분류되었던 몇몇 시인·작가의 정치적인 경향을 좀 더 세밀하게 재분류할 필요가 있음을 시사한다.

그 동안 연구사에서는 유완희가 카프 소속 문인들에 의해서 카프시인으로 언급되었고, 대부분의 후속 연구자들 역시 이러한 시각을 거의 그대로 유지해온 결과 그의 시에 대한 정치적인 경향을 제대로 살펴보지 못했다. 1920-1930년대에 김기진, 민병휘, 신고송, 안막 등의, 그리고 1940-60년대에 박세영과 백철 등의 카프 참여 문인들은 카프시를 논의한 자리에서 유완희를 카프 계열의 시인으로 간략간략하게 살폈고,4) 이러한 이해는 그를 바라보는 기본적인 시각으로 자리 잡았다.

관 한국독립운동연구소, 2000, 35-95면; 김명구, 「한말 일제강점기 민족운동론과 민족주의 사상 연구」, 부산대대학원 박사학위논문, 2002; 이지원, 「일제하 민족문화 인식의 전개와 민족운동: 민족주의 계열을 중심으로」, 서울대대학원 박사학위논문, 2004.) 사회주의 세력 내부에서도 민족 해방을 위한 사회주의 운동의 필요성을 강조한 이동휘와 한민사회당, 사회주의 사회 구현을 위한 민족해방운동의 이념을 강조한 박헌영, 그리고 한국 특유의 사회주의 사회상을 모색한 백남운 등의 세부가 있었다. (전상숙, 「사회주의 수용 양태를 통해본 일제시기 사회주의운동의 재고찰」, 『동양정치사상사』 4권1호, 한국동양정치사상사학회, 2005, 155-171쪽.)

4) 김기진, 「10년간 조선문예변천과정」, 『조선일보』 1929.1.27.; 민병휘, 「조선프로예술운동의 과거와 현재」, 『대조』 5호, 1930.8; 신고송, 「시단만평」, 『조선일보』 1930.1.10.; 안막, 「조선 프롤레타리아 예술 약사」, 『사상월보』, 1932.10; 박세영, 「조선프로시사론」, 『문학비평』, 1947.6; 백철, 『백철문학전집4』, 신구문화사, 1968, 306쪽.

박팔양도 그의 회고 글에서 유완희가 카프 조직에 참여했고 사회주의 신념을 지향했음을 주장했다.[5] 유완희에 대해서는 1980년대의 신동욱과 김용직이 카프 계열의 시인으로,[6] 그리고 김윤식이 카프 맹원으로 분류했으며,[7] 심지어 권영민은 해방이 되자 자신의 고향인 용인으로 월남하여 활발하게 정치·문화·교육 분야에서 활동한 사실을 모른 채로 월북문인으로 규정하기도 했다.[8] 또한 북한 문학사에서도 노동계급의 혁명과 승리를 노래하는 시인으로 검토되었다.[9]

유완희를 카프시인으로 바라보는 이러한 시각은 그에 대한 개별 평론·논문이 제출되기 시작한 1990년대 이후에도 지속되었다. 유완희에 대해서 김재홍이 "노동자·농민 등 기층민중의 비참한 삶을 계급의식의 관점에서 리얼하게 묘파한 선구적인 프로시인"[10]으로, 박정호가 "카프의 문학운동과 유사한 차원에서 20편의 시와 13편의 비평적 에세이를

5) 박팔양, 「시인 유완희에 대한 회상」, 『청년문학』, 평양, 1958.4, 64쪽. 이러한 박팔양의 주장은 유완희가 카프 조직에 참여한 조직원이 아니었다는 점에서 오인에 의한 것이었다. 박정호는 그의 논문에서 카프 계열의 문인이 주로 필자로 참가한 잡지 『문예운동』 2호에 유완희가 필자로 참여했지만 카프의 조직원으로 그 이름이 등재되지 않은 점을 들어서 "카프맹원 여부는 단정짓기 어렵다"는 의견을 제시한 바 있었고,(박정호, 「유완희의 경향시 연구」, 『우리어문학연구』 2권1호, 한국외국어대학교, 1990, 35쪽.) 이후 『문예운동』 2호 이외에 카프 조직에 참여하거나 그 조직에서 발행한 잡지에 글을 게재한 적이 없었던 것으로 보아서 카프 조직원이 아닌 것으로 판단된다.
6) 신동욱, 『우리시의 역사적 연구』, 새문사, 1982, 105쪽; 김용직, 『한국근대시사연구』, 학연사, 1986, 165쪽.
7) 김윤식, 『한국근대문예비평사연구』, 일지사, 1986, 194쪽.
8) 권영민, 『한국민족문학론연구』, 민음사, 1988, 378쪽.
9) 김하명·최탁호·류만, 『조선문학사(1926-1945)』, 과학백과사전 출판사, 1981, 415-420쪽.; 박종원·류만, 『조선문학개관Ⅱ』, 사회과학출판사, 1986, 83쪽.
10) 김재홍, 「경향파 프로시인, 유완희와 김창술」, 『카프시인비평』, 서울대학교출판부, 1990, 2쪽.

남겨놓"11)은 것으로, 또는 정우택이 "초기 프롤레타리아시의 성과와 한계를 전형적으로 보여주고 있"12)는 것으로 살펴봤다. 이러한 시각은 2014년에 유완희의 시선을 최초로 편집·출간한 강정구가 유완희의 시에 대해서 "프로문학의 이념과 유사하고 그 이념에 동조하지만, 계급보다는 좀 더 추상적이고 포괄적인 민족을 사유의 중심에 놓는"13) 특성이 있음을 밝히면서 문제시되었다. 카프시와는 좀 다른 맥락이 있었다는 것이었다. 카프시라는 시각이 과도하게 지배한 기존의 연구사를 살펴볼 때에 유완희의 시를 세밀하게 검토하여 정치적인 경향을 재고하고자 하는 본 연구의 필요성이 제기된다.

이 논문에서는 유완희 시의 경향을 부르주아 민족주의 좌파 세력의 특성과 비교·고찰하는 방식을 통해서14) 그의 시가 부르주아 민족주의

---

11) 박정호, 「유완희의 경향시 연구」, 『우리어문학연구』 2권1호, 한국외국어대학교, 1990, 53쪽.
12) 정우택, 「적구 유완희의 생애와 시세계」, 『반교어문연구』 3호, 반교어문학회, 1991, 280쪽.
13) 강정구, 「프로문학에 동조하는 식민지 지식인의 이념적인 이면」, 유완희, 강정구 편, 『유완희 시선』, 지식을만드는지식, 2014, 83쪽.
    유완희에 대한 논의는 2014년 7월에 한국문인협회 용인지부에서 개최한 '유완희 시인 연구 학술세미나'에서도 있었다. 함동수가 「유완희시인의 생애와 사상」을, 강정구가 기존의 시집 해설을, 그리고 이동재가 「유완희시인의 소설 및 산문연구」를 발표했다. 이 세미나를 전후로 해서 유완희의 유족인 유기붕이 『송은 유완희 선생의 전기』를, 유기송·유기창이 『赤駒柳完熙先生文集』을 편집해서 비매품으로 발간한 바 있으나 학술적인 체제를 갖췄다고 보기 어려운 수준이었다. 추후 보완작업이 필요하다.
14) 부르주아 민족주의 좌파 세력은 주로 안재홍 등의 조선일보 계열, 천도교 구파, 임시정부의 김구와 조소앙 계열 등으로 구성되었다. 물론 이러한 세력이 당대에 현실 집단으로 규합하거나 명확한 공통의식을 지닌 것으로 알려져 있지 않았지만, 1924년 동아일보와 천도교 신파가 자치권을 주창할 때에 여기에 반대하면서 비타협적 민족주의 세력으로 형성된 정황은 충분했던 것으로 이해된다. 이 세력

좌파의 경향을 지녔음을 검토하고자 한다. 이 글에서는 소지주 정도의 가계에서 자란 유완희가 사회적인 약자인 민중을 옹호하는 1920년대 중반(1925-1926년)의 시적 양상이(2장), 지식층 중심의 투쟁이 직접적 또는 간접적으로 드러난 1920년대 후반(1927-1929년)의 시적 양상이(3장), 그리고 1930년대 초중반(1930-1936년)에 세계사 속에서 공동체의

의 이념적인 특성은 대표적인 논객이었던 안재홍의 글과 조선일보의 사설에 잘 나타나 있었다. 특히 안재홍은 1920년대 초중반의 정세를 약육강식의 시대로 인식했던 부르주아 민족주의 우파와 다르게 약자 대두의 시대이자 피억압 민중 해방의 투쟁 시대로 봤다. 물산장려운동 때에 소자본 중심의 토산장려를 지지하여 민족자본가의 상층을 대변한 부르주아 민족주의 우파와 구별된 논의를 했다. 1920년대 후반에 자치권을 주장하면서 문화운동을 강조한 부르주아 민족주의 우파와 다르게 지식층이 전위로 결속된 정치투쟁을 제기했다. 또한 1930년대 초중반에는 국수주의적인 성격의 부르주아 민족주의 우파와 프롤레타리아국제주의를 주장한 사회주의를 비판하면서 보편성과 특수성을 동시에 살펴보는 민세주의를 강조했다. 해방 이후에는 이승만·유엔·미국의 제안에 지지하여 남한 단정수립론을 지지하는 중도적 성격의 민족주의를 지향했다. 안재홍, 「殺氣에 쌓인 문화정치」, 『시대일보』 1924.5.22; 안재홍, 「세계로부터 조선에」, 『조선일보』 1935.1; 안재홍, 「신간회의 경성대회」, 『조선일보』 1927.12.10; 안재홍, 「백년대계와 목전문제」, 『조선일보』 1926.8.25; 안재홍, 「민세필담(속)」, 『조선일보』 1935.6.

이러한 안재홍의 정치적인 경향은 자치권과 문화주의로 대표된 부르주아 민족주의 우파와 프롤레타리아의 계급해방을 통한 혁명을 주장한 사회주의 사이에서 민중과 소지주·소자본가 등의 빈곤층·중간층을 세력의 토대로 하여 지식층 중심의 전위적인 민족 해방 투쟁을 강조했고 국수주의를 벗어나서 국제주의와 교호하는 방향을 모색했다는 특성이 있었다.

이 글에서 소지주·지식층과 같은 계급구조는 신광영·조돈문·조은의 저서 『한국사회의 계급론적 이해』(한울아카데미, 2003)을 참조하여서 다음과 같이 분류했다. 소지주란 9인 이하를 소작으로 둔 기업농을, 대지주란 10인 이상을 소작으로 둔 기업농을, 소자본가란 9인 이하의 고용인이 있는 사람을, 대자본가란 10인 이상의 고용인이 있는 사람을, 그리고 지식층이란 국가기관에 의해 인정되는 학력을 지니고서 실질적으로 전문직에 종사하는 사람을 의미했다.

책임을 주창하고 해방 이후(1956년) 국가주의를 수용하는 시적 양상이 (4장) 부르주아 민족주의 좌파의 논리와 유사함을 증명하고자 한다.

II. 소지주 가계 출신자의 민중 옹호

유완희가 부르주아 민족주의 좌파의 경향을 지녔다는 점은 무엇보다 그가 살아온 삶과 1925-1926년 사이에 발표된 시편에서 잘 확인된다. 1920년대 중반의 부르주아 민족주의 좌파는 주로 소지주·소자본가 계급의 입장을 대변하는 태도를 보였고 경제적 측면에서 노동·농민운동을 지지하며 민중을 옹호하는 특성을 지녔는데, 이러한 특성은 대지주·대자본가의 입장에 서 있었던 부르주아 민족주의 우파나 정치적 측면에서 노동·농민운동과 민중에 접근했던 사회주의 세력의 모습과 구별되었다.15) 유완희의 삶과 1920년대 중반의 시편은 이들 세력들 중에

---

15) 부르주아 민족주의 우파는 대지주·대자본가를 계급적인 기반으로 했기 때문에 노동·농민운동에 부정적이었고 사회주의를 비판적으로 봤다. "노동자의 운동은 산업자체가 불안한 지반에 있는 만큼 불철저한 정도에 그치지 않으면 안 된 것"(『동아일보』 1925.4.14.)이라면서 노동운동에 부정적이었고, 농촌계몽운동을 펼칠 때 농민의 가난을 그들의 무지와 비도덕성과 봉건적 사고에서 비롯된 것으로 볼만큼 농민을 계몽의 대상으로 이해했다. 이와 달리 부르주아 민족주의 좌파는 소지주·소자본가 계급을 대변했기 때문에 노동·농민운동에 어느 정도 긍정적이었고 사회주의와 공동전선을 형성하는 것이 가능하다고 생각했다. 사회주의에 대해서는 "피압박민중의 국제적 책동을 격려한 것은 매우 可하다"고 하면서도 "민족적 및 인종적 차별"(「현대의 민족문제-階級戰과 雙行하는 民族戰-」『조선일보』 1925.7.25)을 고려해야 한다고 했고, 노동운동에 대해서 "勞資爭議는 자본가의 착취, 지배욕과 노동계급의 생존권의 주장과 생물적 요구와의 투쟁"(「勞資爭議와 直接行動의 價値及意義(下)」, 『조선일보』 1925.3.10)으로 이해했으며, 농민운동에 대해서는 "조선농민운동은 급진적으로 도리어 경제적 조건을

서 부르주아 민족주의 좌파의 특성에 잘 부합하는 면모를 보여줬다.

먼저 유완희의 이력을 검토해보기로 한다. 유완희는 그 동안 사회주의 세력의 일부이거나 그 이념에 동조한 자로 알려져 왔다. 기존의 연구사에서는 그의 기자 생활과 문단 활동 역시 사회주의에 깊은 관심을 보였고 카프에 가입해서 활동했거나 적어도 카프의 이념을 수용한 자로 거의 일관되게 살펴보았다. 그렇지만 그가 식민지와 해방과 전쟁으로 이어지는 역사적인 격변기에서 보여준 삶을 검토해보면, 이러한 연구사를 무색하게 할 정도였다.

유완희가 식민지 시기에 보여줬던 이력은 부르주아 민족주의 좌파에 가까웠다. 그는 총독부의 언론 통제를 비판한 단체인 철필구락부의 회원이었고, 민중운동사 사건 공판을 자세히 취재하면서 "무엇보다도 서러운 자리에 있는 무산자로 하여금 어느 정도까지 자본계급의 압박을 벗어나서 굳게 단결을 맺는 동시에 賃金問題, 小作問題를 합법적으로 해결하지 않으면 안된다."16)는 자신의 견해를 밝히기도 했으며, 『중외일보』 단평 「거미줄欄」에 게재한 글이 문제가 되어서 3개월 동안 수감생활을 했다.17) 또한 유기붕의 말에 따르면 유완희는 카프 모임에

却하는 嫌이 잇슬만큼 偏重히 정치적 방면으로 발전되고 잇다"(「조선농민운동의 정치적 경향(中)」, 『조선일보』 1925.3.25)고 하면서 농민운동에 대한 사회주의자의 정치적인 접근을 비판했다. 또한 사회적인 약자인 민중에 대해 많은 관심을 보였다. 당대의 시기를 "弱者擡頭의 시대요, 被壓伏民衆의 해방의 투쟁을 고조하는 시대"(안재홍, 「殺氣에 쌓인 문화정치」, 『시대일보』 1924.5.22.)로 이해했고, "그들(기아로 죽은 자들-편자 주)은, 그의 있는 곳마다 훌륭한 밭과 논이 있으면서, 혹은 찻길로 혹은 뱃길로 몰려가는 數十萬名의 米穀을 날라 보내면서, 드디어 그 자신의 飢寒을 면치 못"(안재홍, 「飢餓 押送 證師」, 『시대일보』 1924.7.3.)함을 안타까워 했다.

16) 「民衆運動社事件公判, 群山에서 特派員 柳完熙發電」, 『동아일보』 1925.3.11.-12.

1번 참석했다가 정치적인 색깔이 이상해서 바로 그만 두었고, 대표적인 부르주아 민족주의 좌파인 이상재를 존경했으며, 여운형과 박헌영을 맑스레닌주의 신봉자라고 싫어했다고 한다.[18] 식민지 시기의 유완희는 그의 언행과 유기붕의 말로 미루어 볼 때에 노동·농민운동을 지지했고 민중을 옹호했으나 사회주의와 일정한 거리가 있는 부르주아 민족주의 좌파에 가까웠다.

식민지 시기 이후의 유완희는 그의 이력과 유기붕의 말을 통해 볼 때에 사회주의를 혐오했고 해방 이후의 국가주의에 동조·협력하는 삶을 살았다. 유기붕은 유완희가 한국전쟁 당시 공산당을 피해서 선산에서 3개월 동안 숨어 지냈고, 9.28수복 직전 인민군이 그를 사살하려고 한 정보를 미리 입수한 뒤에 밤 새워 도망갔다는 사실 등을 전했다. 또한 유완희는 해방 이후 용인중고등학교 교감·교장을 역임했고, 교통부 상임 촉탁 일을 봤으며, 정부의 관리·감독을 받는 서울신문사의 편집국장으로 지냈다. 이런 정황들을 종합해 볼 때에 유완희는 사회주의를 혐오하는 국가주의의 이념을 수용했던 것으로 판단된다.

유완희가 부르주아 민족주의 좌파의 경향을 보였다는 점은, 그가 1925-1926년 사이에 발표한 시편에서도 살펴졌다. 그는 1925년 11월에 시 「거지」를 『시대일보』에 게재했고, 이듬해 4월에 『개벽』지에 시 「女職工」, 「犧牲者」, 「아오의 무덤에」, 「刹那」, 「享樂市場」을 실었다. 이 시편에 대해서는 "카프의 사상성을 시로 형상화"[19]했다는 평가가 대부분이었다. 이때 이러한 기존의 평가들이 지닌 문제점은 비판·투쟁·저

---

17) 최준, 『한국신문사』, 일조각, 1965, 268-269쪽.
18) 유완희를 회고한 유기붕의 취재기는 본 논문의 부록에 있다.
19) 정우택, 「적구 유완희의 생애와 시세계」, 『반교어문연구』 3호, 반교어문학회, 1991, 267쪽.

항을 사회주의 세력의 그것으로 한정해서 봤다는 것이었다. 식민지 시기의 비판·투쟁·저항은 다양한 민족운동 세력들이 정도의 차이는 있지만 모두 택한 방식이었다.

　　가) 네가 거리에 나안저/푼돈을 빈 지/이미 十年이나 되엇다/그래도 지칠 줄을 모르느냐/-아이고 지긋지긋하게도/무엇?/그놈을 보고 돈을 달라고/그놈의 피딱지를 보아라./행여나 주게 생겼나.//(중략)//별수 업다/인제는 별수 업다./차라리 監獄이나 갈 道理를 하야라/-네 子息을 爲하야 그럴듯한 罪를 짓고…20)

　　나) 저녁볏이 건넛山을 기여올을 때/남편은 憤怒에 질닌 얼골로/동네 작인들과 함께/작대를 쓰을고 南쪽 마을로 달려가드니//밤은 三更이나 지나서 /달빗 조차 낡어 가는 이 한밤에/屍體로 變하야 집으로 도라온다/눈도 감지 못한 채 들거지에 언쳐서-//(중략)//오냐 이 놈!/한 개의 탄자로서 내 남편을 밧궈 간 원수놈-/아모런들 가슴의 매듭이 풀닐 줄 아느냐?!/내 목슴이 世上에 멈으러 잇는 동안은-21)

인용시 가)와 나)에서 시인은 농민운동을 지지하고 민중을 옹호하는 태도를 지녔는데, 이 태도는 당대의 부르주아 민족주의 좌파의 태도와 유사했다. 상술한 바와 같이 부르주아 민족주의 좌파는 경제적 측면에서 노동·농민운동을 옹호하면서 사회적 약자인 민중에 관심을 보이는 특성을 지녔다. 이러한 특성은 민중의 빈궁한 현실을 계급의식의 자각과 계급혁명의 전개라는 시각으로 다뤘던 신경향파시와는 좀 다른 것이었다. 예를 들어 신경향파시는 "오오 역사의 페이지에 낫 하나 있는,

20)　유완희, 「거지」, 『시대일보』, 1925.11.30.
21)　유완희, 「犧牲者」, 『개벽』, 1926.4.

화강석과 같은/인민의 그림자를, 최후의 심판자를"22)과 같이 민중을 계급혁명의 '심판자'로 봤다.

　두 인용시에서는 민중의 빈궁한 현실을 다루되, 민중에 대한 안타까움과 동정이 중심 내용이었다. 인용시 가)에서 화자는 거지에게 동냥하기 힘들고 자식을 생각하면 부끄러운 일이니 차라리 감옥에 가라고 말했다. 부르주아로 생각될 수 있는 '그놈'의 인색함을 얘기하기는 했지만 더 이상의 정치적인 판단이 없었다. 인용시 나)에서는 남편이 동네 소작인과 함께 지주에게 갔다가 죽어 돌아온 것을 보고서 그의 아내가 분노한 것을 다뤘다. 여기에서도 농민과 지주의 관계는 계급혁명의 관점에서 다뤄지지 않았다. 다만 아내의 마음에 깊은 상처가 되어서 평생 풀어지지 않을 것이라는 분노의 감성을 말할 뿐이었다. 이러한 두 편의 시에서 유완희는 계급혁명의 입장을 지닌 사회주의보다는 소작쟁의에 관심을 갖고 민중을 옹호하는 부르주아 민족주의 좌파의 경향에 좀 더 가까운 태도를 보였다.

III. 지식층이 전위에 선 투쟁과 그 감성

　1927-1929년 사이에 발표된 유완희의 시는 16편으로 알려져 있다. 이 시편이 지닌 공통점은 지식층이 전위에 선 투쟁과 그 감성을 드러냈다는 것이다. 물론 투쟁과 잘 연관되지 않는 개인적인 정서를 드러낸 일부 시편도 있었지만, 대다수의 시편에는 주로 지식층 화자가 전위에 나서서 현실적인 투쟁을 하거나 그 투쟁 과정에서 경험되는 감성이 표

---

22) 김기진, 「화강석」, 『개벽』 1924.6.

출돼 있었다. 지식층이 전위에 선 투쟁과 그 감성은 당대의 정치적인 경향 중에서 부르주아 민족주의 좌파의 이념과 관련지어 이해할 때에 좀 더 명확하게 검토됨은 물론이다.

우선 유완희의 시에서 지식층이 전위에 선 투쟁이 명시적으로 드러난 1927-1928년 2월 사이의 작품 6편-「나의 要求」, 「나의 行進曲」, 「街頭의 宣言」, 「民衆의 行列」, 「오즉 前進하라!」, 「어둠에 흘으는 소리」-에는 부르주아 민족주의 좌파의 이념이 상당히 잘 드러났음을 살펴보기로 한다. 이 시편은 그 동안 카프의 제1차 방향전환기에 프롤레타리아의 해방을 위한 선전·선동과 계급혁명의 노선을 분명하게 드러낸 대표적인 작품으로 논의되었으나,[23] 세밀하게 살펴보면 사회주의 계열과 공동전선을 모색하되 지식층이 전위로 결속된 정치투쟁을 목표로 제기했던 부르주아 민족주의 좌파의 이념과 흡사한 것이 확인된다. 1920년대 후반의 부르주아 민족주의 좌파는 사회주의와 공동전선을 펼치면서 일본에 맞선 민족적인 투쟁을 진행하였지만, 지식층이 중심적으로 전위로 나서서 대중을 동원하는 전략을 주장했다는 점에서 사회주의와 구별됐다.[24]

---

23) 유완희의 시 「나의 行進曲」에 대해서 박정호는 "시적 방향전환을 분명히 하는 시로서 간판이 되어 삐라가 되어 민중의 앞으로 나아가겠다는 의지를 천명한다"고 했고, 정우택은 "프롤레타리아 시인의 시는 민중의 투쟁에 받쳐진 선전, 선동의 도구 즉 '간판' '삐라'가 되어야 한다고 선언한다"고 했다. 박정호, 「유완희의 경향시 연구」, 『우리어문학연구』 2권1호, 한국외국어대학교, 1990, 43쪽.; 정우택, 「적구 유완희의 생애와 시세계」, 『반교어문연구』 3호, 반교어문학회, 1991, 272쪽.

24) 1920년대 후반의 부르주아 민족주의 좌파는 사회주의와 공동전선을 펼칠 것을 주장했고, 1927년 신간회의 창립을 주도했다. 이들은 "제국주의를 공동의 목표로 하고 사회운동과 민족운동이 서로 악수해야"(「사회운동과 민족운동의 상관」, 『조선일보』 1926.4.14.) 한다면서도 근본적으로는 "계급적 해방은 필연적으로

다) 타는 가슴!/불붓는 심사!/그것은 民衆의 압흐로 民衆의 압흐로 굿세게 나가기를 要求한다/소리치는 나의 音聲-音聲의 波動/그것은 멀리 더 멀리 民衆의 가슴을 ㅆㅜㄹ코 民衆의 마음을 이ㅅㅡㄹ고 나간다/누가 나의 압흘 막느냐? 나의 나가는 압흘/나는 民衆의 압헤 서서 民衆과 함ㅅㅔ 나가랴는 사람이다./나의 든 "ㅆㅜ랏쉬"는 나의 든 붓자루는 民衆을 그리고 民衆을 놀애하랴는 道具다./-온-街頭의 看板이 되고 「ㅆㅣ라」가 되어…25)

라) ……世紀 속에 장사하려는- ㅆㅗ는 傳하야 줄 력사 우에 큰 註를 실으려는/로력과 보수를 한 殿堂 안에 드려 안치고 人生으로 하야곰 참된 生活로부터 出發식히려는/그 가튼 굿세인 소리- 우렁찬 소리다26)

인용시 다)와 라)에서 화자가 말하고자 하는 바는 현실적인 투쟁을 하되 시인(화자)이 전위가 되어야 하고 참된 삶을 위한 노력과 그 대가인 보수를 정당하게 확보하자는 것이었다. 이것은 부르주아 민족주의 좌파의 핵심적인 투쟁 노선과 흡사했다. 다)에서 화자는 민중과 함께

민족적 해방을 요구하지만 민족적 해방은 의례히 계급적 해방을 요구한다고 할 수 없"(「계급의식과 민족의식」, 『조선일보』 1926.6.14.)음을 못 박았다. 나아가서 이들은 일본에 맞선 민족적인 투쟁을 진행하되 지식층이 중심적으로 전위로 나서서 대중을 동원하는 전략을 주장했다. "정치적 특수지대인 조선에서 이 비타협적 민족주의의 입장에서 민족적 정치투쟁을 사명"으로 삼아야 했다. 이때 "농민 노동 자본 등 각층 또는 기타 일반의 동작요소를 지을만한 층에 대하여 소위 비약적 침투 및 전개를 기하는 것은 아직도 次期의 일인 것에 만족해야"(안재홍, 「신간회의 경성대회」, 『조선일보』 1927.12.10.) 한다고 하면서 지식층이 "대중의 속으로 들어가서 그러나 항상 대중을 지도하여서 각각 의식적 전진을 파악하도록 하여야 할 것"(안재홍, 「신간회의 급속한 발전-支會설치 일백독파-」, 『조선일보』 1927.12.13.)을 강조했다.

25) 유완희, 「나의 行進曲」, 『조선일보』 1927.11.5.

26) 유완희, 「어둠에 흘으는 소리」, 『조선지광』 1928.2.1.

나아가거나 민중을 대표하여서 나아가는 것이 아니라 "民衆의 압흐로 굿세게 나가기"와 "民衆의 마음을 이써—ㄹ고 나"아가기를 요구했고, 자기 자신의 정체성을 "民衆의 압헤 서서 民衆과 함써ㅔ 나가랴는 사람"으로 규정했다. 이런 의미에서 시인은 간판이 되고 삐라가 되어야 했던 것이다. 쉽게 말해서 다)의 화자는 붓자루를 지닌 시인이 전위가 되어서 대중을 지도해야 함을 말한 것이었고,27) 이러한 주장은 당대의 부르주아 민족주의 좌파의 현실 투쟁 전략을 거의 그대로 시화했던 것이었다.

아울러 인용시 라)에서 현실적인 투쟁 전략은 노동자·농민·프롤레타리아 등의 정치적인 선동·선전과 계급투쟁·혁명을 하는 것이 아니라, 실제 생활에서 자기 직분에 노력하고 정당한 보수를 받아야 한다는 것이었다. 이러한 시인의 생각은 "보아라 거리와거리에모혀슨 우리 ××××/平素에 默默히일하든친구들의 오늘을!"28)이라는 구절에서처럼 노동자들이 함께 데모하는 모습을 보여주거나, "우리옵바는 가섯서도 貴여운 '피오니ㄹ' 永男이가잇고/그리고 모-든 어린 '피오니ㄹ'의 따뜻한 누이품 제가슴이 아즉도 더움습니다"29)라는 구절에서 확인되듯이

---

27) 시인 등의 지식층이 전위로 나서야 하고 지식층 자신의 각성이 중요하다는 주장은 "나오라! 詩人이여! 美術家-音樂家/거리로 나오라! 나와서 소리치라!/언제써ㅏ지나 搭 안의 올창이 ㅼㅐ 되지 말고...//民衆-民衆-民衆/굿세게 나가라! 압흐로-압흐로-"(유완희, 「街頭의 宣言」, 『조선일보』 1927.11.20.)라는 구절이나, "나는 지금 기름을 要求한다/셋 치 둑게의 지른 기름을.../그늘에서 길려 난 돼지 무리의 살써ㅣ ㄴ 기름을..."(유완희, 「나의 要求」, 『조선일보』 1927.10.25.)라는 구절이나, "너에게는 너에 以外의 사람으로 너에와 가튼 運命에 헤매이고 잇는 사람이 잇거든/다 가티 잇써ㅡㄹ어 가튼 길로 나가라!"(유완희, 「오즉 前進하라!」, 『조선일보』 1928.1.17.)라는 구절에서도 비슷하게 반복되었다.
28) 박팔양, 「데모」, 『조선지광』 71-ㄴ, 1927.9.
29) 임화, 「우리옵바와 火爐」, 『조선지광』 83호, 1929.2.

노동자의 계급투쟁적인 의지를 강조한 당대의 카프시와 사뭇 달랐다. 라)는 경제적인 입장에서 노동쟁의에 접근했던 부르주아 민족주의 좌파의 투쟁 전략과 비슷했던 것이었다.

한편 1928년 2월 이후부터 1929년까지 발표된 유완희의 시 10편-「봄비」, 「가을」, 「바람」, 「春咏」, 「봄의 서울 밤」, 「다리 우에서」, 「獨訴」, 「斷腸」, 「1929年」, 「봄은 왔다」-은 주로 비관적인 현실인식을 지닌 것이고, 그 이유에 대해서는 카프운동의 실패와 좌절 때문인 것으로 기존 연구사에 논의되었다. 그렇지만 이러한 논의 역시 1927-1928년의 작품 6편이 카프시와 관계없는 것이라면 다시 살펴볼 필요가 생긴다. 이 시기의 유완희 시는 카프운동의 실패와 좌절로 인한 감성이 아니라, 지식층 화자가 전위에 나서는 투쟁의 과정에서 경험되는 감성을 드러낸 것이었다.

> 마) 憤鬱에 타는 내 가슴의 불길 硫黃이나 부은 듯 한숨이 나 더하네[30]

> 바) 世紀를 말니는 너의 힘인들 쓰뉘는 내 가슴의 피야 말니랴?[31]

> 사) 내 사나히로 이 나라 百姓 되고 네 꽃으로 香氣런 꽃 되어/내 할 일 슷업고 네 쏘한 그 潔白을 자랑할 몸이라 하거늘/오즉 이 방-어두은 한구석에서 덧업시 늙어저 가는 몸 되나/그 罪 어대다 지우랴 太陽이나 묵거 노흐랴[32]

인용시 마)-사)의 공통점은 사회주의와 카프의 투쟁 실패에 따른 비

---

30) 유완희, 「봄비」, 『조선일보』 1928.2.14.
31) 유완희, 「가을」, 『조선일보』 1928.2.16.
32) 유완희, 「斷腸」, 『조선일보』 1928.2.16.

관적인 정서라기보다는, 지식층이 전위에 선 투쟁의 과정에서 경험되는 감성의 표출이라는 것이었다. 이 시기의 시에서는 「春咏」과 「獨訴」와 같이 당대의 현실과 잘 연관되지 않는 개인적인 서정을 드러낸 경우도 있었지만, 대부분은 지식층이 전위에 선 현실 투쟁 과정에서 경험되는 감성을 주로 드러냈다. 마)에서 가슴의 불길이 있다거나, 바)에서 시대의 거대한 힘(제국주의 일본-필자 주)이 화자 가슴의 피야 말릴 수 없다거나, 혹은 사)에서 화자가 자신의 할 일이 끝없다는 표현은, 모두 시인의 투쟁이 집필 당시에 진행 중이었음을 암시했다. 이외에도 '바람'이 "내 가슴의 暗黑이 살아질 ㅼㅔㅅㅏ지는 불어야 한다"(시 「바람」)거나 "北으로 가는 그대 더욱 그립네"(시 「봄의 서울 밤」)라는 구절들 역시 단순한 비관적인 정서가 아니라 현실 투쟁의 의지를 강조한 감성인 것이었다. 이렇게 볼 때 1920년대 후반의 유완희 시는 지식층이 전위에 선 투쟁과 그 감성을 보여줬다는 점에서 부르주아 민족주의 좌파의 이념과 그 맥을 함께 했음이 확인된다.

IV. 세계사 속의 공동체 책임과 해방 후 국가주의의 수용

유완희는 1930년대 초중반에 8편과 1956년에 3편의 시를 남겼다. 1930년대 초중반의 시는 주로 세계사의 거대한 흐름 속에서 '우리'나 '그들'로 표현되는 공동체의 바람직한 역할과 책임을, 그리고 1956년의 시는 삼일절·한국전쟁·광복을 소재로 하여서 국가유기체론과 반공을 표 나게 강조한 것들이었다. 해방 전후를 가로지르는 이러한 특징들은 1930년대 초중반에 민족의 특수성에 함몰되는 것을 비판하면서 세계의 보편성을 함께 고려한 부르주아 민족주의 좌파의 논리와, 또한

해방 후에 일민주의로 대표되는 국가주의의 논리와 상당히 비슷했다.[33]

1930년대 초중반의 유완희 시 8편-「無聲泣」, 「우리들의 詩」, 「太陽으로 가는 무리」, 「새해를 마즈며」, 「생명에 바치는 노래」, 「山上에 서서」, 「내ㅅ가에 앉어」, 「靑春譜」-에서 일상적인 정서를 드러낸 시편을 제외하면 주목되는 것은 「우리들의 詩」, 「太陽으로 가는 무리」, 「생명

---

33) 부르주아 민족주의 좌파 중의 하나인 안재홍은 1930년대 초중반에 부르주아 민족주의 우파의 국수주의적인 지향(특수성)이나 사회주의 세력의 프롤레타리아국제주의(보편성)를 비판하면서 보편성과 특수성을 동시에 살펴봐야 한다는 상호공존의 태도를 사유했고 나아가서 민세주의를 주창했으며, 해방 이후에는 남한 단정수립론에 찬성하면서 일민주의로 부르는 이승만의 국가주의 이념에 협조했다. 그는 1930년대 초중반에 조선문화의 독자성을 탐색해 문화부흥을 모색했던 부르주아 민족주의 우파의 문화혁신론을 국수주의에, 그리고 프롤레타리아국제주의를 지향했던 사회주의를 보편주의에 빠진 것으로 비판하면서, 보편성 속에서 특수성을 구현하는 동시에 역으로 특수성에서 보편성으로 나아가는 민족주의와 국제주의의 병재성·중층성을 주장했다. "아무리 國際主義가 旺盛한 인민이라도, 그들은 결국 자기들이 生하고 있는 所屬國民을 통하여 世界에 향한 責務를 다"(안재홍, 「許久한 동무」, 『조선일보』 1931.11.10.)해야 한다고 봤고, "국제주의와 민족주의는 현하 과정에서 그의 竝在性, 중층성 및 그 실제의 적용에 있어서의 會通性을 의미하는 것"(안재홍, 「조선과 조선인」, 『신동아』 1935.1.)이라고 했다. 또한 안재홍은 해방 이후에 보수우익과 좌익(사회주의)과 차별되는 지점에서 좌익을 이끌고 좌우합작을 모색한 중도적 성격의 민족주의를 지향했고, 단정 수립 이후 적극적으로 국가건설·발전에 이바지했다.(김인식, 「안재홍의 중도우파 노선과 민족국가건설 운동」, 『한국민족운동사연구』 39호, 한국민족운동사학회, 2004.6, 149-190쪽.) 이때 안재홍이 수용한 국가주의란 국가권력이 개인의 자유·권리보다 우월한 지위에 있다는 국가유기체론과 반공주의를 그 특징으로 했다. 단정 수립 후 이승만은 "일민주의로써 민족단일체를 만들어야 한다. (중략) 一民인 국민을 만들어 민주주의의 토대를 마련하고 공산주의에 대항한다"(『동아일보』 1949.1.29.)는 일민주의(국가주의)를 통치이념으로 정했다. 부르주아 민족주의 좌파인 안재홍은 이러한 국가주의를 수용했던 것이었다.

에 바치는 노래」등 3편이다. 이 시편은 각각 47, 67, 130행으로 서술된
비교적 긴 시였고, 시어에 역사, 문명, 문화, 인류 등의 인문학적인 어휘
가 있었으며, 시인은 이런 어휘에 대해서 '우리'나 '그들'로 표현된 공
동체의 바람직한 역할과 책임을 강조했다는 공통점이 있었다. 이러한
시인의 강조는 1930년대 초중반 부르주아 민족주의 좌파에서 논의하
던 민족주의와 국제주의의 병재성·중층성을 참조할 때에 잘 이해된다.

아) '삶'은 힘이다!/힘은 歷史를 낫는다!/우리들은 그 힘을 밋고/그 힘
으로써 가저와 줄 歷史를 밋는다//힘! 그 偉大한 힘이 現實의 위를 다름질
할 째 우리들은 크나큰 囂動을 밧는다34)

자) 우리들의 祖上-아니 이 地上의 支配者들은 이 歷史를 등에 지고
쑤준히 代물녀 가며 人間 된 光榮 속에서 그들 自身의 天地를 開拓하야
온 것이다./元始·心의 換作! 自然의 開拓!/그것은 文明을 나엇고 文化의
길을 여럿다./(중략)/이제 그들의 '熱'에 對한 追求와 '光明'에 對한 憧憬
은 컷다- 식어저 가는 그들의 '힘'과 저무러 가는 그들의 生活을 찾기
위하야./그들은 焦燥하얏다! 苦悶하얏다! 探究하얏다!/그러나 마참내 그
들에게 보람 잇는 날은 왓다./-오래 동안의 焦燥와 苦悶과 思索의 갑어치
로서//그들은 太陽으로 가야 할 것을 째다럿다.35)

차) 우리는 이 慘擔한 자최를- 빛나는 足跡을/우리들 人類의 歷史의
"페-지"의 到處에서 發見할 수 있다./(중략)/그들 獨自의 性能과 精神에
따라/그들의 血管을 다름질하고 있는 모-든 "에네-지"를 부어/이 크나큰
建築의 完成을 위하야 허덕이고 있다36)

---

34) 유완희, 「우리들의 詩」, 『삼천리』 1930.10.5.
35) 유완희, 「太陽으로 가는 무리」, 『삼천리』 1933.2-4.
36) 유완희, 「생명에 바치는 노래」, 『조광』 1936.2.

인용시 아)-차)는 인류의 역사와 문명·문화를 시적 소재로 삼았다는 점에서 개인적인 서정을 표출한 경우와 달리 1930년대 초중반의 시대에 대해서 시인의 인문학적인 소견을 드러내려는 의도를 지닌 것으로 추측된다. 시적 화자인 '우리'는 아)에서 역사를 가능하게 하는 것은 '우리'의 힘이라는 것을, 자)에서 '우리'의 조상이 천지를 개척해서 문명과 문화를 발전시켰으나 당대에는 그렇지 못하므로 다시 문명과 문화를 발전시켜야 한다는 것을, 그리고 차)에서는 인류사에서 커다란 발전을 해야 한다는 것을 말했다. '우리'가 "獨自의 性能과 精神"에 따라 인류의 문명·문화를 발전시켜야 한다는 것이었다.

　이러한 시인의 소견은 세계사 속에서 조선인의 책임과 역할을 강조한 부르주아 민족주의 좌파의 논리를 참고하면 그 본의가 잘 드러났다. 부르주아 민족주의 좌파는 민족주의의 독자성에 함몰된 부르주아 민족주의 우파나 프롤레타리아국제주의를 추구한 사회주의의 이념과 달리, 국제주의와 민족주의의 병재성·중층성을 강조했다. 개별 민족은 자기 민족을 통해서(혹은 "그들 獨自의 性能과 精神에 따라") 세계와 인류에 대한 책무를 다할 수 있다는 것이었다. 이런 부르주아 민족주의 좌파의 논리는 인용시 아)-차)에도 거의 그대로 적용되었다. '우리'와 '그들'은 조선 민족을 지칭하는 것으로, 그리고 조선 민족이 "그들 獨自의 性能과 精神에 따라" 세계·인류의 문명·문화를 발전시키고 세계사를 가능하게 해야 한다는 것이었다. 자기 민족의 문화·문명이 발전하려면 국수주의라는 특수성에 빠지지 않고 국제주의라는 보편성을 통과해야 함을 시로 형상화했던 것이었다.

　유완희는 해방 이후부터 1950년대까지 용인중고등학교 교감·교장을 했고 교통부 상임 촉탁으로 일했으며 서울신문사 편집국장과 세계일보사 논설위원을 한 것으로 봤을 때에 남한의 국가주의를 선택·수용한 것으로 판단된다. 이러한 국가주의의 수용은 그가 1956년에 발표한 시 3편-「다시 맞는 이날-三十七周의 三·一節을 맞이하여」, 「잊지 못할 이 날-六·二五 六 周年을 맞이하여」, 「民族更生의 歷史의 날-光復節 十一 周年을 맞이하여-」-에서도 확인되었다. 그는 1955년부터 6년 정도 다시 언론계에 종사했을 때에 삼일운동·한국전쟁·해방에 대한 기념시를 썼다.

카) 이 한 몸 이 한 목숨 버리겠기에/하구많은 先人들이 싸워 온 것을… /오늘 이날을 맞이하기 서른여덟 번/창공에 퍼덕이는 太極旗 아래/우리는 앞날의 光明을 찾았다./呼吸의 自由를 얻었다//그러나 아직도 남은 민족의 과업//삼천만이 하나로 모일 때까지/겨레여 뭉치라 뭉쳐서 이룩하라// 先烈의 흘린 피 살리기 위하여/거룩한 三·一 精神 結實 위하여37)

타) 기어코 갚고야 말리라 이날의 원수/기어코 갚고야 말리라 더럽힌 歷史//아직도 겨레는 갈리워 있고/三千里 이 강토는 허리 잘리워/겨레와 나라가 도막 나 있거늘!38)

해방 이후의 국가주의는 반공과 국가유기체론을 그 특성으로 했다. 반공을 위해서 개인의 자유·권리보다 국가를 우선시해야 한다는 논리였다. 인용시 카)와 타)는 바로 이러한 국가주의의 특성을 잘 구현했다. 시적 화자는 카)에서 민족의 과업인 해방을 위해 싸운 선열들의 정신을 이어받아서 당대의 민족 과업인 통일을 해야 하고 그렇게 하기 위해서 다시 삼천만이 하나로 모여야 함을, 그리고 타)에서 분단의 원인제공자

---

37) 유완희, 「다시 맞는 이날-三十七周의 三·一節을 맞이하여」, 『서울신문』 1956. 3.1.
38) 유완희, 「잊지 못할 이날-六·二五 六 周年을 맞이하여」, 『서울신문』 1956.6.25.

인 북한에 대해서 원수를 갚겠음을 강조했다. 두 편 다 반공을 위해서 개인보다는 국가와 민족이 우선해야 한다는 국가주의 논리를 배경으로 한 것이었다. 이렇게 볼 때에 유완희의 시는 1930년대 중초반에 부르주아 민족주의 좌파의 이념을 구체화했고, 해방 이후에는 국가주의를 선택·수용·구현했던 것으로 이해된다.

V. 결론

유완희는 그 동안 카프시인이거나 적어도 카프의 이념에 동조한 시인으로 알려져 왔다. 이러한 기존의 연구사는 당대의 민중을 옹호하고 현실 속의 투쟁을 소재로 한 시를 카프시로 부주의하게 등가시켰기 때문에 나타난 현상이었다. 그렇지만 사회주의 세력뿐만 아니라 거의 모든 민족운동 세력들은 현실 비판과 투쟁을 다층적으로 전개했었다는 점에서 유완희의 시에 대한 좀 더 세밀한 읽기가 필요했다. 이 논문은 이러한 필요성에 의거해서 당대 민족운동 세력의 정치적인 경향과 유완희의 시를 비교·검토한 결과, 유완희는 부르주아 민족주의 좌파 경향의 시인임을 논증했다.

무엇보다도 식민지와 해방과 전쟁을 거치면서 사회주의를 혐오하고 국가주의를 수용한 그의 이력, 그리고 비정치적인 관점에서 농민운동을 지지하고 민중을 옹호한 1925-1926년에 발표된 주요 시편은 그가 부르주아 민족주의 좌파의 경향을 지녔음을 보여줬다. 그리고 1927-1929년 사이에 발표된 주요 시편에서 지식층이 전위로 결속되어 민중을 이끈 투쟁의 양상과 그 과정에서 발생되는 감성을 드러냈다는 점에서도 부르주아 민족주의 좌파의 경향과 유사했다. 또한 조선 민족이 "그들 獨自의 性能과 精神에 따라" 세계·인류의 문명·문화를 발전시키고 세계사를 가능하게 해야 한다는 1930년대 초중반의 주요 시편과 반공주의·국가유기체론을 드러낸 1956년의 기념시 3편 역시 안재홍과 같은 부르주아 민족주의 좌파가 거친 경로를 거의 그대로 따랐다.

유완희가 부르주아 민족주의 좌파의 경향을 지닌 시인이라는 본 논문의 논증은, 식민지 사회에서 민족운동의 다층성을 다시 생각하게 만든다. 특히 한국문학사에서 민족주의자라는 하나의 범주로 묶이는 수많은 시인·작가들에게 민족운동의 다양한 층위를 고려하여 세부적인 이름을 부여할 필요가 있다는 생각이 든다. 이 논문은 그러한 시도의 출발점일 뿐이다.

〈부록〉 유기붕 취재기

강정구는 유완희의 삼남 유기붕을 2015년 3월 12일 오후 6시에 이수역 근처의 단아한정식에서 만나 유완희에 대한 유기붕의 기억과 회고를 취재했다. 본 논문과 관계된 사항을 문답식으로 아래에 정리했다.

강정구(이하 강): 유완희의 재산은?

유기붕(이하 유): 할아버지 유학수는 재산이 꽤 많은 중소지주였다. 아버지는 대학 공부를 시켜줬기 때문에 논 3천 평과 밭 3천 평 정도만을 상속받았다고 했다. 우리 가족도 대식구였기 때문에 그 논밭으로 1년 농사 져서 먹고 살면 끝이었다.

강: 식민지 시기에 유완희가 친하거나 싫어 한 사람들이 있었나?

유: 아버지가 이상재와 안창호 선생을 존경했고, 김기진과 심훈과

친했으며, 박헌영과 여운형은 싫어했다. 이상재 선생은 조선일보 사장할 때에 자신의 월급을 노숙자에게 모두 나눠줬기에 평기자들이 돈을 모아 사모님께 갖다줬다고 한다. 박헌영은 맑스레닌주의 신봉자라 싫어했다고 한다.

강: 카프에 대한 언급도 있었나?

유: 아버지는 카프 회의에 1번 참석했으나 색깔이 이상해서 바로 그만 두었다고 했다. 카프의 취지와 목적이 자신이 생각한 것과 달랐다고 했다.

강: 한국전쟁 중에는 어떠했나?

유: 아버지는 전쟁이 나자마자 피난가지 못했고, 북한군을 피해서 선산으로 줄곧 도망 다녔다. 전쟁 중에 한 번밖에 보지 못했다. 전쟁 직후 인민군이 들어와서 동네 일꾼 등과 무슨 회의를 했는데 아버지가 두리번거리자 당신이 왜 여기 있냐고 비난받았고, 9.28 수복 직전에 후퇴하는 북한군의 사살자 명단에 아버지 이름이 있다는 정보를 미리 알고 도망갔다고 했다.

근대적 교육 주객의 분화와 아동의 발견

―신문『붉은 져고리』를 중심으로

I. 서론

최남선은 잡지『소년』(1908.11.-1911.5., 통권 23권)의 폐간 이후 연이어 신문『붉은 져고리』(1913.1.1.-1913.6.1., 통권 11호)와 잡지『아이들보이』(1913.9-1914.8., 통권 12호)와『새별』(1913.9.-1915.1. 통권 16호)과『청춘』(1914.10.-1918.9. 통권 15호)을 기획·편집·간행한 바 있다. 1910년 8월 22일의 한일합방 이후에도 일제의 검열과 사회 혼란 속에서 왕성한 출판 활동을 벌인 것이다1). 이러한 출판 활동은 한일합방을 기점으로 하여 대국민(大國民)·신대한(新大韓)의 모색이라는『소년』의 계몽 기획이 좌절된 충격을 나름대로 극복하고서, 새로운 변화

---

1) 신문『붉은 져고리』의 기획·편집·발행에 참여한 자들-이하 편집 공동체-은 최남선, 이광수, 최창선, 김여제 등으로 추측된다. 이 중 최창선은 최남선의 형이자 발행자이고, 김여제는 이광수의 제자이자 편집자이며, 최남선과 이광수는 실질적인 기사 작성자로 추정된다. 「깨우쳐 들일 말슴」이라는 난에 '한샘'(최남선)이 있는 이외에는 신문 기사의 특성 상 대부분 실명이 없다. 그렇지만 창간호의 제호 아래 '최남선'이라는 이름이 있고, '한샘'의 이름으로 쓴 글이 있으며, 최남선이 잡지『소년』부터 많은 경우에 직접 집필한 전력이 있다는 여러 정황으로 미루어 볼 때 최남선이 편집 공동체의 실질적인 주도자였을 것이고, "춘원은 …『붉은 져고리』,『아이들보이』에 원고를 쓰고,『새별』은 육당이 없는 사이에 춘원이 혼자서 만들"(조용만,『육당 최남선』, 삼중당, 1964, 205쪽.)었다는 구절로 미루어 춘원 이광수도 동참했을 것으로 판단된다.

를 모색하고자 하는 노력의 일환이었음은 재론의 여지가 없다. 이 글에서는 이러한 최남선의 출판 활동에서 근대적 교육의 주체와 객체가 분화되어 가는 현상을 잘 보여주는 『붉은 져고리』의 아동 담론을 주목하고자 한다.

신문 『붉은 져고리』의 제호 바로 윗부분에는 "공부거리와 놀이감의 화수분"(1-3호)과 "아희들이 반듸시 보아야홀 신문"(4-11호)이라는 글귀가 있는데, 이러한 글귀는 이 신문이 표방하는 일종의 표어와 같은 것이다. 이때 '아희'라는 기표는 『붉은 져고리』의 독자를 단적으로 지칭한다. 이 '아희'는 잡지 『소년』의 대표 기표인 '소년'과 비교해 볼 때에 분명한 차이를 드러낸다는 점에서 관심의 대상이 된다. 대국민·신대한의 모색을 주도하던 '소년'과 "공부거리와 놀이감"을 "반듸시 보아야홀"의 대상인 '아희'는, 각각 능동/수동, 주체/객체, 주도/추종, 혹은 대국민/학생이라는 어감을 지닌 것이기 때문이다. 본 논문에서는 『붉은 져고리』를 중심으로 하여 최남선의 출판 활동에서 '소년'과 '아희'의 표상이 분화되어가면서 아동이 근대적 교육의 대상 혹은 객체로 담론화되는 양상을 검토하고자 한다.

'소년'과 '아희'의 표상이 분화되는 양상을 검토하고자 하는 본 논문의 문제의식은, 최남선의 출판 활동에서 근대 아동이 발견되는 한 맥락을 설명해 준다는 점에서 중요한 의의가 있다. 원래 '아희'이라는 기표는 잡지 『소년』에서 '소년'과 혼용되어 사용되었으나2), 한일합방으로

---

2) 이 글에서는 미성숙자를 표현하는 용어 상의 혼란을 피하기 위해서, 유년(1-6세), 소년(7-13세), 청소년(14-18세), 청년(19-30세)을 연령 상 구분하되, 『소년』과 신문 『붉은 져고리』에서 언급되는 개념 미분화상태의 미성숙자는 '소년', '아해', '어린이', '아희', '아동'처럼 인용 표기하기로 한다. 아울러 이 글에서 제목에 나타난 아동이란 개념은 7-13세 정도의 소년으로서 어린이나 아이 등과 함께 표현되는 것으로 규정하기로 한다.

인해 '소년'의 이상, 구체적으로 말해서 대국민·신대한의 모색이 좌절된 뒤부터 구별되기 시작한다. 이러한 구별은 대국민·신대한이라는 이상과 노년과 대비되는 세대라는 현실 사이에서 균형을 잡던 '소년'의 기의가 급박하게 상실되면서부터이다. '소년'이 더 이상 대국민·신대한의 이상을 실현할 수 없는 채로 계몽의 의지를 드러낼 때에는, 계몽해야 하는 혹은 교육해야 하는 방향과 그 객체가 새롭게 변화될 필요가 있는 것이다. 신문『붉은 져고리』에서는『소년』에 나타난 계몽 주체이자 객체인 '소년'이 새롭게 교육할(계몽할) 대상을 찾기 위해서, 그 기표가 원래 의미하던 바의 일부를 바깥에 위치시켜 놓고 '아희'라는 기표를 부여하는 양상을 잘 보여준다. 이 신문의 '아희' 표상은 계몽 기획의 좌절과 재구성 혹은 발견이라는 측면에서 담론화되는 것이다.

그 동안 '소년'과 '아희'와 같은 미성숙자의 표상에 대한 연구는 개념 혹은 범주에 대한 논의가 중심으로 전개되었지만, 그 두 표상이 교육(계몽)의 주체와 객체로 분화되는 과정에 대한 것은 제대로 언급되지 못해 왔다. 잡지『소년』의 '소년' 범주에 대해서는 먼저 아동문학계에서 많은 관심을 보였다. 근대아동문학이 성립하기 위해서는 그 시원이 밝혀져야 하기 때문이었다. 윤석중은 "상투 틀고 쪽찐 청춘남녀"로, 조용만과 원종찬은 "老年에 대해서 少年이란 뜻이니, 젊은 사람들"과

『소년』에서 '소년'이라는 용어는 일관된 연령 규정이 없이 사용된다. '소년'은 이념적으로 보면 대국민·신대한을 표방하지만, 연령적으로 보면 좁게는 14-15세 청소년을("十四五歲少年", 「海의 美觀은 웃더한가」,『少年』, 제1년 제1권, 35쪽.), 그리고 넓게는 노년에 대비되는 소년과 청년("늙은이는 늙은이 답고...어린이는...어린이 다울지어다. 더욱 少年은...少年다울지어다",『少年』, 제2년 제10권, 15쪽.)을 뜻한다. '소년'의 별칭은 '아해(兒孩)'(15세 '갑동이'를 "兒孩 갑동이 아니냐."로 부름. 제1년 제1권, 14쪽.), 즉 아이가 있다. 이것으로 보아『소년』이 출간된 시기(1908.11.-1911.5.)에는 '소년'에 대한 최남선의 개념 인식이 미분화 상태였던 것으로 판단된다.

'신세대'로, 반대로 이재철은 아동으로 해석한 바 있었다3). 이에 반해 국문학계에서는 '소년'의 범주는 크게 제한을 두지 않되, 그 개념의 시대적인 의미에 대해서 주목했다. 대국민·신대한의 '소년'이 지닌 의미가 이념적·지향적이라는 것에 관심을 두었다4). 쉽게 말해서 신대한의 건설을 지향하는 대국민 혹은 신대한의 미래를 건설함으로써 자신을 증명할 주체로 논구되었다.

한일합방 이후의 연구에서는 주로 최남선이 잡지 『소년』에서 보여준 '소년'의 논리가 어떻게 변화되어 가는가 하는 것이었지만, 이 경우에도 교육의 주객이 분화되는 양상에 대한 것은 거의 없었다. 1910년대 들어 최남선이 발간한 잡지 『아이들보이』와 『청춘』을 중심으로 해서 '소년'의 표상이 의미하는 대국민·신대한의 모색이 지속된다는 것과 그 문제점이 논의된 것이 대부분이었다5). 한편 본고에서 다루고자 하

---

3) 윤석중, 「한국아동문학소사」, 『아동문학의 지도와 감상』, 대한교련, 1962, 9쪽; 조용만, 「일제하의 우리 신문화운동」, 조용만·송민호·박병채 공저, 『일제하의 문화운동사』, 민중서관, 1970, 36쪽;원종찬, 「한국현대아동문학사의 쟁점」, 『인하어문학』2집, 1994, 『아동문학과 비평정신』, 창작과비평사, 2001, 144쪽에서 재인용;이재철, 『한국현대아동문학사』, 일지사, 1978, 48쪽. 이재철은 『소년』을 "아동 문학의 선구적 잡지"로 규정내려서 '소년'을 아동으로 보았다.

4) '소년'을 '신대한'의 '대국민'으로 규정한 연구 중 주목할 만한 것을 다음과 같다. 조윤정, 「잡지 『소년』과 국민문화의 형성」, 『한국현대문학연구』21집, 한국현대문학회, 2007, 9-44쪽;권보드래, 「'소년'·'청춘'의 힘과 일상의 재편」, 『소년』과 '청춘'의 창』, 이화여자대학교출판부, 2007, 159-182쪽;권희영, 「20시기 초 잡지 <소년>지에 나타난 소년의 정체성」, 『정신문화연구』112권, 한국학중앙연구원, 2008, 363-387쪽.

5) 『소년』과 『청춘』을 대상으로 하여서 최현식은 "'소년=국민'이란 공동성의 창출에 제일의 목적을 두고 있음"을, 그리고 윤영실은 "근대계몽기의 '영웅'은 점차 근대적 '위인'으로 변모해" 감을 검토한 바 있었다. 또한 『소년』과 『아이들보이』를 중심으로 하여서 최기숙은 "신대한 소년"이 "근대지 문화를 경험할 수 있도록 기획"되었음을 밝힌 바 있었다. (최현식, 「1910년대 번역·번안 서사물과 국민

는 신문『붉은 져고리』에 대해서는 조은숙이 전반적인 소개를 하거나, 정혜원이『소년』이 보여준 계몽의 연속성을 검토하거나, 임성규가 아동문학 태동기의 풍경으로써 살펴보거나, 또는 박영기가 아동문학교육의 콘텐츠를 풍부하게 지닌다는 연구를 진행한 바 있었다6). 이러한 연구사는 나름대로 의미 있는 것이었으나, 최남선의 출판 활동에서 교육(계몽)의 주체가 객체와 분화되는 양상에 대한 논의는 부족한 감이 있었다. 이 점에서 본 연구의 필요성이 제기된다.

본 연구는 그동안의 연구사를 참조하면서 최남선의 출판 활동에서 근대 아동이 교육의 객체로서 호명되는, 또는 1910년대의 미성숙자가 근대 아동으로 발견되는 순간을 신문『붉은 져고리』를 통해서 검토하고자 한다. 이러한 검토는 근대 아동을 관찰 대상으로 바라보기 시작한 루소(Jean-Jacques Rousseau)와 가라타니 고진(柄谷行人)과 필립 아리에스(Pillippe Aries)의 논의를 참조한 것이다7). 먼저『붉은 져고리』에서 '소년'과 '아희'의 표상이 분화되는 과정을 살펴본 뒤에(2장), '아희'의 표상이 보여준 전도성과 추상성을 비판하면서(3장), 위인의 서사가

국가의 상상력」, 연세대 근대한국학연구소 기초학문연구팀,『한국 근대 서사양식의 발생 및 전개와 매체의 역할』, 소명출판, 2005, 195쪽;윤영실,「최남선의 수신 담론과 근대 위인전기의 탄생」,『한국문화』42집, 서울대학교 규장각 한국학연구원, 2008, 111쪽;최기숙,「'신대한소년'과 '아이들보이'의 문화생태학」,『상허학보』16집, 상허학회, 2006, 245쪽.)

6) 조은숙,「1910년대 아동 신문『붉은 져고리』연구」,『한국근대문학연구』8호, 한국근대문학회, 2003, 101-135쪽;정혜원,「1910년대 아동잡지의 계몽성 변화양상」,『돈암어문학』20집, 돈암어문학회, 2007, 261-290쪽;임성규,「육당 최남선의 아동문학사적 위상과 의의」,『정신문화연구』111권, 한국학중앙연구원, 2008, 41-63쪽;박영기,『한국근대 아동문학 교육사』, 한국문화사, 2009.

7) Jean-Jacques Rousseau, 김중현 역,『에밀』, 한길사, 2003;柄谷行人, 박유하 역, 『일본근대문학의 기원』, 민음사, 1997, 154쪽;Pillippe Aries, 문지영 역,『아동의 탄생』, 새물결, 2003 참조.

'아희'의 서사로 재구성되는 양상을 주목하기로 한다(4장).

II. '소년'과 '아희' 표상의 분화

1910년 8월 22일의 한일합방 이후 잡지『소년』은 두 권-제3년 제9권 (1910.12.15), 제4년 제2권(1911.5.15.)-이 나온 뒤 폐간된다.『소년』의 폐간은 일제의 판금조치에 의한 것인데, 최남선에게 있어서는 대국민· 신대한의 모색을 지향하는 계몽의 기획이 현실적으로 좌절됨을 의미 한다. 이러한 상황에서 그가 1913년 1월 1일에 신문『붉은 져고리』를 간행한다는 것은, 현실의 급변으로 말미암아 계몽의 기획이 나름대로 바뀜을 암시한다. 이 신문에서 가장 주목할 만한 변화는 '소년'과 '아 희'의 표상이『소년』과는 다르게 사용된다는 사실이다.『소년』에서 '소 년'과 '아희'는 거의 유사한 기의를 지니고 크게 구별되지 않는 것이지 만,『붉은 져고리』에 오면 두 표상은 서로 다르게 담론화된다.

'소년'과 '아희'의 표상 분화 현상은, 무엇보다 잡지『소년』과 신문 『붉은 져고리』의 창간호에서 잘 엿보인다. 창간호라는 것이, 특히 그 창간호의 표지 문구나 논설·사설이라는 것이 그 출판물을 간행하는 공 동체의 인식을 분명하게 내보이는 것이라면, 두 출판물에서 '소년'과 '아희'를 지칭할 때의 상황과 태도가 다르다는 것은 주목에 값한다. 『소년』의 창간호에서 '소년'을 처음 표기하는 표지의 한 글귀와『붉은 져고리』의 창간호 첫 페이지에 나오는 「인ㅅ 엿줍는 말씀」을 비교하 면, 두 용어가 활용되는 양상이 다름이 확인된다.

今에 我帝國은 우리 少年의 智力을 資하야 我國歷史에 大光彩를 添

하고 世界文化에 大貢獻을 爲코려하나니 그 任은 重하고 그 責은 大한 디라. 本誌는 此責任을 克當할만한 活動的 進取的 發明的 大國民을 養成하기 爲하야 出來한 明星이라. 新大韓의 少年은 須臾라도 可離티못할 디라.[8]

　우리는 온 세상 붉은 져고리 입는 이들의 귀염 밧는 동무가 될 양으로 생겻습니다. 즈미 잇는 이약이도 만히 잇습니다. 보기 조흔 그림도 많이 가졋습니다. 공부 거리와 놀이감도 적지 안히 만들엇습니다. 여러분들의 보고 듯고 배호고 놀기에 도음 될 것은 이것저것 다 마련ᄒ얏습니다.
　한 벌 한 벌 나는대로 츠례츠례 보아가면 무엇이 엇더ᄒ야 무슨 즈미가 얼만큼 잇는지 아시오리다 무슨 까닭에 한째라도 멀니 지내서는 아니될 줄도 아시오리다.[9]

　두 인용에서 가장 눈에 뜨이는 것은 '소년'과 '아희'를 호명하는 방식이다. '소년'이 호명될 때에는 '우리'라는 대명사와 함께 사용된다. '우리'가 발화자를 포함한 여러 사람을 뜻하는 수식어라는 점을 상기한다면, 대국민·신대한을 모색하는 "우리 少年"은 최남선과 그와 뜻을 함께하는 불명확한 다수 공동체를 의미한다. 특히 "우리 少年의 智力을 資하야 我國歷史에 大光彩를 添하고 世界文化에 大貢獻을 爲코려하나니 그 任은 重하고 그 責은 大"하다는 표현은, '우리'라는 공동체 속에서 '우리'(주체)가 '우리'(객체)에게 말하고 있음을 짐작케 한다. 다시 말해서 최남선의 '소년'은 대국민·신대한을 모색하자고 주장하는 계몽(교육) 주체이자, 그 모색을 실천해야 하는 계몽(교육) 객체인 것이

---

8) 『少年』, 제1년 제1권, 표지. 국한문표기는 그대로 두고 띄어쓰기는 현대 어법을 따름. 이하 『붉은 져고리』도 마찬가지로 표기함.
9) 「인ᄉ 엿줍는 말ᄉᆞᆷ」, 『붉은 져고리』, 제1년 제1호, 1쪽.

다. 이러한 '소년' 표상은 『소년』이 출간되는 동안 일관되게 반복된다[10].

이와 달리 신문 『붉은 져고리』에서 "붉은 져고리 입는 이들"('아희')은 교육(계몽)의 객체로 국한된다. "우리는 온 세상 붉은 져고리 입는 이들의 귀염 밧는 동무가 될 양으로 생겻"다는 이 신문의 목적에서 알 수 있듯이 '우리'와 "붉은 져고리 입는 이들"은 일정한 구별이 있다. '우리'는 동무가 된다면서도 실상은 "붉은 져고리 입는 이들"에게 "여러분들의 보고 듯고 배호고 놀기에 도음 될 것은 이것저것 다 마련ᄒ"엿다는 말을 하고 있는 것으로 보아서, "붉은 져고리 입는 이들"은 교육의 객체가, 그리고 '우리'라는 『붉은 져고리』의 편집 공동체-최남선, 이광수, 최창선, 김여제 등-는 교육의 주체임 확인된다. 이러한 부분을 잡지 『소년』과 비교하면, 교육 주체이자 객체인 '소년'과 교육의 객체인 '아희'는 질적으로 다른 표현임을 알게 된다[11].

---

10) 그 실례로 "우리 사랑하난 소년 제자(諸子)로 더브러"(광고 「로빈손 無人絶島漂流奇談」, 『少年』, 제1년 제2권, 42쪽.), "신대한 소년 여러분은 여러분의 나라 형편이"(「로빈손 無人絶島漂流記(六)」, 『少年』, 第二年 第八卷, 42쪽.), "우리 少年은 一讀을 快試하야 그 묘미를 甞할지니라."(十錢叢書, 『썰늬버遊覽記』 광고, 『少年』, 제2년 제10권, 표지의 내지), 혹은 "이 情神으로 우리가 하난 일은 外形上에는 自己地位에 對한 大自覺을 喚起함"(「少年時言-『少年』의 旣往과 밋 將來」, 『少年』, 제3년 제6권, 18쪽.)이라는 구절에서 확인된다.

11) 조은숙은 『붉은 져고리』의 편집 공동체가 1910년대 학교 제도의 단위 분절에 따라서 "이상적 존재로 선취되었던 소년과는 달리 구체적인" 보통학교 수준의 아동 독자를 구상했음을 규명한 바 있다(조은숙, 「1910년대 아동 신문 『붉은 져고리』 연구」, 『한국근대문학연구』 8호, 한국근대문학회, 2003, 101-135쪽). 이러한 규명은, 고백하건대 『소년』의 '소년'과 『붉은 져고리』의 '아희'를 구별하는 본 논문의 발상이 시작되는 지점이다. 본 논문에서는 조은숙의 '구체적인' 아동론이 '소년'과 구별하기 위해 상정한 논의틀임을 십분 인정하면서 동시에 세밀하게 재론할 여지가 있다는 입장에서 논의를 전개하고자 한다(이러한 입장은 학술지 『국제어문』의 한 심사위원이 보내준 심사서의 조언에 힘입은 것임을 밝

이러한 차이를 좀 더 분명히 검토하기 위해서는 신문『붉은 져고리』의 ‘우리’와 “붉은 져고리 입는 이들”을 지칭하는 다른 표현들을 좀 더 살펴볼 필요가 있다. 교육 주체로서의 ‘우리’와 객체로서의 “붉은 져고리 입는 이들”이라는 표현이 가능하기 위해서는, 교육 주체이자 객체인 잡지『소년』의 ‘소년’에서 어떻게 의미가 분화되고 있는가를 좀 더 명확하게 해명해야 하기 때문이다. 이러한 문제의식과 관련하여『붉은 져고리』에서 미성숙자를 표현하는 여러 표상들을 찾아서 비교하는 방법이 요청된다.

A) 이일에 더하야 특별히 걱정ᄒ고 쥬선ᄒ든 몇낫 쇼년이 벌서부터 우리 졍도에 맛는 신문 한아를 내어 이 부족ᄒᆫ 것을 기우려ᄒ나 그 동안 죠흔 귀희를 맛나지 못하얏더니 아희들 가ᄅᆞ칠 일은 날로 늘고 다잡을 필요ᄂᆞᆫ 날로 밧부메 인재ᄂᆞᆫ 하로를 느지리지게 못하리라하여 아즉 동안 간략ᄒ고 거칠계라도 이「붉은 져고리」란 것을 내기 시작ᄒ얏습니다.[12]

B) ᄲᅡ님게서 이러히 안팟 일을 보ᄉᆞᆱ시ᄂᆞᆫ 동안에 한편으론 그 산아희 온달이가 슬긔ᄒᆫ 사람이 되도록 매우 힘을 들이시매 온달이도 밋바탈이 바보 아닌고로 얼마 아니ᄒᆞ야 속이 크게 터졋습니다.[13]

C) 우리 욕심으로 말ᄒ면 이 만흔 수효를 우리의 서로 사랑ᄒᆞᆫ 동무를 만들고 말려ᄒ거니와 그러치 아니ᄒᆞ야도 알고보면 그 오빅만 명 어린이가 스ᄉᆞ로 우리 동무가 되시러 들어야 홀 일이 아니오닛가.[14]

히고, 이 자리를 빌어 그 분께 감사드린다.).
12)「이 신문 내는 의사」,『붉은 져고리』, 제1년 제4호 부록, 1쪽.
13)「바보 온달이」,『붉은 져고리』, 제1년 제2호, 2쪽.
14)「엿줍는 말슴」,『붉은 져고리』, 제1년 제4호, 1쪽.

D) 百方의 <u>兒童</u>은 愛讀ᄒ시오[15]

E) 우리 해명 <u>아기</u>는 한아버님 아버님의 뜻을 니어 왼셰샹을 다 내것을 만들고 거긔 사는 어둔 사람들을 모도 다 밝게 가릇치고져 ᄒ엿습니다.[16]

위의 인용문들은 신문 『붉은 져고리』에서 미성숙자를 표현하는 다양한 표상들을 추린 것이다. 이 중에서 인용문 A)는 주목에 값한다. "몇낫 쇼년이" "아희들 가릇칠 일은 날로 늘고"라는 구절에서 확인되듯이, 이 신문의 편집 공동체는 『붉은 져고리』를 간행한 목적을 설명하면서 분명히 '쇼년'과 '아희'를 구분하여 사용하고 있다. '쇼년'은 "이 「붉은 져고리」란 것을 내기 시작"한 편집 공동체로서 교육하는 주체이고, '아희'는 교육받는 객체인 것이다. 이 구절을 잡지 『소년』의 '소년'과 비교하면 중요한 차이가 엿보인다. 『소년』의 '소년'이 교육(계몽) 주체이자 객체인 반면, 『붉은 져고리』에서는 그 주체와 객체라는 기의가 분화되어서, 교육의 객체로서의 '소년'이 '아희'라는 기표로 표현되고 있기 때문이다.

이러한 표상의 분화에서 더욱 주목할 것은 교육의 객체인 아동을 지칭하는 표상이 다양하게 혼용된다는 사실이다. 아동을 지칭하는 1910년대 초반의 표상은 "붉은 져고리 입는 이들" 이외에도 인용문 A)의 '아희들', 인용문 B)의 '산아희', 인용문 C)의 '어린이', 인용문 D)의 '아동', 혹은 인용문 E)의 '아기' 등이 다채롭게 사용된다. 이러한 다양한 표상은, 신문 『붉은 져고리』의 편집 공동체가 잡지 『소년』의 '소년'과 달리 교육의 주객을 분화했을 뿐, 그 객체를 지칭하는 용어를 분명

---

15) 「이 신문 내는 의사」, 『붉은 져고리』, 제1년 제4호 부록, 2쪽.
16) 「말굽 가는 곳(일(一))」, 『붉은 져고리』, 제1년 제7호, 2쪽.

하게 하나의 대표 표상으로 규정하지 않았음을, 다른 표현으로 말하면 다양한 표상들을 이제 막 만드는 것이어서 '소년'의 교육 객체라는 것 이외에는 분명한 기의의 경계를 확정시켜 놓지 못했음을 암시한다. 『붉은 져고리』의 '아희'는 교육의 객체로 발견된 것뿐이지, 그 연령 범주나 정체성은 당시에 분명하지 않은 것이다.

III. '아희' 표상의 전도성과 추상성

'소년'과 '아희'의 표상이 분화되면, 그 의미하는 바가 새롭게 문제될 수밖에 없다. "아희들이 반드시 보아야홀 신문"으로 『붉은 져고리』가 발행되었다는 사실은, 이 신문의 편집 공동체가 이 문제를 나름대로 해결하고 있음을 암시한다. 이 신문에서 '아희'의 표상은 현실 속의 아동을 지시하는 것이면서도, 다분히 이상적·계몽적·교육적인 의미로 발견된다는 점은 주목에 값한다. 잡지 『소년』 속의 '소년'이 대국민·신대한이라는 이상과 신세대라는 현실의 이중적인 의미를 지녔듯이, 『붉은 져고리』의 '아희'도 이상과 현실을 접붙여놓은 것이기 때문이다. 이 장에서는 이중적으로 구조화된 기의를 지닌 '아희'의 표상이 어떻게 담론화되는가를 살펴보고자 한다.

우선 신문 『붉은 져고리』의 '아희' 표상이 이상적인 이미지로 드러난다는 사실에서 출발해 보기로 한다. '아희'는 실제의 현실 속에서 보통학교 학생 정도의 나이를 지닌 아동을 의미하는 데에 반해서17), 이

17) 신문의 독자인 '아희'는 "죠선 사람을 이쳔만이라 ᄒ면 우리가튼 붉은 져고리 동무가 줄 잡아도 오빅만 명은 될"(「엿줍는 말슴」, 『붉은 져고리』, 제1년 제4호, 1쪽.) 것이라고 하거나, "우리집에 아희는 우리뿐인데 누님을 아홉 살에 나는

신문 속에서는 현실적인 아동으로 보기 어려운 경우가 상당히 많이 있다. 무엇보다도 '아희'의 표상은 1913년 1월 1일 창간 이후부터 동년 6월 1일 폐간될 때까지 실제 아동의 독자투고나 대담, 또는 위생·학력·가정형편 등에 대한 통계 기사에 근거를 두는 법이 없이, 오직 신문의 편집 공동체가 일방적으로 호명하는 방식으로 나타나기 때문이다.

　　여러분이 드시면 사랑으로 길러주시는 부모게서 계시고 나시면 애로 잇글어주시는 션싱님이 잇스시며 우로는 고맙게 구시는 어른을 뫼시고 알에로는 의 잇게 노니는 동무를 가졋스니 보고 듯고 배오고 노님에 거의 모자라는 것이 업스셧거니와 그러나 여러분이 느긋흐신 가운데도 늘 낫브신 생각이 업지 못흐심을 짐작홀 일이 잇스외다. 무엇이냐 하면 우리 「붉은 져고리」가 한번 나매 여러분이 우리 헤아리던 이보다 더 만히 깃브게 마즈시고 귀염으로 돌보심을 보오니 여러분이 은연흔 가운데 엇더케 우리가튼 글동무가 잇기를 썩 간절히 기다리셧던 것을 알게스오며 달은 것은 다 넉넉흐신 여러분도 이 한가지는 갖지 못흐심을 알앗스외다[18]

　신문의 편집 공동체가 호명하는 '아희'는 아주 이상적인 교육의 객체로 표상된다. 이 '아희'는 신문『붉은 져고리』의 충실한 독자가 되기에 적합한 존재로 담론화되는 것이다. 한 호에 2전(錢)을 하고 월 2회 3천 부가 발행된 이 신문을 사보기 위해서는, 부모가 그 돈을 지출할 수 있는 경제적 수준을 지녀야 하고[19], 아동이 보통학교 교육의 내용을

─────────

닐곱 살 둘이 다 보통학교 일년급"이라고 한 것으로 보아, 보통학교 정도의 학생으로 추측된다. 보통학교에서는 당시 구교육령 체제(1911-1922년)에서 4년의 수업연한을 지켰으며, 8세 이상이 입학할 수 있었다. 이러한 상황을 종합해 보면, 대략 7-11세 정도의 나이를 지닌 자가 실제 현실 속의 '아희'가 된다.

18) 「엿줍는 말슴」, 『붉은 져고리』, 제1년 제2호, 1쪽.
19) 『붉은 져고리』는 한 호에 2전, 한 달 2호는 4전이었다. 2전은 "어른은 담비만

보충하는 "공부거리와 놀이감의 화수분"이라는 근대 지(知)를 갈망해야 한다. "사랑으로 길러주시는 부모게서 계시고 나시면 애로 잇글어주시는 션싱님이 잇스시며 우로는 고맙게 구시는 어른을 뫼시고 알에로는 의잇게 노니는 동무를 가"지면서, "보고 듯고 배오고 노님에 거의 모자라는 것이 없"어도 "느긋ㅎ신 가운데도 늘 낫브신 생각이 업지" 않는 '아희'는, 당대 아동 대부분이 서당교육에 의존하고 보통학교 취학률이 5% 미만 정도인 현실과는 일정한 거리가 있을 만큼[20] 경제적인 여유와 정서적인 만족과 학습적인 의욕을 지닌 이상적인 아동인 것이다.

이러한 '아희'의 이상성(理想性)은 과연 누구의 것일까? 그것은 "여러분이 느긋ㅎ신 가운데도 늘 낫브신 생각이 업지 못ㅎ심을 짐작홀 일이 잇스외다."라는 구절에서 확인되듯이, 신문 『붉은 져고리』를 편집·발행한 편집 공동체의 '짐작'이 아닌가 추측된다. 좀 더 보충하여 말하면, 이 편집 공동체는 자신들이 상상하는 교육 객체의 이상을 '짐작'하여 현실 속의 아동에게 전도시켜서 '아희'의 표상을 만들어낸 것이 아닌가 싶다. 그들이 꿈꾸는 '아희'는 '부모'와 '션싱님'과 '어른'의 품에서 사랑받고 근대 지에 대한 충족감을 지니는 이상을 거의 실현한, 그리고 "달은 것은 다 넉넉ㅎ신 여러분도 이 한가지는 갓지 못ㅎ심을 알앗"다는 구절처럼 "이 한가지"(『붉은 져고리』)를 통해 그 이상을 완성

조곰 덜 잡수시면 커훈 아드님에게 요긴"(「이 신문 내는 의사」, 『붉은 져고리』, 제1년 제4호 부록, 2쪽.)하게 신문을 볼 수 있다는 글귀로 미루어 오늘날 1-2만원 상당의 신문값 정도인 듯하다.

20) 조선총독부의 『통계연보』에 따르면 1913년 보통학교 학생 수는 49,323명, 서당은 195,689명, 사립 각종 학교는 57,514명이었고, 1919년 보통학교 취학율은 4.4%였다. 이 조사에 따르면 취학율 자체가 절대적으로 낮았으며, 더욱이 보통학교에 다닌다는 것은 더욱 드문 일이었다.

시키는 아동인 것이다.

이처럼 교육 주체의 이상이 객체의 이상으로 전도되는 기획을 통해 이미지화된 '아희'는, 현실 속의 아동과 그 기의가 중첩되어 기묘하고도 비현실적인 표상으로 발견된다. '아희'가 먼저 신문을 요구하고 독자의 의무를 지니는 것도 그런 까닭이다. '아희'는 "은연흔 가운데 엇더케 우리가튼 글동무가 잇기를 썩 간절히 기다리셧던 것"이고, "스스로 우리 동무가 되시러 들어야 홀"21) 의무를 지닌 존재인 것이다. 이러한 '아희'의 표상이 현실에서 거의 찾아보기 힘들다는 것은 굳이 말할 것도 없다.

이런 의미에서 '아희'가 현실 속의 아동이 취해야 할 자세나 해야 할 일을 선험적으로 보여주는 추상적인 존재로 표상되는 것은 일견 당연하다.

> F) 나도 저 개처럼 어른의 식히심을 잘 흐고 이르심을 잘 들어 모든 사람에게 그런 귀염을 바드려홉니다22)

> G) 얼만콤 숨돌리면 비걸네 들고
> 번갈아 방마루를 쓸고칩니다.
> 그려고 겨눔으로 다름박질히
> 문밧게 마당으로 놀라나가서
> 수수대말을 타고 쒸기도 흐고
> 풀각시 숨박곡질 깃비놀다가
> 저물면 저녁먹고 등알에 모혀
> 낫동안 배흔공부 문답을 흐되23)

---

21) 「엿줍는 말슴」, 『붉은 져고리』, 제1년 제4호, 1쪽.
22) 「바둑이」, 『붉은 져고리』, 제1년 제2호, 1쪽.

H) 『아버님 어머님은 왜 우십닉가
　　오늘 본 시험에도 빅 덤입닉다
　　아츰에 배부르게 먹고 갓더니
　　아직도 시장ᄒ지 아니ᄒ닉다
　　모래ᄂ 방학이니 방학 되거든
　　나제ᄂ 김도 매고 소도 먹이고
　　밤에ᄂ 색기 ᄭ고 신도 삼아서
　　살님에 보태리니 걱정 맙시오.』[24]

　신문 『붉은 져고리』에서 '아희'의 목소리는 편집 공동체의 상상을
통해 만들어진다는 점에서 현실과 괴리된 다분히 추상적인 것이다. 이
신문에서 '아희'의 목소리는 주로 각 호의 제 1쪽에 실린 창작 창가에
서 찾아진다. 그 중에서 '아희'가 1인칭 화자가 된 시편이 위의 인용이
다. '아희'는 인용문 F)처럼 "어른의 식히심을 잘 ᄒ고 이르심을 잘 들
어 모든 사람에게 그런 귀염을" 받는 자, 인용문 G)처럼 보통학교 생활
에 충실하여 "낫동안 배흔공부 문답을 ᄒ"고 "수수대말을 타고 쒸기도
ᄒ"는 잘 놀고 잘 공부하는 자, 혹은 인용문 H)처럼 집안 형편을 잘
파악하여 "아츰에 배부르게 먹고 갓더니/아직도 시장ᄒ지 아니"하고
"나제ᄂ 김도 매고 소도 먹이고/밤에ᄂ 색기 ᄭ고 신도 삼아서/살님에
보태"는 자로 표상된다. 이러한 '아희'는 현실 속의 아동이라고 하기에
는 너무 반듯하고 성실하며 성숙해서 오히려 비현실적·추상적인 것으
로 느껴진다. 위의 인용문에서 묘사된 '아희'는 신문의 편집 공동체가
만들어낸, 현실 속의 아동이 지녀야 할 바람직한 이상상(理想像)에 다

23) 「우리 오누」, 『붉은 져고리』, 제1년 제4호, 1쪽.
24) 「ᄶ범이」, 『붉은 져고리』, 제1년 제5호, 1쪽.

름 아닌 것이다.

이처럼 '아희'는 현실 속의 아동을 대표하는 듯하지만, 실상은 신문을 제작한 편집 공동체의 이상을 전도시킨 비현실적·추상적인 존재로 판단된다. 이상적인 '아희'는 현실적인 아동과 커다란 틈을 지닌, 그럼에도 하나의 기표로 표현되는 그로테스크한 존재인 것이다. 신문『붉은 져고리』의 교육 기획은 현실 속의 어른이 볼 때 사랑을 줄 만하고, 스스로 알아서 조화를 이루며, 가정의 역경을 뚫고 일어서는 힘을 지닌 '아희'를 근대 아동으로 설정해 놓은 것이다. 근대 아동은 현실 속의 존재에 눈 감은 주체가 자기 마음의 눈으로 바라본 그런 타자인 셈이다. 그 타자는 현실의 결여를 메우는 슬라보예 지젝(S. Zizec)의 '공백의 기표(empty signifiant)'와 같은 것이다.

IV. 아동 서사로 재구성되기

교육 주체의 이상이 객체의 이상으로 전도되어 탄생한 '아희'는 현실과 견주어볼 때 상당히 추상적임에도, 신문『붉은 져고리』를 읽어보면 크게 낯설지 않게 여겨지는 까닭은 무엇일까? 다시 말해서 신문의 편집 공동체가 상상한 이 이상적인 아동이 한편으로는 그럴 듯하게 실존하는 듯이 느껴지는 이유는 무엇 때문일까 하는 물음이다. 이 글에서는 이러한 질문의 한 대답을『붉은 져고리』의 기사 구성에서 압도적인 부분을 차지하는 단형 서사에서 찾아보고자 한다25). 이 신문은 크게

---

25) 단형 서사란, 김영민에 따르면 근대 계몽기의 신문·잡지에 출현했던 짧은 분량의 서사를 총칭하는 표현이다. 크게 논설류와 소설류로 나뉜다. 논설류란 논설들 가운데 서사성을 띤 서사적논설을, 그리고 소설류란 원전에 '小說/소셜/쇼셜'

보아 시가, 고담(古談), 동화, 우화, 훈화(訓話), 사담(史談), 학예(學藝), 의사보기, 물류축설(物類畜說), 소담(笑談), 희화(戲畵), 삽화(揷畵) 등으로 구성된다[26]. 그 중에서 고담, 동화, 우화, 훈화, 사담 등은 신문의 각 호마다 2/3 정도의 분량을 차지하는 단형 서사에 속한다.

최남선은 대국민·신대한을 모색하던 '소년'의 계몽 기획이 실패한 뒤, 1년 7개월 만에 창간한 신문 『붉은 져고리』에서 『소년』과는 다른 단형 서사의 특성을 보여준다. 그것이 가장 잘 드러나는 것 중의 하나가 바로 고담이다. 이 신문에서는 「바보 온달이」(1-2호), 「세 가지 시험(솔거의 꿈)」(3-6호), 그리고 '해명' 이야기를 다룬 「말굽 가는 곳」(7-11호)을 각 호마다 빠지지 않고 실고 있다. 이러한 고담이 『소년』과 비교될 때에 유의미한 차이는, 위인의 아동 시절에 서사의 초점이 맞춰져 있다는 것이다. '소년'의 서사에서 '아희'의 서사로 서사가 재구성되는 것이다. 이 중 「세 가지 시험(솔거의 꿈)」을 중심으로 논의를 펼쳐본다.

솔거(率居)는 신라 사람이다. 보잘것없는 집안에서 출생하여 그 족계는 알려지지 않았으나, 타고난 재질로 그림을 잘 그렸다. 일찍이 황룡사

이라는 양식 표기가 되어 있거나 한 인물의 일대기 혹은 관련 일화를 기록한 인물기사를 합한 작품들을 지칭한다(김영민, 「근대계몽기 단형 서사문학 개관」, 연세대 근대한국학연구소, 『근대계몽기 단형 서사문학 연구』, 소명출판, 2005, 13-34쪽 참조.). 『붉은 져고리』에서는 논설류와 소설류를 모두 보여주는데, 이 글에서는 단형 서사 혹은 서사라는 표현으로 논의를 전개하고자 한다.

26) 잡지 『아이들보이』 제12호(1914.8.15)에 실린 광고에서 신문 『붉은 져고리』를 다음과 같이 분류하여 소개한 바 있다(홍일식, 『육당연구』, 일신사, 1959, 36쪽.). 『붉은 져고리』를 대표하는 제1년 제1호의 구성을 보면 다음과 같다. 1쪽: 인사 엿줍는 말슴(훈화), 은직 미력(시가), 2-3쪽: 바보 온달이(사담), 3-5쪽: 줄 넘기기(삽화), 짜님의 간 곳(동화), 5쪽: 다음 엇지(회화), 6쪽: 깨우쳐 들일 말슴(훈화), 늘 외고 생각ᄒ실 말슴(훈화), 한굿 그림(삽화), 7쪽: 일홈난 이(史談), 우슴 거리(소담), 8쪽: 것 모리(물류축설), 의사보기.

벽에 노송을 그렸는데, 나무 둥치 겁질이 거칠게 주름지고 가지와 잎이 꾸불꾸불 서리었으므로, 까마귀·솔개·제비·참새 들이 바라보고 날아들다가 부딪쳐서 미끄러져 떨어지곤 하였다. 해가 묵어 퇴색하자, 한 승려가 단청(丹靑)으로 개칠하였더니, 그 뒤부터는 새들이 다시 날아들지 않았다. 또 경주의 분황사의 관음보살과 진주 단속사 유마상(維摩像)이 다 그의 필적이다. 세상에서는 이를 신화(神畵)라 일컬었다.[27]

솔거는 그림을 그리는 재주를 닦아 세상 사람들에게 보이고자 하여, 예닐곱 살이 되도록 부모의 강한 반대에도 포기하지 아니 한다.(一) 한 늙은이가 나타나서 큰 재주를 닦고자 하는 자는 큰 시험을 치러야 한다고 말한다. 첫째 시험은 수풀 앞의 새 소리를 그리는 것이다. 솔거는 백일 동안 아무 것도 먹지 않고 아무 생각도 하지 않고 새 소리를 그릴 생각만 하여 시험 해결의 방법을 알아낸다.(二) 둘째 시험은 풀나무새가 자라는 모양을 그리는 것이다. 부모의 환상이 나타나 돌아올 것을 회유하나, 솔거는 뛰어난 화가가 될 것을 생각하면서 백일 동안 참아 시험 해결의 방법을 알게 된다.(三) 셋째 시험은 호랑이 굴 앞에서 무서움을 타지 않고 백일 동안 버티다가, 호랑이가 나타나면 정신을 잃지 않고 호랑이가 뱉은 믿음구슬을 집어삼키는 것이다. 솔거는 정신을 차려 간절한 마음으로 시험을 통과하고 그 구슬을 삼킨다. 늙은이가 다시 나타나서 솔거가 원하는 바를 준다. 솔거는 곧 꿈에서 깨어난다. 솔거는 한번 먹은 뜻을 끝내 이루는 자이다.(四)[28]

27) 김부식, 신호열 역, 『삼국사기』(권 제48·열전 제8 솔거), 동서문화사, 1976, 842쪽.
28) 「세 가지 시험(솔거의 꿈)」, 『붉은 져고리』, 제1년 제3호(一)-제6호(四), 요약.

『삼국사기』에서는 솔거가 타고난 재능을 지닌 화가로서 신화(神畵)를 그렸다는 짤막한 내용을 담고 있지만, 신문 『붉은 져고리』에서는 그가 한번 먹은 뜻을 끝내 이루는 노력하는 '아희'임을 밝히고 있다. 위의 두 번째 인용은 「세 가지 시험(솔거의 꿈)」의 전체 내용을 요약한 것이다. 이 서사는 꿈 이야기가 중심인데, 그 꿈의 핵심은 『삼국사기』에 없는 '늙은이'가 '솔거'를 시험하고, '솔거'는 어린 나이에도 불구하고 세 가지의 불가능한 시험을 치루는 노력을 한다는 것이다. 수풀 앞의 새 소리를 그리는 첫째 시험, 풀나무새가 자라는 모양을 그리는 둘째 시험, 그리고 호랑이 굴 앞에서 무서움을 타지 않고 백일 동안 버티다 믿음구슬을 삼기는 셋째 시험은 현실 속에서 모두 불가능한 것이고, '늙은이'가 제시한 해결 방법 역시 시험과는 무관한 것이다. 이 서사는 허구의 일종이지만, 이 허구 속에는 잡지 『소년』과 구별되는 『붉은 져고리』의 교육 기획이 고스란히 담겨져 있다.

그 교육의 기획이란 위인은 어릴 때부터 한번 먹은 뜻을 끝내 이루는 노력하는 '아희'로 산다는 것이다. 신문의 편집 공동체는 이 목표를 위해 '아희'의 표상을 서사의 전면에 내세워 놓기를 주저하지 않는다. 노력하는 '아희'의 표상은 교육 기획의 최전선인 셈이다. 신문의 편집 공동체가 「바보 온달이」에서 '짜님'인 평강공주가 "온달이가 슬귀흔 사람이 되도록 매우 힘을 들이시매 온달이도 밋바탈이 바보 아닌고로 얼마 아니흐야 속이 크게 터젓"[29]다고 한 구절이나, 「세 가지 시험(솔거의 꿈)」에서 '해명'이 "한번 올흔 줄을 알면 아모런 어려움이라도 무릅쓰고 꼭 그대로"[30] 한다는 구절은, 모두 노력하는 '짜님'과 노력하는 '해명'에 초점이 맞춰져 있다. 이것은 잡지 『소년』에서 보여준 영웅·위

29) 「바보 온달이」, 『붉은 져고리』, 제1년 제2호, 2쪽.
30) 「말굽 가는 곳(一)」, 『붉은 져고리』, 제1년 제7호, 2쪽.

인담이 '아희' 중심의 서사로 재구성되고 있음을 명백하게 보여준다.

아동으로서는 거의 불가능한 노력을 하는 이러한 '아희'의 표상은, 신문 『붉은 져고리』에서 계속 반복됨으로써 실현가능할 것도 같은 이미지로 느껴지기도 한다. 현실 속에서 '솔거'·'짜님'·'해명'의 노력은 불가능한 것이지만, 노력하고자 하는 강한 의지를 지니는 것은 가능하다는 환상이 '아희'의 표상을 마치 현실적인 것처럼 드러내고 있기 때문이다. 노력하는 '아희'의 표상은 동서고금의 위인담을 통해 반복·재생산되면서, 『붉은 져고리』의 대표적인 담론이 된다. 사담의 일종인 「일홈 난 이」난에서도 이러한 '아희' 표상이 잘 보인다.

내가 주먹만 들면 항복을 밧겟다마는 공부로 말호면 미샹불 그애보다 썰어지니 지금 셜혹 주먹 힘으로 그 애를 익일지라도 공부가 그보다 못호면 늘 그 알에 설밧게 업슬지라. 내 이제로부터 크게 공부를 힘써 우등을 호야 가지고 그 애 우가 되야서 오날 당호 욕을 셋고 분을 풀리로다.[31]

우리 언니와 밋 여러 일군들은 나만 남겨두고 밥들을 먹으라 집으로 들어갑니다. 나 혼자는 일간에 써러져잇서 면모와 물로 끼니를 에우고 여러 사람들이 돌아올 동안에 공부를 흐얏습니다. 내가 무엇 알아봄을 밝히흐고 알아내기를 쌜니흠은 일즉 먹기를 존졀히 혼 까닭이외다.[32]

「일홈 난 이」란에 실린 위인은 뉴톤, 나폴레옹, 셰익스피어, 정몽란, 김시습, 조지 워싱톤, 벤자민 프랭클린, 링컨 등이다. 이들의 이야기는

---

31) 「일홈 난 이-아이삭, 뉘유톤」, 『붉은 져고리』, 제1년 제1호, 7쪽.
32) 「일홈 난 이-벤자민, 프랑클린」, 『붉은 져고리』, 제1년 제9호, 7쪽.

근대 계몽기의 영웅·위인담에서 자주 등장하였는데, 신문『붉은 져고리』에서는 아동 시절이 중심이 된 서사로 재구성된다. 이때 거의 모든 위인을 관통하는 공통점은 바로 노력하는 '아희'라는 것이다. 뉴톤은 그의 친구가 자신을 때리자 힘으로 대거리를 할 수 있었지만 "우등을 ᄒ야 가지고 그 애 우가 되야서 오날 당흔 욕을 씻고 분을 풀"겠다고 "크게 공부를 힘" 쓰는, 그리고 벤자민 프랭클린은 식사 시간을 아껴 "면모와 물로 ᄭᅵ니를 에우고 여러 사람들이 돌아올 동안에 공부를" 한 노력을 한 자이다. 이들 위인은 '아희' 때부터 노력하는 자세로써 세상을 살아 세계를 바꾼 자들이다.

이뿐만 아니라 어린 시절에 나폴레옹은 "여러 가지 쟉명을 식혀 구디 참고 ᄯᅵ준히 애씀으로 다른 날 크게 될 터전을 잡앗"[33]고, 세익스피어는 "처음에는 가난과 외로움과 고생에 오래 설음 맛 보던 이"[34]였으며, 위싱톤은 "공부에 열심ᄒ고 소견이 슉성흔 것보담도 더욱 몸 닥고 마음 단련ᄒ기에 큰 애를 써 힝실이 공부보담 압"[35]섰다. 모두 노력하는 '아희'의 표상으로 그들의 위인담이 재구성된 것이다. 이러한 노력하는 '아희' 표상은 신문『붉은 져고리』의 교육 기획이 지닌 가능성과 한계를 동시에 암시한다. 그 노력은 계몽(교육)의 기획을 펼쳐 나아가는 힘인 동시에, 어떤 목표가 분명히 제시되지 못할 때에는 자칫 일제가 생산해 내고자 하는 근대 주체와 혼합되는 가장 빠른 길이기 때문이다. 한일합방 이후 이 편집 공동체의 딜레마는『붉은 져고리』에서 시작하여『아이들보이』와『새별』과『청춘』을 거치면서 계속되는 것이다.

---

33) 「일홈난 이-나폴네온, 보나파르」, 『붉은 져고리』, 제1년 제2호, 6쪽.
34) 「일홈난 이-윌리암, 쉐익쓰피어」, 『붉은 져고리』, 제1년 제3호, 7쪽.
35) 「일홈난 이-죠지, 워싱톤」, 『붉은 져고리』, 제1년 제7호, 7쪽.

V. 결론

한일합방은 대국민·신대한의 모색이라는 잡지『소년』의 계몽 기획이 좌절되었음을, 그리고 새로운 변화를 모색해야 함을 동시에 알려준 사건이었다. 최남선을 비롯한 몇몇은『소년』의 폐간 이후 1년 7개월 만에 의욕에 넘치는 신문『붉은 져고리』를 간행했다. 이 신문은 한일합방을 전후로 한 최남선의 계몽(교육) 기획이 변화되는 현상, 구체적으로는 근대적 교육의 주객이 분화되는 현상을 명백하게 보여줬다. 이러한 주객의 분화 현상은 최남선의 출판 활동에서 근대 아동이 발견되는 한 과정을 설명해준다는 점에서 고찰의 중요한 의미가 있었다. 이 논문에서는『붉은 져고리』의 편집 공동체가 현실의 눈을 감고서 자신의 마음속에서 발견한 타자를 '아희'의 표상으로 호명하는 양상을 검토했다.

가장 주목되었던 것은 '소년'과 '아희'의 표상이 분화된 것이었다. 잡지『소년』의 대표 기표인 '소년'은 "우리 少年"으로 표현될 만큼 편집인·발행인인 최남선과 그와 뜻을 함께 하는 불명확한 다수 공동체였다는 점에서 계몽(교육)의 주체와 객체가 구별되지 않았다. '우리'가 '우리'에게 계몽하던 형국이었다. 그렇지만 신문『붉은 져고리』에서는 교육의 주객이 구별되기 시작했다. '소년' 혹은 '우리'가 개념 미분화 상태인 기표 "붉은 져고리 입는 이들"·'아희들'·'산아희'·'어린이'·'아동'·'아기' 등에게 교육을 하는 모양새였다. 계몽(교육)의 주체이자 객체였던 '소년'의 개념에서 객체 부분이 떨어져 나와 새로운 기표 '아희'가 탄생한 순간이었다. 교육의 객체로 호명된 '아희'는『붉은 져고리』의 신생아였던 것이었다.

'아희'라는 새로운 표상은 그 의미하는 바(기의)가 문제시될 수밖에 없었다.『붉은 져고리』에서 '아희'의 표상이 지닌 특성은 편집 공동체가 일방적으로 지시하고 담론화한 것이라는 감이 있었다. '아희'는 실제의 현실 속에서는 보통학교 학생 정도의 나이를 지닌 아동을 뜻했지만, 신문에서는 여유 있는 부모를 지니고 근대 지를 갈망하는, 그러면서 『붉은 져고리』의 충실한 독자가 되기를 선험적으로 소망하는 이상적인 표상이었다. 이 '아희'란 신문의 편집 공동체가 '짐작'(상상)한 것을 현실 속의 아동에게 전도시켜 놓은 표상임은 물론이었다. 이러한 '아희'의 표상이 기묘하고 비현실적이라는 의미에서 추상적인 존재임은 일견 당연했다. 『붉은 져고리』의 '아희'는 너무 반듯하고 성실하며 성숙한 아동, 다시 말해서 신문의 편집 공동체가 꿈꾸는 이상상인 것이었다.

이러한 이상적인 '아희'가 크게 낯설지 않게 읽히는 까닭은, 재구성된 서사의 힘에 있었다. 「세 가지 시험(솔거의 꿈)」의 경우를 보면, 한 번 먹은 뜻을 끝내 이루는 노력하는 '아희'인 '솔거'가 서사의 전면에 내세워져 있었다. 세 가지의 불가능한 시험을 오직 노력으로 성취하는 '솔거'의 억지는, 영웅·위인담을 '아희' 중심의 서사로 재구성하여 아동이 무엇보다 선취해야 할 노력을 강조하고자 하는 『붉은 져고리』의 교육 기획이 한계에 부딪힌 지점이었다. 신문 『붉은 져고리』에서는 이러한 '아희'의 노력 서사를 반복·재생산하면서, 노력이 세상을 바꿀 수 있음을 표나게 강조했다. 이 막연한 노력은 신문의 편집 공동체가 주도한 계몽(교육)의 기획을 밀고 가는 힘이지만, 일제가 진행한 제국 신민의 기획에 자칫 포섭될 수 있는 위험한 것이었다. 이 딜레마 앞에서 최남선은, 그리고 『붉은 져고리』는 자유롭지 못했다. 『붉은 져고리』의 개별적인 편집 공동체가 지닌 시대의식과 그 집단적인 결합 양상, 그리고 '아희'의 표상이 1920년대의 '어린이'와 조우하는 양상은 다음 연구의 과제가 된다.

1930년대의 주요 동요 · 동시에 나타난
아동 관념의 변화

I. 서론

아동문학계에서는 그 동안 1900년대 후반부터 1920년대까지 역사적·사회적인 구성물로서 아동을 발견한 것에 대한 주목할 만한 논의와 그 성과가 많았던 반면에,[1] 1930년대에 들어와서 아동의 관념이 극적으로 변화된 현상에 대해서는 다소 무관심해 왔다. 아동문학작품 속의 아동 관념은 1920년대까지 계몽의 대상으로써 힘, 쾌활함, 낙천성, 깨달음, 용맹, 가난, 불쌍함, 현실비판 등처럼 어른이 충분히 이해·인식할 수 있는 속성을 지닌 자로 생각되어 왔지만,[2] 1930년대에 발표된 강소

---

[1] 1990년대 중반 이후, 푸코의 담론 논의가 우리 문학계에 준 충격 중의 하나는 근대문학(담론)이 어떻게 형성되었느냐 하는 것이다. 근대라는 역사적·사회적 공간 속에서 문학이 담론 속에 재배치되는 양상을 살펴본 것이다. 이러한 문학계의 흐름은 아동문학계에서도 마찬가지였다. 한국아동문학이 어떻게 형성되었는가 하는 논의는 필립 아리에스(Philippe Aries)의 저서 『아동의 탄생』(새물결, 2003)과 가라타니 고진(柄谷行人)의 평론 「아동의 발견」(『일본근대문학의 기원』, 민음사, 1997)에 힘입어서 이재철의 실증주의적·역사주의적인 태도를 넘어서는 중요한 계기가 되었다(이재철, 『한국현대아동문학사』, 일지사, 1978). 이 논문은 이러한 계기의 일환이다.

[2] 1900-1920년대 아동문학작품 속의 아동 표상에 나타난 공통적인 관념 중의 하나는 아동을 담론주체인 어른이 충분히 이해·인식할 수 있는 속성을 지닌 자로

천과 박영종의 주요 동요·동시3)를 살펴보면 이러한 생각이 서서히 변

여겼다는 점이다. 1900-1910년대에 소년, 아희, 사나이, 어린이, 청년 등으로 표
상되던 아동은『소년』지를 보면 "나의 큰 힘, 아나냐 모르나냐, 호통"(최남선,
「海에게서 少年에게」,『少年』1권1호, 1908.11)을 쳤고,『붉은 져고리』신문을
넘기면 "내 이제로부터 크게 공부를 힘써 우등을 ᄒᆞ야 가지고 그 애 우가 되"(「
일홈 난 이-아이삭, 뉘유톤」,『붉은 져고리』, 제1년 제1호, 7쪽.)려 한 자였다.
이러한 작품들은 힘, 쾌활함, 깨달음 등과 같이 어른이 충분히 이해·인식할 수
있는 속성이 있음을 전제로 하여서 시대적인 사명을 지닌 계몽의 주체로 아동을
포섭한 것이었다. 아동을 잘 알고 있다는 담론주체의 이러한 태도는 1920년대의
아동문학작품에서도 크게 달라지지 않았다. 아동은 "조금도 겁내지 아니하고
번번히 용맹스럽게 싸우"(방정환, 「표류 기담 바다에 빠져서 흘러단기기 몃백발
소년 로빈손」,『어린이』2권8호, 1924.8)는 시대의 용맹한 영웅상이나 "바람 불
고 눈 오는/추운 겨울에//가엾은 부엌데기/쫓겨났어요."(윤복진, 「쫓겨난 부엌데
기」(1927), 현대조선문학선집 18 , 문예출판사, 2000.)라는 구절처럼 계급 차별로
인한 고통스러운 현실에 대한 폭로자·비판자의 모습이었다. 용맹, 가난, 현실비
판과 같은 속성들을 지닌 아동 표상들은 담론주체의 인식 속에 분명히 명확한
것이었다.

3) 이 글에서 말하는 '1930년대에 발표된 강소천과 박영종의 주요 동요·동시'란
강소천과 박영종이 1930년대에 지면에 발표한 작품들을 한정한 것이다. 이 글에
서는 강소천의 동요·동시집『호박꽃 초롱』(박문서, 1941), 박영종의 동요·동시집
『초록별』(조선아동문화협회, 1946)과『동시집』(조선아동회, 1946), 경희대학교
한국아동문학연구센터 편의『어린이의 꿈2-3』(국학자료원, 2012), 당대 잡지 등
에서 서지사항을 조사하여 1930년대의 동요·동시를 연구대상으로 특정했다. 아
울러 이러한 1930년대 주요 동요·동시와 구별되는 '1920년대의 주요 동요·동시'
란 주로 1920년대에 방정환과 윤석중이 지면에 발표한 동요·동시를 의미한다.
이들 작품들은 방운용 편의『소파방정환문학전집』(문천사, 1974), 윤석중의 동
요·동시집『잃어버린 댕기』(게수나무회, 1933)와『윤석중동요집』(신구서림,
1932), 경희대학교 한국아동문학연구센터 편의『어린이의 꿈1-2』(국학자료원,
2012), 당대 잡지 등에서 참조했다. 이때 방정환과 윤석중의 주요 동요·동시는
사실상 1930년대에도 활발하게 창작·발표되었으나, 이들의 작품들에서 시인이
아동을 이해·인식하는 양상은 1920년대의 양상을 거의 그대로 유지하고 있었다.
이 점에서 이들의 주요 작품들은 1930년대에 등단·활동한 강소천과 박영종의
주요 작품들과 그 특성이 구별된다.

화되었음이 확인된다.

이러한 변화의 핵심은 1930년대 아동문학작품 속의 아동이란 1920년대와 달리 담론주체인 어른이 어느 정도 알 수 있되 완전히 알지 못한다는 의미에서 미지(未知)의 존재로 표상됐다는 것이다. 1920년대의 주요 동요·동시에서 어른이 잘 아는 자로 이해되던 아동이 1930년대에 들어서 미지의 존재로 새롭게 표상된 이 관념의 변화는, 가라타니 고진(柄谷行人)의 표현을 빌면 어른과 아동 사이의 기호론적인 틀 구도가 부지불식중에 전도되었음을 의미한다. 1930년대 이전에 계몽의 대상이자 가까운 미래에 계몽주체이어야 할 아동은, 그 이후의 주요 작품 속에서는 계몽이 전혀 언급되지 않는 지점에서 그 자체의 존재를 새롭게 드러냈다. 1930년대에 등단한 강소천과 박영종과 같은 신진시인들은 이 당혹스럽고 낯선 아동의 모습을 중요 관심사로 설정했다. 이 관심사란 아동을 다 안다는 전지(全知)의 시선을 해체하는 것과 밀접하게 관계됐다.

지금까지 1930년대 아동 표상과 그 관념의 변화에 대한 연구는 아쉽게도 거의 없었다. 아동과 아동문학에 대한 연구는 주로 1900년대 후반 『소년』지 창간 이후부터 1920년대 방정환의 창작 및 출판 활동을 중심으로 이루어져왔다. 이 시기의 아동문학에 대해서는 아동과 아동문학의 근대적인 형성과정을 살펴본 신현득, 원종찬, 김화선, 조은숙, 박영기 등의 여러 논의들이 있었고,[4] 아동의 마음을 뜻하는 동심의 특성과

---

4) 아동문학계에서 아동과 아동문학의 근대적인 형성과정에 대한 대표적인 논의들은 다음과 같다. 신현득은 아동문학이 최남선부터 시작됐다고 봤고, 원종찬은 한일 아동문학의 기원을 비교하면서 방정환 문학을 탐색했으며, 김화선은 『소년』지와 『어린이』지를 중심으로 아동문학의 태동과 발전을 논했다. 그리고 조은숙은 아동과 아동문학을 역사적·사회적인 구성물로 규정·탐구했고, 박영기는 아동문학교육의 사적인 흐름을 검토했다. 신현득, 「한국 근대 아동문학 형성과

발현을 중심으로 한 몇몇 언급들이 제출되기도 했다.5) 아울러 개별 동
요·동시시인의 작품에 나타난 동심에 대한 논의들도 있었다.6)

　　1930년대의 아동과 아동문학에 대한 연구는 프로문학의 극성과 그
에 대한 반기로 예술적 가치를 추구하려는 특유의 분위기를 지적한 이
재철의 논의 이후,7) 이러한 논의를 중심으로 하여 개별 시인·작가들을
검토하는 방향으로 전개되었다. 이 중에서 1930년대에 일군의 작단(作
壇)이 동시 장르를 모색하고 예술적인 성취를 보였다는 박지영의 논문
과 목일신·강소천·박영종의 동시에서 물활론과 동화적 사고, 풍부한 상
상력과 환상성 등의 요소가 활용되어서 동심의 재발견이 이루어졌다
는 황수대의 박사학위논문이 주목되었다.8) 또한 1930년대 등단한 강

정 연구」, 『국문학논총』 17호, 단국대학교 국어국문학과, 2000, 261-284쪽; 원종
찬, 「한·일 아동문학의 기원과 성격 비교」, 『한국학연구』, 인하대학교 한국학연
구소, 2000, 91-131쪽; 원종찬, 「한국 아동문학 형성과정 연구-『소년』(1908)에서
『어린이』(1923)까지」, 『동북아문화연구』 15집, 동북아시아문화학회, 2008,
73-97쪽; 김화선, 「한국 근대 아동문학의 형성과정 연구」, 충남대 박사학위논문,
2002, 1-143쪽; 조은숙, 「한국 아동문학의 형성과정 연구」, 고려대 박사학위논문,
2005, 1-178쪽; 박영기, 「한국근대아동문학교육의 형성과 전개과정연구」, 한국
외대 박사학위논문, 2008, 1-257쪽.

5) 근대 초기의 창작 동요에서 동심의 미학적인 특성들이 구체적으로 발현되었다
　 는 김수경의 논의와 1920년대의 동시에서 계몽적 동심을 넘어서는 다양한 동심
　 담론이 나타났다는 김종헌의 논의가 대표적이었다. 김수경, 「근대초기 창작동
　 요의 미학적 특성-동심의 발현을 중심으로」, 『동화와 번역』 11집, 건국대학교
　 동화와번역연구소, 2006.6. 63-100쪽; 김종헌, 「한국 근대 아동문학 형성기 동심
　 의 구성방식」, 『현대문학이론연구』 33집, 현대문학이론학회, 2008.4, 59쪽.

6) 주로 방정환의 작품 속 동심을 동심주의·동심천사주의·동심순수주의 등으로 논
　 의하면서 그 계몽적인 성격과 아동문학사적인 영향을 살펴본 논의가 많았다.
　 박지영의 논문 「방정환의 천사동심주의의 본질-잡지 『어린이』를 중심으로」(『대
　 동문화연구』 51집, 성균관대학교 대동문화연구소, 2005, 143-181쪽)를 참조할
　 것.

7) 이재철, 『한국현대아동문학사』, 일지사, 1978, 169-177쪽.

소천과 박영종에 대한 개별적인 논의들도 있었다.9) 이러한 논의들은 1930년대의 아동 관념이 1920년대와 달라지는 중요한 양상을 제대로 지적·언급하지 못했다는 점에서 아쉬움이 남는다.

이 점에서 1930년대의 아동 관념이 어른이 충분히 이해·인식할 수 있는 속성을 지닌 자에서 미지의 존재로 변화된 현상을 분석하고자 하는 본 연구의 필요성이 제기된다. 본 연구에서는 아동문학작품의 담론 주체인 어른이 아동을 다룬 양상을 살펴보고자 하는 목적을 지니기 때문에, 1920-1930년대 주요 동요·동시에 나타난 화자의 페르소나

---

8) 박지영, 「1930년대 동시 작단의 장르적 모색과 그 의미」, 『반교어문연구』 22집, 반교어문학회, 2007, 139-173쪽; 황수대, 「1930년대 동시 연구: 목일신·강소천·박목월을 중심으로」, 고려대 박사학위논문, 2013, 1-187쪽.

9) 1930년대의 강소천 동요·동시에 대한 주요 연구는 다음과 같다. 박목월, 「강소천 아동문학독본 해설」, 『강소천 아동문학 독본』, 을유문화사, 1961, 2-3쪽; 이오덕, 『시정신과 유희정신』, 굴렁쇠, 2005, 18쪽; 이재철, 「한국아동문학가연구(2)-강소천, 윤석중」, 『국어학논집』 11집, 단국대국어국문학과, 1983, 123-138쪽; 이원수, 『아동문학입문』, 소년한길, 2001, 273쪽; 김용희, 「윤동주 동요시의 한국 동시문학사적 의미」, 『아동문학평론』 3권3호, 한국아동문학연구원, 31-52쪽; 노경수, 「소천 시 연구: 『호박꽃초롱』을 중심으로」, 『한국아동문학연구』 15집, 한국아동문학학회, 2008, 189-212쪽; 근대문학 100년 연구총서 편찬위원회, 『약전으로 읽는 문학사1(해방 전)』, 소명출판, 2008, 454쪽; 신현득, 「동심으로 외친 항일의 함성」, 소천아동문학상 운영위원회 편, 『호박꽃초롱』, 교학사, 2006, 319-326쪽; 박금숙, 「강소천 동요 및 동시의 개작 양상 연구」, 『한국아동문학연구』 25, 한국아동문학학회, 2013, 37-76쪽; 강정구, 「1930년대의 강소천 동요·동시에 나타난 동심성」, 『한국아동문학학회 추계학술대회 논문발표집』, 한국아동문학학회, 2014.11; 최태호, 「소천의 문학 세계」, 『강소천 아동문학전집 5』, 교학사, 2006, 305쪽.

1930년대 박영종의 동요·동시에 대한 주요 연구는 다음과 같다. 김용희, 「박목월시 연구 –동요집 「초록별」에서 시집 「경상도의 가랑잎」에 이르는 동심과 목마름 현상을 중심으로-」, 경희대 석사학위논문, 1985, 1-73쪽; 이건청, 「목월 박영종의 동시 연구」, 『한국언어문화』 15집, 한국언어문화학회, 1997, 681-711쪽.

(persona) 특성과 화자의 초점화(focalization) 방식을 주목하고자 한다.[10] 우선 1920년대부터 활동한 방정환과 윤석중의 주요 동요·동시에

---

10) '화자의 페르소나 특성'이란 표현에서 페르소나(persona)란 본래 그리스어로 가면(mask)을 의미하는 말로써 칼 융(C. Jung)의 심리학에 따르면 개인이 다른 사람에게 보이는 겉모습, 또는 자신의 성격 이외에 다중의 성격을 연기할 수 있다는 의미의 사회적 자아를 의미한다. (Calvin S. Hall, 김형섭 역, 『융 심리학 입문』, 문예출판사, 2004, 44-69쪽.) 이 글에서 '화자의 페르소나 특성'이란 화자가 취하는 문학적·허구적인 자아의 특성을 뜻하기로 한다. 이때 아동문학이란 아동이 직접 작품을 창작하는 아동시와 같은 경우를 제외하고는 방정환, 윤석중, 강소천, 박영종 등 실제로 어른인 담론주체가 어른 혹은 아동으로서 말하는 화자를 선택하기 때문에 화자는 일정한 형태의 페르소나-어른(으로서 말하는) 화자, 아동(으로서 말하는) 화자-로 특성화됐다. 물론 아동 화자를 선택할 때에는 그 아동의 성격을 담론주체가 어떻게 구성하느냐 하는 것이 문제시되었다.
    또한, '화자의 초점화 방식'에서 초점화(focalization)란 시각, 즉 보는 주체와 보이는 대상 사이의 관계를 뜻한다. 초점화의 방식은 크게 세 가지로 구분된다. 화자가 작품 내에서 '나'로 등장하는 내적 초점화(internal focalization, 1인칭 주인공·관찰자 시점에 대응), 화자가 작품 밖의 서술자로서 주요 등장인물의 심리로 들어가거나 그 행동을 해설하는 영 초점화(zero focalization, 전지적 작가 시점에 대응), 화자가 작품 밖의 서술자로서 주요 등장인물의 말과 행위를 이야기하는 외적 초점화(external focalization, 작가 관찰자 시점에 대응)가 그것이다.(G. Prince, 이기우·김용재 역, 『서사론사전』, 민지사, 1992, 96-97쪽.) 이러한 초점화의 방식은 화자의 페르소나 특성에 따라 6가지로 분류된다. 어른 화자의 내적 초점화, 영 초점화, 외적 초점화, 아동 화자의 내적 초점화, 영 초점화, 외적 초점화가 그것이다.
    이 중 1920년대의 아동문학작품에서는 어른 화자가 아동을 충분히 이해·인식할 수 있는 속성을 지닌 자로 여겼기 때문에 영 초점화, 그리고 어른인 담론주체가 쉽게 이해·인식할 수 있는 속성을 지닌 아동 화자가 작품 내의 '나'로 등장하는 내적 초점화를 주로 사용했다(2장). 그렇지만 1930년대의 아동문학작품에서는 아동을 미지의 존재로 이해했기 때문에 이러한 페르소나의 특성과 초점화 방식에 변화가 생겼다. 강소천의 경우에 내적 초점화와 영 초점화가 주로 사용되었다. 이 때의 화자는 아동의 페르소나인 경우였지만 담론주체인 어른이 쉽게 이해·인식할 수 있는 세속적인 관심·이익에 무관한 존재로 형상화됐다.(3.1)) 또한 박영종의 경우에는 어른 화자가 작품 밖의 서술자로서 낯선 아동의 말과 행

서 아동을 다 안다는 태도가 특정한 페르소나와 초점화 방식을 만들었음을 살펴본 뒤에, 1930년대에 등단한 강소천과 박영종의 주요 동요·동시를 대상으로 해서 그 이전과 다르게 페르소나의 특성과 초점화의 방식에 변화가 생겼음을 분석하고 그 분석을 통해서 전지의 태도가 해체되고 아동을 미지의 존재로 표상한 관념의 변화가 있었음을 검토하고자 한다.

II. 충분히 이해·인식할 수 있는 속성을 지닌 자

1920년대부터 등단·활동한 방정환과 윤석중의 주요 동요·동시에 나타난 아동이 1930년대와 구별되는 가장 특징적인 면모는, 아동을 대하는 태도에서 확인된다. 그 태도란 아동을 부지불식중에 충분히 이해·인식할 수 있는 속성을 지닌 자로 여겼다는 것이다. 이들은 자신들의 의식 속에서 아동을 이미 충분히 만났고 일정한 관계를 지녀왔으며 공동체 속에서 함께 생활했기 때문에 잘 아는 대상으로 생각했다. 이러한 인식으로 인해서 1920년대의 주요 동요·동시에서는 전지(全知)의 태도가 반영된 두 종류의 초점화 방식-영 초점화, 내적 초점화-이 주로 사용되었다.

1920년대의 방정환은 아동을 자신의 논설에서 "아름답고도 고흔이여 쏫고리갓흔 자연시인"[11]으로 논의했지만, 실제 동요·동시에서는 불쌍하거나 나약한 이미지로 형상화했다. 이러한 논설과 작품 사이의 차

위를 주로 관찰·이야기하는 외적 초점화를 주로 선택했다.(3.2))
11) 방정환, 「어린이찬미」, 『신여성』 2권6호, 1924.6

이에 대해서 한 연구자는 "'이상'으로서의 '천사'인 어린이와 '개조'의 대상으로서의 '현실'의 어린이, 이 두 가지 형상이 방정환의 내적 욕망 속에서 충돌"12)했다고 논의한 바 있었다. 이러한 차이 속에서 방정환의 동요·동시에 나타난 아동은 현실에서 흔히 볼 수 있고 충분히 이해할 수 있는 속성-불쌍함, 나약함, 가난함-을 지닌 자로 형상화되었다. 방정환은 자신이 잘 아는 아동을 바라보고 심리 속으로 들어가서 말하는 영 초점화를 주로 사용했다.

> A) 날 저무는 하늘에/별이 삼형제/반짝반짝/정답게 지내더니,//웬일인지 별 하나/보이지 않고,/남은 별이 둘이서/눈물 흘린다.13)

> B) 귀뚜라미 귀뚜르/가느단 소리,/달님도 추워서/파랗습니다.//울 밑에 과꽃이/네 밤만 자면/눈 오는 겨울이/찾아온다고…….14)

> C) 수수나무 마나님/좋은 마나님/오늘 저녁 하루만/재워 주셔요./아니 아니 안 돼요./무서워서요./당신 눈이 무서워/못 재웁니다.15)

방정환의 초기 작품인 인용문 A-C)에서는 공통적으로 영 초점화 방식이 사용되었다. 그가 처음 발표한 동요·동시로 알려진 A)에서는, 어른인 화자가 아동으로 은유된 별 삼형제의 심리로 들어가서 그 심리를 해설하는 영 초점화가 쓰였다. 화자는 별 삼형제가 정답게 지내던 중에

---

12) 박지영, 「방정환의 천사동심주의의 본질-잡지 『어린이』를 중심으로」, 『대동문화연구』 51집, 성균관대학교 대동문화연구소, 2005, 159쪽.
13) 방정환, 「형제별」, 『어린이』 1권8호, 1923.9.
14) 방정환, 「귀뚜라미」, 『어린이』 2권8호, 1924.10.
15) 방정환, 「늙은 잠자리」, 『어린이』 7권8호, 1929.10.

별 하나가 보이지 않는다는 사실과 남은 별 둘이 눈물을 흘린다는 심리를 모조리 다 파악했다. 이러한 화자의 아동 인식은 B)와 C)에서도 마찬가지이다. 귀뚜라미 소리가 가늘고 달도 추워 한다는 인식과 4일 지나면 눈이 온다는 예언, 그리고 늙은 잠자리를 못 재워준다고 핑계를 대는 수수나무 마나님의 심리는 화자가 문학 속의 현실을 마치 신처럼 완전히 알 때에 가능한 표현이었다.

이러한 영 초점화는 화자가 현실 속의 아동과 그의 세계를 나름대로 이해·인식하고 형상화했다는 객관적인 합리성을 전제한 듯하지만, 그 합리성이란 화자 자신이 이미 알고 있는 아동과 그의 세계를 작품 속에서 형상화한 주관적인 자기합리성이라는 혐의가 분명히 있다. 좀 더 쉽게 말하면, 영 초점화를 사용한 시인 방정환은 자신이 이미 알고 있는 것을 자기의식 속에서 말했던 것이지, 현실 속에서 자신이 이해하지 못하거나 의외의 새로움을 지닌 아동을 개방적으로 탐구·포착하려고 했던 것은 아니었다. 방정환의 주요 작품에서 화자는 아동과 그의 세계에 대해서 이러한 전지의 태도를 지녔던 것이다.

방정환에 이어서 1920년대 동요·동시 작품을 활발하게 발표한 윤석중의 경우에는, 담론주체인 어른이 아동의 페르소나가 되어서 작품 내의 '나'로 등장하는 내적 초점화를 주로 활용했다. 윤석중은 방정환 이후에 등장한 한정동, 유도순, 태장섭, 윤극영 등과 같은 동요·동시시인들 중에서 아동의 페르소나를 가장 성공적으로 보여준 사례 중의 하나가 된다.16) 이때 윤석중이 보여준 아동의 페르소나란 엄밀히 말해서

---

16) 김수경은 그의 논문 「근대초기 창작동요의 미학적 특성-동심의 발현을 중심으로」에서 1920-40년대 동요·동시에서 동심의 발현을 위한 화자의 설정 문제가 3가지 방향으로 제시되었음을 살펴봤다. 1)작가 스스로 아동 상태로 되돌아가 아동의 입장에서 세상을 바라보는 것 2)어른으로서의 경험적 화자의 모습이 투

담론주체인 자신이 아동이라고 생각되는 관념들을 복합적이고 다양하게 구성한 창조물일 뿐이다.

D) 아버지는 나귀타고 장에가시고/할머니는 건너마을 아젓씨댁에./고초먹고 맴 맴/담배먹고 맴 맴//할머니가 돌쩍바다 머리에이고/꼬불꼬불 산골길로 오실째까지./고초먹고 맴 맴/담배먹고 맴 맴17)

위 인용문 속에서 아동은 어른의 사회적·관습적·도덕적인 가치에서 이해되는 자였다. 어른이 자신의 삶을 구성하는 주요 가치들 속에서 조화롭게 살아가는 아동이라는 뜻이다. 인용문 D)에서 화자는 아버지와 할머니를 호명했다는 점에서 숨어 있는 아동 '나'로 이해된다. 이 아동 '나'는 윤석중이라는 담론주체가 어른이라는 점에서 곧바로 동격이 되지 않았다. 다만 담론주체인 어른이 자신의 세계와 가치 속에서 생각하고 구성한 페르소나의 일종이었다. 이 아동의 페르소나가 특징적인 점은 어른의 사회적·관습적·도덕적 가치에서 위배됨이 없이 이해·인식되는 속성들-쾌활함, 천진난만함 등-을 지닌 자라는 것이다. 아버지가 장에 가고 할머니가 마실 갔을 때에 그들을 기다리는 아동은

영된 경우 3)작자가 자신의 어린 시절 구체적인 경험을 작품 속에 반영한 예들이다. 이러한 김수경의 이해는 화자의 유형을 구분하는 한 방법을 제시했다는 점에서 의미가 있으나, 담론주체인 어른이 아동의 상태로 되돌아가는 것이 가능하느냐 하는 의문과 어린 시절의 경험이라 할 만한 생생한 경험을 기억하는 것 자체가 어른이 현재의 시점으로 왜곡하는 것 아니냐 하는 질문을 해명하기에는 다소 곤란한 것이다. 본 논문에서는 작품 속에 등장하는 아동 '나'란 실제 화자인 어른이 아동으로 생각되는 페르소나를 구성한 것으로 이해하고자 한다. 김수경, 「근대초기 창작동요의 미학적 특성-동심의 발현을 중심으로」, 『동화와 번역』 11집, 건국대학교 동화와번역연구소, 2006.6. 63-100쪽.
17) 윤석중, 「『집보는아기』노래」, 『어린이』 6권7호, 1928.12.

가족제도 속에서 존재하는 익숙한 자였던 것이다.

윤석중의 동요·동시에서 이러한 아동의 페르소나는 1920-1930년대 초반에 집중적으로 쓴 대표적인 작품들에서 잘 나타나 있었다. 고단한 가족 앞에서 재롱을 부리는 아동(「짝짝궁」), 욕심장이 오빠를 비난하는 누이(「꿀돼지」), 누나가 일할 때 머리를 빗겨주면 좋겠다는 동생(「낮에 나온 반달」), 글씨 공부하는 '나'(「기러기」), 엄마가 장사를 부르는 목소리가 듣기 좋다는 아이(「엄마 목소리」), 학교 숙제를 하는 '나'(「세계지도」), 쓴 약을 먹는 앓는 아기(「이약먹으면」) 등도 유사한 아동의 페르소나를 지녔다.[18] 1920년대에 등단·발표한 주요 시인들이 바라본 아동들, 그들은 주요 시인들이 자신의 심리 속에서 익숙하게 잘 알고 있었던 관념들인 것이다.

III. 미지의 존재

1) 세속적인 관심·이익과 무관한 아동 - 강소천의 경우

1930년대 강소천과 박영종의 주요 동요·동시에서는 아동 표상이 충분히 이해·인식할 수 있는 속성을 지닌 자에서 미지의 존재로 서서히

---

18) 윤석중의 동요·동시에서는 아동의 페르소나 '나'가 등장하는 내적 초점화가 중심이 되었지만, 화자가 아동으로 규정되기 곤란하거나 명백하게 어른인 경우도 많이 제시됐다. 화자가 아동으로 규정되기 곤란한 경우는 "책상우에옷둑이 우습고나야/검은눈은성내여 뒤쭉거리고/배는불러내민꼴 우습고나야"로 시작하는 동요·동시 「옷둑이」와 "이슬비 내리는 이른 아침에,/우산 셋이 나란히 걸어 갑니다."라는 동요·동시 「우산 셋이」가, 그리고 화자가 어른인 경우는 "애기가 벼갤 업구/웅달루만 댕기며 놀지요."라는 구절의 동요·동시 「벼개애기」 등이 있었다.

변화되었다. 이러한 변화는 1930년대를 전후로 해서 어른과 아동의 기호론적인 틀 구도가 부지불식중에 전도되었음을 암시한다. 1930년대의 주요 시인들은 아동을 어느 정도 알 수는 있되 완전히 알지 못하는 존재로 새롭게 바라보고 인식했던 것이다. 이러한 변화를 가장 먼저 보여준 자는 강소천이었다. 그는 그의 동요·동시에서 1920년대까지 선배 아동문인들이 보여줬던 아동의 관념들-힘, 쾌활함, 낙천성, 깨달음, 용맹, 가난, 불쌍함, 현실비판-과 구별되는 새로운 이미지를 만들었다. 그 새로운 이미지란 무엇보다도 어른이 생각하는 세속적인 관심·이익과 무관한 아동이었다.[19)

이러한 아동의 모습은 1920년대의 주요 동요·동시에 나타난 화자의 페르소나 특성이 변화되는 양상에서 잘 확인되었다. 강소천은 그의 작품에서 1920년대의 방정환·윤석중처럼 내적 초점화와 영 초점화를 주로 활용했지만, 화자의 페르소나 특성은 상당히 달랐다. 강소천의 주요 동요·동시에 나타난 화자는 주로 아동의 페르소나를 지닌 자였는데, 이 아동의 페르소나는 방정환처럼 어른 화자가 쉽게 이해할 수 있는 이미지가 아니었고 윤석중처럼 사회적·관습적·도덕적 가치로 익숙하게 규정할 수 있는 모습도 아니었다. 오히려 1920년대의 아동문학작품에서 살펴볼 수 있는 아동의 형상에서 일부로 거리를 멀리 한 인상이

---

19) 강소천의 주요 동요·동시에 나타난 아동을 어른이 생각하는 세속적인 관심·이익에 무관한 자로 규정하는 본 논문의 요지는 강정구의 발표문 「1930년대의 강소천 동요·동시에 나타난 동심성」(『한국아동문학학회 추계학술대회 논문발표집』, 한국아동문학학회, 2014.11)에서 이미 유사하게 살펴본 바 있었던 것이다. 본 논문에서는 이전의 발표문에서 살펴본 내용을 심화·발전시켜서 이러한 요지가 비단 강소천뿐만 아니라 박영종 등 1930년대의 주요 동요·동시시인의 작품에서도 엿보인 시대적인 특징이라는 점, 그리고 그러한 요지가 화자의 페르소나 특성과 초점화 방식의 변화에서 잘 확인된다는 점을 검토하고자 한다.

다. 먼저 아동 화자의 내적 초점화 방식을 보기로 한다.

E) 나는 나는 갈테야 연못으로 갈테야/동그램이 그리러 연못으로 갈테야//나는 나는 갈테야 꽃밭으로 갈테야/나비꿈을 엿보러 꽃밭으로 갈테야//나는 나는 갈테야 풀밭으로 갈테야/파란손이 그리워/풀밭으로 갈테야[20]

F) 세상에 만일/거울이 없다면//나는 내 얼골이/어떠케 생겼는지를 몰랏슬 테지요.//세상에 만일/거울이 없엇다면//나는 나를/일허버렷슬런지도/모릅니다.[21]

G) 한······번/두······번/세······번/네······번/······/······/(나는 그만 쓰러 졌다.)//마당이 돈다./집이 돈다./조선이 돈다./지구가 돈다./(슬멋-이 멎었다.)//-엄마는 왜 상게두 안 도라 오누.//가을 하늘은 파랗기도 하다.[22]

인용문 E-G)에서 아동의 페르소나를 지닌 화자는 방정환과 윤석중이 그들의 동요·동시에서 보여준 아동과 상당히 다른 이미지였다. 방정환의 아동이 주로 나약하고 슬픈 자였고 윤석중의 아동이 사회적·관습적·도덕적 가치에서 이해되는 자였다면, 위의 아동 화자 '나'는 선배 아동문인들이 만들어낸 이미지들과 달리 상당히 낯선 생각과 행위를 하는 자였다. E)에서 "동그램이 그리러 연못으로 갈테야"하는 아동 화자 '나'가 연못으로 가는 이유는 현실적인 필요나 놀이를 위해서가 아니라 동그라미를 그리는 행위 자체가 되었다. F)에서도 "거울이 없었다면/나는 나를/잃어 버렸을런지도 모"른다는 생각이나 G)에서 "마당이

---

20) 강소천, 「보슬비의 속삭임」, 『아이생활』, 1936.6.
21) 강소천, 「거울」, 『아동문예』, 1936.12, 20쪽.
22) 강소천, 「三월하늘」, 『동화』, 1937.4.

돈다./집이 돈다./조선이 돈다./지구가 돈다."는 빙빙 도는 행위는 모두 세속적인 현실에서는 비실용적이고 무가치한 것들이었다.

강소천이라는 담론주체가 만들어낸 아동 화자 '나'는 바로 이러한 존재였다. 아동 화자 '나'는 시대적인 이념이나 세속적인 이익·관심에 무관해서 일상을 살아갔던 어른이 쉽게 잘 이해할 수 없는 미지의 존재였던 것이다. 이런 미지의 존재는 담론주체인 어른이 자신의 인식(기호론적인 틀 구도) 바깥에 아동이라는 타자가 있음을 인정하고, 그 타자의 특성을 바라보고 형상화하고자 하는 열린 자세에서 포착할 수 있었던 것으로 추측된다.

강소천은 담론주체인 자신이 작품 밖의 서술자(아동 화자)가 되어서 주요 등장인물의 심리로 들어가거나 그 행동을 해설하는 영 초점화 방식의 시편들도 많이 창작했다. 이 때에도 화자의 페르소나 특성은 방정환이 보여주던 것과는 사뭇 달랐다. 방정환이 어른 화자(작품 밖의 서술자)가 아동을 전지의 태도로 말하는 영 초점화를 사용했다면, 강소천은 어른으로서는 어느 정도 알 수 있되 완전히 알지 못하는 아동의 페르소나를 지닌 화자(작품 밖의 서술자)가 자신의 세계를 전지의 태도로 말하는 영 초점화 방식을 구상했던 것이다.[23]

---

23) 영 초점화란 작품 밖의 서술자가 주요 등장인물의 심리로 들어가거나 그 행동을 해설하는 방식이기 때문에 서술자의 전지성을 그 특성으로 한다. 하지만 강소천이 구사한 영 초점화는 담론주체인 어른이 어느 정도 알 수 있되 완전히 알지 못하는 아동의 페르소나를 화자로 구성했기 때문에, 미지의 화자가 자신의 세계를 전지의 태도로 본다는 모순이 발생하게 되었다. 이런 모순은 사실상 해결하기 곤란한 것이 아닐 수 없었다. 강소천은 동요·동시를 제작할 때에 이러한 모순을 겪었을 것이다. 그가 창조·발명한 아동의 페르소나는 이러한 모순을 숨기고 있는 것으로 판단된다.

H) 바다는 쌀 함박/모래알은 쌀//크다란/쌀 함박을/기웃둥 기웃둥//퍼-
런 쌀 뜨물을/처얼석 철얼석//바다는 하로 종일/쌀을 인다우.24)

I) 호박은 벌거벗구두/부끄러운줄도 몰라.//배꼽을 내노쿠두/부끄러운
줄도 몰라.25)

　　두 편의 인용문 H-I)에서 작품 밖의 서술자는 아동의 페르소나를 지
닌 경우로써 어른이 쉽게 이해·인식하지 못할 뿐더러 세속적인 관심·
이익에 무관한 존재였다.26) H)에서 "바다는 쌀 함박/모래알은 쌀"이라
는 발상이나 "호박은 벌거벗구두/부끄러운줄도 몰라."라는 상상력은
어른이 자신의 세속적·이념적인 관심이나 사회적·관습적·도덕적인 가
치로 이해하는 것과는 거리가 멀기 때문이었다. 본래 작품 밖 서술자의
전지성은 어른이 이해가능한 것이어야 하지만, 강소천이 보여준 작품
밖 서술자의 전지성은 어른의 세속적인 관심·이익과 무관해서 쉽게 상
상할 수 없는 특이한 경우였다. 어른이 자신의 관습·도덕과 사회적인
인식으로 쉽게 이해할 수 없는 존재, 그 존재는 기존의 사회적·관습적·
도덕적인 가치들과 시대적인 이념들을 전복시켜야 발명이 가능했다.
이런 존재가 바로 강소천이 보여준 세속적인 관심·이익과 무관한 아동
관념인 것이다.

24) 강소천, 「바다」, 『동아일보』, 1937.11.14.
25) 강소천, 「호박」, 『동아일보』, 1935.12.28.
26) 이 논문에서는 인용문 H)와 I)의 화자를 아동으로 보았다. 물론 보는 시각에
　　따라서 어른으로 볼 수도 있다. 그러나 바다를 쌀함박으로 보고 파도를 쌀을
　　이는 모습으로 바라본 것이나 호박이 알몸이라는 발상은 어른으로 보기에는 상
　　당히 미성숙한 태도가 아닐 수 없다. 또한 '인다우'나 '몰라'라는 어투 역시 아동
　　의 말에 가깝다고 봤다.

2) 설명하기 곤란한 낯선 자 –박영종의 경우

1930년대 박영종의 동요·동시가 주목되는 이유들 중의 하나는 아동을 관찰의 대상으로 여긴 것에 있다. 박영종 작품 속의 아동은 어른의 인식으로 쉽사리 설명되기 곤란한 낯선 자였다. 박영종은 그러한 아동의 언행을 가만히 관찰하고 그것을 기록함으로써 새로운 아동의 관념을 가능케 했다. 이러한 아동의 관념은 1920년대의 방정환과 윤석중이 충분히 이해·인식할 수 있는 속성을 지닌 자로 아동을 본 것과 상당히 달랐다. 박영종은 1920년대에 활동한 동요·동시시인들이 그동안 익숙하게 생각해왔던 아동 관념을 전복시키면서 생경한 아동의 모습을 발견한 것이다.

박영종 작품 속의 아동은 어른이 쉽게 짐작하거나 예측할 수 없는 그 나름의 생각과 행동을 보여줬다. 이 때문에 그의 동요·동시는 화자가 아동의 언행을 세밀하게 관찰하는 외적 초점화 방식이 주로 사용되었다. 박영종의 작품에서는 아동을 다 안다는 태도를 취하는 전지의 화자 혹은 시인이 그런 전지의 태도로 창조된 아동 화자 '나'의 경우도 보였지만,[27] 외적 초점화의 방식은 좀 특이한 부분이 있었다. 그의 작품 속에서 외적 초점화의 화자는 어른으로서 자신이 잘 모르는 낯선

---

27) 박영종의 1930년대 동요·동시에서 영 초점화와 내적 초점화도 많이 보였다. "숨은아가 찾으러/제비제비 온단다."라는 구절이 있는 동요·동시 「제비 마중」(『신가정』, 1933.4)이나 "달밤에 바닷가/모래 밭에서/게들이 모여서/경주 하지요.//(중략)"(「게」, 『동화』 1권3호, 1936.4)에서는 작품 밖의 서술자가 제비나 게의 심리 속으로 들어간 영 초점화가 사용되었고, "요렇게 내눈은 동그라케/방슬 웃는 입도 뵈지오/눈, 코, 입 모두 뵈여도/요른 거울은 소용없다./(중략)/보구픈 사람이면 막우 보이는/그른 거울은 없을까?"라는 구절이 들어있는 「거울」)(『동화』 1권2호, 1936.3)에서는 어른인지 아동인지 분간하기 힘든 화자 '나'가 있는 내적 초점화가 활용되었다.

아동의 말과 행위를 가만히 관찰하고 기록하는 역할을 했고, 그 과정에서 그 이전에 경험되지 않았던 아동의 모습이 드러나기 때문이었다.

J) 아기더러 꿈 얘기 하라니/오늘 밤 자고 나서 한단다./꿈 한가지 꾸어 보고/낼아침에 한다기,//아침에 물어 보았더니,/누나는 달이 되고/아기는 해가 되더란다.//그래서 그담 하라니,/그 담은 잊어버렸단다.//오늘 밤 또 자고 나서/마저 한단다.28)

K) 댕, 댕, 댕, 상학종 쳤다./月○소학교 一, 二학년./체조 시간이다. 일이 학년.//나란이 나란이 흰 모자 쓰고,/나란이 나란이 빨강 모자./나란이 나란이 나란이 하고,/나란이 나란이 마당 한바퀴.//나란이 나란이 오리 떼도,/나란이 나란이 나란이 하고,/나란이 나란이 마당 한바퀴.//나란이 나란이 해바라기도,/나란이 나란이 나란이 하고,/나란이 나란이 돌고있다.29)

L) 낼모래 설날이다,/떡방아 찧자./엄마 토끼 누나 토끼/흰 수건 쓰고./오콩, 콩콩 콩한되 찧고,/오콩, 콩콩 팥한되 찧고.//애기 토끼 때때옷은/생동 저고리,/누나 토끼 설치장은/하얀 고무신./오콩, 콩콩 쌀한되 찧고,/오콩, 콩콩 또한되 찧고.//(중략)30)

위의 인용문 J-L)에서 1920년대의 주요 동요·동시와 눈에 띄게 구별되는 점은 어른 화자가 아동의 언행을 관찰하는 역할을 주로 했다는 것이다. 작품 밖의 화자는 아동의 심리를 파악한다든지 어른의 사회적·윤리적 가치관 속에서 아동을 본다든지 하지 않았다. 오히려 평소에

28) 박영종, 「꿈 이야기」, 『조선일보』, 1938.10.2.
29) 박영종, 「나란이 나란이」, 『소년』 3권3호, 1939.3.
30) 박영종, 「토끼방아 찧는 노래」, 『소년』 3권1호, 1939.1.

너무도 잘 아는 것으로 여겨졌던 아동을 세밀하게 관찰함으로써 낯선 언행이 있음을 드러냈다. J)에서 어른 화자가 아기에게 꿈 얘기를 하라니까 아기는 꿈 얘기를 시작과 중간과 끝이 있는 일관된 서사로 하지 않고 오히려 단편적·비연속적으로 했다. 이 때문에 아기는 잘 이해할 수 없는 낯선 자로 서술되었다. 화자는 아기의 꿈 얘기를 "누나는 달이 되고/아기는 해가 되더란다."라는 구절이 중심이 된 하나의 완결된 서사로 재구성할 수 있음에도 그렇게 하지 않았다. 다만 아기가 한 말을 그대로 옮겨 적을 뿐이었다.

이러한 태도는 인용문 K)와 L)에서도 반복되었다. 화자는 K)에서 月○소학교에서 아이들의 체조 시간을 가만히 지켜보면서 "나란이 나란이 흰 모자 쓰고,/나란이 나란이 빨강 모자./나란이 나란이 나란이 하고,/나란이 나란이 마당 한바퀴."를 도는 행태를 기록했고, L)에서는 토끼로 비유된 아이들이 설날을 맞이하는 모습을 바라보면서 "애기 토끼 때때옷은/생동 저고리,/누나 토끼 설치장은/하얀 고무신."을 살펴봤다. 박영종 동요·동시 속의 화자는 아동의 행태와 모습을 관찰하면서 그 관찰을 통해서 낯설거나 새롭게 여겨지는 부분들을 시화한 것이다. 이러한 아동의 형상화는 시인이 아동을 다 안다는 태도를 지니고서는 불가능했다. 박영종이 바라본 아동은 주목해볼 필요가 있는 낯선 탐구의 대상이었던 것이다.

1930년대 박영종의 동요·동시에서는 아동이 바라보거나 경험하거나 살아가는 세계 역시 아동만큼이나 낯선 공간으로 서술되었다. 박영종은 동식물(생물)이나 무생물을 주요 소재로 삼거나 혹은 현실에서 경험할 수 없는 환상적인 공간을 형상화하는 경우가 많았다. 이런 경우에서도 주목되는 점은, 시인이 현실적·사회적·도덕적인 가치와 시대적인 이념과 무관한 낯선 소재와 공간이 제시되었다는 것이다. 박영종은 어른 화자의 외적 초점화 방식으로 그런 소재와 공간을 관찰·기록했다.

M) 송아지 송아지/깜둥 송아지/두귀가 새까만/깜둥 송아지./젖 한통 머억고/또 한통 머억고/나비 나비 잡으러/강 건네 갔았다.[31]

N) 산술책을 바루 세우면/이상한 산ㅅ골이 되지요.//요 산ㅅ골엔 새가 울지요,/요 산ㅅ골엔 산울림이 잇지오.//구-구 구-구/(9-9) (9-9)/비둘기가 웁니다.//오-오 오오 오-오/(5-5 55 5-5)//둘 둘 둘(2-2-2)/골작물의 자그만 산울림을/들으면 꼭박 소르르.[32]

인용문 M)과 N)은 작품 밖의 서술자가 평범한 어른이 이해하기 곤란하지만 송아지나 산골 속의 비둘기·산울림의 모습들을 그저 가만히 바라보고 기록한 외적 초점화 방식이 사용되었다. 이런 방식을 통해서 작품 속의 세계는 상당히 낯설고 심지어는 환상적인 이미지로 서술됐다. M)에서 송아지가 "젖 한통 머억고/또 한통 머억고/나비 나비 잡으러/강 건네 갔"는데, 화자는 그 이유에 대해서 굳이 해명도 하지 않고 다만 관찰하는 역할에 충실했다. N)에서도 "산술책을 바루 세우면/이상한 산ㅅ골이 되"는데, 그 산골에는 비둘기가 기이하게 있음을 바라보고 말했을 뿐이다.

이러한 박영종의 태도는 아동과 그의 세계를 전지적인 태도로 구성했던 1920년대의 방정환이나 사회적·관습적·도덕적인 가치에 익숙한 아동과 그의 세계를 서술했던 1920년대의 윤석중과 상당히 달랐던 것이다. 박영종은 낯선 아동의 이미지처럼 아동이 경험하거나 환각할 법

---

31) 박영종, 「깜둥 송아지」, 『아이생활』 156호, 1939.5.
32) 박영종, 「이상한 산골」, 『조선중앙일보』, 1935.11.3.

한 낯선 세계의 이미지를 관찰 혹은 상상했고, 그 관찰과 상상을 전지자(全知者)의 입장에서 말한 것이 아니라 담담히 관찰자의 입장에서 기록했던 것이다. 이때 그가 관찰하거나 상상했던 세계는 어른이 쉽게 이해하거나 현실적·사회적인 의미와 가치를 부여하기 곤란한 것이었고, 다만 낯섦음 그 자체가 존재의 이유가 되었던 것이다. 1930년대 박영종의 동요·동시에서 아동과 그의 세계는 미지의 이미지들로 가득 차 있었던 것이다.

IV. 결론

이 논문에서는 1920년대 방정환·윤석중과 1930년대 강소천·박영종의 주요 동요·동시에 나타난 아동 관념의 변화를 논제로 삼았다. 그동안 1900-1920년대 근대아동문학에서 아동 관념이 형성된 과정은 비교적 잘 규명되었지만, 1930년대에 발생한 극적인 변화에 대해서는 거의 논의가 없었다. 이 글에서는 1920년대와 1930년대의 주요 동요·동시에서 화자의 페르소나 특성과 초점화 방식을 비교·분석함으로써 어른이 충분히 이해·인식할 수 있는 속성을 지닌 자에서 미지의 존재로 아동 관념이 변화했음을 검토했다.

먼저 1920년대 방정환과 윤석중의 주요 동요·동시에서 아동은 어른이 충분히 이해·인식할 수 있는 자로 형상화되었음을, 어른 화자의 영 초점화와 아동 화자의 내적 초점화를 검토함으로써 살펴봤다. 방정환은 주로 어른 화자의 영 초점화 방식을 활용해서 등장인물인 아동을 전지의 태도로 서술했고, 윤석중은 담론주체인 어른이 충분히 이해·인식할 수 있는 아동 화자를 '나'로 내세운 내적 초점화 방식을 사용했다.

그러고 나서 1930년대 강소천과 윤석중의 주요 동요·동시에서 아동이란 어른이 어느 정도는 알 수 있되 완전히 알지 못하는 미지의 존재로 관념화되었음을, 화자의 페르소나 특성과 초점화 방식의 변화를 통해서 분석했다. 강소천은 내적 초점화와 영 초점화를 사용했지만 담론주체인 어른이 쉽게 이해·인식할 수 있는 세속적인 관심·이익에 무관한 아동을 화자로 설정했고, 박영종은 어른 화자가 작품 밖의 서술자로서 어른의 사회적·시대적인 이념과 현실적·관습적·도덕적인 가치로 쉽게 설명하기 곤란한 낯선 아동의 언행과 그의 세계를 관찰·이야기하는 외적 초점화를 선택했다.

이러한 1920년대와 1930년대 주요 동요·동시에 나타난 아동 관념의 변화는 아동을 바라보는 어른의 시각이 극박하게 전도되는 현상이 있었음을 암시해준다. 아동은 어른의 품 안에서 바깥으로, 어른이 이미 살아왔고 충분히 아는 이전의 자아(전-아(前-我))에서 절대적인 타자로 변화된 것이다. 이런 변화는 물론 인식론적인 것이다. 1930년대의 인간은 자기 안에서 절대적인 타자라는 잉여 혹은 구멍을 본 것이다. 본 논문은 1930년대에 근대적인 주체 속에서 근본적으로 이질적인 타자들을 열어놓는 논의의 한 사례가 되기를 기대한다.

민족을 기억하는 문학적인 방식
-1940년대 중반 기념시집을 중심으로

I. 문제제기

나라 만들기라는 1940년대 중반의 과제에서 핵심적인 요체는 민족
이라는 기표를 무엇으로 채울 것인가 하는 문제일 것이다[1]. 이러한 문

---

1) 이 논문에서 1940년대 중반이라는 용어는 1945-1946년 사이를 잠정적으로 지칭
하기로 하고, 경우에 따라서는 해방기라는 용어를 혼용하기로 한다. 이 시기를
표상하는 용어는 해방공간, 해방정국, 미·소군정기, 해방기, 1940년대 중반 등이
혼재된 양상을 띤다. 해방공간이란 해방일부터 남북국가수립일까지의 극소화
된 시간을, 해방정국은 해방이라는 사건에서 기인한 혼란스러운 정국의 양상을,
미·소군정기는 실질적인 정치·군사적 지배주체를, 해방기는 해방에서부터 비롯
된 사건들이 남북국가수립 혹은 한국전쟁까지 내적 연속성을 지닌다는 논리를,
그리고 1940년대 중반은 시간적인 개념을 강조한다.(권영민 편저, 「한국 근대문
학과 이데올로기-김윤식과 권영민의 대담」, 『월북문인연구』, 문학사상사, 1989,
361쪽.;박용찬, 『해방기 시의 현실인식과 창작방법 연구』, 경북대박사학위논문,
1997. 참조.)
　나라(state, 國家) 만들기, 즉 건국이라는 문제는 1945년 해방 직전·후 핵심적
인 과제였다. 식민제국 일본으로부터 벗어나고자 하는 탈식민을 형식적·실질적
으로 진행하는 일이란, 결국 일본 국가와는 다른 국가의 건설을 전제하기 때문
이다. 이 때의 요체는 어떠한 국가를 건설할 것이냐 하는 민족주의(nationalism)
문제로 귀결된다. 민족이라는 상상공동체(imagined communities)의 정체성을 규
정짓는 일은, 곧 누가 어떤 이념으로 민족이라는 기표(signifier)에 의미를 채우느
냐 하는 상상하기에 다름 아닌 것이다. 건국의 과정과 그 복잡한 양상에 대해서
는 Bruce Cumings, 김자동 역의 『한국전쟁의 기원』(일월총서, 1986)을 참조할
것.

제에 대한 문학적인 응답을 잘 보여주는 것은 무엇일까 하는 것이 이 글의 문제제기이다. 도적과 같이 온 해방은 민족이라는 기표에 대해서 사유하고 그 의미를 실질적으로 채워야 하는 낯선 과제를 탈식민 사회에 던져 놓았는데, 그 과제에 대한 문학적인 응답은 이 시기의 정신사와 그 이후의 흐름을 이해하는 데에 있어서 가장 핵심적인 검토사항들 중의 하나이다. 이 민족이라는 기표는 그 시대를 나름대로 표현하고 주도권을 획득하고자 하는 여러 집단의 사고방식이 드러나는 논쟁적인 언표이기 때문이다.

이 글에서는 이러한 문학적인 응답이 민족(nation)으로 부르는 공동체의 주요 사건-해방과 삼일운동-을 기념하는 세 권의 시집에서 잘 찾아진다는 점을 분석하고자 한다[2]. 여기에서 말하는 세 권의 시집이란 ≪해방기념시집≫, ≪삼일기념시집≫, ≪해방기념시집-홰ㅅ불≫(이하 ≪횃불≫)을 지시한다. 이 시집들은 서명에 기념이라는 공통된 어휘가 있는데, 이 기념(memory)이란 것은 국가 부재의 상황에서 민족적인 사건을 표나게 기억하면서 국가 건설이라는 시대적인 과제에 대해서 시집의 참여자 나름대로 응답하고 있음을, 이 글의 논점과 관련지어 다시 말하면 종족문화공동체인 민족에 대해서 시집의 참여자가 희망하는 상상적인 이념공동체의 의미로 기표 채우기를 하고 있음을 암시한다.

---

2) 네이션(nation)이라는 용어는 국민, 민족, 국가 등으로 번역되는데, 이 글에서는 1940년대 중반이라는 특수한 상황을 의식해서 실체적으로는 한민족이라는 종족문화공동체를, 그리고 담론적으로는 특정 집단의 이념에 의거해 구상된 상상적인 이념공동체를 지칭하는 것으로 논문진행의 편의상 규정하고자 한다. 세 권의 기념시집에서는 민족을 실체적으로 지칭할 때와 이념적으로 표현할 때가 혼재되어 있기 때문이다. 이 네이션의 번역에 대한 문제는 송규진·김명구·박상수·표세만 공저의 『동아시아 근대 '네이션' 개념의 수용과 변용』(고구려연구재단, 2005)을 참조할 것.

이때 기념 혹은 기억이란 집단의 현재적 필요에 의해서 과거의 사건을 전유하는 과정이 된다는 점에서 의미심장하다. 이러한 논리를 세 권의 시집에 적용해 보면, 기념·기억 행위는 발간 참여자의 이념적인 필요에 의해서 과거의 사건을 재구성하여 민족이라는 기표를 채우는 다분히 민족주의적인 양상을 보이는 것이다3). 세 권의 시집은 그것을 출간한 주도자의 성향에 따라서 중앙문화협회 중심의 ≪해방기념시집≫, 조선문학가동맹 중심의 ≪삼일기념시집≫, 조선프롤레타리아문학동맹 중심의 ≪횃불≫로 구분되는데, 이 글은 세 시집에서 민족을 기억하는 문학적인 양상을 살펴보고자 한다4).

---

3) 기념 혹은 기억이란 메모리(memory)로 번역되는데, "현재의 필요에 의해서 과거가 재구성되는 정치적 과정"(권귀숙, 『기억의 정치』, 문학과지성사, 2006, 16쪽.)이며, 미래의 비전을 정치적으로 고쳐시키고자 과거의 사건에 의미를 부여하는 행위가 된다. 이때 기억은 다분히 민족주의 담론의 일종이 된다는 점에서 이 논문의 연구방법론으로 활용될 수 있을 것으로 기대된다. 기억은 앤더슨에 따르면 망각과 함께 민족주의적인 의도에 따라 확대·축소·변형되고(B. Anderson, 윤형숙 역, 『상상의 공동체』, 나남, 2002, 239-262면 참조.), 레빙거와 라이틀에 따르면 민족주의 담론을 통과하면서 찬란한 과거, 쇠락한 현재, 이상적 미래라는 민족주의 역사로 전유되며(M. Levinger, & P. Lytle, "Myth and Mobilization: the Traidic Structure of Nationalist Rhetoric", *Nation and Nationalism*, Vol. 7, No. 2.), 알박스에 따르면 사회적으로 구성되고 집단의 성격에 따라 다양하며 집단의 정체성 구성에서 중요한 역할을 하는 집합기억(collective memory)이 된다(Halbwachs, Maurice, *The Collective Memory*, New York: Harper and Row, 1925, 1980.). 이러한 기억의 세 가지 양상은 본고에서 논의하고자 하는 세 권의 시집에 각각 대응된다. ≪해방기념시집≫에서는 해방을 통해서 한민족, 일본, 미·소 연합군에 대한 기억/망각이 민족주의적인 방식으로 진행되면서 민족 관계가 재구성되고(2장), ≪삼일기념시집≫에서는 삼일운동이라는 과거의 사건이 민족주의의 3단계 역사담론으로 전유되며(3장), ≪횃불≫에서는 국가건설의 한 방식인 계급해방의 논리가 집단의 정체성을 구성하는 집합기억이 되기 때문이다(4장).

4) 세 권의 시집은 출간 주도자와 그가 속한 집단의 강령에 따라 2좌1우라는 이분

법적인 대립구도로 명확하게 대응된다기보다는, 3종의 참여집단을 주도하는 시적 목소리와 주변적인 시적 목소리가 혼재되어 있다고 보는 것이 더 타당할 듯하다. 이러한 추측이 가능한 까닭은, 좌우 이념적인 선택과 그 실천이 비교적 분명하게 구체화되지 않은 1945-1946년 시기에 3종의 시집이 출간되어 출간 주도자와 주변자 사이의 이념적인 편차가 큰 데에다가, 2-3종의 시집에 함께 참여한 시인들이 많다는 것 때문이다. "자료의 부족에도 불구하고 해방기 문단을 좌우대립의 구도로 바라보는 태도는 여전히 완강하다."(류경동, 「해방기 문단 형성과 반공주의 작동 양상」, 『상허학보』 21, 2007, 11-12쪽.)는 한 지적도 있듯이, 1940년대 중반이란 사실상 이념이 형성 중인 혼재의 시기인 셈이다. 본 연구에서는 용어의 혼란을 피하기 위해서 각 시집을 주도하고 집단의 강령을 동조하여 이념적인 성격을 분명히 나타낸 자를 주도자로, 시집에 참여할 뿐 이념적인 선명성을 지니지 아니한 자를 주변자로, 그리고 둘을 아우르는 용어를 참여자로 규정하기로 한다.

참고로 세 시집의 참여자와 집단의 강령은 다음과 같다.

①≪해방기념시집≫:중앙문화협회가 1945.12.12에 발간. 정인보, 홍명희, 안재홍, 이극로, 김기림, 김광균, 김광섭, 김달진, 양주동, 여상현, 이병기, 이희승, 이용악, 이헌구, 이협, 임화, 박종화, 오시영, 오장환, 윤곤강, 이하윤, 정지용, 조벽암, 조지훈 참여. 이 중 김광섭, 양주동, 이헌구, 박종화, 오시영, 안재홍 등은 민주주의 국가건설, 완전 자주독립 촉성, 조선문화 발전, 비인도적 경향을 배격하는 강령을 지닌 우파 진영의 중앙문화협회와 전조선문필가협회의 주도자였다. 이 외에도 정인보, 김기림 등은 우파 진영에 섰고, 조지훈, 서정주는 조선청년문학가협회 참여자이며, 이헌구, 이하윤 등의 해외문학파 출신 문인은 임화의 문단 주도에 불만을 지녔던 자들이었다.

②≪삼일기념시집≫:조선문학가동맹시부에서 1946.3.1에 간행. 권환, 김광균, 김기림, 김상애, 김용호, 김철수, 이협, 이용악, 임화, 임병철, 박세영, 서정주, 신석정, 오장환, 조벽암, 조허림 동참. 이 중 임화는 좌우익을 망라한 전(全)문단적인 조직인 문학건설본부, 문화건설중앙협의회, 조선문학가동맹의 실질적인 주도자였고, 일제 잔재의 청산, 봉건주의 잔재 청산, 진보적 민족문학 건설, 조선문학의 국제문학 제휴를 강령으로 내걸고 인민 민주주의 노선을 주장한다. 또한, 김용호, 김철수, 오장환, 여상현, 이용악 등은 조선문학가동맹에 동참했으며, 조벽암과 이협은 구카프에 일정 부분 관계했던 자들이었다.

③≪햇불≫:박세영이 대표편집하여 1946.4.20에 출간. 권환, 김용호, 박세영, 박아지, 박석정, 송완순, 윤곤강, 이찬, 이협, 조벽암, 조영출 가세. 여기에서 권

지금까지 1940년대 중반의 문학연구는 민족 기표 채우기라는 과제에 접근하는 방식과 시대적인 특성에 따라 크게 세 가지의 경향으로 논의되어 왔다. 먼저, 이 시기에 대한 본격적인 문학 논의는 1980년대에 집중되었는데, 이 때에는 주로 민족 기표를 좌우 이분법적인 시각으로 바라본 경향이 중심을 이루었다. 이 시기의 문단 상황에 대해서 권영민은 우파와 좌파 조직 중심의 '좌우대립'을 주목했는데5), 이러한 좌우 이분법적인 시각은 김용직의 역작『해방기 한국 시문학사』에서 좀 더 심화·천착되었으며 당대 현실을 바라보는 기본 구도로 굳어졌다6). 그렇지만 이러한 이분법적인 시각의 연구는 민족 기표가 지닌 다양성과 차이를 간과한 채 이념적인 대립구도가 지나치게 강조되는 문제점이 있었다.

이분법적인 시각과는 달리, 민족 담론에서 드러나는 자의식의 성찰과 고백이라는 형식을 주목한 경향의 연구가 1990년대 이후 제출되었

환, 박세영, 박아지, 박석정, 이찬 등은 계급주의를 표방한 1920년대 프로문학운동의 정통임을 내세운 이른바 비(非)해소파인 조선프롤레타리아문학동맹의 주도자였다.

이상 1940년대 중반 시인의 이념적 성향에 대해서는 김용직의『해방기 한국 시문학사』(민음사, 1989)를 참조했음.

5) 권영민,『해방직후의 민족문학운동연구』, 서울대출판부, 1986, 9-26면 참조.

6) 김용직,『해방기 한국 시문학사』, 민음사, 1989, 참조. 1940년대 중반의 문학 상황을 좌우 이분법적인 시각으로 본 주요 연구는 다음과 같다. 신형기,『해방직후의 문학운동론』, 화다, 1988.;이우용,『해방공간의 민족문학사론』, 태학사, 1991.;김영민,『한국현대문학비평사』, 소명출판, 2000. 참조.

이 외에도 좌우 이념적인 대립구도에 근거한 문학담론 중 주목되는 것은 다음과 같다. 배경열,「해방공간의 민족문학론과 그 이념적 실체」,『국어국문학』112, 1994,12.;강경화,「해방기 우익 문단의 형성과정과 정치체제 관련성」,『한국언어문화』23, 2003.;이민호,「해방기 시문학의 탈식민주의적 전위성과 잡종성 연구」,『한국현대문학이론과 비평』42, 2009.3., 117면 참조.

다. 그 대표적인 논자 중의 하나인 김윤식은 일제에 협력/저항하던 양가적인 성격의 문인들이 양심선언과 자기비판을 통해 민족적인 죄의식을 드러내는 윤리(모랄)를 확보하고 이 시대의 과제인 민족 기표의 형성을 담당하는 일원으로 참여하는 과정을 살펴보았다[7]. 또한 고백이라는 형식을 통해서 시에서의 진로 선택 문제가 나타났다거나, 속죄의식을 드러내어 용서를 구했다거나, 혹은 민족의 일원이 되기를 시도했다는 논의도 유사한 맥락에서 나온 것이었다[8]. 이러한 논의들은 자의식의 성찰을 통해 민족 기표의 형성을 주도해 나아간 사실을 주목했다는 점에서 1940년대 중반 문학담론의 중요한 경향으로 자리매김했다.

이후 2000년대에는 민족 기표 채우기라는 시대적인 과제가 2좌1우라는 이념적인 대립성을 넘어서서 다양성을 지니고 있었음을 살펴본 경향의 담론이 눈에 띄었다. 민족이라는 기표를 집단 혹은 개인이 다양하게 전유·재구성한 과정에서 다양성·차이가 숨겨졌음이 강조되었다. 최지현은 서사에서 학병이 어떻게 기억/망각되는가를, 이양숙은 조선문학가동맹의 비평문이 진보적인 문학사의 자산을 어떻게 기억하는지를, 그리고 이종호는 국민국가 담론이 해방기의 이동서사를 어떻게 전

---

7) 김윤식, 『해방공간 한국작가의 민족문학 글쓰기론』, 서울대학교출판부, 2006, 3-130쪽.
8) 각각 박용찬, 「해방기 시에 나타난 자기비판과 진로선택의 문제」, 『국어교육연구』 27, 1995.12., 93쪽.;유철상, 「해방기 민족적 죄의식의 두 가지 유형」, 『우리말글』 36, 2006.4., 367쪽.;이기성, 「해방기 시에 나타난 가족주의와 국가주의 - '자기비판' 문제를 중심으로」, 『상허학보』 26, 2009.6., 155면 참조.
　　이러한 논의뿐만 아니라, 자의식의 성찰과 고백 형식을 통한 민족의 일원되기 논의 중 중요한 것은 다음과 같다. 오태영, 「민족적 제의로서의 '귀환'」, 『한국문학연구』 32, 2007.6.;김준현, 「1940년대 후반 정치담론과 문학담론의 관계 -『신천지』에 나타난 '민족'과 '민족문학' 기호를 중심으로」, 『상허학보』 27, 2009.10., 참조.

유하는지를 검토하면서 이념적인 복잡성을 살펴봤다9). 뿐만 아니라 이 시기에 대해서 생존의지와 욕망이 적나라하게 펼쳐진 카오스의 공간이라는 논의도 주목되었다10). 이러한 언급들은 민족이라는 기표를 좌우 이념 대립이라는 선험적인 구조로 바라보지 않았다는 점에서 담론의 지평을 새롭게 열어놓은 것이었다. 이 점에서 이러한 경향의 논의를 좀 더 심화·발전시키고자 1940년대 중반의 기념시집에 나타난 기억이라는 문제를 중심으로 민족 기표의 다양한 형성을 분석하는 본 고찰의 정당성이 확보된다.

II. 민족 관계의 재구성 -≪해방기념시집≫의 경우

해방이 충격적인 까닭은 무엇보다 식민지 기간 동안 유지되었던 정치·문화·경제 체제가 일순간에 붕괴되고, 새로운 체제가 대신한다는 점 때문이다11). 이러한 체제의 급변 속에서 해방을 기념하는 시집의 출간이란 새로운 체제를 위해서 구체제에 대한 기억을 정리하는 일, 좀 더 정확하게 말해서 현재의 상황에 따라 구체제를 재(再)성찰하는 일이

---

9) 최지현, 「학병의 기억과 국가」, 『한국문학연구』 32, 2007.6., 460쪽.;이양숙, 「해방기 문학비평에 나타난 '기억'의 정치학」, 『한국현대문학연구』 28, 2009.8., 281쪽.;이종호, 「해방기 이동의 정치학」, 『한국문학연구』 36, 2009.6., 328면 참조.
10) 이봉범, 「해방공간의 문화사」, 『상허학보』 26, 2009.5., 51쪽.
11) 1945.8.15 해방 직후 9.2.에 맥아더 사령관은 북위 38도선을 경계로 미·소 양국 분담점령책을 발표하고, 9.7에는 미 극동사령부가 남한에 군정을 선포하며, 그 다음날에는 하지 중장의 미24사단이 서울에 진주한다. 또한 북쪽에서는 1945.8.24-26 사이 소련군이 평양에 진주하고, 10.10에 김일성이 조선공산당 북조선분국을 설치한다. 이처럼 한반도 내의 미·소 진주는 일본지배체제에서 미·소 중심의 새로운 지배체제로 변화되고 있음을 알리는 사건이다.

된다. 중앙문화협회가 발간한 ≪해방기념시집≫에서 주목해야 할 점은, 참여자의 민족주의 논리에 따라서 과거에 대한 기억/망각이 어떻게 나타나느냐 하는 것이다. 이 장에서는 한민족, 일본, 미·소 연합군의 표상을 중심으로 기억/망각이 일어나고 그 결과 민족 관계가 재구성되는 방식을 살펴보고자 한다.

먼저, 한민족과 일본의 관계 양상을 주목하고자 한다. 식민지 내부 속의 한민족과 일본은 저항적 민족주의 담론에서 볼 때에는 "우리 조선 민족 생존의 적인 강도 일본을 구축하는 방법은 민중직접폭력혁명뿐"이라는 신채호의 말처럼 저항과 수탈의 이분법적인 관계이지만[12], 일상공간에서는 협력하면서도 저항하는 양가적인 관계로 이해된다[13]. 이처럼 다소 상반되는 듯한 양가적·다면적인 관계의 기억은, 해방 직후에 와서 과거를 말할 때에는 거의 전적으로 저항적 민족주의 담론의 영향 아래 놓이게 된다. 한민족이 절대 선이고 일본이 절대 악이라는 이분법적인 관계는 시집 곳곳에서 기억되고, 양가적·다면적인 관계는 의식적·무의식적으로 망각된다. 저항적 민족주의 담론이 유일한 진리가 되는 것이 해방 직후의 광경이다.

압박과 유린과 희생에 무친 삼십육년
피를 흘리며 신음하며
자유를 차즈며 해방을 원하며
우리들은 얼마나
움직이는 세기의 파동 속에

---

12) 신채호, 『조선혁명선언』, 1923, 참조.
13) 윤해동은 식민지 사회 속의 한민족과 일본이 저항 대 수탈의 적대적 이항대립 관계가 아니라, 일상공간에서는 협력하면서도 저항하는 양가적인 관계를 형성하고 있었음을 강조한다.(윤해동, 『식민지의 회색지대』, 역사비평, 2003, 참조.)

뛰여들려하엿든가
(중략)

아 한만코
원만흔 곳에서 살지던
일본 제국주의
한민족을 잡아서 피를 짜며
잔인한영혼을 불러 무장하고
세계의관(冠)을 어드랴든
일본 제국주의

오늘 우리들은 그대의머리우에
황혼의만가를 보내느니

-김광섭, <속박과 해방> 부분, 중앙문화협회 편, ≪해방기념시집≫, 평화당인쇄부,
1945.12.12, 25-29쪽.14)

위의 시에서 주목되는 것은 한민족과 일본에 대한 기억이 이분법적
으로 명확하게 구분된다는 점이다. 한민족과 일본은 해방이 되자마자
이분법적인 인식지평에서 재구조화된다. 한민족은 "피를 흘리며 신음
하며/자유를 차즈며 해방을 원하며" "움직이는 세기의 파동 속에/뛰여
들려"한 피해·저항의 집단으로, 반면에 일본은 "한민족을 잡아서 피를
짜며/잔인한영혼을 불러 무장하고/세계의관(冠)을 어드랴든" 억압·수
탈의 국가로 기억되는 것이다. 이러한 기억은 시집 ≪해방기념시집≫
에서 중요한 논점이 된다. 주로 한민족에 대해서는 "황폐한고국 낡은

---

14) 세 권의 기념시집에 대한 표기는 당대의 표기방식을 따르기로 한다. 오탈자와
맞춤법과 띄어쓰기는 그대로 두었고, 한자는 국주한종체를 쓰되 쉽게 이해되는
선에서는 한글로 수정했다.

철로와 끊어진다리"15), "괴롭고 병든 목숨"16), "무서운 연옥 속의 삼십
육년ㅅ동안"17)이라는 선한 피해자로, 그리고 일본은 "우리들 적의 손
애 잡혀갈 때"18)의 '적', 혹은 "원수와도 싸워 익인다"19)의 '원수'라는
악한 가해자로 형상화된다. 이때 이러한 형상화는 좌우의 이념을 초월
해서 모두 동일한 양상을 보인다는 점이 특이하다.

이러한 이분법적인 기억이 가능하기 위해서는 한민족과 일본 사이
의 양가적·다면적인 과거 관계에 대한 망각도 함께 동반되어야 한다.
임화가 식민지 치하의 기억을 떠올리면서 "따지고 보면 누구나 다 허
물없는 사람이 있겠"20)냐라고 하거나, 김사량이 "골방 속으로 책상을
가지고 들어가 그냥 끊임없이 창작의 붓을 들었던 이가 있다면 우리는
그 앞에 모자를 벗지 않을 수가 없습니다."21)라고 하는 데에서 보듯이,
사실상 ≪해방기념시집≫의 참여자 대부분은 직·간접적으로 일본에
협력·저항한 양가적인 과거가 있었지만, 그러한 과거 중 협력의 기억은
망각된다. 이러한 기억과 망각은 한민족과 가깝게 유지되었던 일본을
적대적인 위치로 내몰아버림으로써 한민족과 맺는 관계를 재구성하는
민족주의적인 전략인 것이다.

15) 김광균, <날개>, 중앙문화협회 편, ≪해방기념시집≫, 평화당인쇄부, 1945.12.
   12, 24쪽.
16) 김달진, <아침>, 중앙문화협회 편, ≪해방기념시집≫, 평화당인쇄부, 1945.12.
   12, 36쪽.
17) 이희승, <영광뿐이다>, 중앙문화협회 편, ≪해방기념시집≫, 평화당인쇄부,
   1945.12.12, 47쪽.
18) 홍명희, <눈물 섞인 노래>, 중앙문화협회 편, ≪해방기념시집≫, 평화당인쇄부,
   1945.12.12, 11쪽.
19) 윤곤강, <피>, 중앙문화협회 편, ≪해방기념시집≫, 평화당인쇄부, 1945.12.12,
   79쪽.
20) 백철,『문학자서전』후편, 박영사, 1975, 300쪽.
21) 김사량,『인문문학』, 1946.10.

기억/망각의 민족주의 전략을 좀 더 분명하게 보여주는 것은, 한민족과 제2차 대전의 승전국인 미·소 연합군 사이의 관계에서이다. 1940년대 초반의 문인들 중에는 일본의 대동아공영권 논리에 협력하거나 방관하고, 서양제국주의 침략에 대항하여 동아시아를 보위한다는 구도로 이미지화된 태평양전쟁에 대한 일본의 승리를 기대하면서 한민족의 번영을 꿈꾸는 경우가 있었던 것이 사실이다. 그렇다면 그 당시의 '서양'이란 태평양전쟁에서 대동아의 적이 아닐 수 없었는데, 해방 직후에는 그러한 적이 친밀한 우방으로 표상되는 것이다. 미·소 연합군에 대한 기억/망각이 민족주의적인 방식으로 이루어지는 것이다.

몰래 쉬던 숨을 크게 쉬니
가슴이, 가슴이, 자꾸만 커진다.
아, 동편바다 왼-끝의 대륙에서 오는 벗이어!
이 반구의 서편, 맨-끝에 오는 동지여!

(중략)

들에 핀 일흠없는 꽃에서
적은 새 까지
모두다 춤추고 노래 불러라
아, 즐거운 마음은 이 가슴에서 저가슴으로
종소리 모양 울려 나갈때
이땅에 처음으로 발을 듸듸는 연합군이어!
정의는, 아 정의는 아즉도 우리들의 동지로구나.

-오장환, <연합군입성환영의 노래> 부분, 중앙문화협회 편, ≪해방기념시집≫,
평화당인쇄부, 1945.12.12, 74-76쪽.

1940년대 중반 한민족과 미·소 연합군은 그 이전과는 다른 관계로 표상된다. 1940년대 초반의 연합군이 일본과 대립하던 일종의 적이었다면, 해방 직후에는 그런 기억이 망각되면서 새로운 관계가 형성되는 기반이 만들어진다. "동편바다 왼-끝의 대륙"인 소련과 "이 반구의 서편, 맨-끝"인 미국은 이제 '벗'이나 '동지'로, 그들과의 전쟁은 "정의는, 아 정의는 아즉도 우리들의 동지"의 행위로 재구성된다. 미·소 연합군에 대해서 새로운 인식지평을 보여주는 이러한 시편은, 한민족이 반일 친미·친소로 관계를 형성하고 있음을, 좀 더 분명하게 말하면 세계 열강 속에서 한민족이라는 민족 기표의 위상이 바뀌고 있음을 보여준다.

III. 민족주의 역사로 전유하기 -≪삼일기념시집≫의 경우

1919년 삼일운동은 자주독립이라는 의의나 집회와 참여자의 규모로 볼 때, 식민지 사회에서 일어난 최대·최고의 사건이 아닐 수 없다. 이 사건에 대한 논의가 식민지 기간 동안 제대로 이루어지지 않았다는 점은, 해방 직후의 정신사에서는 그 의미를 부여해야 하는 일종의 과제가 된다. 이러한 과제에 대한 초기의 문학적인 대응을 잘 보여주는 것이 바로 ≪삼일기념시집≫이다. 이 시집은 단일 사건을 중심으로 편집될 만큼 당대 시인들이 호응을 보였던 것이다. 여기에서는 삼일운동이라는 과거의 사건이 좌우 이념을 상관할 것 없이 민족주의 역사 담론을 통과하면서 어떻게 기억되고 현재의 필요에 따라 전유되는지를 검토해보고자 한다.

삼일운동은 한민족의 독립을 주장한 항일저항운동이었으나 실패로 끝이 나고, 그로 인해서 일제의 문화정치체제를 부르는 계기가 되는 사건이다. 이 사건에 대해 ≪삼일기념시집≫에서 주로 형상화되는 것은, 그것이 찬란한 과거-쇠락한 현재-이상적인 미래로 전개되는 민족주의 역사의 일부라는 것, 좀 더 자세히 말하면 쇠락한 현재를 극복하는 데에 필요한 중요한 교훈을 얻을 수 있는 찬란한 과거라는 것이다. 이 점에서 삼일운동은 1919년에는 실패였지만, 1940년대의 중반에 와서는 단순히 실패일 수는 없다. 오히려 그것은 쇠락한 현재를 넘어서기 위한 진리를 지닌 것으로써 기능하는 일종의 주인기표(master signifiant)인 것이다[22].

> 뼈저린 원한과
> 피나는 슬픔은
> 그옇고
> 피로 그린 태극기를 높이 들었나니
> 외로히 떠나신 임을 조상하는 통곡소리
> 빨갛게 필줄만 아는 오롯한 마음은
> 총칼에 넘어지면서도 놈들에 가슴팍이에 화살을 쏘았다

---

22) 주인기표란 라캉(J. Lacan)을 참조한 지젝이 말한 용어이다. 그것은 '기의 없는 기표', 즉 현실화되면 의미가 텅 비어지고 마는 잠재적 의미의 기표로서, 진리라는 추상적인 가치의 환상이 기표의 공백을 메우고 있다. 삼일운동은 1940년대 중반에 좌우 이념을 가릴 것 없이 현재의 결여를 메우기 위한 일종의 진리·진실·희망·이상으로 담론화 되었는데, 그것은 진리·진실·희망·이상이라는 추상적인 가치의 환상이 기표의 공백을 메우고 있음을 암시한다(S. Zizec, 이수련 역, 『이데올로기라는 숭고한 대상』, 인간사랑, 163-169쪽 참조.;Tony Myers, 박정수 역, 『누가 슬라보예 지젝을 미워하는가』, 앨피, 249-254쪽 참조.). 삼일운동이 좌파와 우파 민족주의에 의해서 전유되는 현상에 대해서는 정종현의 논문 「3.1운동의 표상과 문화정치학」(『한민족문화연구』 23, 2007.11., 240쪽.)에 잘 나타나 있는데, 본 고찰에서 주목하는 것은 2좌1우라는 이념 집단은 삼일운동을 민족주의 역사담론으로 전유한 공통점이 있다는 점이다.

(중략)

죽엄앞에서라도
나라를 위해선 구필줄 몰르는 족속은
오늘
3월초하룻날의 피의 역사를 또한번 노래하고
장엄히 쓰러진 임께 향ㅅ불 돋고 재배하오리.

-이협,<재배하오리-삼일운동에돌아간애국지사영앞에->부분,
조선문학가동맹시부편, 《삼일기념시집》, 건국출판사, 1946, 30-31쪽.

위의 인용에서 강조되는 삼일운동은 쇠락한 현재의 결여를 메우기
위한 찬란한 과거가 되어야 하는 것이다. "오늘/3월초하룻날의 피의 역
사를 또한번 노래하고/장엄히 쓰러진 임께 향ㅅ불 돋고 재배하오리."
라는 구절에서 암시되듯이, '오늘'인 해방기는 민족 기표 세우기라는
과제를 제대로 수행하지 못하는 혼란과 좌절의 시기인데, 그러한 시기
에 반드시 필요한 것이 바로 "3월초하룻날의 피의 역사"인 삼일운동에
서 탐구된다. 그것은 다름 아니라 "죽엄앞에서라도/나라를 위해선 구
필줄 몰르는 족속"이라는 구절에서 보이듯이, 나라 만들기라는 가치를
위해서 기꺼이 희생할 수 있는 자세, 좀 더 분명히 말하면 "외로히 떠나
신 임을 조상하는 통곡소리"의 고통과 "총칼에 넘어지"는 죽음이 함께
했던 삼일운동의 구국희생정신을 뜻한다.

이협의 시는 현재의 필요에 의해서 삼일운동이라는 과거를 민족주
의 역사 담론으로 전유한 것인데, 이러한 전유는 사실 《삼일기념시집
》의 핵심논리가 된다. 이 시집에서 가장 주목되는 것은 쇠락한 현재를
위해서 가공되는 삼일운동의 표상이다. 삼일운동은 외세에 심각하게
종속된 1940년대 중반에 "조선독립만세 소리"로[23), "우리들의 앞날 곤

하고 괴로운" 상황에서 보면 "민족의 기억속에 높이 세운 기념비"로24), 그리고 "흐느껴 창량(蹌踉)하는 한 겨레"에게 있어서는 "이적(夷狄) 제 국노(帝國奴)의/그 창과 또한 칼을/이마에 받아/가슴에 받"은 구국희생 의 사건으로25) 기억되는 것이다.

그뿐만 아니라 민족주의 역사 담론으로 전유된 삼일운동은, 쇠락한 현재에서 이상적인 미래를 탐구해 나아가고자 하는 집단의 입장에서 는 꼭 부활시켜야 할 정신사적인 사건이기도 하다. 특히 이 시집이 출 간된 1946년 상반기라는 시기는 시집 발간 주도자인 조선문학가동맹 의 임화 입장에서 볼 때 미군정이 정국을 주도하면서 자기 집단이 지 향하는 인민 민주주의 이념이 위축되는 상황이었다. 이런 상황에서 삼 일운동에 대한 기억은 다분히 자기 집단의 이념을 드러내어 민족에 대 한 미래의 전망을 암시하는 방향으로 재구성되는 것이다. 삼일운동에 대한 기억이 담론 주도자의 민족주의 구상을 드러내는 수단이 되는 것 이다.

　　　　외국관저의
　　　　지붕우
　　　　조국의 하늘이
　　　　각각으로
　　　　나려앉는

---

23) 김광균, <三一날이어!가슴아프다>, 조선문학가동맹시부편, ≪삼일기념시집≫, 건국출판사, 1946, 10-11쪽.
24) 김기림, <영광스러운삼월>, 조선문학가동맹시부편, ≪삼일기념시집≫, 건국출 판사, 1946, 13-15쪽.
25) 김철수, <민족의노래>, 조선문학가동맹시부편, ≪삼일기념시집≫, 건국출판사, 1946, 25-26쪽.

서울
우리는
흘린 피의
더운 느낌과
가득하였든
만세소리의
기억과 더부러
인민의 자유와
민주조선의 기ㅅ발을
가슴에 품고

-임화, <3월1일이온다>부분, 조선문학가동맹시부편, ≪삼일기념시집≫,
건국출판사, 1946, 35-37쪽.

"흘린 피의/더운 느낌과/가득하였든/만세소리의" 삼일운동에 대한 '기억'이 "인민의 자유와/민주조선의 기ㅅ발을/가슴에 품"는 임화의 인민 민주주의 논리와 결합되는 것이 위 시의 중요한 논점이 된다. 1919년의 '3월1일'이 1940년대 중반에 다시 '온다'는 서술어가 붙여진 까닭이 바로 여기에 있는 것이다. "외국관저의/지붕우/조국의 하늘이/각각으로/나려앉"다는 표현에서 보이듯이, 이미 미·소가 각각 위력을 떨치면서 이념적인 재편과정을 거치고 있는 '서울'의 현실을 극복하고, 임화 나름의 이상적인 미래인 인민 민주주의를 지향하기 위해서는 삼일운동의 정신이 그 매개가 되어야 하는 것이다. 이처럼 삼일운동은 민족주의 역사 담론 속에서 쇠락한 현재를 극복하고 이상적인 미래를 만들어 나아가기 위한 찬란한 과거로 표상되는 것이다.26)

---

26) ≪삼일기념시집≫에서는 이외에도 여러 참여자에 의해서 이상적 미래를 만들어 나아가기 위한 찬란한 과거로 표상된다. 삼일운동에 대해서 권환은 시 <사자

IV. 계급혁명에 대한 집합기억 -≪햇불≫의 경우

8.15 해방을 기념하는 행위는 과거에 대한 기억을 재구성하는 측면이 있는데, 그 재구성방법 중의 하나는 과거의 기억을 고수·유지하여 자기 집단의 정체성을 회복하는 데에 활용하는 것이다. 민족 기표 채우기라는 시대적인 과제와 관련지어 말하면, 다른 집단이 변화된 환경속에서 과거에 대한 기억을 변용하는 것과 달리, 과거에 사유했던 이념으로 민족 기표를 다시 채우는 방식이 되는 것이다. 1940년대 중반에서 이러한 예는 조선프롤레타리아문학동맹이 주도하여 간행된 시집 ≪햇불≫에서 찾아진다. 이 시집에서는 발간 주도자가 어떻게 계급혁명에 대한 집단의 기억을 되살리면서 민족주의 담론에 참여하는가 하는 것이 초점이다.

이때 시집의 발간 주도자가 주목한 기억은 해방 이전의 계급혁명에 관한 것이다. 8.15 해방은 일본에 대한 한민족의 해방이지만, 계급혁명의 방식이 아니기 때문에 진정한 해방이 아닌 것이다. 그런 의미에서 발간 주도자가 시집을 간행하여 해방을 기념하는 문학적인 실천이란 식민지 시기에 전개했던 계급혁명에 대한 집단의 집합기억을 되살리는 것이 된다. 이 부분에서 시집 ≪햇불≫을 주도했던 조선프롤레타리아문학동맹의 집단적인 특성이 분명히 드러나며, 1940년대 중반이라는 현실을 대응하는 집단의 논리가 명확하게 제시되는 것이다. 계급혁명은 집합기억의 핵심이 되는 셈이다.

같은양>에서 "민주주의를 사랑하는 양/그날을 처음으로 마음껏 노래하자"(9쪽.)라고 하면서 '민주주의'라는 1940년대 중반의 과제와, 또한 조허림은 시 <3월의 태양이어>에서 "착취없는 인민의 새나라 세워/삼월을 태양을 맞이하자"(61쪽.)라면서 "인민 새나라"라는 국가재건의 가치와 연결시킨 바 있다.

그러나 그대들은 듣는가,
자유와 권력이 외치는 소리를!
너는 일찍기 나라를 근심하였드냐
너는 일찍기 민족을 사랑하였드냐
너는 일찍기 근로대중을 살리려 들었드냐,

(중략)

거리를 뒤덮은 저 붉은기,
붉은 기를 쥔 억세인 그대들 손에
모든 권력은 쥐어지리라,
그렇고 쥐어지리라,
그렇지 않고는 자유란 무엇이며
해방이란 무엇이냐.

날러라 붉은기, 이땅 우에 날러라.

-박세영, <날러라 붉은 기>부분, 박세영 편저, ≪햇불≫ 우리문학사, 1946, 50-51쪽.

식민지 기간 동안 프롤레타리아의 혁명을 위한 문학적인 실천을 전개하던 1920-30년대 프로문학의 목소리가 그대로 보존되어 있는 것이 위의 인용이다. '해방'이라는 용어를 제외한다면, 위의 시는 계급성과 선동성에 기초를 둔 1920년대 프로문학의 일종이라고 해도 크게 거슬리지 않는다. 이처럼 "일찍기 나라를 근심하"는 것과 "민족을 사랑하"는 것과 "근로대중을 살리려" 드는 것과 "그대들 손에/모든 권력이 쥐어"지는 것이 하나의 핵심 강령을 형성하던 프로문학운동의 논리를 기억해 그들과 연속성을 유지하고 정체성을 규정짓는 집단이 바로 1940

년대 중반의 조선프롤레타리아문학동맹인 것이다. 계급혁명이라는 과거의 기억은 조선프롤레타리아문학동맹의 정체성을 보존하는 집합기억이 되는 것이다.

이 점에서 조선프롤레타리아문학동맹은 계급혁명이라는 집합기억을, 1940년대의 현실을 바라보는 일종의 인식틀(episteme)로 삼는다. 그 집단의 입장에서 볼 때, 현실의 맥락을 규정짓고 대안을 찾는 기본 인식구조는 과거와 대동소이한 것이다. 계급혁명이 일어나지 않는 당대에는 여전히 "해방이란 무엇이냐."라고 되물으면서 "날러라 붉은기, 이 땅 우에 날러라."라고 소망하는 까닭이 여기에 있는 것이다. 이것이 시집 ≪횃불≫의 주도자가 지닌 공통적인 집합기억이다. 시집 ≪횃불≫에서 자주 형상화된 당대의 현실은, 한편에는 여전히 "아직도 남은/「토착」의 쇠사슬"27)이 있고 "놈들의 공장 악마의 넋"과 '침략자'와 그들과 "어울리여 민족을 팔아먹으랴던/반역자"28)가 있으며, 다른 한편에는 "민족과 계급이 해방된 조선!"29)에 대한 희망이 있고 그 희망을 이루어야 할 "조선의 아들"과 "농사ㅅ군의 자손"30)과 "나라ㅅ일 옳은일 아심인지" "구지 말리시지 못하시던 어머니"31)가 있다.

이러한 논리를 좀 더 밀고가면, 당대의 현실에서 계급혁명이 실현된 것으로 여겨진 소련과 그렇지 못한 미국은 다른 차원의 국가가 된다. 둘 다 연합군으로 한반도에 들어왔지만, 계급혁명이라는 집합기억을 지닌 집단의 입장에서 소련은 나라 만들기의 모델이 되는 것이지만,

---

27) 권환, <쇠사슬>, 박세영 편저, ≪횃불≫, 우리문학사, 1946, 18쪽.
28) 박세영, <순아>, 박세영 편저, ≪횃불≫, 우리문학사, 1946, 44쪽.
29) 윤곤강, <삼천만>, 박세영 편저, ≪횃불≫, 우리문학사, 1946, 103쪽.
30) 김용호, <또한번 다시 만세>, 박세영 편저, ≪횃불≫, 우리문학사, 1946, 34-35쪽.
31) 박석정, <어머니>, 박세영 편저, ≪횃불≫, 우리문학사, 1946, 75쪽.

미국은 그와는 달리 계급혁명을 부정한 반대(反對)모델이 되는 것이다. 이러한 상황에서는 계급혁명이라는 집합기억이 민족 기표 채우기라는 시대적인 과제를 수행하는 데에 있어 선택의 논리가 되고 만다. 더욱이 미군정이 실질적으로 지배하는 남한 사회에서 계급혁명 지향집단은 소수자가 되고, 실질적으로 그 집단의 강령은 현실적인 실효성이 상실·배제되는 것이다.

> 아 그 세월을 피로 수 놓은 수 많은 선각자여!
> 지끔 경건한 우리의 묵도가 그러나 무한한 유쾌속에 있다
>
> 어서 들어! 타바리서치 그 순간을
> 쓰러진 적과 또 하나 오고야말 우리의 승리를 위하여 축배를 들어
> 몽몽한 초연속에 스피릿●알콜의 푸래스코는 난무하고
> 아 텐트를 무너어저오는 광장●광장 적군(赤軍)●군중의 환호소리여
>
> 우라- 스타-린!
> 우라- 스타-린!
> 조선 독립 만세!
> 푸로레타리아 해방 만세!
> (어(於)●혜산진 소군(軍) 주최 축연에서)

-이찬, <축연>부분, 박세영 편저, ≪햇불≫, 우리문학사, 1946, 124-125쪽.

민족 기표 채우기라는 과제는 계급혁명을 집합기억으로 지닌 조선 프롤레타리아문학동맹의 입장에서는 이미 친소적인 태도를 지니게 된다. 위의 시에서는 계급혁명이라는 기본인식으로 세계를 파악하고 있음을 잘 보여준다. 계급혁명의 주도·동참자를 "그 세월을 피로 수 놓은

수 많은 선각자"로, 사회주의 국가 소련군의 입성이 곧 "조선 독립 만세!/푸로레타리아 해방 만세!"로, 그리고 계급해방을 위하여 "쓰러진 적과 또 하나 오고야말 우리의 승리를 위하여 축배를" 드는 것으로 서술되는 것이 모두 같은 이유에서이다. 외국 군대에 대한 거부감과 한민족의 화합이라는 문제를 경시하는 조선프롤레타리아문학동맹의 이러한 태도는, 모두 계급해방이라는 집합기억이 자신의 정체성을 보증해 주는 거의 유일한 근거임을 암시한다.

V. 결론

도적같이 온 해방은 민족이라는 기표를 사유하고 그 의미를 실질적으로 채워야 하는 낯선 과제를 1940년대 중반에 제기했는데, 이러한 과제에 대한 문학적인 응답은 해방과 삼일운동과 같은 민족의 주요 사건을 기념하는 세 권의 시집-≪해방기념시집≫, ≪삼일기념시집≫, ≪횃불≫-에서 잘 찾아졌다. 이때 기념 혹은 기억이란 현재의 필요에 따라서 과거의 사건을 전유하는 민족주의 담론의 일종이 된다는 점에서 주목해 볼 필요가 있었다. 이 시기에 대한 기존의 연구가 주로 2좌1우라는 이념적인 대립성 논리에 고착되었다면, 본 연구에서는 기억이라는 문제를 중심으로 하여 민족 기표가 형성되는 다양한 양상을 살펴봤다는 점에서 논의의 지평이 확보되었다.

첫째, 시집 ≪해방기념시집≫에서 주목되는 것은 한민족·일본·연합군의 표상이었는데, 이 표상은 시집 참여자의 민족주의 논리에 따라 과거에 대한 기억/망각이 어떻게 나타나느냐 하는 점을 보여줬다. 먼저, 한민족과 일본의 관계는 식민지 사회에서 비교적 협력하면서 저항하는 양가적·다면적인 관계였는데, 시집에서는 시 <속박과 해방>에서 보이듯 강력한 저항적 민족주의 담론의 영향 아래 놓였다. 이러한 영향은 한민족과 일본 사이의 양가적·다면적인 과거 관계를 망각하고 저항의 기억을 강조했기 때문이었다. 이러한 예는 한민족과 연합군 사이의 관계에서도 확인되었다. 시 <연합군입성환영의 노래>에서처럼 연합군은 식민지 사회에서 사실상 적이었으나, 해방 이후 이러한 기억이 망각되고 "우리들의 동지"로 인식되었다. 해방은 과거의 관계를 기억/망각하게 만드는 사건으로써, 한민족이라는 민족 기표의 위상이 바뀌었음을 암시했다.

둘째, 시집 ≪삼일기념시집≫에서는 삼일운동이라는 과거 사건이 좌우 이념에 상관없이 민족주의 역사 담론을 통과하면서 어떻게 기억되고 현재의 필요에 따라 전유되는지를 드러냈다. 삼일운동은 무엇보다 쇠락한 현재(1940년대 중반)를 극복하는 데에 필요한 중요한 교훈을 줄 수 있는 찬란한 과거로 기억되었다. 삼일운동이란 시 <재배하오리-삼일운동에돌아간애국지사영앞에>에서는 혼란·좌절의 현실에서 요구되는 구국희생정신을 선취했던, 그리고 시 <3월1일이온다>에서는 임화의 이상적인 미래인 인민 민주주의의 정신적인 요체를 지녔던 실천으로 가공되어 서술되었다. 이 지점에서 삼일운동은 3단계 민족주의 역사 담론으로 전유되어 쇠락한 현재와 이상적인 미래를 위해 그 결여를 메우는 찬란한 과거로 서술되었다.

셋째, 시집 ≪횃불≫에서는 발간 주도자가 어떻게 계급혁명에 대한 집단의 기억을 되살리면서 민족주의 담론에 참여하는가 하는 것을 나타냈다. 이 시집의 발간 주도자가 주목한 기억은 해방 이전의 계급혁명에 관한 것이었는데, 이러한 기억은 조선프롤레타리아문학동맹의 정체성을 보증하는 집합기억이 되었다. 1920-30년대 프로문학의 목소리가 거의 그대로 보존된 시 <날러라 붉은 기>는 조선프롤레타리아문학동맹이 프로문학과 연속성을 유지하고 자기 집단의 정체성을 규정짓는 방식을 잘 보여줬다. 조선프롤레타리아문학동맹은 이처럼 계급혁명을 일종의 인식틀로 삼았기 때문에, 1940년대 중반의 현실을 바라보는 시각도 그에 따른 것이 될 수밖에 없었다. 소련군의 입성을 찬양하고 그들을 지지하는 시 <축연>은 그러한 한 예가 되었다.

1940년대 중반은 민족 기표가 2좌1우의 이념적인 대립으로 이미 고착화된 것이 아니라, 막 형성 중이던 시기였다. 다시 말해서 민족이라는 상상공동체는 당대에 상당히 다면적·다양한 욕망들이 이합집산하는 과정을 통해서 복잡하게 조형되었던 것이다. 이 고찰에서는 그러한 민족 기표가 형성되는 1945-46년 사이의 한 과정을, 세 권의 기념시집을 통해서 보여줬다. 민족이라는 기표의 이 우연적이면서도 필연적인 출현은 계산을 넘어서고 욕망을 초과하는 복잡성 그 자체였던 것이다. 해방기 내내 민족 기표가 복잡하게 형성되는 과정, 그리고 그것이 국가라는 개념과 조우하는 과정 등의 고찰은 후속과제의 몫이 된다.

아메리카니즘과 성매매 여성

―주요 전후소설을 중심으로

I. 서론

한국전쟁 이후에 미군을 상대로 한 성매매 여성이란, 생활난을 주요 원인으로 하여 매음 행위를 한 25,000-280,000여 명 사이의 불확정적인 인력을 말한다.1) 주로 위안부, 미군동거녀, 기지촌 여성이라는 지시적인 명칭으로, 혹은 양공주, 양갈비, 양년, 유엔마담, 유엔사모님, 유엔레

---

1) 미군 상대의 성매매 여성 수에 대한 공식적·비공식적인 통계는 차이가 많았다. 보건사회부가 발행한 『건국10주년 보건사회행정개관』을 보면, 1954년에 2,564명, 1955년에 2,734명, 1956년에 1,948명, 1957년에 3,016명이었다. 이러한 수는 성매매 여성에 대한 경찰의 단속 결과를 중심으로 한 추정치를 근거로 했다. 이와 달리 『사상계』에서는 1952년에 '유엔마담'이 25,479명인 것으로, 그리고 『한국일보』와 『서울신문』에서는 각각 1955년에 61,833명과 1956년에 282,496명인 것으로 추정했다. (보건사회부, 『건국10주년 보건사회행정개관』, 1958, 304-405쪽; 이임하, 「한국전쟁과 여성성의 동원」, 『역사연구』 14집, 2004, 134-135쪽.) 1955년을 기준으로 할 때, 미군 상대의 성매매 여성 수를 대략 60,000여 명으로 잡아보면 전체인구 2천1백만 명의 대략 0.3%가 된다.
아울러 한국전쟁 중 참전한 미군 병력의 수는 185만 명 정도이나, 전쟁 이후 미군 감축이 논의되면서 그 수가 줄어들기 시작한다. 1953년 7월 휴전 시에는 8개 사단 325,000명, 1954년에 223,000명, 1955년에 85,500명 정도가 된다. 이렇게 보면 1955년에 미군을 상대한 성매매 여성 수는 『한국일보』를 기준으로 할 때에 미군 수의 2/3가 된다. 미군 수에 비해서 성매매 여성의 수가 상당히 많았던 것이다.

이디, 양키 창녀, 양키 마누라, 서양 공주 등의 비하된 용어로 통칭되는 이들은, 그 동안 다양한 표현만큼이나 미군·남성·국가·여성 집단의 필요에 따라서 외국 군인에게 몸을 팔아 민족적인 자존심에 상처를 입히는 부정적인 인간으로 비난되거나, 비천하고 불쌍한 희생양으로 동정되어 왔다.

이러한 집단의 의도적·전략적인 인식과 달리, 전후소설에 나타난 성매매 여성의 표상은 1950년대의 한국사회에서 아메리카니즘(Americanism)[2]이 구조화되는 새로운 인식을 보여준다는 점에서 주목된다. 전후소설에서 미군 상대의 성매매 여성 표상은, 일반적인 성매매 여성에 대한 이해와 달리 미군을 대상으로 한다는 점에서 미국에 대한 특정한 형태의 사고방식으로 담론화 되는 경향이 있다. 이러한 특정한 형태의 사고방식은, 미국이 1945년의 군정 초기부터 일관되게 진행해

2) 이 논문에서 말하는 아메리카니즘(Americanism)이란 전후사회 속의 한국인에게 미국식 사고와 문화가 최고의 가치가 되는 것으로 내면화되는 현상을 지시하는 용어로 규정하고자 한다. 본래 아메리카니즘은 1797년에 T. 제퍼슨이 미국 내의 애국주의를 뜻하는 말로 사용한 것이다. 이후 미국이 독립전쟁 시기에 부패한 땅인 유럽과 달리 신국(神國)이라는 의식을 조성할 때에, 유럽과 다른 민주주의 제도를 신성시 여기고 모든 사람에게 성공의 기회를 준다는 아메리카 드림의 기대를 환기시킬 때에, 그리고 국내외적으로 위기에 빠져서 강력한 국권을 지향하는 움직임을 필요로 할 때에 하나의 지향점으로 제시되었다.(박의경, 「에머슨과 아메리카니즘: 이상과 현실의 조화」, 『미국학논집』 28권 1호, 한국아메리카학회, 1996, 73-95쪽.) 이러한 아메리카니즘은, 타국(他國)의 지배권력이나 엘리트가 미국을 이상적인 국가로 모방할 때에 미국식 사고와 문화와 민주주의 제도를 지향하고 내면화하는 경향으로 전환된다.

나아가서 아메리카니즘은 타국의 지배권력이나 엘리트가 자기의 권력을 공고히 하는 과정에서 적극적으로 수용·변용하는 논리로 나타나서 양자(타국의 지배권력·엘리트와 아메리카니즘) 사이의 능동적인 '포옹'이 일어나기도 한다. (吉見俊哉, 오석철 역, 『왜 다시 친미냐 반미냐ー전후 일본의 정치적 무의식』, 산처럼, 2008, 81-83쪽.)

온 친미화(親美化, Americanization) 전략과 그 전략을 나름대로 수용·
활용한 한국의 지배권력·엘리트의 이해관계가 일치하는 지점에서 발
생하는 것이다.3) 이러한 사고방식은 한국전쟁 이후 혈맹과 이상적인
근대의 이미지와 결합되어서 더욱 강화·확산된다.

특히 미군 상대의 성매매 여성을 다룬 1950년대의 전후소설에서는,
미국식 사고와 문화에 대한 특정한 형태의 사고방식 혹은 아메리카니
즘이 확연하게 드러나 있다. 소설은 본래 현실 속에서 발생하는 새로운
감각과 인식의 유형을 잘 포착하는 형식이다. 김성한의 단편소설 「매

---

3) 해방기의 미국은 한반도를 점령하여 군정에 의한 통치를 실시하고 신탁통치국
의 감독 하에 군정의 권한을 친미적인 한국정부로 이양해야 함을 목표로 하는
현실주의(realism) 입장을 주장·실현했다. 미국은 군사적인 전략기지의 확보를
통한 대소(對蘇)방파제를 구축했고 남한을 자국 중심의 자본주의체제와 서구식
자유민주주의 체제에 편입시켰다. (B. Cummins, *The Orgin of the Korean
War: Liberation & Emergence of SAeperate Regime 1945-1947*, Princeton
Univ. Press, 1981, p. 103-156.) 그 과정에서 미국 유학의 경험이 있는 보수적·친
미적인 인사로 입법·사법·행정 조직을 개편하고, 경제적인 원조를 막대하게 지
원했다.(안진, 『미군정과 한국의 민주주의』, 한울아카데미, 2005, 13-264쪽.) 이
러한 친미화 전략은 한국전쟁 이후에도 주요 엘리트의 대미 교환계획 등을 통해
서 계속되었다.(허은, 「1950년대 미국의 대한 교육교환 계획과 한국사회 엘리트
의 친미화」, 『한국민족운동사연구』 44집, 한국민족운동사학회, 2005, 229-265
쪽.) 이러한 미국의 친미화 전략에 대해서 한국의 지배권력과 엘리트는 친미적
인 성향을 적극적으로 드러내어 호응했고, 권력의 획득과 유지를 위한 주요 이
념이자 수단으로 선택했다. 한국의 지배권력과 엘리트는 친미를 주장하면서 한
국전쟁 직후에 발생한 정치적·경제적인 과제를 해결할 하나의 이상적인 모델로
미국을 선택했고, 미국은 친미화 전략을 유지·강화하기 위해서 경제적 원조와
군사적 지원을 지속했다. (임희섭, 「해방후의 대미인식」, 류영익 외, 『한국인의
대미인식』, 민음사, 1994, 225-278쪽; 정성호, 「한국전쟁과 인구사회학적 변화」,
한국정신문화연구원 편, 『한국전쟁과 사회구조의 변화』, 백산서당, 1999, 11-58
쪽.) 이러한 미국의 전략과 그 전략에 대한 한국 지배권력과 엘리트의 수용·활용
은 아메리카니즘이 한국사회에 유포되는 중요한 원인이 되었다.

체」를 비롯한 10여 편의 전후소설은 미군과 실제 만나서 그들과 직접적인 관계를 맺고, 그들이 한국사회 속에서 일정한 사회적인 위치를 차지하며, 그들에 대해서 한국인이 평가하고 인식하는 여러 양상을 여실히 보여주는 것이다.

이러한 양상을 보여주는 소설은 이 논문의 연구대상이 된다. 이러한 소설들은 미군을 상대한 성매매 여성을 다룬 1950년대 단편소설 중에서 한국전쟁 이후의 사회를 공간적 배경으로 한 작품이라는 공통점이 있다. 김성한, 「매체」(『암야행』, 양문사, 1954), 김성한/류주현, 『무명로 장씨 일가 외』, 동아출판사, 1995, 오영수, 「학도란 사나이」(『현대문학』 3호, 1955.3,), 『갯마을』, 책세상, 1989, 강신재, 「해결책」(『여성계』 1956.8,), 『강신재소설선집』, 현대문학, 2013, 손창섭, 「층계의 위치」, 『문학예술』 21호, 1956.12, 오상원, 「난영(亂影)」(『현대문학』 15호, 1956.3), 『오상원 작품집』, 지식을만드는지식, 2010, 한말숙, 「별빛 속의 계절」, 『현대문학』 24호, 1956.12, 강신재, 「해방촌 가는 길」, 『문학예술』 28호, 1957.8, 송병수, 「쏘리 킴」, 『문학예술』 27호, 1957.4, 김광주, 「혼혈아」, 『혼혈아』, 청구서림, 1958, 남정현, 「경고구역」, 『자유문학』 18호, 1958.9, 박상지, 「황지」, 『현대문학』 47호, 1958.11, 오상원, 「보수」, 『사상계』 70호, 1959.5. 이 중에서 비교적 대표성을 띠는 김성한, 오영수, 강신재, 오상원, 김광주의 작품을 중심으로 논의를 전개하되, 필요시 다른 작가의 작품을 검토하고자 한다.[4]

미군을 상대한 성매매 여성에 대한 그 간의 연구사에서는, 미군·남성·국가·여성 집단의 필요에 따라서 부정적이거나 동정적인 대상으로

---

4) 이 중에서 손창섭의 「층계의 위치」와 강신재의 「해방촌 가는 길」은 성매매 여성보다는 남성을 중심으로 다루고 있다는 점에서 본 논의의 연구주제와 다소 어긋나는 측면이 있어 다소 제한적으로 논의 가능하다.

논의 되어왔으나, 성매매 여성과 아메리카니즘의 관계에 대한 의미 있
는 언급이 없다는 점이 아쉬웠다. 성매매 여성은 미국의 신(新)식민주
의에서 볼 때에 불법적·초법적인 성적 쾌락의 도구가 되고, 한국 남성
의 가부장제에 따르면 민족의 자존심을 팔아버린 몹쓸 여자가 되며,
박정희의 국가주의에서는 외화벌이를 하는 애국자가 되었다. 또한 여
성주의에 의하면 미군·남성·국가에 의한 희생양으로 설명되었다.

이러한 논의들이 교차하는 과정에서 문학계에서는 주로 희생양이라
는 시각이 중심으로 논의가 전개되었고, 차츰 중층적·혼종적인 의미가
부각되기 시작했다. 성매매 여성은 서로 유착된 권력·정치·자본에 의해
서 이용당하고 훼손된 존재이자 그 자체로 민족의 식민화된 현실을 환
기시키는 표상으로 검토되었고,5) 나아가서 민족주의와 여성주의의 시
각이 복합되어 중층적으로 형상화되거나 전통/신 여성의 이분법적인
이미지에서 일탈·해체되는 이미지로 살펴졌다.6) 이 외에도 미국·남성·

---

5) 문학 속의 성매매 여성에 대해서 김정자는 소설의 기법적 특징과 서사구조를,
   김승희는 윤금의 몸이 이중적으로 식민화된 민족의 알레고리임을, 김연숙은 수
   난과 훼손과 복원의 열망이 투사됨을, 그리고 김은하는 개발독재기 민족주의
   서사에서 민족의 식민화된 현실을 환기시키는 표상임을 다루었다. 김정자, 「한
   국 기지촌 소설의 기법적 연구」, 『한국문학논총』 16집, 한국문학회, 1995,
   377-404쪽; 김승희, 「한국 현대 여성시에 나타난 제국주의의 남근 읽기」, 『여성
   문학연구』 7집, 한국여성문학회, 2002, 80-104쪽; 김연숙, 「'양공주'가 재현하는
   여성의 몸과 섹슈얼리티」, 『페미니즘연구』 3집, 한국여성연구소, 2003, 121-156
   쪽; 김은하, 「탈식민화의 신성한 사명과 '양공주'의 섹슈얼리티」, 『여성문학연구』
   10집, 한국여성문학회, 2003, 158-179쪽.
6) 미군을 상대한 성매매 여성은 박선애에 따르면 민족·여성·국가·계급적인 모순
   이 복합적인 양상을 띠는 것으로, 그리고 김미덕에 의하면 젠더·민족·계급·인종
   의 권력관계에 따라 다양한 시각으로 파악되는 것으로 논의되었다.(박선애, 「기
   지촌 소설에 나타난 매춘 여성의 문제」, 『현대소설연구』 24집, 한국현대소설학
   회, 2004, 277-297쪽; 김미덕, 「한국문학에서 기지촌 성매매 여성과 아메리시안
   에 대한 연구」, 『아시아여성연구』 46권2호, 숙명여자대학교 아시아여성연구소,

국가에 의해 도구화 되었다는 사회학적·정치학적인 분석이 있었다.[7] 정작 성매매 여성을 존재하게 만든 미군과 미국문화에 대해서는 시대적인 보편성이 있다거나 양가적인 의미를 지닌다는 논의가 중심이었다. 전후의 미국이 (의사)보편자라는 논의,[8] 그러한 미국(문화)에 대해서 한국인이 양가적으로 인식·반응했다는 언급이 주를 이루었으며,[9]

2007, 7-54쪽.) 또한 김은경은 자유부인과 성매매 여성의 출현을 전후사회의 위기 징후로 본다. (김은경, 「한국전쟁 후 재건윤리로서의 '전통론'과 여성」, 『아시아여성연구』 45권2호, 숙명여자대학교 아시아여성연구소, 2006, 7-48쪽.) 더욱이 강신재 소설 속의 성매매 여성에 대해서 곽승숙이 전통/신 여성상이 해체되는 것으로, 오은엽이 가부장제 질서에 의한 젠더 권력으로부터 일탈되는 것으로, 또한 서재원은 양공주/누이의 혼종적인 정체성을 지닌 것으로 살펴봤다. (곽승숙, 「강신재 소설의 여성성 연구」, 『어문논집』 64집, 민족어문학회, 2011, 189-215쪽; 오은엽, 「강신재 초기 소설에 나타난 '양공주'의 형상화 연구」, 『현대소설연구』 50집, 한국현대소설학회, 2012, 262-297쪽; 서재원, 「1950년대 강신재 소설의 여성 정체성 연구」, 『한국문학이론과 비평』 54집, 한국문학이론과비평학회, 2012, 277-296쪽.)

7) 성매매 여성에 대해서 황영주에 따르면 국가 안보와 민족 유지를 위해서 필요한 것으로, Katharine H.S. Moon에 의하면 한국·미국 정부 쌍방의 안보 이해 증진의 목적으로 도구화된 자로, 이나영에 따르면 미군정에 의해 관리되고 억압된 자로, 또는 김희식에 의하면 국가권력의 이름으로 성적 통제된 자로 논의로 되었다. 황영주, 「미군기지의 양공주 다시보기: 파편화된 기억과 완충지대로서의 식민화된 여성의 몸」, 『비교한국학』 5집, 국제비교한국학회, 1999, 101-129쪽; Katharine H.S. Moon, 이정주 역, 『동맹 속의 섹스』, 삼인, 2002; 이나영, 「금지주의와 국가규제 성매매 제도의 착종에 관한 연구」, 『사회와 역사』 75집, 한국사회사학회, 2007, 39-76쪽; 이나영, 「기지촌의 공고화 과정에 관한 연구(1950-60): 국가, 성별화된 민족주의, 여성의 저항」, 『한국여성학』 23권4호, 한국여성학회, 2007, 5-48쪽; 김희식, 「성매매집결지(집창촌)의 기원: 박정희 정권기를 중심으로」, 『역사문제연구』 20집, 역사문제연구소, 2008, 255-305쪽.

8) 장세진, 「전후 아메리카와의 조우와 전통의 전유-50년대『사상계』의 전통 담론을 중심으로」, 『현대문학의 연구』 26집, 한국문학연구학회, 2005, 167-196쪽.

9) 문학 속의 미군·미국문화에 대해서 김미영이 찬양/추수와 침략자/겁탈자이라는 이중적인 이미지를 지님을, 김복순이 근대화/근대극복의 이중과제를 드러냄을,

특히 최정희와 정비석의 문학을 중심으로 하여 미국문화의 영향으로 개인의 욕망이 확장되거나 국제결혼으로 인한 문화적인 충격과 그 의미 등을 검토했다.[10] 사회학·문화학 분야에서도 미군과 미국문화에 의한 한국의 사회적·문화적인 변화를 다룬 몇몇 논의들이 주목되었다.[11]

그리고 최강민은 동경/두려움과 구원자/지배자라는 양가적인 대상임을 밝혔다. (김미영, 「한국(근)현대소설에 나타난 미국 이미지에 대한 개괄적 연구」, 『미국학논집』 37집, 한국아메리카학회, 2005, 39-65쪽; 김복순, 「1950년대 소설에 나타난 반미의 양상과 젠더」, 『여성문학연구』 21집, 한국여성문학학회, 2009, 45-92쪽; 최강민, 「1950, 60년대 한국소설에 나타난 한국인과 미국인의 관계성」, 『한국문예비평연구』 29집, 한국현대문예비평학회, 2009, 31-60쪽.) 또한 김세령은 1950년대 기독교 신문·잡지 분석을 통해서 미국 인식이 보수/진보 진영으로 분화되었음을 살펴봤다. (김세령, 「1950년대 기독교 신문·잡지의 미국 담론 연구」, 『상허학보』 19집, 상허학회, 2006, 33-72쪽.)

10) 최정희의 소설 『끝없는 낭만』은, 김윤경에 의해 민주주의적인 미국문화의 영향으로 개인의 욕망과 문제에 대해 관심을 갖고 고민하는 여성대중의 상을, 강진구에 의해 국제결혼을 순결한 사랑으로 의미화하고 싶은 욕망을, 그리고 허윤에 의해 여성주체의 낭만적인 사랑과 불안이라는 정동(情動)을 통한 이데올로기의 내면화를 드러낸 것으로 살펴졌다. (김윤경, 「1950년대 미국문화의 유입과 여성의 근대경험」, 『비평문학』 34집, 한국비평문학회, 2009, 49-69쪽; 강진구, 「국제결혼과 혼혈의 탄생」, 『현대문학의 연구』 45집, 한국문학연구학회, 2011, 149-177쪽.; 허윤, 「1950년대 양공주 표상의 변전과 국민되기」, 『어문연구』 41권 1호, 한국어문교육연구회, 2013, 257-283쪽.) 또한 임선애는 정비석의 『자유부인』에서 자유연애와 민주가정의 내용적 불연속으로 인해 주체의 혼란을 경험한 자유부인이 재현되었음을 분석했다. (임선애, 「전후 여성지식인, 자유부인의 결혼과 일탈」, 『한국사상과 문화』 41집, 한국사상문화학회, 2005, 61-89쪽.)

11) 강인철은 전후 자유민주주의와 친미주의와 관계를, 이선미는 미국영화로 인해 민주주의적 다원성의 자아를 경험함을, 최성희는 미국드라마의 수용으로 인해서 미국이 닮고 싶은 타자였음을, 강소연은 여성잡지 속의 여성상이 미국 여배우의 외적 이미지를 추구했음을, 또한 김아람은 1950년대의 혼혈아가 우리라는 민족공동체에서 배제되었음을 논증했다. 강인철, 「한국전쟁과 사회의식 및 문화의 변화」, 한국정신문화연구원 편, 『한국전쟁과 사회구조의 변화』, 백산서당, 1999, 197-308쪽; 이선미, 「'미국'을 소비하는 대도시와 미국영화」, 『상허학보』

이러한 연구사를 검토해 볼 때에 미군 상대의 성매매 여성 표상이 1950년대의 담론에서 새롭게 구조화되는 아메리카니즘을 잘 보여준다는 이 논문의 필요성이 제기된다. 이러한 연구를 위해서 전후소설 속의 성매매 여성 표상이 기존 연구사에서 살펴본 의미작용과는 다른 새로운 담론으로 재편성됨을 미셸 푸코(Paul Michel Foucault)의 담론이론을 참조하여 분석하고자 한다.

미셸 푸코는 그의 담론이론에서 담론에 대한 새로운 인식을 주장한다. 담론이란 주체의 입장에서 볼 때에 자신의 주관·의지를 언어화한 것이 되지만, 담론 자체적으로 볼 때에는 언어가 주체의 입을 통해서 발화된 것이 된다. 이러한 인식의 전환은 하나의 표상(언어)이 담론화될 때에는 주체의 주관·의지를 초월한 특정한 형태의 사고방식이 작동하고 있음을 암시한다. 이런 점에서 담론이란 다양한 사람들의 인식을 특정한 형태로 질서지우며 그들의 사고방식을 동일한 형태로 방향 짓는 것이 된다.[12]

이러한 특정한 형태의 사고방식은 미셸 푸코가 말한 담론의 구조를 분석함으로써 잘 살펴진다. 미셸 푸코는 담론이 그 형성 과정에서 배제의 과정으로 구조화됨을 주장한다. "어떤 사회에서든 담론의 생산을 통제하고, 선별하고, 조직화하는 나아가 재분배하는 일련의 과정들-담론의 힘들과 위험들을 추방하고, 담론의 우연한 사건을 지배하고, 담론의 무거운, 위험한 물질성을 피해 가는 역할을 하는 과정들-이 존재한

18집, 상허학회, 2006, 73-105쪽; 최성희, 「자유부인, 블랑쉬를 만나다: 전후 한국 여성의 정체성과 미국드라마의 수용」, 『미국학논집』 37집, 한국아메리카학회, 2005, 191-216쪽; 강소연, 「1950년대 여성잡지에 표상된 미국문화와 여성담론」, 『상허학보』 18집, 상허학회, 2006, 107-136쪽; 김아람, 「1950년대 혼혈인에 대한 인식과 해외입양」, 『역사문제연구』 22집, 역사문제연구소, 2009, 33-71쪽.
12) Paul Michel Foucault, 홍성민 역, 『임상의학의 탄생』, 이매진, 2006, 17-19쪽.

다." 그 과정이 바로 배제의 외부적·내부적인 과정들이다. 이 글에서는 금지, 분할과 배척, 진리에의 의지로 구분된 배제의 외부적인 과정을 주목한다. 금지란 우리가 모든 것에 대해 말할 수 있는 권리가 없다는 것, 즉 우리가 어느 상황(관례)에서나 누구나 그리고 무엇(대상)에 관해서나 말할 수 없다는 것을 의미한다. 분할과 배척이란 이것과 저것을 분할하여 그 중의 하나를 다른 하나로부터 구분하고 배척하여 다른 하나의 말과 행동을 잠음과 무의미한 행위로 규정하는 것을 뜻한다. 진리에의 의지란 참과 거짓을 구분하는 보이지 않는 강제적인 힘이 지속적으로 작용함을 표현한 것이다. 이 진리에의 의지는 금지와 분할·배척의 과정을 관통하면서 끊임없이 강화되고 근본적·필연적인 것으로 여겨진다.13)

이러한 미셸 푸코의 논의는 미군 상대의 성매매 여성이 1950년대의 담론(전후소설)에 표상되는 과정에서 아메리카니즘이라는 특정한 형태의 사고방식이 출현하고 있음을 검토할 때에 좋은 참조사항이 된다. 미군 상대의 성매매 여성은 기존의 성매매 여성에 대한 인식과 달리 미국에 대한 특정한 형태의 사고방식으로 인식·재현된다는 것이다. 미셸 푸코가 말한 진리에의 의지, 금지, 분할·배척은 아메리카니즘이 구조화된 성매매 여성의 표상을 논의할 때에 잘 적용된다는 점에서 이 논문의 방법론으로 활용가능하다.14)

---

13) Paul Michel Foucault, 이정우 역, 『담론의 질서』, 서강대학교출판부, 1998, 10-17쪽.
14) 이러한 필자의 아메리카니즘 논의는 일견 미국에 대한 동경의 심리를 강조하면서 미국화로 인한 남성성의 무기력, 전통의 위기 등을 병리적·비판적으로 조명하는 경우를 경시하는 것이 아니다. 필자가 말하고자 하는 점은 주요 전후소설을 보면 미국에 대한 동경의 심리뿐만 아니라 남성성의 무기력과 전통의 위기 등으로 해석할 수 있는 사례들이 다양하게 나타나는데, 그 사례들을 담론적인

좀 더 구체적으로 말해서 성매매 여성이 지닌 미국에 대한 강한 열망·환상-영어에 대한 세계 공통어적인 이해, 커다랗고 강한 육체에 대한 선호, 남녀 애정의 적극적인 표현, 자본주의에 대한 절대 긍정, 물질적인 풍요에 대한 선망, 개인주의와 자유에 대한 존중, 결혼·이혼에 대한 개인 의지의 지지·인정, 아메리카 드림에 대한 기대, 대중문화에 대한 취미와 향락의 존중 등 미국식 사고와 문화에 대한 무조건적인 열광-은 아메리카니즘이 진리에의 의지로 작동됨을,(2장) 성매매 여성의 매음 행태가 그녀가 속한 가정 내에서 묵인되는 상황은 아메리카니즘에 대한 비판과 반발이 금지되고 있음을,(3장) 그리고 미군과 성매매 여성이 서로 공유해온 미국대중문화의 퇴폐적·향락적인 속성과 미국문화의 비(非)집단적·비(非)가부장제적인 속성을 성매매 여성문화의 특성으로 규정한 일반인(비(非)성매매 여성)의 의식은 성매매 여성문화를 미국(대중)문화에서 분할·배척하는 것임을(4장) 검증하고자 한다.

차원에서 검토하니까 아메리카니즘에 대한 의지, 반미에 대한 금지, 그리고 미국문화와 성매매 여성 문화의 분할이 있다는 것이다. 이러한 필자의 검토는 미국화의 동경이나 그 비판으로 해석하는 것 이전의 담론적인 차원 문제인 것이다. 더욱이 이러한 필자의 연구방법에 대해서 작가와 인물의 층위를 통합적으로 살필 필요가 있다는 지적도 충분히 가능하다. 일견 일리가 있지만, 담론적인 차원의 문제를 검토하고자 하는 본 연구방법으로 다루기 곤란한 문제가 아닐 수 없다. 본 연구방법은 작가와 인물과 같은 주체의 입장에서 자신의 주관·의지를 언어화한 것을 주목하는 것이 아니라, 언어가 주체의 입을 통해서 발화된 것을 주목하는 것이다. 쉽게 말해서 담론화된 언어들이 보이는 아메리카니즘의 작동 방식을 검토하는 것이다.

II. 아메리카니즘에 대한 의지: 김성한의 소설 「매체」

미국식 사고와 문화에 대해서 무조건적으로 열광하는 전후 한국인
의 아메리카니즘은, 미군을 상대한 성매매 여성을 표상한 전후소설에
잘 드러나 있다. 여기에서 주목해야 하는 것은 이 아메리카니즘이란
성매매 여성이 스스로 인식하기 이전에 존재하고 조직된 것으로써, 해
방 직후부터 미국의 친미화 전략과 한국 지배집단·엘리트의 공모에 의
해 10여 년에 걸쳐서 서서히 수많은 개인-그 중의 성매매 여성-에게
내면화되는 사고방식으로 전개된 형태라는 점이다.15) 전후사회에서
유교적인 사랑과 입신양명이라는 관습적인 사고방식에 균열을 내는
아메리카니즘은, 김성한의 소설 「매체」에서 주요 주제가 된다.

전후소설에서 아메리카니즘이 작동하는 개인의 사고방식은, 미국식
사고·문화가 좋은 것, 참된 것, 바람직한 것, 우월한 것으로, 반면에 한
국식 사고·문화가 나쁜 것, 거짓된 것, 피해야하는 것, 열등한 것으로
인식·규정되는 현상에서 분명하게 확인된다. 이러한 현상은 한 개인의
의식이나 생각을 넘어서서 담론의 인식론적인 차원에서 이루어지는
것이다. 좀 더 쉽게 말해서 아메리카니즘은 개인적인 차원의 선호와는
거의 무관하게 진리의 위상으로써 개인을 통해서 언행(言行)된다는 것
이다. 아메리카니즘은 개개인의 언행을 통해서 진리로써 작동하고, 그
진리와 반대되는 것은 거짓이 되게 만들며, 개개인에게 있어서 이 진리
에의 의지를 열망하게 만든다.

---

15) 미국이 1945년의 군정 초기부터 일관되게 진행해온 친미화(親美化,
　　Americanization) 전략과 그 전략을 나름대로 수용·활용한 한국의 지배권력·엘리
　　트의 공모 관계에 대해서는 이 논문의 각주 3)을 참조할 것.

"디어, 마이 클래스메이트 미스 한(여보오, 동창생 미스 한이야)."

"오 하우 두 유 두? 아임 글랫 투 노우 유(참 반갑습니다)."

하면서 노랑 털이 담뿍 난 손을 내미는 바람에 천옥의 손은 이 세상에 나서 처음으로 양인의 손에 쥐여 보았다. 그것은 어떠한 한국 남자의 손보다도 큼직하고 힘차다고 생각했다.

"옥남아 너 그래 지금 어딨니?"

"쌈 아메리칸 트레이닝 캄파니(어떤 미국 무역회사에 있어)."

우리말로 물어도 영어로 대답했다. 학교 다닐 땐 그다지 신통하지 못하던 그의 영어가 혓바닥을 꼬부리는 폼이 본바닥 미국 사람의 발음 같다. 천옥은 어딘지 모르게 열등감을 느꼈다. (중략) 천옥은 우두커니 서서 그들의 뒷모습을 바라보았다. 딱딱 맞아떨어지는 네 발의 걸음걸이, 값진 옷차림, 유창한 영어-어느 모로 보나 그럴듯하다. 곧 미국으로 떠난다-그것은 더구나 근사했다.16)

그때부터 천옥의 일거일동은 눈부신 바가 있었다. 남이야 보건 말건 미인의 어깨를 툭 치기는 예사요, 팔을 엇걸고 대로를 활보하고 며칠이면 한 번은 반드시 동침하였다. 머리에서 발끝까지 미국 물건 아닌 것이 없고, 금은 야하다고 백금 패물을 번뜩이고, 한국말은 너저분하다고 영어만 지껄여댔다. 간혹 충고하는 한국인 직원이 있으면 '참견이 무슨 참견이야'고 핀잔을 주었다. 미인이 출장에서 돌아와 현관에 나타나기만 하면 '오' 소리를 지르면서 사무실 바깥까지 불이 나게 달려가서 목에 매달렸다. 천옥은 그것이 미국식이요 따라서 가장 현대적이라고 믿었다.17)

---

16) 김성한, 「매체」(『암야행』, 양문사, 1954), 김성한/류주현, 『무명로 장씨 일가 외』, 동아출판사, 1995, 98-99쪽.
17) 김성한, 「매체」(『암야행』, 양문사, 1954), 김성한/류주현, 『무명로 장씨 일가 외』,

아메리카니즘은 천옥이라는 인물의 언행을 통해서 미국식 가치·문화를 진리의 위상으로, 반면에 한국식 가치·문화를 거짓의 위상으로 구분해내는 사고방식으로 작동한다.[18] 천옥이 바라보는 미국인은 세계 공통어(보편어)인 영어를 유창하게 구사하는 자, 처음 본 여성에게 악수를 권하고 부드럽게 말하는 자, 값비싼 옷차림을 한 자, 커다랗고 강한 육체를 지닌 자, 남녀 애정을 적극적으로 표현하는 자, 애인에게 후한 선물을 하는 자, 현대적인 미국식 문화를 지닌 자가 된다. 이러한 미국인이야말로 1950년대의 사회에서 진리를 행하는 인간처럼 보이는 것이다.

천옥은 이러한 미국인의 사고·문화를 당대의 진리로 이해하는 반면에, 자신의 사고·문화는 비(非)진리 혹은 열등한 것으로 느낀다. 이 부분에서 아메리카니즘이 작동되는 것이다. 따라서 천옥의 사고는 그 진리를 추구하고 열망하는 강한 의지를 드러내는 방향으로 전개된다. 그녀에게는 자신의 인종과 문화는 열등한 것, 그래서 거짓이고 버려야 할 것으로, 반면에 미군·미국문화는 우등한 것, 그러므로 진리이고 획득해야 할 것으로 인식된다. 아메리카니즘은 천옥의 언행을 통해서 이

동아출판사, 1995 104쪽.
18) 김성한의 소설 「매체」에 대한 기존의 연구에서는, 천옥을 통해서 미국문화에 대한 병적인 경배풍조와 여대생의 타락한 사생활을 풍자하고 있음을, 그렇지만 그 풍자가 천옥의 윤리의식이 파괴되는 현실적인 설명이 없는 채로 그려져서 1950년대의 현실에 대한 뛰어난 인식을 간접화한 결과가 아님을 비판적으로 검토한 바 있었다.(김한식, 「김성한 소설의 풍자성 연구」, 『국어국문학』 121집, 국어국문학회, 1998, 233-257쪽.) 이러한 해석에 대해서 필자는 일정 부분 공감하면서 이런 천옥의 형상화가 왜 당대에 가능했을까 하는 점을 아메리카니즘이라는 사고방식으로 검토하고자 한다. 이렇게 되면 천옥에 대한 김성한의 풍자는 미국(문화)을 무조건적으로 열망하는 현실에 대한 전체적인 연관 속에서 시도된 것으로 재(再)해석된다.

분법적·위계적인 진위의 대립으로 나타나는 것이다.

아메리카니즘에 대한 이러한 의지가 개개인에게 일종의 권력(power)으로 작용한다는 점은 주목에 값한다. 아메리카니즘은 전후사회의 지배권력·엘리트가 지향하는 근대화 프로젝트와 하층민의 생존욕망을 관통해 나아가면서 역사적·사회적인 필연성을 부여받는 동시에, 그 사회 속의 보편적인 이념과 권력과 부로 등가·환원된다. 아메리카니즘이 곧 보편적인 이념이요 권력이요 부가 되는 것이다. 개인의 입장에서 보면, 아메리카니즘에 대한 의지와 그 실천은 시대의 진리를 자기의 것으로 획득·활용하는 것이 된다.

정조는 봉건적이요 국경은 비민주적이었다. 국경을 무너뜨리고 자유자재로 노는 자기의 모습은 글자 그대로 세계국가적이요 위대한 바가 있었다. 그는 스스로 국제적 매체라고 생각하였다.[19]

"아버지 이거 소용 없어요? 이거 삼백만 환은 넉넉히 돼요."

"……."

"증말 소용 없어요? ……그럼 좋아요."

보자기를 책상 위에 던지고 긴 의자에 가서 앉았다.

아버지는 일어서 한참이나 물끄러미 그를 바라보다가 보자기를 들고 문 밖으로 나갔다.

층층대를 내려가던 아버지는 도로 올라와 문을 반쯤 열고 모가지를 들이밀었다.

"천옥아, 나 여기 왔더란 말 아무하구두 말아라, 알았지?"

천옥은 고개를 끄떡였다.[20]

---

19) 김성한, 「매체」(『암야행』, 양문사, 1954), 김성한/류주현, 『무명로 장씨 일가 외』, 동아출판사, 1995 108쪽.

아메리카니즘에 대한 의지가 전후사회에서 보편적인 이념과 권력과 부로 치환됨을 보여주는 것이 위의 인용문이다. 천옥은 아메리카니즘을 실천하는 자기 자신이 단일 국가의 차원을 넘어서는 보편적이고 위대한 진리를 추구한다는 환상에 빠진다. 미국에 대한 천옥의 열망·환상은, 아메리카니즘이 구체적인 개인에게 구현되는 방식인 것이다. 아메리카니즘은 천옥을 통해서 보편적인 이념 즉 진리로 생각되고 말해지는 것이다. 더욱이 이러한 아메리카니즘에 대한 개인의 의지와 실천과 그 결과물은 그녀가 속한 사회에서 권력과 부로 쉽게 치환·유통된다. 아메리카니즘에 대한 천옥의 의지와 실천이 매음을 통해서 지속될 때, 그녀는 자신의 가족에게 도덕적으로 비난 받으면서도 매음의 대가인 부를 증여함으로써 일정한 권력적인 위치를 차지하게 된다. 인용문 속의 삼백 만 환은, 천옥의 아버지가 사업 실패로 잃은 이백 만 환보다 큰 것이다.[21] 그 증여 행위는 그녀뿐만 아니라 그녀 아버지의 사고방식을 바꾸어 놓는다. 유교적인 사랑과 입신양명보다 미군(미국)에 대한 열망·환상과 그 왜곡된 실행이 실제적으로 삶을 풍요롭게 하는 부와 권력으로 치환된다는 것으로 말이다. 아메리카니즘에 대한 의지는 진리요 보편적인 이념이요 부요 권력인 것이다.

---

20) 김성한, 「매체」(『암야행』, 양문사, 1954), 김성한/류주현, 『무명로 장씨 일가 외』, 동아출판사, 1995 110쪽.
21) 천옥의 아버지는 그녀에게 다음과 같이 말한다. "너 좀 들어 봐라. 집안이 망해도 이렇게 망할 수야 있냐. 회산가 무엔가 하누라다가 폴랑 망해서 이백만 환을 몽땅 잃어버렸지. 게다가 딸년은 양갈보라. 하아 이런 변이 있나...... 목을 매 죽든지 깡통을 들고 빌어먹든지 이젠 별수없다아......" 김성한, 「매체」(『암야행』, 양문사, 1954), 김성한/류주현, 『무명로 장씨 일가 외』, 동아출판사, 1995 109쪽.

III. 금지된 반미(反美), 혹은 아내의 매음 묵인하기: 오상원의 소설 「난영」과 오영수의 소설 「학도란 사나이」

전후소설에서 가장 이상한 장면 중의 하나는, 미군과 매음하는 아내에 대한 남편의 태도이다. 아내의 매음은 그 이유가 어떻든 간에 불법적·비(非)도덕적인 행위이며, 더욱이 미군에 대한 분노·비판·반발을 보여주기에 마땅한 것임에도, 대부분의 남편들은 침묵의 태도로 일관하는 경우가 많다. 이처럼 아내의 매음을 묵인하는 남편의 태도는, 반미적(反美的)인 언행을 할 권리가 금지되는 특정한 형태의 사고방식이 있음을 암시해준다. 이 금지된 반미(anti-American)란 누가 명시적으로 강요하는 것보다는 개개인의 무의식에 숨어있는 것, 그래서 반미를 떠올리고 말하기 이전에 다른 방식으로 현실을 인식·규정한다는 것을 뜻한다.22)

반미가 개인의 무의식에서 금지되면, 미군·미국에 대한 분노·비판·반발은 다른 방식으로 처리된다. 다시 말해서 미군과 매음하는 아내가 있는 현실은 개인의 의식 속에서 반미가 아닌 전혀 다른 방식으로 사고되는 것이다. 이 부분에서 아메리카니즘이 작동하는 것이다. 오상원의 소설 「난영」에서는 미군과 매음한 아내의 행위를 가족의 생존을 위한 필요악으로 인식하고 받아들이는 송씨의 이야기가 제시되어 있다. 이

---

22) 이러한 금지된 반미 현상은 해방기(1945-1950년)에도 일부 나타난다. 해방직후의 소설에서 미군은 좌파 민족주의 집단의 영향 아래 민족을 위협하는 점령군으로, 반면에 우파 민족주의 집단의 이데올로기에 편승해서 민족에 도움을 주는 해방군이자 경제적 시혜자로 재현되기도 한다. 이때 우파 민족주의 집단의 이데올로기에 편승한 경우에는 반미는 언급되지 않는다. 자세한 내용은 필자의 다음 논문을 참조할 것. 강정구·김종회, 「1940-50년대 문학에 나타난 미군의 재현 양상 연구」, 『어문학』 109집, 한국어문학회, 2010.9, 309-332쪽.

렇게 되면 미군의 비(非)도덕적인 악행은 사라지고 굴욕적인 한국인만
남게 된다.

> "자-, 좀 보란 말이요. 처 잘 둔 탓이라니까. 그렇잖음 어디 이런 것
> 구경이나 할라구요. 한선생 미안합니다. 그러나 내 처 덕분에 잘-살고 있
> 습니다. 생활을 돕는다구 미군부대 취직을 하드니만 자- 이것 보구려. 우
> 리 집엔 없는 게 없지요. 설탕이니 담배니, 고기니 할 것 없이."
> (중략)
> "저 노형은 잘 알지만 내 사실 처 덕분 아니면 어디 요즘 이런 난통에
> 아이 색기 하나 제대루 공분들 시키겠오. 변변히 식구들 멕이지두 못할
> 거요. 사실 그렇지 않소. 처 덕분이지. 참 문형도 가정을…?"[23]

> "오-, 마누라, 마누라가 돌아온 모, 모양이야"
> 하고 소리를 지르는 바람에 정신이 확 돌아왔다. 송씨는 버두룩시며
> 일어서고 있었다.
> 그때 그는 밖에서 푸르릉거리는 자동차 엔징소리와 함께 '굿바이' '굿
> 바이' 하고 서로 주고 받는 이국인(異國人)과 상냥스러운 여자의 음성을
> 들었다.
> (중략)
> "투무로 씨 유 아게인, 굿바이(내일 또 만납시다)."
> 하고 어덴지 속 간지러운 여자의 음성과 뒤섞여
> "쌩큐, 쌩큐, 하로오."
> 하는 송씨의 더듬한 음성이 미친개 짖듯 들려왔다.[24]

23) 오상원, 「난영(亂影)」(『현대문학』 15호, 1956.3), 『오상원 작품집』, 지식을만드
   는지식, 2010, 130-131쪽.
24) 오상원, 「난영(亂影)」(『현대문학』 15호, 1956.3), 『오상원 작품집』, 지식을만드
   는지식, 2010, 132쪽.

아메리카니즘이 작동되는 방식 중의 하나인 금지는 미군을 상대로 매음한 아내에 대한 남편 송씨의 분노·비판·반발이 사라진 현실, 송씨가 자기 아내의 매음을 크게 부끄럽지 않은 채로 한선생과 주인공 나(문형)에게 술자리의 얘깃거리로 말하는 현실, 그리고 아내의 정부인 이국인(미군)과 감사의 작별 인사를 하는 현실을 가능하게 만든다. 송씨에게 있어서 미군과 매음하는 아내란 전후사회의 굶주림과 무식을 탈출하게 해주는 동아줄과 같은 것이다. 따라서 송씨의 사고는 아내의 매음 행위와 그 대상자를 탓하기 보다는 오히려 감사의 마음을 드러내는 것으로 진행된다. 아메리카니즘은 매음 행위를 필요악으로 규정하는 것이다.

소설 「난영」에서 더욱 더 주목되는 것은 그러한 송씨와 그의 아내에 대한 송씨의 이웃과 나, 그리고 미군들의 태도이다. 이들의 공통점은 송씨와 그 아내의 이상한 동거와 그 원인자인 미군에 대해서 적극적으로 분노·비판·반발하지 않는다. 오히려 담담하게 이해하거나 약간의 냉소를 보일 뿐이다. 송씨 이웃은 말한다. "새벽에 모셔갔단 밤낮 이렇게 늦게 모셔 온다니까. 자기 딴엔 똑똑할 테지"25). 나는 속말한다. "치욕 속에서도 사람은 살아가고 있는 것이다. 굴욕 속에서도 가정은 이어져 가야 하는 것이다. 송씨도 알고 있는 것이다."26) 미군들은 말한다. "지배계급에는 죄란 있을 수 없는 거야."27) 아메리카니즘은 매음한 아내와 그의 남편, 그리고 주변인들의 언행을 통해서 반복·소통된다.28)

---

25) 오상원, 「난영(亂影)」(『현대문학』 15호, 1956.3), 『오상원 작품집』, 지식을만드는지식, 2010, 132쪽.

26) 오상원, 「난영(亂影)」(『현대문학』 15호, 1956.3), 『오상원 작품집』, 지식을만드는지식, 2010, 134쪽.

27) 오상원, 「난영(亂影)」(『현대문학』 15호, 1956.3), 『오상원 작품집』, 지식을만드는지식, 2010, 121쪽.

미군을 상대로 매음한 아내와 그의 남편은 가정의 불화와 해체로 인해 비극적인 상황에 직면하기도 한다. 어떤 아내의 입장에서는 특정한 미군을 상대로 지속적으로 매음을 하다가 자신의 가정을 해체하고 도미(渡美)하여 새로운 가정을 꾸리고 싶어 하기 때문이다. 이러한 상황까지 오면 미군·미국은 가정 불화·해체의 직접적인 원인이 되지만, 전후소설에서는 이러한 현실을 개인적인 불운으로 치부한다. 반미가 금지된 곳에서는 미군·미국이 사라지고 매음한 아내와 불행한 남편이 덩그러니 남게 된다. 오영수의 소설 「학도란 사나이」는 이러한 전후의 상황을 잘 보여준다.

> "갔소, 갔소!"
> 하고 손짓을 한다.
> "어델 말요?"
> 늙은이는 한 발 더 가까이 다가서면서
> "이 집 안양반 양갈보 하다가 껌둥이 얻어서 어제 인천 갔오, 인천!"
> 철은 앗차 하면서
> "아니 할머닌 어떻게 그걸……?"
> "이 앞에 또 양갈보 하는 여자한테 들었오!"
> "……"
> "바깥양반도 오늘 어린 거 업고 안양반 찾아갔오!"
> 아이를 X -이런 식으로 해업고 어느 외인부대 철조망 안을 기웃거리고 있을 학도가 눈앞에 선하다. 철의 입에서는 부지중 이런 소리가 튀어나왔다.

---

28) 이러한 금지된 반미는 한말숙의 「별빛 속의 계절」과 남정현의 「경고구역」에서도 반복된다. 두 작품 모두 미군과 성매매 하는 여성의 가족들이 미군에 대해서 명시적으로 비난·비판하지 않는 금지의 현상을 보여준다. 또한 송병수, 「쑈리킴」에서도 역시 미군과 여성의 불법적 성매매에 대해서 미군에 대한 명시적인 비난·비판이 보이지는 않는다.

"엉망 진창이다!"29)

위의 인용문에서는 미군과 매음을 하다가 도주한 아내에 대해서 미군을 비판하기 보다는 학도 개인의 불운으로 치부해버린다.30) 아메리카니즘은 가정을 해체·파괴한 미군에 대한 특정한 형태의 사고방식을 잘 보여준다. 미군과 성매매 여성 사이의 애정 관계로 인해 한국인의 가정이 해체되는 현실은 유교의 비도덕적 행실이나 미군의 범죄로 인지되지 않고, 오히려 성매매 여성이 자신의 현실적인 이익과 새로운 사랑을 찾아서 가는 행위로 이해되며 나아가서 그런 결과로 인하여 아이와 함께 남게 된 남편의 불행은 개인적인 불운으로 인식되는 것이다. 학도는 자신의 불운에 대해서 외인부대의 바깥에서 안을 기웃거리고 있을 뿐이지, 미군에 대한 적극적인 항의와 후속조치를 전혀 생각하지 못하고 있다.31) 철조망의 안을 기웃거리는 학도는 금지의 경계선이 현실 속에 존재함을 비유한다. 미군에 대한 분노·비판·반발은 마치 인지되지도 않는 것처럼 금지되는 것이다.

---

29) 오영수, 「학도란 사나이」(『현대문학』 3호, 1955.3,), 『갯마을』, 책세상, 1989, 65쪽.

30) 이 부분에서 미군과 매음을 하다가 도주한 아내에 대해서 미군을 비판하기 보다는 학도 개인의 불운으로 치부해버리는 주체는 철이 아니라 학도이다. 철은 "엉망 진창이다!"라고 하면서 주어진 현실 상황이 부조리함을 감탄하는 데에 반해서, 학도는 자신에게 주어진 상황-미군과 매음을 하다가 아내가 도주한 상황-에 대해서 미군이라는 집단의 힘과 상징성을 비판하지 않고 개인적으로 아내를 찾아 나서기 때문이다.

31) 이 소설에서 학도의 아내는 27-28세 정도이고, 그와는 10살 차이이며, 혼인계를 내지 않은 채로 아이와 함께 산다. 원래 이북 여자이고, 그의 본 남편은 광도에서 죽었다. 삼팔선이 막혀서 우연한 기회에 학도와 함께 사는 것으로 나온다. 아이는 누구의 자식인지 분명하지 않다. 오영수, 「학도란 사나이」(『현대문학』 3호, 1955.3,), 『갯마을』, 책세상, 1989, 63-65쪽.

IV. 미국(대중)문화와 성매매 여성문화의 분할: 김광주의 소설 「혼혈아」와 강신재의 소설 「해결책」

1950년대의 전후소설에서 미군을 상대한 성매매 여성과 문화적으로 구분되려는 일반인의 심리적인 자기 검열은, 비교적 분명한 양상으로 나타난다. 해방 직후부터 미군과 성매매 여성은 미국대중문화의 퇴폐적·향락적인 속성과 미국문화의 비(非)집단적·비(非)가부장제적인 속성을 공유해 왔는데,32) 일반인은 이처럼 공유된 속성들을 성매매 여성 문화의 특성으로 이해·차별하면서 미국(대중)문화를 긍정적으로 인식하는 경우가 많다. 이러한 일반인의 사고방식은 양면적인 속성들을 공유하는 두 대상-미군과 성매매 여성-을 진리와 거짓으로 분할하여 하

---

32) 이 부분에서는 하나의 문화가 긍정/부정의 양면성을 지닐 때에 그것이 수용되는 양상을 주목하고자 한다. 본래 댄스와 같은 미국대중문화는 쾌락적·놀이적인 속성/퇴폐적·향락적인 속성을, 그리고 자기 삶(운명)을 결정할 때의 미국문화는 개인주의적인 속성/비(非)집단적·비(非)가부장제적인 속성을 긍정적/부정적으로 함께 지닌다. (여기에서 자기 삶(운명)을 결정할 때의 미국문화가 지닌 개인주의적인 속성은 개인의 권리와 존중을 의미한다는 점에서 한국 사회에서 통용될 만한 긍정적인 속성이지만, 비(非)집단적·비(非)가부장제적인 속성은 한국 사회의 가부장적인 집단 논리에 어긋난다는 점에서 부정적인 속성으로 이해된다. 이러한 긍정적/부정적인 양면성은 개개의 사건·사태에 대해서 바라보는 관점에 따라 그 이해가 달라지는 것은 물론이다.) 해방 직후부터 미군과 성매매여성이 보여준 미국(대중)문화는 많은 경우에 댄스와 매음이 동시에 일어나는 퇴폐적·향락적인 속성이 강하고, 가부장 중심의 전통 속에서 자신의 운명을 결정하지 않는 비(非)집단적·비(非)가부장제적인 속성이 뚜렷하다. 당대의 일반인들은 미국(대중)문화의 이러한 양면성(긍정적/부정적인 속성)에 대해서 긍정적인 속성(쾌락적·놀이적인 속성, 개인주의적인 속성)은 미군(미국)의 것으로, 반면에 부정적인 속성(퇴폐적·향락적인 속성, 비(非)집단적·비(非)가부장제적인 속성)은 성매매 여성의 것으로 분할하여 후자를 배척하는 경향이 있었는데, 이러한 경향을 검토하고자 한다.

나를 배척하는 아메리카니즘이 작동하는 데에서 기인한다.

전후사회의 미국대중문화 중에서 댄스홀의 개장과 댄스 형식은 일반인에게 상당히 커다란 충격으로 다가온다. 남녀가 육체를 맞대면서 율동에 맞춰 함께 춤을 추다가 매음으로까지 이어지는 문화는 상당히 퇴폐적·향락적인 속성을 지닌 것으로써, 미군과 성매매 여성이 공유해 온 것이다.33) 김광주의 소설 「혼혈아」에서는 일반인이 자신을 성매매 여성과 구분하고자 이러한 퇴폐적·향락적인 속성을 성매매 여성문화의 특성으로 분할하여 배척하는 반면에, 댄스문화(미국대중문화) 자체는 긍정적으로 인식하는 이중적인 경향을 잘 보여준다.

「 (상략) 그렇다구 해서 누가 저희들 같은 것(댄스홀에서 미군·일반인과 댄스를 하고 매음을 하기까지 하는 성매매 여성-편자 주)을 모셔다가 성실하게 살림을 해보자는 쓸개 빠진 남자도 세상에는 없는 것이구요⋯ 자연 어쩔 수 없이⋯ 한 사람도 지긋지긋한 것을, 두 번 다시 「양코백이」들의 앙가슴 아래 내리 눌리면서 「양갈보」라는 손가락질을 받기도 싫구요⋯ 저같은 계집이야 「양갈보」두 못되고 「양어머니」가 되어버린 기막힌

---

33) 댄스 문화는 해방 이전에는 불법이었지만, 해방 직후에 미군에 의해서 합법화되면서 고급 사교문화의 형태로 용인되기 시작했고, 1940년대 후반에는 사회 전반으로 확산되었다. 전쟁 직후에는 외국인 출입 전용 댄스홀 '신문회관'만을 허용하고 나머지는 불법으로 규정하기도 했다. 1950년대 댄스는 세 장소-미군부대 내의 댄스홀, 댄스홀, 무허가 비밀댄스홀-에서 행해졌다. 이 중 미군부대 내의 댄스홀은 주로 미군, 미군을 조력하는 일부 한국인 남성, 성매매 여성을 포함한 한국인 여성이 출입하였다. 이중 한국인 여성은 댄스뿐만 아니라 매음까지한 경우가 많았다. 매음한 자들 중에는 직업적인 성매매 여성이 대부분이었지만, 가정주부와 처녀들도 일부 있었다. (주창윤, 「1950년대 중반 댄스 열풍: 젠더와 전통의 재구성」, 『한국 언론학보』 53권2호, 한국언론학회, 2009, 277-299쪽.) 이 논문에서는 성매매 여성과 문화적인 차원에서 구분되려는 일반인의 사고방식을 아메리카니즘과 연관 지어 분석하고자 한다.

신세지만… 그래도 선생님… 앞으로나마 조용히 그런 꼴을 안보구 살고
싶어서요…」34)

　　W구락부에 갔었다는 얘기를 하기 싫은 B박사와 꼭 같이 그 부인도
왜 갑자기 「땐스」를 단념할 결심을 했다는 이유는 말하기 싫은 모양이다.
（그러나, 거기에는 얼마 전에 어떤 엉큼스러운 「놈팽이」와 춤을 추다가
허리를 지긋이 찌르는 실례를 당한 누구에게도 말 못할 까닭을 부인 혼자
만이 알고 있는 사실이 영원히 비밀로 되어서 숨어 있는 것이다.)35)

　　미군·성매매 여성·일반인이 함께 즐긴 전후사회의 댄스문화는, 쾌락
적·놀이적인 속성과 퇴폐적·향락적인 속성을 양면적으로 지닌다. 댄스
홀에서 신체의 접촉이 성적으로 감흥되고 매음으로 진행되며 그로 인
해서 음란한 분위기가 만들어지는 퇴폐적·향락적인 문화의 속성은 미
군과 성매매 여성이 공유하면서 만들어지지만, 그 속성을 이해·인식하
는 일반인의 시각은 상당히 다르다. B박사의 부인은 어떤 '놈팽이'가
자신의 허리를 찌르는 혹은 성적으로 만지는 불쾌한 경험을 겪는데,
이러한 경험은 마치 자신이 댄스홀에 함께 있지만 자신과는 달라야 할
성매매 여성인 것처럼 여겨져서 부끄러운 비밀이 된다. 이 부분에서
B박사의 부인은 댄스문화의 퇴폐적·향락적인 속성을 성매매 여성문화
의 특성으로 전제할 뿐, 그 속성을 지닌 한 축인 미군 자체는 문제시
하지 않는 사고방식을 보여준다.
　　이러한 사고방식은 미국대중문화의 속성을 성매매 여성문화의 특성
으로 분할하고 성매매 여성문화를 배척하는 아메리카니즘의 일종이다.

---

34) 김광주, 「혼혈아」, 『혼혈아』, 청구서림, 1958, 161쪽.
35) 김광주, 「혼혈아」, 『혼혈아』, 청구서림, 1958, 172쪽.

B박사 부인의 심리(주관)에서 볼 때에는 자신이 지향하는 쾌락적·놀이적인 속성의 댄스가 성매매 여성이 보여주는 퇴폐적·향락적인 속성의 댄스와 구분되려는 것이지만, 아메리카니즘이라는 담론의 차원에서 볼 때에는 미군과 성매매 여성이 함께 만들어온 퇴폐적·향락적인 속성을 분할하여 성매매 여성문화의 특성으로 배척하는 배제의 과정이 그녀의 심리에서 반복되는 것이 된다. 댄스문화를 긍정하는 일반인은 대부분이 이런 심리를 반복한다. B박사의 부인은 다음과 같이 강조한다. "기분이 울쩍 할 때, 그저 심심풀이로, 쾌활한 음악에 맞추어 가끔 「춤」을 좀 추자는 것쯤은 용인해야 한다"36). 또한 B박사의 친구 F씨는 다음과 같이 말한다. "춤이란 것은 그렇게 심각하게 생각할 것도 아니고".37)

대부분의 일반인들은 댄스뿐만 아니라 다른 측면에서도 성매매 여성과 심리적으로 구분되려는 사고를 강하게 보여주는데, 이러한 사고방식은 미국문화의 부정적인 속성을 성매매 여성문화의 특성으로 분할·배척하려는 우리(한국인) 안의 아메리카니즘이 작동 된 결과이다. 일반 여성은 가부장 중심의 가족 제도를 중시하기 때문에 미국문화의 비(非)집단적·비(非)가부장제적인 속성을 쉽게 받아들이지 못한다. 우리 안의 아메리카니즘은 그러한 속성을 성매매 여성문화의 특성으로 규정하여 도외시하는 경향이 있다. 이러한 우리 안의 아메리카니즘은 강신재의 소설 「해결책」에서 잘 드러나 있다.

다음 날 김미라는 덕순이에게 합리적인 해결책을 강구하라고 제안하였다.

---

36) 김광주, 「혼혈아」, 『혼혈아』, 청구서림, 1958, 123쪽.
37) 김광주, 「혼혈아」, 『혼혈아』, 청구서림, 1958, 168쪽.

이러고 있는 것은 손해일 따름이다. 현재로 보아서는 애기들 아버지는 그 나이 많고 못 생겼다는 퇴기에게 더욱 마음이 있는 모양이니 아옹다옹 싸우며 이럴 것이 아니라 생활비나 듬뿍 내도록 법적 수단을 쓰는 것이 어떨까.

덕순이는 그것은 반드시 그렇게 해야 한다고 크게 고개를 끄덕거렸다.

그녀도 자기의 신세에 절망인 단안을 내리고 있던 차였다. 요즘 세상에 도저히 이럴 수는 없는 것이 사실일 것이었다.

그 대신에 그렇게 되면 아주 남남끼리가 되는 것이니까 일체 그 사람 행동에 무관심해야 한다고 김미라는 말하였다.38)

덕순이는 이마를 내려뜨리면서

"저어 이 애를 낳기까지 하여간 기다려봐야겠어. 만약 사내앨 것 같으면-우리 그인 사내애가 없어서 한이었으니까 혹 맘을 돌릴지두 알 수 없구…… 어쨌든 낳아보아야겠어."

어려운 듯이 그러나 확고하게 하는 말이었다.

김미라는 잠자코 서 있었다.

이상한 해결책도 다 있다고 어리둥절하고 있는 것이다.

이것은 김미라의 이해 밖의 일이었다.39)

소설 「해결책」에서 덕순은 그녀의 남편이 어느 퇴기와 바람을 피우는 상황에 대한 해결책을 강구한다. 그녀의 집에 세든 미군 상대의 성매매 여성인 김미라는 그녀에게 이혼하여 독립하는 삶의 방식, 다시 말해서 개인주의적인/비(非)집단적·비(非)가부장제적인 양면성을 지닌

---

38) 강신재, 「해결책」(『여성계』 1956.8,), 『강신재소설선집』, 현대문학, 2013, 198-199쪽.
39) 강신재, 「해결책」(『여성계』 1956.8,), 『강신재소설선집』, 현대문학, 2013, 201쪽.

미국문화를 해결책으로 권유한다. 이러한 미국문화는 해방 직후부터 미군이 보여주고, 그 미군과 매음하면서 가부장 전통의 집단적인 문화를 포기한 성매매 여성이 지닌 것이다.40) 이때 덕순은 김미라의 해결책과 구분되는 새로운 해결책-사내애를 낳으면 남편의 마음을 돌릴 수 있을 지도 모른다는 집단적·가부장제적인 해결책-을 제시한다. 이러한 덕순의 해결책은 그녀의 주관에서는 성매매 여성문화를 지닌 김미라와 구분되려는 일반 여성의 사고방식을 잘 보여주는 것이지만, 아메리카니즘이라는 담론의 차원에서는 미군과 성매매 여성이 자기 운명을 결정하는 삶의 방식(미국문화)의 개인주의적인/비(非)집단적·비(非)가부장제적인 양면성을 분할하여서 비(非)집단적·비(非)가부장제적인 속성을 성매매 여성문화의 특성으로 규정·배척하는 것이 된다. 아메리카니즘은 덕순(한국인)의 심리 속에서 작동되는 것이다.

V. 결론

이 논문은 전후소설에 나타난 미군 상대의 성매매 여성 표상이 1950년대의 한국사회에서 아메리카니즘이 구조화되는 새로운 인식을 잘

---

40) 소설 속의 김미라는 자신의 약혼자가 있었지만 전쟁 중에 연락이 두절되고 생계 등의 문제로 인해서 미군과 살게 된다. 그 뒤에 약혼자와 재회하게 된다. 가부장 전통의 여성이라면 순결을 훼손한 이유로 자결하거나 약혼자에게 이해를 구하고 돌아가는 여부를 고민하겠지만, 김미라는 미군과 살면서 약혼자와 친구가 되는 기묘한 관계를 만든다. 이러한 성매매 여성문화는 미국문화의 개인주의적인/비(非)집단적·비(非)가부장제적인 양면성에 따라서 긍정적 혹은 부정적으로 상반되게 해석된다. 물론 덕순의 입장에서 보면 미국문화의 부정적인 속성이 강하게 드러나서 자신은 이해할 수 없는 것이 된다.

보여준다는 점을 검토했다. 아메리카니즘은 해방 이후 미국의 친미화 전략과 그 전략을 나름대로 수용·활용한 한국의 지배권력·엘리트의 이해관계가 일치하는 지점에서 발생·확산되어서 한국인에게 내면화된 것이었다. 기존의 연구사에서는 미군·남성·국가·여성 집단의 필요에 따라서 부정적이거나 동정적인 대상으로 성매매 여성을 논의했으나, 이 논문에서는 미셸 푸코의 담론이론을 참조하여 성매매 여성 표상을 분석했다.

첫째, 전후 한국인의 아메리카니즘은, 미군을 상대한 성매매 여성을 표상한 전후소설인 김성한의 「매체」에 잘 드러나 있었다. 아메리카니즘은 천옥이라는 인물의 언행을 통해서 미국식 가치·문화를 진리의 위상으로, 반면에 한국식 가치·문화를 거짓의 위상으로 구분해내는 사고방식으로 작동했다. 아메리카니즘은 천옥의 언행을 통해서 이분법적·위계적인 진위의 대립으로 나타난 것이었다. 더욱이 아메리카니즘에 대한 천옥의 의지와 실천과 결과물은 전후사회에서 보편적인 이념과 권력과 부로 치환·유통됨을 보여주었다. 아메리카니즘은 천옥을 통해서 보편적인 이념 즉 진리로 생각되고 말해지는 것이었다.

둘째, 미군과 매음하는 아내에 대해서 그 미군을 향한 분노·비판·반발을 하지 않은 채로 침묵의 태도로 일관하는 남편의 모습은 반미적인 언행을 할 권리가 금지된 전후사회의 아메리카니즘을 잘 보여줬다. 오상원의 소설 「난영」에서는 미군의 비(非)도덕적인 악행이 묵인되고 아내의 매음 행위가 가족의 생존을 위한 필요악으로 인식됨을 형상화했다. 또한 오영수의 소설 「학도란 사나이」에서는 미군과 매음을 하다가 도주한 아내에 대해서 남편인 학도가 미군을 비판하기 보다는 개인적인 불운으로 치부해버리는 모습이 형상화되었다. 아메리카니즘은 미군에 대한 개개인의 분노·비판·반발을 금지시켜 놓았다.

셋째, 미군을 상대한 성매매 여성과 문화적으로 구분되려는 일반인의 심리적인 자기 검열 속에는, 미국(대중)문화의 양면적인 속성들을 공유하는 두 대상-미군과 성매매 여성-을 진리와 거짓으로 분할하여 하나를 배척하는 아메리카니즘이 숨어있는 경우가 많았다. 김광주의 소설 「혼혈아」에서는 일반인이 자신을 성매매 여성과 구분하고자 댄스문화의 퇴폐적·향락적인 속성을 성매매 여성문화의 특성으로 분할하여 배척하는 아메리카니즘이 작동하였다. 그리고 강신재의 소설 「해결책」에서도 성매매 여성인 김미라와 구분되려는 덕순의 심리 속에는 미국문화와 성매매 여성문화를 분할·배척하는 아메리카니즘이 잘 나타났다.

전후소설에 나타난 미군 상대의 성매매 여성 표상에는 아메리카니즘이 진리에의 의지로 작동되고 반미에 대한 분노·비판·반발의 언행이 금지되며 미국(대중)문화의 부정적인 속성이 성매매 여성문화의 특성으로 분할·배척되는 배제의 과정이 잘 나타나 있다. 이러한 아메리카니즘은 1950년대의 한국인이 미군·미국에 대해서 지닌 특정한 사고방식을 잘 설명해주는 것이다. 앞으로 우리 안의 아메리카니즘이 1960-70년대 박정희의 민족주의와 1980년대 이후의 여성주의와 포스트모더니즘을 어떻게 통과하는가, 특히 반미정서가 어떻게 생성·전개되는가를 추가로 연구할 필요가 있음을 부기한다.

해방기 소설의 민족주의 과잉 양상 고찰
―일본인 소재의 소설을 중심으로

I. 서론

1945년 8월 15일, 일본의 패전으로 인해 도둑같이 온 해방은 한반도 내의 한인(韓人)[1]과 일본인의 문화적인 위치를 역전시킨다. 해방 이전에 식민지 본국에서 온 일본인과 그 후손들이 조선총독부를 조직·장악하고 정치·경제·문화 방면에서 식민지를 주도해 온 중심집단이었고 한인이 그들과 혼성되거나 저항하던 주변집단이었다면, 그 직후부터는 제2차 세계대전의 승전국인 미·소의 군정 아래에서 한인이 중심집단이고 일본인이 주변집단으로 급박하게 반전된다. 이러한 해방기[2]에 한인

---

1) 한인(韓人)이라는 용어는 한반도를 거점으로 살아온 종족문화공동체를 실체적으로 지칭한 표현이다. 이 종족문화공동체를 표상하는 표현으로는 조선인, 한국인, 일민·한핏줄, 한민족·단일민족 등이 있다. 조선인은 식민지 시기에 일본제국주의가 비하한 것이고, 한국인은 1948년 국가 성립 이후의 국민을 지칭한 것이며, 일민(一民)·한핏줄은 이승만이 주창하여 반(反)공산주의적인 정치성을 강하게 드러낸 것이다. 또한 한민족·단일민족은 박정희가 민족중흥의 논리를 개발하면서 내세운 것이다. 이러한 표현은 모두 국가(민족주의)와 제국(제국주의)의 논리에 따라서 제시된 용어라는 점에서 학술용어로는 검토와 성찰이 필요하다고 본다. 이 글에서는 비교적 중립성을 지닌 한인이라는 용어로 한반도를 거점으로 살다가 20세기 전후부터 이산(離散)을 거듭한 종족문화공동체를 지시하고자 한다. 박한용, 「한국의 민족주의」, 『정신문화연구』 77호, 한국학중앙연구원, 1999.겨울호, 17-22쪽; 김수자, 「이승만의 일민주의의 제창과 논리」, 『한국사상사학』 22집, 한국사상사학회, 2004, 437-471쪽 참조.

은 나라 만들기라는 시대적인 요구 앞에서 좌우 이념집단과 대중 모두 한인 중심의 민족주의(nationalism)[3]를 표면화하여 지배문화로 발전시

2) 이 논문에서 해방기라는 용어는 1945-1948년 사이의 시기를 논문진행의 편의상 잠정적으로 의미하고자 한다.
3) 해방기의 민족주의는, 좌우 이념집단이 자기 이념에 적합한 좌우 민족주의를 형성하고 대중이 나름대로 그러한 민족주의를 선택하거나 반발하면서 복잡다단한 모습으로 나타나게 된다. 이러한 복잡다단한 모습 속에서 중요한 공통점은 식민지 시기의 중심집단이었던 일본인에 대한 강한 반발로써 한인의 우월성을 강조하는 심정적이고 문화적인 민족주의이다.
　　탈식민 사회에서 식민지 기간 내내 식민지 본국과 정치경제적·문화적·혈연적으로 구분된 한인이 식민주의·제국주의를 청산하고 자기 집단을 하나의 민족으로 각성하며 공동체의 이념을 형성해 나아가야 하는 민족주의를 하나의 과제로 지닌다는 점은, 엄연하게 시대적인 필연성을 띤다. 그렇지만 이 과정에서 해방기의 민족주의는 자기 집단이 속한 민족의 문화·가치관·매너 등을 기준으로 삼아서 다른 민족의 문화·가치관·매너 등을 저울질하며 평가를 내리게 되어서 민족주의의 과잉 상태를 드러내기 쉽다.(Eunsook Lee Zeilfelder, 평택대학교 다문화가족센터 편, 『한국사회와 다문화가족』, 양서원, 2007, 20-24쪽.) 특히 한인은 일본의 문화·가치관·매너에 대한 적대감을 강하게 지니게 되면서 자신과 일본인을 각각 우월하고 선한 민족과 열등하고 악한 민족으로 바라보는 과잉된 민족주의적인 태도를 보이게 된다. 이러한 태도는 한편으로 탈식민 사회를 건설하기 위한 당연한 반응이지만, 다른 한편으로는 우리 민족 내부의 민족주의 과잉을 성찰할 필요가 있는 오늘날에 와서는 자성(自省)의 대상이 된다.
　　도날드 캠블과 그의 동료에 따르면 과잉된 민족주의는 다음과 같은 인식 특성을 지닌다. ①나의 문화권에서 일어나는 일들은 자연스럽고 정상이며, 다른 나라 사람들이 보여주는 행동은 비적절하며 틀린 행위이다. ②우리의 습관이 세계적으로 정당하고 우리의 것이 다른 나라 사람들에게도 최고이다. ③같은 그룹의 규범, 역할, 가치관이 가장 옳다. ④같은 그룹에서는 서로 도와주고 협조하는 것이 당연하다. ⑤같은 그룹 사람들끼리 좋아하는 것을 행한다. ⑥같은 그룹 사람들끼리 자부심을 느낀다. ⑦다른 그룹에게는 적대감을 보인다. D. T. Cambell, & R. A. Levine, Ethnocentrism and intergroup relations. In R. Abelson et al.(Eds) Theoris of Cognitive consistency: A Sourcebook. Chicago: Rand McNally, 1968. 이 중에서 해방기의 민족주의는 일본인에 대해서 아주 강한 적대감을 보인다는 점에서 ⑦, 한인 자신들끼리는 민족적인 자부심을 느끼고 동일

켜 나아가면서 일본인에 대한 문화적인 위치를 재(再)설정하게 된다.

이 논문은 해방기의 한인이 일본인과 문화적인 위치를 재설정하는 양상, 좀 더 구체적으로는 중심집단인 한인이 우월하고 선한 주체가 되어 주변집단인 일본인을 열등하고 악한 타자로 인식하는 문화적인 양상은 어떠한가 하는 점을 문제로 제기한다. 해방기의 일본인에 대해서 한인은 군사적인 차원의 송환정책을 실시하는 미군정이나 전쟁의 전리품으로 간주한 소군정이나 잔류를 권고한 패전국 일본 정부나 유리한 귀환을 추진한 조선총독부와 달리,4) 식민의 기억과 상처를 지우기 위해서 과도하게 민족주의를 내세운 나머지 개인 대 개인이 아닌 민족 대 민족의 차원으로 관계를 재정립하여서 현실 왜곡적이고 그간의 일제 폭력에 맞선 대응-폭력적인 양상을 드러내는 경우가 많다. 이 논문에서는 한인의 민족주의가 과도하게 표면화되는 과정에서 일본인과 관계 맺는 이러한 양상을 성찰적으로 검토하고자 한다.

집단의 가치관을 긍정한다는 점에서 ⑥과 ③, 일본인 배척·무시하기를 한인들끼리 서로 도와주고 협조한다는 점에서 ④의 특성을 명시적으로 보여주기 때문에 과잉된 민족주의적인 인식 특성을 지니는 것으로 판단된다.

4) 한반도 내에서 해방기의 일본인은 외교상의 난제 중 하나였다. 해방기의 일본인에 대한 미군정, 소군정, 일본 정부, 조선총독부의 정책은 각 집단의 이익에 따라 세워졌다. 미군정은 식민지 한반도와 일본 본토를 분리하기 위해 일본인을 일본으로 송환하는, 소군정은 일본인이 자국에 위협이 된다는 판단으로 집단수용 및 남성노동력을 송출하는, 일본 정부는 과거 식민지 내의 일본인이 그대로 잔류하여 재산과 권력을 지키는 것이 유리하다는, 그리고 조선총독부는 일본 정부의 의지와 달리 생명의 위험 속에서 현금을 확보하고 미군 로비를 통해 귀환하는 정책을 세웠다. 이런 상황에서 국권을 지니지 못한 한인은 일본인에 대한 응징과 추방을 의도했으나 그 의도는 미·소군정의 정책에 의해서 제대로 실현되지 못했다. 자세한 것은 다음을 참조할 것. 이연식, 『해방 후 한반도 거주 일본인 귀환에 관한 연구』, 서울시립대학교 박사학위논문, 2009; 이연식, 「해방후 일본인 송환문제를 둘러싼 남한사회와 미군정의 갈등」, 『한일민족문제연구』 63집, 한국민족운동사학회, 2008, 201-256쪽.

이러한 양상은 한인과 일본인 사이의 갈등과 마찰, 때로는 관계 개선과 공존을 다룬 일본인 소재의 소설에 잘 드러나 있다. 여기에서 말하는 해방기의 일본인 소재 소설이란 주로 귀환일본인, 잔류일본인, 한일혼혈아 등을 소재로 하여 한인과 유의미한 관계를 맺은 양상을 보여준 소설을 뜻한다.[5] 이러한 일본인 소재의 소설은 해방기라는 특정한 시기에 한인이 일본인을 어떻게 생각하고 인식하는가, 그리고 스스로를 어떻게 규정하는가 하는 등등의 문화적인 위치 재설정 문제를 잘 보여준다는 점에서 주목된다.

그 동안 해방기 일본인 소재의 문학에 대한 연구사에서는 주로 문학작품 속에서 작가가 보여준 민족주의의 과잉을 거의 그대로 묵과하는 상태에서 진행되어 왔을 뿐, 민족주의의 과잉을 성찰적으로 인식하고 사회적·시대적인 상황 속에서 문제 삼으려는 논의가 부재했다. 해방기

---

5) 이 논문에서 귀환일본인이란 일본으로 귀환하는 일본인을, 잔류일본인이란 자의나 타의로 일본으로 귀환하지 않고 한반도에 잔류한 일본인을, 그리고 한일혼혈아란 내선결혼이나 정신대나 강제취업 등의 사유로 인하여 한인과 일본인 사이에서 출생한 혼혈아를 뜻하는 것으로 규정하고자 한다. 이러한 규정에 대해서는 앞으로 학계의 논의와 검증이 필요하다고 본다. 이 논문의 연구대상은 귀환일본인, 잔류일본인, 한일혼혈아 등을 등장시켜서 해방기에 한인과 일본인 사이의 유의미한 문화적인 양상을 보여주되 1945-1948년 사이에 발표된 일본인 소재 소설로 한정짓는다. 이 논문에서 말하는 해방기의 일본인 소재 소설이란 해방기(1945-1948년)에 발표된 소설들 중에서 한반도 내에 남아있거나(잔류하거나) 본토로 귀국하려는 일본인이, 그리고 한인과 일본인 사이의 혼혈아가 주요 인물로 등장하여서 문화적인 혼란과 민족 사이의 갈등을 소재로 한 작품군을 의미하기로 한다. 그 때문에 일본인이 단순히 한인의 기억으로 언급되거나 과거 식민지를 회상하는 작품은 제외시켰다. ①귀환일본인·잔류일본인을 다룬 작품: 허준의 「잔등」(『대조』 1-2호, 1946.1-7), 김만선의 「압록강」(『신천지』 1946.2), 염상섭의 「엉덩이에 남은 발자국」(『구국』 1948.1), 황순원의 「술 이야기」(『신천지』 1947.2-4, 「술」로 개제), ②한일혼혈아를 다룬 작품: 엄흥섭의 「귀환일기」(『우리문학』 1946.2), 염상섭의 「첫거름」(『신문학』 1946.11, 「해방의 아들」로 개제).

일본인 소재의 문학에 대한 그간의 연구는 크게 두 가지의 방향으로 진행되어 왔다. 하나는 한인의 문학이 일본인의 비참함 실상을 사실적으로 재현하거나,6) 그들에 대한 동정과 윤리를 지니는 것이었다.7)

다른 하나는 한인의 문학에서 한인에게 숨겨져 있거나 나타나는 일본적인 문화·가치관·매너를 하나의 악으로 규정하여서 경계·비판하는 것이었다. 김승민은 염상섭의 소설 「해방의 아들」에 대해서 작가가 "만주국에서 준 일본인으로서 살았던 식민지 시대 자아의 환영과 마주"8)했음을, 그리고 안미영은 황순원의 소설 「술」에 대해서 "주인공

---

6) 임기현은 "잔류 일본인들은 훨씬 비참한 상황 속에 놓여 있었"음을, 그리고 이정숙도 "일본인들의 비참한 모습도 이주와 귀환의 측면에서 해방정국의 한 부분을 형성하고 있"음을 논의했다. 반면에 곽근은 일본인의 귀환이 특수한 경우에 비참한 것과 무관한 우호적인 경우가 있음을 논의한 바 있었다. 임기현, 「허준의 <잔등> 연구」, 『한국현대문학연구』 30집, 한국현대문학회, 2010, 259-288쪽; 이정숙, 「해방기 소설에 나타난 귀환의 양상 고찰」, 『현대소설연구』 48집, 한국현대소설학회, 2011, 45-76쪽; 곽근, 「김정한 소설에 나타난 일본인상」, 『한국어문학연구』 36집, 동악어문학회, 2010, 495-511쪽.

7) 해방기의 허준 문학에 대해서 최강민은 "우리 모두는 같은 인간이라는 인도주의적 입장"에서 소설을 창작했다고 했고, 유철상은 "대안으로 제시한 등불, 즉 보편적 인간애라는 점으로 인해 역사성, 사회성으로부터의 거리감이라는 한계까지 아울러 노정하"였다고 했으며, 이병순은 "환희, 불안, 초조→증오→관용의 정신에 이르는 주인공의 의식의 변화"가 있다고 분석했다. 한편 신형기는 타자보다는 주체의 문제에 천착하여서 "주체로의 귀환은 역시 이루어지지 않은 듯"한 것으로 추측한 바 있었다. 최강민, 「해방기에 나타난 허준의 변모 양상」, 『우리문학연구』 10집, 우리문학회, 1995, 113-130쪽; 유철상, 「허준의 <잔등>고」, 『목원어문학』 14집, 목원대학교 국어교육학과, 201-223쪽; 이병순, 「허준의 「잔등」 연구」, 『현대소설연구』 6집, 한국현대소설학회, 1997, 327-346쪽; 신형기, 「허준과 윤리의 문제; 「잔등」을 중심으로」, 『상허학보』 17집, 상허학회, 2006, 171-200쪽.

8) 김승민, 「해방 직후 염상섭 소설에 나타난 만주 체험의 의미」, 『한국 근현대문학연구』 16집, 한국근대문학회, 2007, 243-274쪽.

준호가 자멸하기 전까지 탐욕이 극대화 될수록, 그는 과거 일본인의 행적을 더 많이 내면화하게"9) 됨을 살펴보았다. 이러한 논의들은 해방기의 시기에 일본인이 절대적인 악으로 규정되었고, 한인이 지닌 부정적인 측면 역시 일본적인 것으로 비판·경계되었음을 보여줬다. 이 외에도 해방기의 일본인 소재 소설에 대해서 몇몇 주목할 만한 논의가 있었다.10)

이러한 논의들은 나름대로 분명한 성과가 있는 것이었지만, 해방기의 일본인 소재 소설이 과도하게 민족주의를 드러낸 결과 한인과 일본인의 관계를 상당히 선/악의 이분법으로 위계화했음을 거의 지적하지 않았다는 점에서 아쉬운 면이 있었다. 이 논문에서는 소설 속의 민족주의 과잉을 비판·성찰하고자 한인이 자신을 우월하고 선한 민족으로,

---

9) 안미영, 「태평양전쟁직후 한일소설에 나타난 패전 일본여성의 성격 비교」, 『비평문학』 35집, 비평문학회, 2010, 279-300쪽.

10) 임헌영은 문학인이 지닌 항일의식을 강조하면서 "일생을 두고 항일문학을 해도 그 한을 다 풀 수가 없을 것"이라고 했고, 최진옥은 염상섭의 소설 「해방의 아들」에 대해서 "'온전한' 조선인이 되기 위한 조건으로 민족의식을 강조하는 서술자의 의지는 염상섭이 만주국 시기 가졌을 의식적·무의식적인 부채감을 민족의식으로 봉합하고자 하는 의도"임을 강조했으며, 이종호는 해방기에 일본인과 한인 귀환자의 처지는 크게 다르지 않을 정도로 위험했음을 살펴봤다. 또한 임기현은 해방기에 잔류일본인의 귀환 문제에 대하여 한국의 소설 「잔등」·「압록강」과 일본의 소설 『요코이야기』와 수기 「흐르는 별은 살아있다」와 비교해 검토했고, 신화경은 해방기 일본인 소재의 소설에 대해서 잔류 일본인의 상황과 여성의 처지를 중심으로 분석한 바 있었다. 임헌영, 「신항일문학론」, 『문학의 시대는 갔는가』, 평민사, 1988, 143쪽; 최진옥, 「해방 직후 염상섭 소설에 나타난 민족의식 고찰」, 『한국현대문학연구』 23집, 한국현대문학회, 2007, 399-426쪽; 이종호, 「해방기 이동의 정치학」, 『한국문학연구』 36집, 동국대 한국문학연구소, 2009, 327-363쪽; 임기현, 『한국현대소설의 현실인식』, 글누림, 2010, 137-168쪽; 신화경, 「해방기 소설의 일본인상 연구」, 인제대교육학 석사학위논문, 2011, 참조.

그리고 구체적인 현실 속에서 만난 일본인을 열등하고 악한 민족으로 호명하는 양상을 마르크스(K. Marx)의 물신주의 분석을 참조하여 살펴보고자 한다.[11] 좀 더 구체적으로 언급하면 문학 속의 한인이 실제 현실과 무관하게 일본인을 악한 민족으로 추상화하는 방식을,(Ⅱ-1) 한인이 스스로를 우월하고 선한 민족으로 선험적으로 인식하는 방식을,(Ⅱ

---

11) 마르크스(K. Marx)는 그의 『자본론』에서 부르주아적인 개인들이 돈이 사회관계의 네트워크를 구현하고 물질화함을 잘 알고 있음에도 현실 속에서 부(富) 그 자체의 직접적인 구현물인 것처럼 실천함을 두고서, 이론적은 아니지만 실천적으로 물신주의자들임을 밝힌 바 있다. 마르크스는 이러한 물신주의의 예를 다음과 같이 든다. "만일 내가 법이라는 이 추상적인 사물이 구체적인 법률인 로마법과 독일법 속에서 실현되었다고 말한다면 상호관계는 신화적이 된다." 슬라보예 지젝은 이러한 마르크스의 분석을 보충하여서 부르주아적인 개인들이 현실 속에서 마치 특정한 사물들(구체적인 가격, 혹은 로마법·독일법)이 보편성(돈 자체, 혹은 법 자체)을 구현하고 있는 듯이 인식한다고 덧붙인 바 있다. (Slavoj Zizec, 이수련 역, 『이데올로기라는 숭고한 대상』, 인간사랑, 2002, 60-69쪽.)

　마르크스와 슬라보예 지젝의 이러한 논의는 해방기 일본인 소재의 소설에서 한인이 자신(개별자)을 우월한 민족(보편자)인 듯이 행동하고 구체적인 현실 속의 일본인(개별자)을 악한 민족(보편자)으로 바라보는 민족주의의 과잉 양상을 잘 보여줄 것으로 기대된다. 해방기 문학 속의 한인과 일본인은 당대를 살아가는 구체적인 개인이지만, 작가의 분신인 서술자와 주인공에 의해서 보편적인 민족성을 구현하는 것으로 서술된다. 이러한 서술은 한인과 일본인의 개별적인 특성을 배제·사상한 채로 실제와 다르게 한인 중심의 민족주의라는 이데올로기를 구현하는 것이 된다. 이러한 양상은 해방기의 일본인 소재 소설에서 크게 세 가지 부분으로 검토된다. 좀 더 구체적으로 말하면, 문학 속의 한인은 일본인(개별자)에 대해서 식민지 시기와 맺었던 구체적이고 개별적인 관계나 그로부터 발생되는 특성을 배제·사상한 채로 악한 민족(보편자)으로 추상화하는 방식을(Ⅱ-1), 반면에 한인은 식민지를 겨우 벗어나서 국가를 건립하는 과정에서 스스로(개별자)를 일본인보다 우월하고 선한 민족(보편자)으로 선험화하는 방식을(Ⅱ-2), 그리고 한인이 한일혼혈아를 민족으로 귀속시키거나 배제하는 과정에서 스스로(개별자)에게 민족의 대표성(보편성)을 부여하여 귀속 또는 배제하는 방식을(Ⅲ) 잘 보여준다.

-2) 그리고 한인이 한일혼혈아의 민족 귀속 여부에 대해서 임하는 방식을 검토하고자 한다.(Ⅲ)

Ⅱ. 선/악으로 위계화된 민족들

1. 악하고 열등한 민족으로 추상화된 일본인:
   소설 「압록강」과 「잔등」의 경우

해방기의 한인은 식민지 기간 내내 우월한 일등국민으로 여겨졌던 일본인과 문화적 위상을 재정립해야 하는 과제를 지니게 된다. 과거 식민지에서 대동아공영권을 주장하면서 아시아를 지도해 나아갔던 우월한 일본인은, 해방된 한반도 내에서는 이제 배척·부정돼야 할 대상에 지나지 않는다. 이러한 배척·부정의 방법 중 하나는 일본인이 악(惡)하고 열등한 민족임을 표 나게 강조하는 것이 된다. 해방기의 소설에서는 한인이 일본인을 실제 현실과 거의 무관하게 비열하고 무책임하거나 자기모순을 지닌 민족으로 추상화하는 방식이 잘 드러나 있어서 주목된다.

이때 잘 살펴봐야 하는 것은 소설 속의 한인이 일본인을 바라보는 시각이다. 한인은 해방기라는 혼란의 시기에 일본인이 취하는 현실적인 언행에 나름대로 이유가 있음을 잘 알고 있거나 추리할 수 있음에도, 거의 모두 비열하고 무책임한 민족으로 추상화한다. 다시 말해서 일본인이 당면한 구체적인 상황과 사정은 간과·배제되고 민족적인 특성(보편성)이 부각·강조된다는 것이다. 구체적인 현실 속의 개인을 비열하고 무책임한 민족으로 추상화하기, 이러한 추상화 방식은 김만선의 소설 「압록강」에서 잘 나타난다. 이 소설은 주인공 원식이 1945년

11월에 중국 신경에서 출발하여 한반도의 신의주까지 기차를 타고 오는 여정을 담은 작품이다. 이 여정에서 원식은 몇몇 일본인을 경험한다.

A) 8.15 이후 원식이 그가 본 일본인은 마음으로나 생활로나 하루 아침에 더러워진 일본인이었다. 나라만 망한 게 아니라 민족으로서도 망한 성싶어 일본인을 경멸해 온 터인데, 산중에다 이천여 명의 조선 사람 피난민들을 내동댕이치고 도주한 기관사와 같은 그런 종류의 왜종을 가끔 발견할 때는 원식은 치가 떨렸다. 피난민은 조선 사람만이 피난민인 게 아니요, 일본인들도 적지 않아 (하략)12)

B) 저놈 두 놈이 빠지면 우리 피난민 중의 한 사람이라도 더 이 차를 탈 것을 생각해봐! 고놈 그러구두 중간에 가서 새치길 했단 말야······.13)

인용문 A-B)에서 원식은 일본인(기관사와 '두 놈')이 보여준 비열성과 무책임성을 민족의 차원으로 바라보고 있다. 원식의 이러한 시선은 일본인의 행동-기관사가 "산중에다 이천여 명의 조선 사람 피난민들을 내동댕이치고 도주"한 것, '두 놈'이 "중간에 가서 새치길" 한 것-을 하등의 이해나 동정심 없이 곧바로 일본 민족의 악한 특성으로 성급하게 규정하는 데에서 비롯된다. 원식의 처지 역시 혼란한 정국에서 고국으로 돌아가는 나름대로 위태로운 것이지만, 생존의 위협을 직접적으로 받는 당대 일본인의 상황과는 분명히 다르다.14) 그럼에도 원식은

---

12) 김만선, 「압록강」, 『신천지』 1946.2, 『압록강』, 깊은샘, 1988, 152쪽.
13) 김만선, 「압록강」, 『신천지』 1946.2, 『압록강』, 깊은샘, 1988, 156쪽.
14) 북한 사회에서 해방기의 일본인은 자유로운 이동이 금지되고 재산이 몰수 되며 자신이 살던 주택에서 강제로 퇴거당해 수용소에서 집단관리 되기까지 하면

이러한 현실 속의 차이를 거의 고려하지 않고서, 일본인을 "마음으로 나 생활로나 하루 아침에 더러워진 일본인", 즉 악한 민족으로 추상화하고 있는 것이다.

이처럼 일본인을 비열하고 무책임한 민족으로 바라보면, 일본인의 구체적인 삶은 사라지고 악한 민족성(보편성)이 구체적인 개인(개별자) 속에 구현된 것처럼 보인다. 이렇게 되면 북한 사회에서 목숨이 위태롭게 살면서 도망간 기관사나 몰래 남하하려는 '두 놈'의 행위는 생존을 위한 몸부림의 측면이 있지만, 동정과 측은의 정서보다는 비열하고 무책임하다는 냉정한 인식이 더 앞서는 것이다. 더욱이 소설 「압록강」에서 한인 반장의 말을 빌어보면 "오르막이라 기관차 하날 응원 청하러 가야겠다고 한 것은 사실이나, 그 놈이 처음부터 달아날 계획이 있던 것도 사실"이고, 도망갔다가 결국 "기관차 하날 더 달고"[15] 온 '기관사'가 지닌 일말의 책임감은 간과·배제되는 것이다.

이러한 방식으로 구체적인 현실 상황은 간과·배체한 채로 일본인을 악한 민족으로 추상화하는 방식은 허준의 소설 「잔등」에도 잘 나타나 있다. 이 소설에서 주인공 나는 '방'과 함께 중국 장춘에서 고국으로 귀국하는 길에서 일본인을 대조적으로 대하는 두 한인을 만난다. 한 사람은 일본인을 철저하게 증오하는 소년이고, 다른 사람은 일본인에 대한 동정과 연민의 정을 지닌 할머니이다. 이때 두 한인은 자기모순을 지닌 민족으로 일본인을 바라본다는 공통점을 지닌다.

서 갑작스럽게 하층민으로 전락하고 생존이 위태롭게 된 바 있다. 이연식, 『해방 후 한반도 거주 일본인 귀환에 관한 연구』, 서울시립대 박사학위논문, 2009, 205-271쪽.

15) 김만선, 「압록강」, 『신천지』 1946.2, 『압록강』, 깊은샘, 1988, 151-152쪽.

C) (소년이 말하기를-편자 주)내 뱀장어깨나 사먹는 녀석들은 어디다 숨겼던지간에 숨켜서 돈푼 있는 놈들이 틀림없지만요, 정말 다아들 배가 고파서 쩔쩔맵니다. (중략) 그래보다가 저엉 할 수가 없으면 고무산이나 아오지로 가지요. 누가 보내지 않아도 자청해서 갑니다. 우리 여기는 쌀이 없는 덴데 일본것들이란 거지반 사내 없앤 것들만인 데다가 애새끼들만 오글오글허는 걸 데리고 가기는 어딜 가며 어딜 가면 무얼 합니까?16)

D) (할머니가 반(反)식민을 주장한 가오도의 말을 전하는 아들의 말을 주인공인 나에게 옮기기를-편자 주) "그럼 무엇이 죄냐. 일본 사람은 일본 바다에서 나는 멸치만 잡아먹어도 넉넉히 살아갈 수 있다고 한 것이 죄다. 어머니, 멸치만 잡아먹어도 산다는 말을 아시겠어요, 하였습니다."17)

E) (할머니가 말하기를-편자 주) "저것들이 저, 업고, 잡고, 끼고, 주렁주렁한 단 저 불쌍한 것들이 가도오의 종자인 것을 모른다고 할 수 없겠으니 어떻게 눈물이 아니 나……."18)

해방 직후의 한인이 구체적인 현실 속에서 고통스러워하는 일본인을 자기모순을 지닌 열등한 민족으로 추상화하는 양상은 인용문 C-E)에 잘 나타나 있다. C)에서 주인공 나가 만나본 소년은 한인이 일본인에게 음식과 식재료를 팔지 않아서 일본인이 기아의 위기의 처해 있음을 잘 알고 있음에도, 그러한 현실적인 사정을 간과·무시하고서 일본인

---

16) 허준, 「잔등」, 『대조』 1-2호, 1946.1-7, 최원식 편, 『남생이 빛 속으로 잔등 지맥』, 창비, 2005, 153쪽.
17) 허준, 「잔등」, 『대조』 1-2호, 1946.1-7, 최원식 편, 『남생이 빛 속으로 잔등 지맥』, 창비, 2005, 185쪽.
18) 허준, 「잔등」, 『대조』 1-2호, 1946.1-7, 최원식 편, 『남생이 빛 속으로 잔등 지맥』, 창비, 2005, 185쪽.

은 돈이 있음에도 돈을 쓰지 못하고 자청하여 사지(死地, 고무산·아오지)로 가는 모순을 냉소적으로 지적한다. "내 뱀장어깨나 사먹는 녀석들은 어디다 숨겼던지간에 숨켜서 돈푼 있는 놈들이 틀림없지만요, 정말 다아들 배가 고파서 쩔쩔맵니다." 일본인은 현실적인 상황이 다 간과·배제된 채로 자기모순을 보이는 열등한 존재로 부각되는 것이다.

인용문 D-E)에서 할머니는 굶주린 일본인 아낙네를 동정과 배려의 시선으로 보면서도, 동시에 자기모순을 지닌 열등한 민족으로 추상화하고 있다.19) 소설 속의 아낙네는 돈이 없어서 (혹은 한인이 일본인에게 음식을 팔지 않아서) 굶주리고 있다. 그런 아낙네에 대해서 할머니는 다음과 같이 해석한다. 본래 "일본 사람은 일본 바다에서 나는 멸치만 잡아먹어도 넉넉히 살아갈 수 있"음에도, 전쟁을 일으키고 패전하여서 북한 사회에서 "저, 업고, 잡고, 끼고, 주룽주룽한 단 저 불쌍한 것들"로 위태롭게 살아간다는 것이다. 충분히 자국에서 먹고 살 수 있음에도, 제국주의 침탈과 전쟁을 통해서 굶주리는 자기모순을 지닌 열

19) 일본인 아낙네에 대한 할머니의 동정적인 시선은 해방기의 소설에서 주목할 만한 것이다. 김만선의 소설 「압록강」의 '원식'과 허준의 소설 「잔등」의 소년이 일본인에 대한 분노감과 적대감을 드러냈다면, 할머니는 일본 민족은 미워할 만하지만 불운하고 고통스러운 현실 속의 일본인에 대한 동정과 배려를 보여준다. 이런 점에서 필자는 작가의 다음과 같은 서술에 동감한다. "혁명은 가혹한 것이었고 또 가혹하여도 할 수 없을 것임에 불구하고 한 개의 배장수를 에워싸고 지나쳐간 짧막한 정경을 통하여, 지금 마주 앉아 그 면면한 심정을 토로하는 이 밥장수 할머니에 이르기까지 그것이 어떻게 된 배 한 알이며, 그것이 어떻게 된 밥 한 그릇이기에, 덥석덥석 국에 말아줄 마음의 준비가 언제부터 이처럼 되어 있었느냐는 것은 나의 새로이 발견한 크나큰 경이가 아닐 수 없었다."(허준, 「잔등」, 『대조』 1-2호, 1946.1-7, 최원식 편, 『남생이 빛 속으로 잔등 지맥』, 창비, 2005, 189쪽.) 본고에서는 일본인 아낙네에 대한 할머니의 동정과 배려가 의미 있다는 생각에 동감하면서도, 일본인 아낙네를 자기모순을 지닌 열등한 민족으로 추상화하는 인식을 문제 삼고 있는 것이다.

등한 민족으로 서술되는 것이다.

이러한 '원식'과 소년과 할머니의 말은 북한 사회에서 생존 위기에 처한 일본인을 비열하고 무책임하거나 자기모순을 지닌 민족의 차원으로 추상화하고 있음을 보여주는 주요 사례가 된다. 이러한 사례는 일본인이 그가 속한 지역사회 속의 한인과 식민지 기간 동안 맺어온 관계가 사라지고[20] 악하고 열등한 민족으로 추상화되어 한인의 눈에 비치는 현상을 잘 드러내준다.

2. 우월하고 선한 한인: 소설 「엉덩이에 남은 발자국」과 「술 이야기」의 경우

한인은 35년간 일본의 식민 지배를 받으면서 일본인과 혼성하거나 저항하였지만, 해방기에 와서 스스로 자신의 문화적인 위상을 재정립할 필요가 있다. 이러한 필요는 한인의 민족주의가 필연적으로 그리고 강력하게 부각되는 시대적인 배경을 잘 설명해준다. 이 때에 좌우 이념 집단과 중도파를 비롯하여 대중 모두 민족이라는 기표의 의미 채우기를 통해 식민의 기억과 고통을 지우고 민족적인 자존감을 세우는 과정에서 민족주의의 과잉을 엿보이는 경우가 있다. 이러한 과잉은 해방기의 소설에서 한인이 스스로를 우월하고 선한 민족으로 선험적으로 인식하는 방식에서 극명하게 나타난다.[21]

---

20) 해방기의 일본인이 지역사회에서 한인과 맺어온 관계를 살펴보고 그의 귀환을 다룬 소설은, 1971년에 김정한에 의해서 창작된 바 있다. 소설 「산서동 뒷이야기」 에서는 해방기의 한인이 몇몇 일본인의 귀환을 서운해 하는 모습이 그려져 있다. (김정한, 「산서동 뒷이야기」, 『창조』 1971.9, 참조.)

21) 이 글에서 선험적이라는 표현은, 오직 경험에서 생겨난다는 의미의 '후험적'과 반대되는 개념, 즉 '경험 이전에'(a priori)를 의미한다. 해방기의 소설에서 한인이 일본인과 비교해서 스스로를 우월하고 선한 민족으로 인식하는 태도는 실제

해방기의 염상섭 문학에서는 민족주의의 과잉으로 인해서 한인을 우월한 민족으로 선험적으로 바라보는 방식을 잘 보여준다. 염상섭은 1937년에 만주로 건너가서 『만선일보』 편집장을 역임하고 대동항 건설사업 선전부에 근무하다가 해방이 되자 다시 서울로 귀환한 바 있다.[22] 이러한 귀환의 과정에서 검토해 봐야 하는 것은 여러 사유로 인하여 한반도 내의 한인공동체와 결별한 자가 민족 기표의 의미 채우기라는 시대적인 과제에 대해서 취하는 나름의 응답이다. 그는 민족이라는 기표의 의미 채우기라는 과제에 대해서 소설 「엉덩이에 남은 발자국」으로 대답한다. 이 소설은 해방 전에 일본인 경찰 부장인 굴전에게

현실의 경험을 통해서 얻어진 것이 아니라, 자기 민족의 우월성과 일본 민족의 열등성을 강조하여 자부심이 있는 나라 만들기라는 민족사적인 과제를 수행하는 과정에서 경험과 무관하게 인식 속에 주어진 것이다. 또한 이러한 한인의 태도는 개개인의 차원에서 발생되는 것이 아니라 스스로를 일본 민족과 대립한 민족(의 한 구성원)이라는 차원에서 발현되는 것이다. 이 점에서 해방기의 한인이 일본인 앞에서 스스로를 우월하고 선한 민족으로 여기는 태도는 선험적이다. 이러한 태도는 해방 이전의 식민지 시기에는 보이지 않다가, 해방기에 나타난다는 점에서 이 논문의 관심대상이 된다.
  이러한 필자의 태도에 대해서 일제 강점기에 태어난 사람이 선험적으로 일제가 우월하다는 (선험적) 인식을 가지고 있는가 라는 의문이 제기될 법하다. 이러한 의문이 본 논의와 크게 관계가 없지만 필자가 굳이 해명한다면, 상황이 다르다는 것이다. 해방기에는 과거 식민지의 기억에서 벗어나서 자부심이 있는 나라 만들기라는 민족사적인 과제가 정치인·지식인·민중을 비롯하여 범민족적인 차원에서 주어졌기 때문에 일본인과 비교해서 스스로를 우월하고 선한 민족으로 선험적으로 인식하는 태도가 나타났지만, 식민지 기간 동안에 한인과 일본인 사이의 관계는 각계각층의 입장에 따라 다르기 때문이다. 더욱이 식민지 기간 동안의 한인·일본인의 관계는 탈식민주의론·탈제국주의론에서도 많이 다루기 때문에 쉽게 재단하기 어려운 상황이기도 하다.
22) 김윤식, 『염상섭 연구』, 서울대출판부, 1987, 612-622쪽; 최익현, 「1930년대 염상섭의 글쓰기와 만주행의 의미」, 문학과비평연구회 편, 『1930년대 문학과 근대체험』, 이회문화사, 1999, 99-101쪽.

핍박받던 부자(父子)인 정원호와 창근이 해방 후에 역전된 상황을 주로 다룬다.

> F) "자네(굴전 부장-편자 주)가 그때 내게 준 그 모욕은, 나 개인에게 준 것은 아니었겠네 그려? (중략) 우리 조선사람 전체를 민족적으로 모욕한 것 아닌가? 그러니까 지금 자네를 기어 들어오게 한 것은 내가 분푸리를 하자는 것이 아니라 조선사람 전체에 사과를 하라는 것이었네."[23]

> G) 은행의 과장이 경찰서로 전화를 걸어주고하여 겨우 시말서(始末書)를 써놓고 나오게 되기는 되었으나, 굴전 부장은 (중략) "너의 같은 비국민은 개 돼지 만도 못한 놈들이니까, 여기서 기어나가라! 유치장에 넣지 않는 것만 고마운 줄 알거든 네 굽을 꿇고 썩썩 기어 나가 봐라!"[24]

> H) '(창근이 보기에 부친 정원호는-편자 주) 그야말로 원대한 민족의 이상을 생각하시고, 동양의 장래, 세계의 평화를 염려하셔서, 소절(小節)에 꺼리끼지 않으신 것이요 (하략)'[25]

위의 인용문 F)와 H)에서 창근이 굴전을 대하는 양상은 자신(개별자)을 민족(보편자)로 선험적으로 인식하고 있음을 분명하게 보여준다. F)에서 창근은 식민지 시기에 굴전에 받은 모욕이 자기 개인이 아닌 "우리 조선사람 전체를 민족적으로 모욕한 것"으로 말하기 때문이다. 창

---

23) 염상섭, 「엉덩이에 남은 발자국」, 『구국』 1948.1, 『염상섭전집10』, 민음사, 1987, 51-52쪽.
24) 염상섭, 「엉덩이에 남은 발자국」, 『구국』 1948.1, 『염상섭전집10』, 민음사, 1987, 46쪽.
25) 염상섭, 「엉덩이에 남은 발자국」, 『구국』 1948.1, 『염상섭전집10』, 민음사, 1987, 53쪽.

근 부자가 겪은 모욕은 방공연습 때 창근의 집에서 불빛이 새어나온 것을 이적행위로 간주한 죄로 인해 취조를 받았다가[26) 창근이 다니던 은행 과장의 부탁과 시말서 제출로 인하여 풀려나는 과정에서 받은 것이다. 경찰의 사법적인 결정은 훈방이었지만, 굴전은 G)에서처럼 그들에게 무릎을 꿇리고 자신의 가랑이 사이를 지나서 기어나가라고 명령한 것이다. 이러한 굴전의 명령은 엄밀히 말해서 경찰의 법 적용과 무관하게 그 법을 집행하는 자의 개인적인 강제라는 점에서 창근 부자의 모욕은 자신들과 굴전 사이의 개인 간 문제인 측면이 강하다. 물론 창근 부자의 입장에서 볼 때에 이러한 개인적인 강제를 어기면 다시 트집을 잡혀 곤혹을 치를 수 있었겠지만, 엄밀히 말해서 조선총독부의 차원에서 진행되는 국가적인 강제와는 분명한 차이가 있다.27) 그럼에도 해방 이후에 창근은 굴전에게 받은 개인 간의 모욕을 민족 간의 모욕으로 말하는 것이다. 창근은 자신을 개인(개별자)이 아니라 민족(보편자)으로 선험적으로 인식하고 있기 때문인 것이다.

이러한 창근의 선험적인 인식은 해방기의 한인이 자신의 자존감을 회복하고자 민족주의를 과도하게 노출시키는 것이 된다. 창근이, 해방

---

26) 이 소설에서 창근의 부친인 정원호는 방공연습 때 집의 모든 불을 소등해야 했으나 뒤를 보려고 무심코 전등을 켰고, 변소에 가서 성냥불을 그었다. 방공지 도원이 정원호의 집에서 이러한 불빛이 새어나오는 것을 보고서 문제를 삼아 경찰서에 끌려간다.

27) 본 논문의 이러한 해석에 대해서 굴전의 개인적인 명령 역시 일본의 국가적·민족적인 명령으로 봐야 한다는 반론도 가능하리라 본다. 그렇지만 그렇게 볼 때에는 굴전의 개인적인 명령과 일본의 사법적인 결정은 상호 모순된다. 굴전은 창근 부자에게 모욕을 주는 행위를 하고는 있지만, 경찰의 사법적인 결정은 훈방이었기 때문이다. 아울러 이 소설에서 신사참배에 빠지고 과거의 독립운동가이자 민족주의자였던 정원호가 이러한 굴전의 모욕을 아무런 저항 없이 수용한 것으로 형상화한 사실은 좀 아쉬운 측면이 있음을 부기한다.

기를 맞이하여 도지사급인 위원장이 되어 정치 활동하는 그의 부친 정원호를 언급하는 인용문 H) 역시 정원호라는 한 개인을 우월한 민족으로 선험적으로 인식하는 양상이 제시되어 있다. 창근이 생각하는 정원호는 민족의지(보편성)가 구현된 개인(개별자)에 다름 아니다. "그야말로 원대한 민족의 이상을 생각하시고, 동양의 장래, 세계의 평화를 염려하셔서, 소절(小節)에 꺼리끼지 않으신 것이요".

해방기의 한인이 잔류일본인과 부딪치는 현실적인 문제 중의 하나는 일본인의 재산 처리 문제이다. 남한 내의 미군정에서는 처음에 식민지를 경영하고 부를 이룬 일본인의 재산을 인정하다가 차츰 부인하는 방향으로 돌아선다. 반면에 북한 내의 인민공화국 중앙위원회에서는 처음부터 일본인의 재산은 "조선인민의 것이며, 인민을 주권으로 한 조선국가의 소유"이고 "재산의 성질에 따라 조선인민공화국, 조선 사람의 단체와 개인에도 적당히 배당"[28]된다는 의지를 분명히 천명한다. 해방 직후의 북한 사회에서는 이러한 인민공화국 중앙위원회의 의지로 인하여 일본인의 재산 환수가 진행된다. 황순원의 소설 「술 이야기」는 일본인의 재산에 대한 한인의 태도를 선명하게 보여준다.

> I) (준호가 일본인 여인에게 말을 하기를-편자 주) 일본사람이 가지고 있던 재산이란 재산은 전부가 본시 조선 것이지 어디 일본서 가져왔느냐, 빈손으로 왔다 그만큼 잘 살고 가면 됐지 무에 못마땅한 것이 있느냐, 일본사람이 이번에 사람만이라도 아무 다침없이 있다는 것을 감사해야 마땅하다 (하략)[29]

---

28) 「일인재산은 조선 것, 매매는 무효, 조선인민중앙위원회의 규정」, 『매일신보』 1945.10.10
29) 황순원, 「술 이야기」, 『신천지』 1947.2-4, 「술」로 개제, 『황순원전집2』, 문학과 지성사, 1992, 15-16쪽.

J) 원래 조선사람이란 그것이 원수인 경우이라도 일단 그 원수가 가엾은 처지에 떨어지게 되면 도리어 이편에서 동정하지 않고는 못배기는 데가 있어서 준호도 저도모르는 새 그런 심정에 사로잡혔었는지도 몰랐다.[30]

인용문 I-J)에서 한인은 식민지 기간 내내 악한 민족이었던 일본인과 대조적인 선한 민족임을 선험적으로 규정하고 있다. 해방기의 사회에서 본래 일본인의 재산이었던 것을 한인이 접수하는 행위는 식민주의자의 사유재산권을 불법적인 권리로 판단·부정한다는 인민공화국 중앙위원회의 국가적인 강제를 따르는 냉정하고 대응-폭력적인 성격을 띠는 것이다. I)에서 준호는 '나까무라' 가족의 사유재산권을 접수하는 냉정하고 대응-폭력적인 성격의 행위를 하면서도, 세 가지의 점에서 배려심이 있는 행위임을 강조한다. 그들의 재산이란 본래 한인의 소유였다는 것이 하나, 그들이 한반도에서 내내 잘 살다가 간다는 것이 둘, 그리고 그들이 다치지 않고 현재 있다는 것이 셋. 이러한 인식은 식민지 기간 내내 악한 민족인 일본인을 오히려 잘 살게 하고 다치지 않게 하는 배려심 있는 선한 민족으로 자신을 선험화하는 태도에서 비롯된 것이다.

아울러 인용문 J)에서도 준호는 자신을 선한 민족으로 선험적으로 인식하고 있음이 확인된다. 해방기에 나까무라가 그의 양조장 재산을 처분하여 도망가고자 했지만, 준호는 그 처분을 막은 공로로 인하여 양조장 조합원의 대표로 선정되고 그의 가옥에서 거주할 권리를 부여받는다. 이때 나까무라의 부인은 형편상 그 가옥에 기거할 것을 부탁하

---

30) 황순원, 「술 이야기」, 『신천지』 1947.2-4, 「술」로 개제, 『황순원전집2』, 문학과 지성사, 1992, 19-20쪽.

여 허락받는다. 해방 이전의 주인은 해방 이후에 객이 되고, 객은 주인이 된 것이다. 준호는 J)에서 이러한 자신의 허락이 본래부터 배려심이 있는 민족의 특성으로 생각한다. "원래 조선사람이란 그것이 원수인 경우이라도 일단 그 원수가 가엾은 처지에 떨어지게 되면 도리어 이편에서 동정하지 않고는 못배기는 데가 있"다는 것이다. 이러한 생각은 한인 민족이 선한 민족임을 선험적으로 인식한 데에서 비롯된 것이다. 이처럼 해방기의 한인은 자신의 문화적 위상을 재정립하는 과정에서 스스로를 우월하고 선한 민족으로 의식적·무의식적으로 선험적으로 규정하고 있다.31) 거의 대부분의 한인은 일본인을 악하고 열등한 민족으로 추상화하는 반면에, 스스로를 그와 상반된 존재로 선험화하고 있는 것이다.

Ⅲ. 한일혼혈아의 민족 귀속 여부: 소설 「귀환일기」와 「해방의 아들」의 경우

한인과 일본인 사이에서 태어난 혼혈아나 혼혈아로서 일본으로 민

---

31) 소설 「술 이야기」의 후반부에서는 양조장을 개인적으로 차지하려는 욕심을 드러낸 주인공 준호가 식칼을 들고 조합원을 만나러 가서 우연히 넘어지다가 식칼에 찔려 죽어버리는 것으로 결말이 난다. 소설에서는 준호가 양조장을 공동 경영하자는 조합원을 "일본인 음모단"으로 취급하는데, 실상 양조장을 혼자 차지하려는 그 자신이 일본인과 별반 차이가 없는 인격을 지닌 것으로 암시된다. 이러한 소설의 흐름 속에서도 일본인은 악한 민족의 상징으로 규정되고, 그런 일본인의 속성을 지닌 일부 한인(준호) 역시 일본인에 준하는 악한 인격자로 인식되는 것이다. 이 소설의 전반부에서는 이 논문에서 분석하는 바와 같이 준호와 일본인 사이에서, 그리고 후반부에서는 건섭을 포함한 조합원 등의 한인과 준호·일본인 사이에서 선/악의 위계가 형성된다.

적을 선택한 자들과 같은 한일혼혈아는, 해방기에 와서 한인 민족의 귀속 여부가 문제시된다.[32] 식민지 기간 동안에 주로 일본인 가계(家系)로 민적을 선택하여 정치경제적·사회적·문화적으로 유무형의 이익을 보면서 자신을 일본인으로 규정했던 한일혼혈아는, 패전에도 불구하고 여러 사유로 한반도에 거주하고자 할 때에 대부분의 경우에 한인으로 귀속되는 것이 유리하기 때문이다. 이러한 한일혼혈아의 한인 귀속 문제에 대해서 한인이 어떠한 태도를 보이는가 하는 것은, 해방기의 문학작품을 통해서 일정 부분 확인된다.

식민지 시기의 일본인은 식민지를 경영하면서 부와 권력을 이용하거나 혹은 개인적인 사랑을 통해서 한인과 성적으로 결합하여 한일혼혈아를 낳기 마련이다. 이러한 반(半)일본적인 혹은 반(半)한인적인 혼혈아는 해방이 되자 한인 또는 일본인으로 구분될 현실적인 필요가 있었는데, 이러한 구분은 외모가 거의 구별되지 않는다는 점에서 법적·관습적·도덕적인 판단보다는 부모의 의지-자신의 아이가 한인이라는 내면적인 승인-가 작용할 가능성이 많다. 해방기의 소설 「귀환일기」에

---

32) 민적(民籍)이란 조선을 실질적으로 점령한 일본제국주의의 통감부가 1909년 3월 4일에 '민적법(民籍法)'을 반포하면서 출생, 사망, 혼인 등 신고사유가 발생할 때마다 신고한 것을 기록한 명부를 뜻한다. 이 제도는 1912년 3월 18일에 '조선민사령'으로, 이어서 1922년 12월 18일에 '조선호적령'으로 조금씩 바뀌면서 오늘날의 호적제도로 이어져왔다. 조선호적령에서는 혼인연령, 재판상이혼, 인지, 친족회규정전부, 상속승인규정, 재산분리규정뿐만 아니라, 분가, 폐가재흥, 혼인, 협의상이혼, 입양, 파양, 친족입적, 분가 및 절가 등의 규정을 신고하게 했다. 이때 신고의 방식은 종래의 사실주의가 아니라, 부모나 본인이 부윤이나 면장에게 서면 또는 구두로 신고하는 신고주의(申告主義)를 채택했다. 이러한 법의 시행을 염두에 두면, 여러 사유로 인해서 일본으로 민적을 선택한 한일혼혈아는 일본인 가계의 민적에 친족입적이 된 자로 추정되고, 이러한 자가 다시 한인의 민적에 입적하고자 할 때에는 부모나 본인이 한인 가계에 친족입적하겠다는 의사를 신고하면 되는 것으로 추측된다.

서는 한인 부모가 한일혼혈아를 대하는 주목할 만한 태도가 서술되어 있다.

　　K) (친모(親母)인 대구 여인이 말하기를-편자 주) "보듬지 마시소. 원수 놈의 씨알머리요. 내가 미친년이지 어쩌다가 타국놈의 씨를 바덧섯는지 몰르겠구만!"
　　대구 여인은 별반 괴로워 보이는 기색도 없이 언제 아이를 나었느냐는 듯 태연스럽게 자기가 나은 어린애를 물그럼이 바라보기만 한다.[33]

　　L) (순이가 혼자 생각하기를-편자 주) 비록 몸은 천한 구렁 속에 처박히였을망정 원수 일본인에게는 절대로 몸을 허하지 않았다. 그렇다면 뱃속에 든 어린아이는 역시 조선의 아들이 아닌가! 해방된 조선! 독립되려는 조선에 만일 더러운 원수의 씨를 받어가지고 도라간다면 이 얼마나 큰 죄인일가![34]

　소설 「귀환일기」는 일본에 강제로 끌려갔던 한인이 부산으로 귀환하는 과정을 그린 것이다. 인용문 K)에서는 대구 여인이 아이를 출산하는데, 그 아이가 한일혼혈아임은 그녀밖에 모르는 상황이다. 이 상황에서 대구 여인은 출산한 아이를 바라보면서 사랑과 기쁨을 표명하는 것이 아니라, 난데없이 국적 문제를 제시하면서 자신의 내면에서 한인으로 승인하지 않고 있음을 분명히 한다. "보듬지 마시소. 원수놈의 씨알머리요. 내가 미친년이지 어쩌다가 타국놈의 씨를 바덧섯는지 몰르겠

---

33) 엄흥섭, 「귀환일기」, 『우리문학』 1946.2, 차선일 편, 『엄흥섭 작품집』, 지식을 만드는 지식, 2010, 259쪽.
34) 엄흥섭, 「귀환일기」, 『우리문학』 1946.2, 차선일 편, 『엄흥섭 작품집』, 지식을 만드는 지식, 2010, 242쪽.

구만!". 산모가 자신의 신생아에게 국적을 따지며 대면하기, 이것은 개인과 개인의 관계를 모자의 천륜이 아니라 민족의 차원으로 규정하고 있음을 명백하게 보여준다.35)

대구 여인의 이러한 부인(否認)은 한일혼혈아를 한인 민족으로 귀속시켜서는 안 된다는 선입견이 있음을, 좀 더 구체적으로 말하면 일본인은 '원수놈'에 준하는 악한 타자이어서 그 동안 핍박받아온 선한 한인에게 속할 수 없다는 차별의식이 작용하고 있음을 명백하게 보여준다. 인용문 L)에서도 이러한 차별의식이 작용한다. 순이 역시 뱃속의 아이가 한일혼혈아가 아닌 것에 대해서 크게 안도하고 있다. 한일혼혈아는 일본인의 피가 조금이라도 섞여 있다는 점에서 일본인이고, 원수이자 악 그 자체가 된다는 무의식적인 차원의 인식인 것이다. 이러한 인식은 한일혼혈아에 대한 한인의 거부와 혐오를 잘 보여준다.

한일혼혈아나 한일결혼자 가정이 보이는 관심 중의 하나는 민적의 선택이다. 식민지 시기에 한일혼혈아나 한일결혼자와 같은 반(半)일본인은 일본인으로 민적을 선택하는 것이 대부분의 경우 유리했음은 명약관화하다. 이러한 일본 민적 선택자는 해방 이후 일본으로 귀환하면 모를까 한반도 내에 기거할 경우에 반(半)한인이라는 근거를 내세워 일본 민적을 포기하고 한인의 민적을 회복하는 것이 여러모로 유리하

---

35) 이러한 대구 여인의 태도에 대해서 '어린애를 껴안은 여인'과 '국밥을 가지고 온 여인'의 다음 진술은 한일혼혈아에 대한 관용적인 태도를 보여준다는 점에서 주목된다. "웬수 놈의 씨알머리고 아니고 간에 갓난 어린 게 무슨 죄가 있우! 입 딱 다물고 잘 키워노면 그래도 다 우리나라 백성되지 지 애비 차저가겟수!" 라는 구절과 "그런 소리 말구 어서 첫국밥이나 바두! 그저 입 딱 아물고 잘 키우제가 난 자식이니 제 자식이지 어째서 웬수 놈의 자식이람."이라는 구절.(엄홍섭, 「귀환일기」, 『우리문학』 1946.2, 차선일 편, 『엄홍섭 작품집』, 지식을 만드는 지식, 2010, 260-261쪽.)

고 신변보장에도 절대적으로 도움이 된다. 염상섭의 소설 「해방의 아들」에서는 한인이 한인의 민적을 선택하고자 부계의 혈통을 되찾으려는 반(半)일본인을 대하는 한인의 태도가 형상화되어 있다.

> M) (홍규가 말하기를-편자 주) "내말이 너무 꾸민말 같을지 모르나 내 말대로 이 깃발(홍규가 건넨 태극기-편자 주)아래 세식구가 모여 사십쇼. 북에 있으나 남으로 나려가나 현해탄을 건너서 나가사끼로 가시거나, 이 깃발 밑이 제일 안온하고 평화로울 것을 깨달을 날이 있을것입니다."[36]

> N) (조준식이 말하기를-편자 주) "고맙습니다. (중략) ……이 기를 받고 나니 인제는 제가 정말 다시 조선에 돌아온 것 같고 조선사람이 분명히 된것 같습니다."

소설 「해방의 아들」 속의 주인공인 홍규는 마쓰노(한인 이름 조준식)라는 한일혼혈아에게 한인의 민적을 회복하라고 권유하는 것을 넘어서서 한인 민족임을 승인해주는 역할을 하고 있음을 분명히 보여주는 것이 인용문 M-N)이다. 마쓰노는 식민지 시기에 형편상 "외조부의 민적에다가 일시 방편으로 넣은"[37] 뒤 일본인으로 살고 일본인과 가정을 꾸린 한일혼혈아인데, 해방 직후에 한인 민적을 회복할 것을 희망한다. 한반도에서 일본인으로 사는 것은 목숨이 위태롭고 힘들기 때문이다. 이때 주목해야 할 점은 마쓰노(일본인)가 조준식(한인)이 되기 위해서는 본인의 선택과 의지가 아니라, 평소 그를 도와준 홍규라는 한인의

---

36) 염상섭, 「첫거름」, 『신문학』 1946.11, 「해방의 아들」로 개제, 『염상섭전집10』, 민음사, 1987, 41쪽.
37) 염상섭, 「첫거름」, 『신문학』 1946.11, 「해방의 아들」로 개제, 『염상섭전집10』, 민음사, 1987, 17쪽.

사회적인 승인을 받아야 한다는 것이다. 홍규는 스스로에게 민족의 대표성(보편성)을 부여하여 M)에서 말한다. "내말이 너무 꾸민말 같을지 모르나 내말대로 이 깃발아래 세식구가 모여 사십쇼". 이러한 홍규의 승인으로 인해서, 마쓰노(일본인)는 조준식(한인)이 되는 것이다. N)에서는 이러한 승인이 사회적인 관계를 형성하고 있음이 확인된다. "이 기를 받고나니 인제는 제가 정말 다시 조선에 돌아온 것 같고 조선사람이 분명히 된것 같습니다."

이처럼 해방기의 문학에서 한일혼혈아가 한인이 되기 위해서는 민족의 대표성을 부여받은 것 같이 사유하고 행동하는 한인의 내면적이거나 사회적인 승인이 있어야 하는 것이다. 이러한 승인은 한인이 한일혼혈아 앞에서 자신을 마치 민족 귀속 여부의 승인 주체(보편자)인 것처럼 구현하고 있음을 보여주는 명백한 증거가 된다. 한인의 심리 속에는 스스로를 민족이라는 보편자로 인식하는 태도가 숨어있는 것이다.

Ⅳ. 결론

이 논문의 문제제기는 해방기의 한인이 일본인과 문화적인 위치를 재설정하는 양상, 좀 더 구체적으로 말해서 중심집단인 한인이 주체가 되어 주변집단인 일본인을 타자로 만드는 문화적인 양상은 어떠한가 하는 것이었다. 일본의 패전으로 인해 해방이 된 한반도 내의 한인은 민족주의를 표면화하여 지배문화로 발전시켜 나아가면서 일본인에 대한 문화적인 위치를 재설정해야 하는 과제를 수행해야 하기 때문이었다. 이러한 과제의 응답은 귀환일본인, 잔류일본인, 한일혼혈아 등을 소재로 하여 한인과 유의미한 관계를 맺은 양상을 보여준 해방기의 소설 작품에서 잘 드러나 있었다.

해방기의 한인은 과도한 민족주의를 내세우면서 일본인보다 우월한 문화적인 위치를 설정해야 했는데, 그 방법 중의 하나가 실제 현실과 거의 무관하게 악하고 열등한 민족으로 일본인을 추상화하는 것이었다. 김만선의 소설 「압록강」에서 원식은 기관사와 '두 놈'(일본인)이 취하는 언행에 나름대로 이유가 있음을 잘 알고 있거나 추리할 수 있음에도, 거의 모두 비열하고 무책임한 악한 민족임을 강조했다. 허준의 소설 「잔등」에서도 소년과 할머니는 북한 사회에서 생존 위기에 처한 일본인이 자기모순을 지닌 열등한 민족인 것으로 추상화했다. 일본인은 지역사회 속의 한인과 맺어온 그간의 관계가 배제·간과되면서 비열하고 무책임하거나 자기모순에 직면한 민족으로 추상화되었다.

또한 해방기의 한인은 식민의 기억과 고통을 지우고 민족적인 자존감을 세우는 과정에서 민족주의의 과잉을 엿보이는데, 이러한 과잉은 한인이 스스로를 우월하고 선한 민족으로 선험적으로 인식하는 방식에서 극명하게 나타났다. 염상섭의 소설 「엉덩이에 남은 발자국」에서 주인공 창근은 스스로를 "조선사람 전체"(보편자)로, 그리고 부친 정원호를 '원대한'(우월한) 민족(보편자)으로 선험적으로 인식하였다. 황순원의 소설 「술 이야기」에서도 주인공 준호는 식민지 기간 내내 악한 민족인 일본인을 오히려 잘 살게 하고 다치지 않게 하는 배려심 있는 선한 민족으로 자신을 선험화했다.

아울러 해방 이후 여러 사유로 인해 한반도에 거주하고자 한 한일혼혈아는 대부분의 경우에 한인으로 귀속되는 것이 유리했는데, 이렇게 귀속되기 위해서는 민족의 대표성(보편성)을 부여받은 것처럼 행동하는 한인의 내면적이거나 사회적인 승인이 있어야 했다. 엄흥섭의 소설 「귀환일기」에서는 대구 여인과 순이가 그들의 내면에서 더럽고 악한 일본인의 피를 가진 타자로 생각한 한일혼혈아를 동일한 민족으로 승인하지 않았다. 염상섭의 소설 「해방의 아들」에서는 한일혼혈아의 민족적 선택이 문제되었다. 이 문제 앞에서 홍규는 스스로에게 민족의 대표성(보편성)을 부여해서 반(半)일본인인 마쓰노가 조준식이 됨을 사회적인 관계 속에서 승인했다. 마치 한인이 스스로를 민족 귀속 여부의 승인 주체(보편자)인 것처럼 인식한 것이었다.

일본인 소재의 해방기 소설에서는 한인이 일본인을 열등하고 악한 민족으로 추상화하고 스스로를 우월하고 선한 민족으로 선험적으로 인식하여서 이분법적·위계적인 관계를 재설정하는 문화적인 양상이 잘 드러났다. 이러한 문화적인 양상은 해방기에 한인이 일본인과 문화적인 위상을 재정립하고자 민족주의를 강조하고 과잉되게 만드는 순간과 그 시작을 극명하게 보여주는 것이다. 이러한 민족주의의 과잉이 21세기에 와서는 성찰과 재고의 대상이 된다는 점에서 이 논문의 의미와 가치가 있는 것으로 판단된다.

1940-50년대 문학에 나타난 미군의 재현 양상 연구

I. 서론

이 논문의 문제의식은 미군의 재현 양상이다. 미군은 그 동안의 우리 문학에서 긍정적 혹은 부정적으로 이미지화되어 왔는데, 이것은 주로 자신의 시대를 경험한 재현 주체 개인의 신념·사상이나 경험 등에 의한 것으로 부지불식간에 이해되어 온 듯하다. 쉽게 말해서 개인이 미군을 어떻게 기억하느냐에 따라서 미군에 대한 이미지가 달라질 수 있다는 것이다. 그렇지만 미군처럼 한반도에 커다란 정치적·경제적·문화적인 영향을 끼친 집단에 대한 개인의 기억(memory)은, 그 자신의 독특한 사적인(private) 것이기 보다는 집단적·사회적인 것일 가능성이 크다. 이 논문은 개인의 기억이 그가 속한 집단의 집합기억(collective memory)인 경우가 많음을 증명하고자 하는 의도를 갖는다1).

---

1) 이 논문에서는 알박스(M. Halbwachs)의 집합기억론에 기대어서 미군에 대한 기억이 사적인 것보다는 집단적·사회적인 경우가 많음을 살펴보고자 한다. 이러한 검토는 미군에 대한 기억 중에서는 지극히 사적인 것도 있음을 전제하면서도, 많은 경우에 집단적·사회적인 것임을 밝히고자 하는 목적을 지닌다. 알박스는 기억을 소유하는 단위는 개인이지만, 그 개인의 기억은 사회적으로 각인된다고 주장한 바 있다. 거의 모든 기억은 사회적 관계에서 비롯된 집합기억이 되며, "과거를 재생산하는 계기 가운데 놓인 우리의 상상력조차도 현재의 사회적 밀

이러한 증명을 위해서는 주체가 속한 집단의 사회적 관계에 따라 개인의 기억이 집합기억으로 재구성되는 과정을 눈 여겨 볼 필요가 있다. 미군에 대한 주체의 기억은 사회적 관계에 의해서 새롭게 구성되고 변형되며 망각되는 재구성 과정을 거치기 때문이다2). 다시 말해서 미

류(Sozialmilieu)의 영향 아래 있음"을 강조한다(M. Halbwachs, *Das Gedachtnis und seine sozialen Bedingungen*, Neuwid, 1966;M. Halbwachs, *The Collective Memory*, New York: Harper and Row, 1925, 1980;최호근, 「집단기억과 역사」, 『역사교육』 85집, 2003.3, 참조.). 이러한 기억의 집단성·사회성을 살펴보는 일은 기억이 재현주체의 사적인 상상력보다는 그가 속한 집단의 사회적 관계에 따라 구성·변형·망각되는 재구성 과정임을 증명하는 것이다.(권귀숙, 『기억의 정치』, 문학과지성사, 2006, 13-15쪽 참조.). 이 논문에서는 특별한 형용이 없는 한 기억 이란 집합기억을 뜻하기로 한다.

2) 이 글에서는 1940-50년대를 살아가는 재현주체가 자신의 사회적 관계에 따라 미군에 대한 사적 기억을 집합기억으로 재구성하는 과정을 검토하고자 한다는 점에서 그에 적합한 연구방법론이 요구된다. 기억의 재구성이란 주체가 자신이 속한 집단에 여러 영향을 받아 기억의 대상인 실재를 구성하거나 변형하거나 망각하는 것을 의미한다는 점에서 슬라브예 지젝(S. Zizec)과 베네딕트 앤더슨 (B. Anderson)의 논의를 참조할 필요가 있다. 슬라브예 지젝에 따르면 구성이란 실재가 환상프레임(fantasy frame)을 통해 이미지로 구성되는 것을, 변형이란 집 단의 이데올로기에 의해서 실재가 왜곡·변형되는 것을, 또한 망각이란 베네딕트 앤더슨(B. Anderson)에 의하면 민족주의의 영향에 따라 실재가 기억·망각되는 것을 의미한다(S. Zizec, 이수련 옮김, 『이데올로기라는 숭고한 대상』, 인간사랑, 206-210쪽.;Tony Myers, 박정수 옮김, 『누가 슬라보예 지젝을 미워하는가』, 앨 피, 189-194쪽.;B. Anderson, 윤형숙 역, 『상상의 공동체』, 나남, 2002, 239-262쪽 참조.). 이러한 논의를 참고하여 본 논문에 적용하면 다음과 같다. 우리 문학에 나타난 미군의 재현 양상이 재현주체의 사적인 기억처럼 보일지라도 집합기억 에 따라 재구성된 경우가 많다는 본 논문의 가설은, 지젝과 앤더슨의 논의를 참조하면 잘 검토될 것으로 판단된다. 미군에 대한 재현주체의 기억은, 일제 말 기의 경우 친일반미(親日反美)라는 개인적인 선택에 의한 것처럼 보이지만 실 제로는 일본제국주의라는 환상프레임 속에서 사회적으로 구성된 것이고, 해방 기의 경우 개인적인 삶의 경험·조건·이데올로기에 근거한 사적인 것-좌파의 경 우 점령자로, 우파의 경우 해방군-처럼 생각되나 사실은 좌우파 민족주의 집단

군에 대한 기억은 개인이 거의 의식하지 못하는 차원에서 집단적·사회적으로 해체·재구성되고 담론화되는 것이다. 이 점에서 그 기억을 검토하는 일이란, 사회적 관계를 내면화하는 우리 자신을 성찰하고 자세히 들여다보는 것이 된다.

이때 이러한 기억의 양상을 잘 살펴볼 수 있는 것이 1940-50년대의 문학이다3). 이 시기의 문학에 나타난 미군은 주로 일제 말기와 해방기와 전쟁기라는 역사적인 혼란 속에서 서로 다른 맥락으로 재현된다. 이 시기는 비교적 짧은 기간에 많은 편차를 보여 기억이 해체·재구성되는 과정이 확연히 드러난다는 점에서 주목에 값한다. 먼저, 일제 말기

의 이데올로기가 변화됨에 따라 다양하게 변형되는 집단적인 것이며, 전쟁기의 경우 개인적인 이데올로기 선택의 결과-구원자 이미지-처럼 이해될 수 있으나 엄밀하게 말해서 반공주의의 영향에 따라 사회적인 차원에서 기억/망각된 것이다.

이 글에서 일제 말기는 1940년부터 해방 직전까지를, 해방기는 해방 이후부터 한국전쟁 직전까지를, 또한 전쟁기는 한국전쟁 이후부터 1959년까지를 논문 진행의 편의상 지시하기로 한다. 문학담론 속에서 시대구분 문제는 다음을 봐라.(권영민 편저, 「한국 근대문학과 이데올로기-김윤식과 권영민의 대담」, 『월북문인연구』, 문학사상사, 1989, 361쪽.;박용찬, 『해방기 시의 현실인식과 창작방법 연구』, 경북대박사학위논문, 1997;하정일, 『분단 자본주의 시대의 민족문학사론』, 소명, 2002, 참조.)

3) 우리문학에서 미군에 대한 재현 양상은 일제 말기에 처음 나타나지만, 그 대상을 미국으로 확장하면 19C 말부터 드러난다. 미국에 대해서는 황준헌의 『조선책략』(1880)에서 "항상 약소한 자를 부조하고 공의를 유지하여, 유럽 사람으로 하여금 그 악을 함부로 행사하지 못하게 하였다"라고 했고(황준헌, 조일문 역주, 『조선책략』, 건국대학교출판부, 2001, 26-27쪽.), 이인직의 신소설 「혈의 누」(1908)와 이광수의 소설 『무정』(1917)에서는 신문명을 배우러가는 유학길의 대상지가 되었다. 단적으로 말해서 미국은 직접적인 경험은 부재하지만, 상당히 긍정적·환상적인 이미지로 재현되었던 것이다. 우리 문학에서 미군·미국에 대한 문학적인 이미지가 본격적으로 부상하는 것은 1940년대부터이다. 이 논문은 이 시기부터를 논의의 대상으로 삼고자 한다.

인 1940년대 초반의 재현주체는 주로 일본제국과의 사회적 관계에 따라 미군에 대한 기억을 재구성하는데, 그러한 양상은 소위 친일문학에서 잘 드러난다. 구체적으로는 안전민(安田敏)의 소설 「태평양의 독수리」와 이광수의 시 「조선의 학도여」와 최재서의 평론 「문학자와 세계관의 문제」를 비롯하여 최남선·김안서·김동인·주요한·김팔봉·김동환·백철 등의 작품이다(2장). 그리고 해방기인 1940년대 중·후반의 재현주체는 주로 좌우파 민족집단과의 사회적 관계에 따라 미군에 대한 기억을 재구성하는데, 그러한 양상은 오장환의 시 「연합군입성환영의 노래」와 이은휘의 소설 「황영감」 등에 잘 나타나 있다(3장). 마지막으로 전쟁기인 1950년대의 재현주체는 주로 반공주의를 표방하는 국가와의 관계에 따라 미군에 대한 기억을 재구성하는데, 그러한 양상은 전쟁문학, 특히 신경림의 장편소설 『고독한 산』과 최일남의 소설 「동행」 등에서 잘 엿보인다(4장)[4].

지금까지 문학작품 속의 미군·미국의 이미지를 다룬 논의들은, 주로 재현주체의 경험을 사적인 것으로 전제한 뒤 살펴본 혐의가 있었다.

---

4) 미군에 대한 집합기억의 양상을 살펴보는 데에 있어서 위의 문학작품을 선별하는 이유는, 문인의 문학적 상상이 그 시대의 인식틀(episteme)을 기록물이나 수기류보다도 잘 보여주기 때문이다. 이들 작품에는 일제말기-해방기-전쟁기라는 사회적인 상황의 변화에 따른 문인과 그가 속한 집단의 관계가 가장 첨예하게 나타나 있다.

이외에도 미군을 소재로 한 문학작품 중 필자가 살펴본 것은, 채만식의 소설 「미스터 방」(1946.7), 염상섭의 소설 「양과자 갑」(1948), 전명선의 소설 「방아쇠」(1947.2), 이근영의 소설 「탁류 속을 가는 박교수」(1948.6), 강신재의 소설 「관용」(1951), 「해결책」(1956), 「해방촌 가는 길」(1957), 한말숙의 소설 「별빛 속의 계절」(1956), 오상원의 소설 「난영」(1956), 「보수」(1959), 송병수의 소설 「쑈리 킴」(1957), 전광용의 소설 「해초도」(1958), 이범선의 소설 「오발탄」(1959), 최태웅의 소설 「전후파」(1951.11-1952.4), 정비석의 소설 『자유부인』(1954) 등이다. 필요에 따라 논의를 개진하고자 한다.

미군·미국의 이미지는 재현주체의 사적인 기억에 따라 크게 긍정적 혹은 부정적인 것으로 드러난 것으로 이해되기 때문이었다. 좀 더 구체적으로 말해서 미군·미국의 이미지는 해방군, 경제적 시혜자, 계몽자, 구원자처럼 긍정적인 측면으로, 아니면 반대로 지배자·점령군, 성적 가해자, 살인자 등의 부정적인 측면으로 나타난다는 해석이 바로 그것이었다5). 미군·미국의 이미지에 대한 이러한 논의는, 재현 과정에 나타난 집단적·사회적인 기억의 양상을 주목하지 못했다는 점에서 다소 아쉬운 감이 있었다.

미군·미국의 이미지에 대한 또 다른 방향의 논의는, 한국에 끼친 문화적인 영향을 추적하는 것이었다. 해방 이후 미국문학과목을 개설하고 미국문학을 소개하는 교재가 번역·출판되어 한국문학의 모더니스트들을 비롯한 지식인들이 많은 영향을 받았다는 논의들6), 특히 미국의 이데올로기에 김동리와 정비석이 상당한 영향을 받았다는 논의가 바로 그 예가 되었다7). 그리고 GI와 PX로 대변되는 미국문화가 전통문

---

5) 강현두, 「한국문학 속의 미국의 대중적 이미지」, 『미국학논집』11호, 1978, 174-175쪽 참조;김만수, 「한국소설에 나타난 미국의 이미지」, 『한국현대문학연구』25집, 2008.7, 458쪽 참조;이대영, 「분단소설에 투영된 '미군상'」, 『비평문학』21, 2005.10, 269-270쪽 참조;최원식, 「민족문학과 반미문학」, 『창작과 비평』, 1988. 겨울호, 89쪽;장세진, 「상상된 아메리카와 1950년대 한국문학의 자기 표상」, 연세대 박사학위논문, 2008, 87-115쪽 참조.

6) 김용권, 「한국문학에 끼친 미국문화의 영향과 그 연구」, 『아세아연구』26호, 1967.6, 137-149쪽 참조.

7) 이은주는 1950년대 김동리의 세계주의가 미국을 중심에 둔 세계주의였음을, 그리고 정종현은 1950년대 중반 정비석의 소설이 미국헤게모니 하 한국문화 재편 과정에서 나왔음을 밝힌 바 있다(이은주, 「1950년대 문학비평의 세계주의와 미국적 가치 지향의 상관성」, 『상허학보』18집, 2006. 10, 9-31쪽 참조;정종현, 「미국 헤게모니하 한국문화 재편의 젠더 정치학」, 『한국문학연구』35집, 2008.12, 149-195쪽 참조.).

화와 성적인 윤리의식을 변형시켰다거나8), 잡지나 그 필진계층의 성격에 따라서 미국문화를 이해·수용하는 태도의 변화가 있었다는 연구도 주목되었다9). 그렇지만 이러한 논의들 역시 미국문화의 영향을 현실추수적으로 설명하면서 미군·미국의 이미지를 살펴본 것이었지, 그 이미지가 만들어지는 과정과 그 논리를 검토한 것은 아니었다. 이 점에서 미군의 문학적인 재현이 기억의 재구성 과정임을 살펴보려는 본 연구의 필요성이 제기된다.

II. 적으로 구성되기-일제 말기의 경우

일제 말기의 문학작품에 나타난 미군은 주로 적으로 재현되는 경향이 있다. 이처럼 미군이 적으로 재현되는 것은 재현주체가 미군을 적으로 기억하고 있음을 암시한다. 이때 이러한 기억이 문제시되는 까닭은, 그것이 사적인 것이 아니라 집합적인 것이라는 점 때문이다. 당대의 재현주체 대부분이 미군을 직접 경험하지 않았고, 일본제국주의 담론을 경유해서 기억하고 있다는 점은 상당히 유의할 필요가 있다. 당대의 문인 대부분이 미군을 적으로 기억하는 과정은 상당히 사적인 것처럼

---

8) 김현숙, 「GI와 PX 문화를 통해 본 미국문화」, 『상허학보』 18집, 2006. 10, 137-162쪽 참조.
9) 김세령은 1950년대 기독교 신문·잡지의 성격에 따라서 미국문화를 긍정적 혹은 부정적으로 보는 태도를 검토했고, 강소연은 1950년대 여성잡지를 중심으로 해서 미국문화가 수용되는 양상과 그를 통한 여성상의 차이를 살펴봤다(김세령, 「1950년대 기독교 신문·잡지의 미국 담론 연구」, 『상허학보』 18집, 2006. 10, 33-72쪽 참조;강소연, 「1950년대 여성잡지에 표상된 미국문화와 여성담론」, 『상허학보』 18집, 2006. 10, 107-136쪽 참조.).

보일지라도, 실제로는 일본제국주의라는 환상프레임 속에서 사회적으로 구성된 것이다[10]. 이 장에서는 친일반미적인 경향을 드러내는 주요 작품과 평론을 통해서 미군이 집단적·사회적으로 기억되는 방식을 자세히 검토하고자 한다[11].

먼저, 안전민의 소설 「태평양의 독수리」와 이광수의 시 「조선의 학도여」를 중심으로 하여 미군이 기억되는 방식을 살펴보기로 한다. 미군은 당대에 직접 경험되지 않는 타자임에도, 조선인 문인(재현주체)은 그들을 재현한다. 재현이란 기억하는 작용이 수반된다는 점에서 조선인 문인은 미군을 직접 경험하기 이전에 이미 적으로 기억하고 있는 형국이다. 이러한 기억은 일본제국주의가 당대 현실을 구성하는 일종의 환상프레임임을 암시한다[12]. 지젝에 따르면 환상프레임이 있어야

---

10) 이러한 논의는 자칫 친일문학을 옹호하는 것으로 오인될 수 있다. 이 논문에서는 기억이 재현주체의 사회적 관계에 따라 재구성되는 과정 그 자체를 주목할 뿐이지, 친일문학에 대한 찬반을 표시하는 것이 아님을 미리 밝혀둔다.

11) 이 장에서는 미군에 대한 당대 문인의 기억이 일본제국주의라는 환상프레임 속에서 구성된 집단적·사회적인 것임을 증명하기 위해서 일본제국주의의 이데올로기 혹은 친일반미적(親日反美的)인 경향을 잘 드러낸 문학작품인 안전민의 소설 「태평양의 독수리」와 이광수의 시 「조선의 학도여」, 그리고 그러한 문학논리인 최재서의 평론 「문학자와 세계관의 문제」를 살펴보고자 한다. 안전민의 소설과 이광수의 시와 최재서의 평론은 일제말기 친일문학 중에서 상당히 뚜렷하게 친일반미의 경향을 드러낸다는 점에서 김안서, 김동인, 주요한, 박종화, 박영희, 김팔봉, 김동환, 김소운, 안전민, 이무영, 이효석, 최재서, 백철, 유치환 등의 작품이나 평론 중에서 대표성을 띤다.

12) 지젝은 환상이 없이는 현실을 냉철하게 바라보기는커녕 현실 자체에 접근할 수 없다고 한다. 이때의 환상은 비현실 혹은 공상을 의미하는 것이 아니라, 현실을 바라보는 일종의 관점, 즉 프레임 그 자체를 뜻한다. 현실은 그 환상프레임을 통해서 구성되는 것이다(S. Zizec, 이수련 옮김, 『이데올로기라는 숭고한 대상』, 인간사랑, 206-210쪽.;Tony Myers, 박정수 옮김, 『누가 슬라보예 지젝을 미워하는가』, 앨피, 189-194쪽.). 이런 논리를 이 장의 문제의식에 적용하면, 미군이 적

현실을 바라보고 말할 수 있는데, 이 환상프레임이란 개인이 좌지우지할 수 있는 것이 아니라 다분히 무의식적인 것이면서도 집단적·사회적인 것이다.

(이거 어디 속이 상해 사람이 살 수 있나. 미국허구 싸우게 될 젠, 내가 맨 먼첨 태평양을 동쪽으로 날르려구 결심했었는데……)

일본과 미국 두 나라가 태평양을 사이에 놓고 드디어 전단(戰端)을 열게 된후 이미 五개월이다. 미국을 일본이 맹주(盟主)가 되어 확립된 대동아공영권(大東亞共榮圈)으로 말미아마 극동에 있는 미국의 권익(權益)이 一소(掃)될 것을 염려하고 드디어 금년 四월에 대일선전포고(對日宣戰布告)를 한 것이다.

대동아공영권은 우리들의 생명권이다. 만약 그 일부에라도 티가 생긴다면 그것은 곧 우리들의 생존을 위협하는 것이었다. 그러나 미국은 미국 일국으로도 충분한 나라이다.

미국에는 돈도 많고, 기계공업(機械工業)도 성하고, 석유(石油)도 남을 지경이라, 따라서 생활도 풍족하다. 그럼에도 불구하고 그들은 무슨 욕심인지 옛날부터 극동에 진출하려는 야심을 버리지 못했다.[13]

그대는 벌써 뜻이 정하였으리,
-나가리이다, 나가 싸우리이다-
-싸워서 이기리이다-
-미영(米英)을 격멸하고 돌아오리이다-
조국의 흥망이 달린 이 결전.
민족의 운명이 달린 이 마루판.

이라는 현실은 그것이 실재가 아니라 일본제국주의라는 환상프레임에 의해서 구성된 사회적·집단적인 것이 된다.
13) 안전민(安田敏), 「태평양의 독수리」, 『신시대』 2집, 1941.2, 116쪽.

단판일세, 다시 해볼 수 없는 끝판.
그대는 나가서 막을 마루판싸움.

아세아 10억-
칠 같은 머리
흑보석 같은 눈
황금색 실빛.14)

위의 두 인용에서는 모두 미군을 적으로 재현하고 있다. 이러한 공통점은 두 재현주체가 미군을 적으로 기억하고 있어야 가능한 것이다. 이때 주목해야 할 것은 미군이 적으로 기억되는 것은 사적인 차원을 넘어선다는 점이다. 다시 말해서 안전민이나 이광수가 미군을 기억하는 것은 개인적인 회상이나 경험에 의존하는 것이 아니라, 아시아 질서 재편을 위해 대동아공영권을 주장하면서 그 방해세력인 미군을 적으로 규정하고 태평양전쟁을 감행하는 일본제국주의 담론에 사회적·집단적으로 기대고 있는 것이다. 엄밀히 말해서 조선인 문인은 미군을 본 적도 없고 그들과 얘기를 해본 적도 없다. 그럼에도 미군을 말하고 재현하는 그들의 행위 속에는 일본제국주의가 당대의 현실을 바라보고 구성하는 일종의 환상프레임으로 작용하고 있음을 의미한다. 위의 두 조선인 문인은 일본제국주의라는 환상프레임을 통해서 미군이 적이라는 현실을 바라보고 이해하고 기억할 수 있는 것이다.

위의 첫 번째 인용에서는 그러한 면을 잘 보여준다. 미군은 개인적인 인식을 넘어서서 일본제국주의라는 환상프레임을 통해서 구성되는 사

---

14) 이광수, 시 「조선의 학도여」, 『매일신보』 1943.11.4, 김병걸·김규동 편, 『친일문학작품선집』, 실천문학사, 1986, 14쪽에서 재인용.

회적인 환상인 것이다. 첫 번째 인용의 서술자가 '나'를 내세워서 "대동아공영권은 우리들의 생명권"이라고 하거나, 미군에 대해서 "극동에 진출하려는 야심을 버리지 못했"고 "미국의 권익(權益)이 一소(掃)될 것을 염려하고 드디어 금년 四월에 대일선전포고(對日宣戰布告)를 한"다고 표현한 것은, 일본제국주의라는 환상프레임 속에서 미군이 적이라는 현실을 구성하기 때문에 가능한 것이다. 위의 서술자는 바로 환상프레임이라는 사회적인 인식틀 속에서 미군을 바라본 것이다. 두 번째 인용에서도 "미영(米英)을 격멸하고 돌아오리라/조국의 흥망이 달린 이 결전./민족의 운명이 달린 이 마루판."이라고 한 것 역시, 일본제국주의라는 환상프레임 속에서 미군을 적으로 구성하여 기억하고 있음을 증거한다.

이처럼 미군에 대한 조선인 문인의 기억은 일본제국주의라는 환상 프레임 속에서 구성된 집단적·사회적인 것이다. 따라서 그것은 개인적인 기억을 넘어서서 집단적인 공통성 혹은 사회적인 상식을 만든다. 위의 두 인용에서 서술자는 사적으로는 미군을 경험해 보지 못했지만, 집단적·사회적으로는 일본제국주의라는 환상프레임 속에서는 이미 충분히 경험하고 기억하는 것이다. 이러한 기억의 집단성·사회성은 비단 안전민이나 이광수만이 아니라, 당대 식민사회에서 광범위하게 퍼져 있는 것으로 보인다. "저 '양키'의 '쟉크'를 때려눕히고", "미·영을 때려 부수는 신분", 그리고 "미·영을 격파하고 아세아를 해방하는 일" 등의 구절에서 미군을 적으로 기억하는 조선인 문인들의 공통된 태도는[15],

---

15) 김안서, 시 「신년송」, 『매일신보』 1944. 1.4, 김병걸·김규동 편, 『친일문학작품선집』, 실천문학사, 1986, 114쪽에서 재인용;김동인, 「반도민중의 황민화」, 『매일신보』 1944. 1.28-28, 김병걸·김규동 편, 앞의 책, 126쪽에서 재인용;김팔봉, 「문화인에 고함」, 『신시대』 1944. 9, 김병걸·김규동 편, 앞의 책, 184쪽에서 재인용.

일본의 강요나 개인적인 협력·선택 이전에 집단적·사회적으로 환각된 것이라는 공통점이 있다.

최재서의 평론 「문학자와 세계관의 문제」에서도 미군이 재현되는 방식은 유사하다. 조선인 문인은 일본과 미국이 태평양 전쟁을 치루는 것이 동양과 서양 사이의 세력 확장이라는 사실상 유사한 목적을 지니고 있음을 아마 잘 알고 있었겠지만, 미군을 기억하고 재현할 때에는 다르다. 지극히 재현주체의 사적인 기억으로 여겨지는 것이 사실은 사회적·집단적인 것인 경우가 많기 때문이다. 미군을 기억하는 최재서 역시 일본제국주의라는 환상프레임에서 자유롭지 못하다. 정신적인 차원에서 일본이 우월하고 좋으며 반대로 미국은 열등하고 나쁘다는 그의 기억은, 나름대로의 정치한 논리를 가진 사적인 것처럼 보이나 실제로는 일본제국주의 담론을 반복하는 것에 불과하기 때문이다.

> (3) 지금 진행되고 있는 제2차 유럽 전쟁은 자유주의·개인주의와 전체주의적 세계관과의 일대결전이며, 그리고 우리 자신이 그 주축(主軸)이 되어 있는 대동아전쟁은, 미·영(米英)적 세계관과의 일대결전이다.
> (중략)
> 개인주의적 이데올로기는 국가를 어떻게 보고 있는가? 개인주의자들 중에서 많은 사람들이 국가를 전혀 생각하고 있지 않다는 것은 사실이다. 생각건대 그들은 세계주의적 세계관을 자기들의 입장으로 삼고 있기 때문이리라. 이때 세계란 모든 지역과 인종의 총체로서의 지구를 상정하는 것이겠지만, 사실은 유형적이며 한정적인 물질적·지리학적 지구를 뜻하는 것이 아니라, 온갖 가능성과 신비성을 내포한 관념적·형이상학적인 지구를 의미하는 것이다.16)

---

16) 최재서, 「문학자와 세계관의 문제」, 『국민문학』 1942.10, 앞의 책, 373-376쪽에서 재인용.

"대동아전쟁은, 미·영(米英)적 세계관과의 일대결전"이 되고 "개인주의자들 중에서 많은 사람들이 국가를 전혀 생각하고 있지 않다는 것은 사실이"라는 표현은, 두 '세계관'의 위계화를 염두에 둔 것이다. 미국이 "국가를 전혀 생각하고 있지 않"는 "자유주의·개인주의"를 지녀서 "전체주의적 세계관"을 지닌 일본보다 못하다는 조선인 문인 최재서의 논리는, 표면적으로는 상당히 정치하고 개인적인 견해를 밝힌 듯하다. 그렇지만 그의 논리는 실상은 일본제국주의라는 환상프레임 속에서 집단적·사회적으로 바라보고 말하는 것에 불과하다. 미국이 표방하는 "자유주의·개인주의"는 실제로 부정적인 것이 아니라, 일본제국주의라는 환상프레임 속에서 부정적인 것으로 구성된 것이기 때문이다. 이처럼 조선인 문인이 미군을 재현하는 일은, 개인의 기억을 넘어서서 집단적·사회적인 기억이 실재를 새롭게 구성하는 재구성 과정의 일종인 것이다.

III. 변형된 미군상(美軍像)-해방기의 경우

해방기의 문학작품에 나타난 미군은 많은 이미지가 혼재되어 있다. 일본의 패망, 조선의 해방, 미군의 진주와 군정, 조선정판사사건, 남한 단독정부 수립 등의 사건은, 재현주체에 따라 상이하게 서술되어 마치 사적인 기억에 근거한 것처럼 보인다. 그렇지만 이러한 경우에도 사적인 기억이라고 논의하기에는 곤란한 공통된 기억에 근거하여 서술되고 있음을 알게 된다. 재현주체의 사적인 기억은 많은 경우에 좌우파 민족주의 집단의 이데올로기가 변화됨에 따라 다양하게 변형되는 집합기억으로 재구성되는 과정을 거치기 때문이다. 이 장에서는 좌우파 민족주의 집단이 1940년대 중반에 미군을 기억하는 방식과 그 이후에 변화하는 방식의 양상을, 오장환의 시 「연합군입성환영의 노래」와 이은휘의 소설 「황영감」을 대상으로 하여 검토하고자 한다[17].

해방 직후에 미군이 기억되는 방식은 오장환의 시 「연합군입성환영의 노래」에 잘 나타나 있다. 이 시는 해방된 지 4달만인 1945년 12월에 출간된 시집 『해방기념시집』에 실려 있다. 이 시에서 미군은 일제 말기와는 상당히 다르게 재현된다. 일제 말기의 문학작품에서 재현된 미군은, 앞 장에서 살펴보았듯이 적으로 재현된 바 있다. 그것은 일본제국주의라는 환상프레임 속에서 구성된 것이다. 해방이 이러한 일본제국주의라는 환상프레임을 붕괴시키는 대사건이라는 점에서 미군 재현 양상은 크게 변화한다. 이 당시 미군을 재현한 주체는 좌우파 민족주의 집단의 사회적 관계에 많은 영향을 받는다[18].

---

17) 이 장에서 오장환의 시 「연합군입성환영의 노래」와 이은휘의 소설 「황영감」을 선택한 것은, 두 작품이 좌우파 민족주의 이데올로기가 변화됨에 따라 다양하게 변형된 미군상을 잘 드러내기 때문이다. 흔히 미군에 대한 재현주체의 기억은 개인적인 삶의 경험·조건·이데올로기에 근거한 사적인 것으로 이해되나, 실상은 좌우파 민족주의 집단의 이데올로기가 변화됨에 따라 다양하게 변형되는 집단 적인 것이기 때문이다. 쉽게 말해서 재현주체가 자신의 기억에 대해서 나름대로 개인적인 경험이나 이데올로기의 선택을 강조할지라도, 그 속에는 그가 속한 집단의 집합기억이 나타나 있는 것이다. 이러한 양상은 주로 미군에 대해서 좌파의 경우 점령군으로, 그리고 우파의 경우 해방자로 기억할 것이라는 상식을 여지없이 깨버린다. 왜냐하면 좌우파 민족주의 집단의 이데올로기가 사회적 상황에 따라 변화됨에 따라 미군에 대한 기억도 집단적으로 변형되기 때문이다. 해방 직후의 미군은, 좌우파 민족주의 집단을 막론하고 민족운동의 과제인 반(反)식민지·반(反)봉건을 도와줬다는 점에서 동지로 서술되는데, 그 대표적인 작품이 바로 오장환의 시이다. 또한 1940년대 후반의 미군은, 좌우파 민족주의 집단의 이데올로기적인 필요에 따라 대립된 관점으로 기억되는데, 그것을 잘 보여주는 작품이 바로 이은휘의 소설이다.

18) 최상룡은 "8.15 이후의 민족운동은 운동의 이데올로기 및 담당세력의 기본적

몰래 쉬던 숨을 크게 쉬니

가슴이, 가슴이, 자꾸만 커진다.

아, 동편바다 왼-끝의 대륙에서 오는 벗이어!

이 반구의 서편, 맨-끝에 오는 동지여!

(중략)

들에 핀 일흠없는 꽃에서

적은 새 까지

모두다 춤추고 노래 불러라

아, 즐거운 마음은 이 가슴에서 저가슴으로

종소리 모양 울려 나갈때

이땅에 처음으로 발을 듸듸는 연합군이어!

정의는, 아 정의는 아즉도 우리들의 동지로구나.[19]

"동편바다 왼-끝의 대륙에서 오는 벗"은 소련군이고, "반구의 서편, 맨-끝에 오는 동지"는 미군을 의미한다. 미군은 소련군과 함께 식민지 조선을 해방시켜준 '동지'이고, "이땅에 처음으로 발을 듸듸는" '정의'로운 집단으로 재현된다. 미군이 점령군의 성격으로 진주한 사실을 당대의 지식인들이 잘 몰랐다고 하더라도[20], 해방 이전에는 적이었던 미

성격에서 보면, 1920년대 이래 근대 후기 민족운동의 연장선상에 있다고 할 수
있다"한 바 있다. 1920년대의 근대 후기 민족운동이란 좌우파 민족주의의 반
(反)식민지·반(反)봉건 운동을 뜻한다. 이 논문은 그의 논의를 참조해 진행된다
(최상용, 『미군정과 한국민족주의』, 나남출판, 1988, 74쪽.).
19) 오장환, 「연합군입성환영의 노래」, 중앙문화협회 편, 『해방기념시집』, 평화당
인쇄부, 1945.12.12, 74-76쪽.
20) 미군은 점령군의 성격을 띠고 한반도에 진주한다. 해방 이전에 소련과 한반도
를 분할하자는 협약을 한 점, 인천으로 진주한 날 환영인파 중 조선인 2명을

군은 너무나도 판이하게 해방군으로 재현되는 것이다. 이때 이러한 재현이 가능한 까닭은, 재현주체의 사적인 경험이 아니라 그가 속한 사회적 관계에 따라 기억이 재구성되기 때문이다. 오장환을 비롯한 해방 직후의 좌우파 민족주의 집단에서는 반식민지·반봉건을 최우선의 과제로 삼는데, 미군은 이러한 과제를 해결해준 반갑고 고마운 '동지'로 기억 속에 재(再)각인되는 것이다21). 이러한 좌우파 민족주의 집단의 영향권 아래에 있는 재현주체의 기억 속에서는 미군이 적에서 '동지'로 변형되는 것이다.

'동지'로 재현된 미군은 해방 직후가 지나면 또 다른 모습으로 바뀐다. 이러한 변화는 재현주체의 기억이 재구성되고 있음을 암시한다. 다시(re) 나타낸다(present)는 의미인 재현의 양상이 바뀐다는 것은, 재현주체의 기억이 다시 변형·재구성되어 나타난다는 것을 의미하기 때문이다. 이러한 기억의 변형을 잘 보여주는 것이 바로 이은휘의 소설 「황영감」이다. 미군은 남한에서 군정을 실시하다가, 1947년 9월 소련의 양군철퇴론에 부딪치게 된다. 소련의 양군철퇴론은 해방기 한반도의 복잡한 정세 속에서 미군을 견제하고 자국 세력의 확산을 노리는 세계전략의 일환으로 제기된 것이다22). 이러한 양군철퇴론에 대해서 좌우파 민족주의 집단은 그 집단이 처한 상황과 이익에 따라 상반된

사살하는 등 '적대적'인 진주를 보여준 점, 진주 후 일본인과 그들의 조직을 점령의 기초로 삼은 점 등은 점령군의 성격을 고스란히 보여준다(Bruce Cumings, 김자동 역, 『한국전쟁의 기원』, 일월서각, 1986, 145-344쪽 참조.).

21) 8.15 해방 직후의 민족운동 전략목표는 반식민지·반봉건 과제의 실천이었다. 좌우파 민족주의 집단은 모두 이러한 목표를 공통적으로 인식했다(최상용, 『미군정과 한국민족주의』, 나남출판, 1988, 71-77쪽 참조.).

22) 이현경, 「해방후 남한 정치세력의 외국군에 대한 인식과 양군철퇴논쟁」, 『한국정치외교사논총』 27집1호, 2005.8, 35-74쪽 참조.

입장을 고수하며 대립한다. 주로 좌파 민족주의 집단은 양군철퇴론에 동조하는 입장이고, 우파 민족주의 제 집단은 소련의 한반도 공산화 술책을 염려하여 반대하는 입장이 다수였다.

　기회를 놓친 쓰린 경험을 맛본 황영감은 이번만은 놓칠 수 없다고 놓쳐서야 되느냐고 이를 악 무는 것이었다.
　낮에 들은 말 때문에 맥이 탁 풀려 심란해 돌아오는 저녁길 오늘따라 눈에 거슬리게 띠이는 전신주마다에 담벼락 군데군데에 『미소양군 철퇴하라』『미군 나가라』 등의 벽서가 그의 눈에 불을 질러놓았다. 아침까지도 없든 것이 금방 생겨나기나 한 듯
　『빌어먹을 자식들 이 따위나 써놓으면 될 줄 아나?』
　치밀어 오르는 속을 간신히 참어가며 이렇게 스스로 위안을 하기는 하나 그 벽서 때문에 내일이라도 곧 미군이 이땅에서 자최를 감출지 어떻게 자기 따위가 알 수 있겠느냐는 돌떵이 같은 불안과 공포가 그의 전신을 억눌른다.[23]

　위의 인용에서는 미군이 전혀 상반된 이미지로 재현되고 있음을 잘 보여준다. 미군은 한편으로 "『미소양군 철퇴하라』『미군 나가라』 등의 벽서"에서 확인되듯이 철퇴해야 할 대상이면서도, 다른 한편으로는 "내일이라도 곧 미군이 이땅에서 자최를 감출지 어떻게 자기 따위가 알 수 있겠느냐는 돌떵이 같은 불안과 공포"를 가지게 하는, 꼭 있어야 하는 대상인 것이다. 이러한 상반된 이미지를 지니는 이유는 서로 미군을 기억하는 방식이 다르기 때문이다. 전자는 좌파 민족주의 집단의 영향 아래 민족을 위협하는 점령군으로, 그리고 후자는 우파 민족주의

---

23) 이은휘, 「황영감」, 『신천지』32, 1949.1, 223쪽.

집단의 이데올로기에 편승해서 민족에 도움을 주는 해방군이자 경제적 시혜자로 미군을 기억하고 있는 것이다.

이때 이러한 두 기억은 재현주체가 나름대로 미군의 실재를 핍진하게 연상한 것이 아니라, 그가 속한 집단의 사회적 관계에 따라서 변형된 것이다. 당시의 미군은 실질적으로 미군정을 통해 점령군의 지위에 있었고, 자국의 이익을 추구하고 있었다. 이 상황에서 좌우파 민족족주의 집단은 그 집단의 이해관계에 따라 미군에 대한 기억을 변형시킨다. 미군은, 소련의 명령으로 양군철퇴론에 동조한[24] 좌파 민족주의 집단에 의해 철퇴의 대상 혹은 점령자로, 그리고 미군정의 지지로 남한 사회에서 우위를 점하려는 우파 민족주의 집단에 의해 해방군·경제적 시혜자로 그 기억이 재구성되는 것이다.

미군에 대한 이러한 이미지의 변화는 이 시기의 다른 문학작품에서도 많이 확인된다. 일제 말기에 적으로 재현되었던 미군은 해방기에 오면 채만식의 소설 「미스터 방」에 나오는 미군 장교 "S 소위"나 염상섭의 소설 「양과자갑」에서 보이는 '리차드슨'처럼 돈 많은 자, 권력자, 경제적 시혜자로 나타나거나, 전명선의 소설 「방아쇠」에서처럼 식량문제를 해결하지 못하는 무능자, 점령군, 계급주의의 적대자로 드러나기도 한다[25]. 이처럼 미군에 대한 기억은 실재에 대한 사적인 연상이 아니라, 재현주체가 속한 집단의 사회적 관계에 따라 적에서 '동지'로, 그리고 다시 점령군 또는 해방군·경제적 시혜자로 변형되는 것이다.

---

24) 중앙일보특별취재반, 『조선민주주의 인민공화국』, 중앙일보사, 1992, 186-192쪽 참조.

25) 채만식, 소설 「미스터 방」, 『대조』 1946.7,;염상섭, 소설 「양과자갑」, 염상섭 편, 『해방문학선집』, 종로서원, 1948;전명선, 소설 「방아쇠」, 『문학』 1947.2. 참조.

IV. 구원자로 기억/망각되기-전쟁기의 경우

전쟁기의 문학 속에 나타난 미군은 주로 구원자의 이미지로 재현되는 경향이 있다[26]. 한국전쟁에 참전하여 많은 희생을 내면서까지 우리 한국을 지켜준 미군의 공로를 생각하면 그러한 이미지는 반공주의에 입각한 개인적인 독특한 경험으로 이해될 수 있으나[27], 엄밀하게 말해서 반공주의의 영향에 따라 사회적으로 기억/망각된 결과로 만들어진 것이다. 미군은 전쟁 중에 양민학살, 성폭행, 폭정 등을 비롯한 많은 과오를 저질렀음에도, 이러한 과오가 망각되고 구원자라는 긍정적 이미지가 주로 강조·기억되는 것은 재현주체의 사적인 차원을 넘어선 집단적·사회적인 차원에서 진행되기 때문이다[28]. 미군에 대한 이러한 기

---

26) 1950년대 문학 속의 미군은 주로 구원자의 이미지로 재현되지만, 이 장의 논의와는 다르게 반미적으로 재현되는 논의도 있다. 이 부분에 대해서는 김복순의 논문 「1950년대 소설에 나타난 반미의 양상과 젠더」(『여성문학연구』 21, 2009. 5,) 45-46쪽을 참조할 것.

27) 미국은 한국전쟁의 배경을 소련의 세계공산화전략으로 규정했고, 그 전략에 맞서서 사회주의권에 대한 봉쇄와 반격을 시도하고자 참전한다(강만길 외, 「한국전재의 기원과 발발」, 『한국사 17-18』, 한길사, 1994, 참조.), 이러한 성격의 참전은 한국을 공산화로부터 지켜준 일면이 있다. 다만 이 논문에서는 부정적인 측면이 너무 쉽게 망각되고 구원자 이미지가 강조되는 양상 속에 숨겨진 기억의 재구성 과정을 살펴보고자 한다.

28) 이 논문에서 말하는 반공주의란 "공산주의에 대하여 적대적이고 배타적인 논리와 정서를 의미하여 그 중에서도 북한공산주의 체제 및 정권을 절대적인 '악'과 위협으로 규정, 그것의 철저한 제거 혹은 붕괴를 전제하며 아울러 한국(남한) 내부의 좌파적 경향에 대한 적대적 억압을 내포"한다. 그것은 "공산주의에 대한 비판적 태도나 부정적 반응과는 차원을 달리하는, 그것에 대한 이성적 토론을 완전히 '압도하는 감각(the sence of overriding)'이다, 따라서 모든 좌파사상에 대한 부정적 반응이나 객관적 비판을 적대적 감정으로 치환시키는 격렬한 정서의 이념적 표현"이라는 권혁범의 논의를 참조하기로 한다(권혁범, 「반공주의

억과 망각을 잘 보여주는 문학작품이 바로 최일남의 소설 「동행」과 신경림의 장편소설 『고독한 산』이다29).

최일남의 소설 「동행」은 한국전쟁에 참전했다가 부대에서 낙오된 어느 한 미군의 이야기이다. 이 소설에서 미군 '돕프'는 민가에서 홀로 버려진 한국인 갓난아이를 구하고 그와 운명을 함께 하는 구원자이자 동행자의 이미지로 재현된다. 이때 미군이 구원자·동행자 이미지로 재현되었다는 것은, 재현주체가 미군을 그렇게 기억하고 있음을 암시한다. 이 소설에서 주목해 봐야 하는 것은, 바로 이 재현주체의 기억이 자신의 사적인 경험을 통해 만들어진 것이 아니라, 반공주의 영향에 따라 만들어진 집단적·사회적인 것이라는 점이다. 당대의 문학작품에서 미군에 대한 이미지는 반공주의의 영향으로 기억되는 것과 망각되는 것이 있다.

「돕프」는 이제 아무래도 떠나야겠다고 마음먹었다. 어차피 여기 있었자 시간만 낭비하는 것뿐이니 죽든 살든 기왕 나선 길을 가보는 수밖에 없을 것 같았다. 아이에게 작별인사를 하려 방안에 들어갔다. 아이는 또 시름시름 울기 시작하였다. 입을 비쭉거리는 모양이 귀엽다 싶었다. 이래

회로판 읽기」, 『1998년 한국사회학회 전기사회학대회 발표문 요약집』, 한국사회학회, 1998.6, 33쪽.).
29) 남한에서 발간된 1950년대 문학작품은 대부분 반공주의의 영향에서 자유롭지 못하다. 반공주의는 일상 생활을 비롯하여 창작의 공간 속에서도 공산주의에 대한 적대적·배타적 정서를 강력하게 드러내게 만들기 때문이다. 이 시기에 나온 문학작품 중 미군을 다룬 작품인 강신재의 소설 「해방촌 가는 길」, 한말숙의 소설 「별빛 속의 계절」, 송병수의 소설 「쑈리킴」, 최일남의 소설 「동행」, 그리고 신경림의 장편소설 『고독한 산』은 그러한 정서의 영향력 아래 발표되었다. 이 장에서는 이 작품들 중에서 반공주의의 영향으로 미군에 대한 기억과 망각이 재구성되는 과정이 잘 드러난 최일남의 소설 「동행」과 신경림의 장편소설 『고독한 산』을 대상으로 논의를 전개하고자 한다.

서는 안 된다고 「돕프」는 자꾸만 끌려가는 자기의 마음을 나꿔채 듯 결연히 일어섰다. 발걸음을 돌렸다. 순간 무슨 이치라도 아는 것처럼 아이가 「앵-」 울어댔다. 「돕프」는 잠시 눈을 감았다. 돌아서자마자 와락 울음을 터뜨린 아이에게 갑자기 형언할 수 없는 血肉之間 같은 친근감이 치올라 왔다.

아이의 온몸에 덮여 있는 담요로 다뿍 씌워가지고 일으켜 안았다. 자신이 생각해도 그 꼬락서니가 우스웠지만 할수 없었다. 개도 따라 나섰다. 집앞에는 오솔길이 나 있었다. 그 길을 따라가면 큰 길에 나서겠거니 믿었다. 그러면서도 한편으로는 큰길에 나서면 거기 적이라도 있으면 어떡하나 하는 걱정도 있었다.[30]

위의 인용에서 '돕프'가 구원자의 이미지로 재현되는 것은 재현주체의 사적인 경험·상상에 의존하는 것처럼 보인다기보다는, 반공주의의 영향에 따라 사회적으로 기억/망각된 결과로 살펴진다. '돕프'가 갓난아이를 데리고 사지로 나간 것, 음식을 지니지 않은 것, 날이 굉장히 추운 것, 그리고 '적'이 있는 것 등의 사실로 미루어 볼 때에, 그의 행위는 자살에 가까운 무모한 것이다. 위의 소설에서 이러한 '돕프'의 행위는 가만히 놔두면 갓난아이가 자연스레 굶어 죽어 구출한다는 인지상정으로 해석될 여지가 있으나, 한국전쟁이라는 역사적 상황을 염두에 둘 때에 공산주의로부터 한국인(갓난아이)의 생명을 지킨다는 구원자의 이미지로 의미화된다. 다시 말해서 재현주체는 '돕프'의 무모한 행위는 망각한 채로 한국인을 구원한다는 점을 강조·기억하여 재현하는 것이다. '돕프'가 갓난아이에게 "血肉之間 같은 친근감"을 느끼는 것이나, 자기 자신과 갓난아이를 '적'과 대립된 존재로 느끼는 것이나,

---

30) 최일남, 「동행」, 『현대문학』 49, 1959.1, 86-87쪽.

혹은 갓난아이가 공산주의의 위협으로부터 구출되는 것처럼 느끼는 감각은, 재현주체의 사적인 것이라기보다는 모두 반공주의에 기초한 사회적·집단적인 것으로 이해된다31).

신경림의 장편소설『고독한 산』에서도 주요 인물이 반공주의를 표방하는 국가와의 사회적 관계 속에서 미군에 대한 부정적인 기억을 망각하거나 개인적인 문제로 전도하는 사회적인 양상이 잘 드러나 있다. 전쟁 중 미군 장교에게 성폭행을 당하여 전후에도 고통스러워하는 인물 '영재'와 이 사실을 아는 한국인 통역이 바로 그러한 인물이다. 그들은 반공주의가 지배하는 사회에서 미군이 개인에게 가한 고통의 기억이 직접 표출되기 어렵다는 사실을 잘 보여준다.

　　노파가 나가자 통역이 그녀의 곁에 앉았다.
　　『용서해 줘.』
　　그리고는 한참 사이를 두고서
　　『여러 번 이런 일을 당하긴 했지만 설마 어린 사람인데 손을 대랴 했드니 그만……』
　　『……』
　　『운수라고 생각하는 거지 어떻게 해. 이놈들은 우리를 돼지나 소로 바께 더 안 보는 걸 뭐. 배추 뜯어먹는 닭한테 우리들이 돌을 던지듯이 아무

---

31) 권혁범, 「반공주의 회로판 읽기」, 『1998년 한국사회학회 전기사회학대회 발표문 요약집』 1998.6, 33쪽.
　　이 소설에서 '돕프'가 갓난아이와 함께 사지로 나가는 행위는 반공주의와 무관한 인지상정일 수 있다. 가만히 놔두면 자연스레 굶어 죽는다는 인지상정 말이다. 이런 해석도 일리가 있다. 그렇지만 이 소설에서 '돕프'와 갓난아이와 적이 각각 미군, 한국 국민, 공산주의의 상징이라는 점을 주목한다면, '돕프'가 갓난아이와 함께 공산주의의 위협으로부터 벗어나는 것으로 보는 본 논문의 해석도 가능하리라고 본다.

한테나 총질이나 하고……』

(중략)

상운이 간 뒤에 성씨(통역-편집자 주)는

『당한 일은 아무에게두 말 말어. 그까짓 서로 잊어버리도록 애써야지. 지금 알고 있는 건 나 하나뿐이야.』 했다.[32]

(왜 나는 그에게 내 전부를 얘기해 버리지 못하는 것일까?)

(중략)

그녀에게 사랑이라는 언어(言語)가 주는 개념(概念)이란 달콤한 감정의 교통(交通)이 아니라 살벌한 육체의 결합이었다. 상운을 사랑한다는 그런 생각에 앞서 언제나 영재는 이 사랑이라는 말에서 오는 공포와 중압감(重壓感)에 먼저 혼미해버리고 마는 것이었다.[33]

두 인용의 공통점은 미군 장교에게 성폭행 당한 '영재'의 기억이 은폐·망각되고, 개인의 문제로 바뀌는 사회적인 양상이 잘 드러나 있다는 것이다. 이러한 기억의 은폐·망각과 전도는 반공주의라는 사회적인 분위기와 깊이 관련된다. 첫 번째 인용에서는 미군 장교에게 성폭행 당한 '영재'를 대하는 한국인 통역의 태도가 엿보인다. 한국인 통역은 미군이 "우리를 돼지나 소로 바께 더 안" 본다고 하면서, 성폭행 "당한 일은 아무에게두 말 말어. 그까짓 서로 잊어버리도록 애써야" 한다고 말한다. '영재'에게 성폭행에 대한 기억을 은폐·망각하라고 충고해준 것이다. 이 한국인 통역의 충고는 미군에 대한 비판과 부정이 자칫 좌파적인 경향으로 인식·비판·처리되는 반공주의의 영향으로 판단된다[34].

32) 신경림, 『고독한 산』, 『대구매일』 1958.10.9.
33) 신경림, 『고독한 산』, 『대구매일』 1958.9.28.
34) 권혁범은 우리 사회에서 형성된 반공주의 회로판을 두 가지로 정리한다. 1)반

두 번째 인용에서는 성폭행의 기억을 개인적인 심리적 상처로 바꾸는 '영재'의 태도가 나타나 있다. '영재'는 미군 장교에게 성폭행 당한 기억을 개인의 심리적인 상처로 재구성하는데, 이 재구성 과정은 개인적인 것이 아니라 사회적인 것이다. 성폭행 "당한 일은 아무에게두 말말어. 그까짓 서로 잊어버리도록 애써야" 한다는 통역의 충고는, 전후의 반공주의 사회에서도 지속되는 것이다. "왜 나는 그에게 내 전부를 애기해 버리지 못하는 것일까?"라는 자기 질문은 성폭행의 기억과 대면하지 못한 채로 "사랑이라는 말에서 오는 공포와 중압감(重壓感)"이라는 개인의 심리적인 상처로 위장될 뿐이다.

이처럼 미군의 구원자 이미지가 사회적으로 기억/망각되는 양상은 미군 부대 주변의 성매매 여성을 소재로 하는 1950년대의 문학작품에서 많이 드러난다. 여성의 성매매는 분명 미군 당국의 일정한 묵인에 의해 발생되는 사회구조적인 문제이지만, 작품 속에서는 주로 성매매 여성 개인의 생계 및 도덕적 문제로 치부되면서 미군에 대한 부정적인 이미지가 망각된다. 가령 강신재의 소설 「해방촌 가는 길」에서 '기애'의 매매춘에 대하여 그녀의 가족은 "(우리 아이가 그럴 리 없지)"라고 믿으면서, 그리고 한말숙의 소설 「별빛 속의 계절」에서 '경자'의 매매춘에 대하여 '영식'은 "경자는 부끄럽지도 않은가? 그의 생활이 부끄러움을 모르게끔 만들었는지?"라고 반문하면서 개인의 도덕적인 문제로 치부한다. 오히려 미군은 송병수의 소설 「쏘리킴」에서 보이듯이 매매

공주의는 모든 비판적인 생각이나 운동을 '좌익', '불순', '용공'의 영역으로 즉각 결합시킨다. 2)반공주의의 일상적 실체는 공산주의의 반대가 아니라 '질서', '기강', '안보', '단결', '번영', '힘'에 대한 동의이며 이것들은 '혼란', '위기', '무질서', '분열'에 대해 자동적으로 대항 정서를 만들어낸다(권혁범, 「반공주의 회로판 읽기」, 『1998년 한국사회학회 전기사회학대회 발표문 요약집』 1998.6, 36;38쪽.).

춘을 하는 한국인 여성 '따링'을 붙잡는 정의로운 자로 재현되기도 한다[35]. 이처럼 미군의 구원자 이미지는 반공주의에 의해서 형성된 재현주체 혹은 등장인물의 사회적 관계에 따라 기억/망각되고 전도되는 것이다.

V. 결론

이 논문의 문제의식은 우리 문학에 나타난 미군의 재현 양상을 심도 있게 살펴보기 위해서는 재현주체가 지닌 기억의 집단성·사회성을 주목해야 한다는 것이었다. 이러한 문제의식을 해명하기 위해서는 많은 경우에 있어서 재현주체의 기억이 사적인 것이 아니라, 집단적·사회적인 것임을 증명할 필요가 있었다. 이 글에서는 일제 말기와 해방기와 전쟁기의 문학에서 미군에 대한 재현주체의 기억이 그가 속한 집단의 사회적 관계에 따라 구성·변형·망각되는 재구성 과정을 거친다는 점을 추적하였다.

먼저, 일제 말기의 문학작품에 나타난 미군의 이미지가 적으로 재현되는 양상을 검토하면서 주체의 기억이 재구성되는 과정을 살펴봤다. 미군은 식민지 조선에서 직접 경험되지 않은 타자임에도, 일본제국주의라는 환상프레임 속에서 적으로 기억되어 구성되었다. 일본제국주의는 미군이 적이라는 현실을 구성한 환상프레임으로 작동한 것이었

---

35) 한말숙, 「별빛 속의 계절」, 『현대문학』 1956.12, 119쪽.)라고 반문하면서 개인의 도덕적인 문제로 치부한다. 오히려 미군은 송병수의 소설 「쏘리킴」에서 보이듯이 매매춘을 하는 한국인 여성 '따링'을 붙잡는 정의로운 자로 재현되기도 한다(송병수, 「쏘리킴」, 『문학예술』 1957.7 참조.

다. 이때 미군이 적이라는 재현주체의 기억은 사적인 것이라기보다는, 일본제국주의 담론을 경유해 만들어지는 집단적·사회적이라는 사실이 중요했다. 소설 「태평양의 독수리」와 시 「조선의 학도여」에서 미군이 적으로, 그리고 평론 「문학자와 세계관의 문제」에서 미군·미국이 열등하고 나쁜 존재로 기억되고 재현된 것이 그 예가 되었다.

그리고 해방기 문학작품 속의 미군상이 다양한 이미지로 변형된 양상을 살펴봤다. 이러한 양상은 주체의 기억이 개인적인 삶의 경험·조건·이데올로기에 근거한 사적인 것이 아니라, 좌우파 민족주의 집단의 이데올로기가 변화됨에 따라 다양하게 변형된 집단적인 것임을 보여줬다. 오장환의 시 「연합군입성환영의 노래」에서는 해방 직후의 미군이 기억되는 방식이 잘 드러났다. 미군은 좌우파 민족주의 집단의 공통적인 요구에 따라서 일제 말기의 적에서 당대의 '동지'로 기억되었다. 또한 이은휘의 소설 「황영감」에서는 '동지'로 기억되던 미군이 재현주체가 속한 집단의 사회적 관계에 따라서 부정적인 점령자로, 혹은 해방군·경제적 시혜자로 다시 새롭게 기억됨이 잘 형상화되었다. 미군에 대한 기억은 실재를 핍진하게 연상하는 사적인 것이 아니라, 주체가 속한 집단의 사회적 관계에 따라 변형된 집단적인 것이었다.

마지막으로, 전쟁기의 문학에서 미군이 구원자의 이미지로 재현되는데, 그 이미지는 사회적인 차원에서 부정적인 기억이 망각되거나 전도된 결과였다. 다시 말해서 재현주체나 등장인물의 기억은 반공주의의 직·간접적인 영향으로 인해서 재구성된 것이었다. 소설 「동행」의 주인공 '돕프'가 지닌 구원자·동행자 이미지는 반공주의의 영향으로 부정적인 사실이 망각된 것이었다. 무모하고 위험한 행위가 망각되고, "血肉之間 같은 친근감"이 강조된 것이었다. 그리고 장편소설 『고독한 산』의 주요 인물 '영재'가 지닌 미군에 대한 부정적인 기억 역시 반공주의 사회의 분위기 속에서 은폐·망각되고, 개인의 심리적인 상처로 전도된 것이었다. 미군의 구원자 이미지는 재현주체나 등장인물의 사적인 경험에 의한 것보다는, 반공주의가 지배하는 사회적 관계에 따라 기억/망각되거나 전도된 사회적·집단적인 것이었다.

이렇게 볼 때, 문학 속에 나타난 미군의 이미지는 재현주체의 기억이 사회적 관계에 따라 구성·왜곡·변형되는 재구성 과정을 거친 것이었다. 미군을 기억하는 일이란, 이처럼 재현주체가 속한 집단의 기억이 상당히 영향을 끼치는 것이다. 기억이란 늘 재현주체의 사적인 영역을 넘어서는 초과의 부분이 있다. 그 초과의 부분을 살펴보는 일은, 사회적 관계가 내면화되는 우리 자신의 사고방식을 성찰하는 것이 된다.